KB102547

푸시

THE PUSH

Copyright © Ashley Audrain Creative Inc., 2021
All rights reserved.

Korean translation copyright © INFLUENTIAL, Inc., 2021
Korean translation rights arranged with Madeleine Milburn Literary,
Film and TV Agency, London through Danny Hong Agency, Seoul.

이 책의 한국어판 저작권은 대니홍 에이전시를 통해 저작권자와 독점 계약한 ㈜인플루엔셜에 있습니다.
저작권법에 의해 국내에서 보호를 받는 저작물이므로 무단 전재와 무단 복제를 금합니다.

푸시

내 것이 아닌 아이

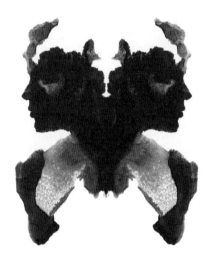

애슐리 오드레인 지음

박현주 옮김

INFLUENTIAL
인플루엔셜

오스카와 웨이벌리에게

차례

우리가 자궁 속에서 듣는 첫 번째 소리는 어머니의 심장 박동 소리라고들 한다. 실제로, 새롭게 만들어진 청각 기관에 울리는 첫 번째 소리는 어머니의 정맥과 동맥을 흐르는 피의 박동이다. 소리를 들을 귀가 생기기도 전부터 우리는 그 시원(始原)의 리듬에 맞춰 진동한다. 우리는 잉태되기 전에, 부분적으로는 어머니의 난소 속에서 하나의 난자로 존재했다. 한 여성이 지니게 될 난자는 모두 어머니의 자궁 속에서 4개월 된 태아일 때 형성된다. 난자로서 우리의 세포적 삶은 할머니의 자궁에서 시작된다는 뜻이다. 우리 모두 할머니의 자궁 속에서 다섯 달을 보냈고, 할머니 또한 그 자신의 할머니 자궁에서 형성되었다. 우리는 우리 어머니가 태어나기도 전에 그 피의 리듬에 맞춰 진동한다.

—레인 레드먼드,《북 치는 이들이 여자들이었을 때》*

* Layne Redmond, *When the Drummers Were Women*

일러두기
본문의 주는 모두 옮긴이가 독자의 이해를 돕기 위해 붙인 것입니다.

밤에 당신의 집은 온통 불이 붙은 듯 빛나.

그 여자가 창문에 달기 위해 고른 커튼은 리넨 같네. 고가 리넨. 성글게 짜인 커튼이라 나는 보통 당신들의 분위기를 읽을 수 있어. 여자아이가 숙제를 하는 동안 포니테일로 묶은 머리채가 통통 튀는 모습이 보이는군. 꼬마 남자애가 3.6미터 높이의 천장으로 테니스공을 쳐 올리는 동안 당신의 아내가 레깅스를 입고 어질러진 집 안을 치우느라 거실을 여기저기 쏘다니네. 다시 바구니로 들어간 장난감들. 소파로 돌아간 쿠션들.

하지만 오늘 밤, 당신은 커튼을 걷어놓았어. 떨어지는 눈을 보기 위해서일까. 딸에게 썰매 끄는 순록을 찾아보게 하려는 것일까. 그 아이는 이미 오래전에 산타의 존재를 믿지 않게 되었지만, 당신을 위해서 아직도 믿는 척하겠지. 당신을 위해서라면 무엇이든지 하는 애니까.

당신들 모두 옷을 잘 차려입었네. 격자무늬 옷을 맞춰 입은 아이들이 가죽 오토만 소파 위에 앉아 있고, 당신의 아내는 휴대전화로 그들의 사진을 찍어. 소녀는 남자아이의 손을 잡아. 당신은 방 뒤편에서 레코드플레이어를 조작하고, 당신의 아내가 무어라 말하면 잠깐 기다리라며 한 손가락을 들어. 거의 다 됐어. 여자아이는 위아래로 뛰어오르고, 당신의 아내는 남자아이를 들어 올려 빙글빙글 돌아. 당신은 스카치위스키 잔을 들어 올리곤 한 모금, 두 모금 마신 뒤, 레코드판이 무슨 잠든 아이라도 되는 양 살그머니 멀어져. 춤을 추려 할 때면 당신은 언제나 그렇게 하잖아. 당신이 남자아이를 받아 들어. 아이는 머리를 뒤로 젖히고. 당신은 아이를 살짝 거꾸로 들지. 당신의 딸은 아빠에게 뽀뽀해달라고 손을 뻗고, 당신의 아내가 대신 잔을 받아주네. 당신 아내는 크리스마스트리 위로 몸을 숙이며 제대로 고정되지 않은 전구 줄을 다시 맞추는군. 그런 다음 당신들 모두는 멈춰 서서 서로 몸을 가까이 숙이며 무슨 말인가 입을 모아 완벽한 타이밍으로 외치고, 다시 모두 움직여. 당신이 잘 아는 노래지. 당신의 아내가 슬쩍 방을 나가자, 아들의 얼굴이 로봇처럼 그쪽으로 따라가. 그 감각을 나도 기억하지. 필요한 사람이 되는 기분을.

성냥. 그 여자가 다시 돌아와 장식 난로 선반 위에 놓인 초를 켜자 나는 꿈틀꿈틀 뻗어 나온 전나무 가지들이 진짜일까, 나무 농장 같은 냄새가 날까 생각해. 나는 잠시 동안 당신들 모두가 오늘 밤 잠든 사이에 이 나뭇가지들에 불이 붙는 광경을 구경하는 상상에 빠져버려. 당신의 집에서 은은하게 퍼져 나오는 버터 같은 노란색 불빛이 타닥타닥 소리를 내는 빨간색 덩어리로 바뀌는 모습을 상상해.

남자아이가 부지깽이를 집어 올렸지만, 여자아이가 당신이나 당신의 아내가 알아차리기 전에 슬그머니 치워버려. 착한 누나야. 도움이 되는 사람. 보호해주는 사람.

나는 보통은 이렇게 오래 구경하지는 않지만, 당신들 모두가 오늘 밤에 너무 아름다워서 이 자리를 뜰 수가 없어. 오늘 내린 눈은 잘 뭉치는 종류여서 여자아이는 아침에 동생을 기쁘게 해주려고 눈사람을 만들겠지. 나는 와이퍼를 켜고, 난방 온도를 올린 뒤, 시계가 7시 29분에서 7시 30분으로 바뀌는 걸 지켜봐. 이 시간에 당신은 그 애에게 《폴라 익스프레스》를 읽어주고는 했지.

이제 의자에 앉은 당신의 아내는 다른 세 사람이 방 안에서 통통 뛰어다니는 모습을 바라보지. 그녀는 웃으며 굵게 말린 긴 머리를 옆으로 넘겨. 그녀는 당신의 술을 들어 냄새를 맡다가 도로 내려놓지. 당신은 등을 돌리고 있어서 내가 본 것을 보지 못해. 그녀가 한 손으로 배를 받치고 살며시 문지르며 내려다보았다는 것을, 자기 안에서 자라고 있는 것에 대한 생각에 빠져 있다는 것을 알지 못해. 당신이 몸을 돌리자, 그 여자의 관심은 방 안으로 다시 돌아가. 사랑하는 사람들에게로.

그 여자는 내일 아침에 당신에게 말하려는 거야.

나는 아직도 그 여자를 잘 알거든.

나는 장갑을 끼기 위해 아래를 내려다봐. 다시 고개를 드니, 여자아이가 열린 현관문 앞에 서 있어. 아이의 얼굴이 집 주소 명판 위에 달린 전등 불빛에 어스름하게 비치네. 소녀가 들고 있는 접시 위에는 당근과 쿠키가 쌓여 있어. 당신은 현관 타일 바닥 위에 과자 부스러기를 남기겠지. 당신도 장단을 맞추는 거고, 아이도 그럴 거야.

이제 아이는 차 안에 앉은 나를 바라봐. 아이가 몸을 부르르 떨어. 당신의 아내가 사 준 원피스는 너무 작아서 아이의 엉덩이가 커지고 가슴이 부풀어 오른 것을 볼 수 있어. 아이가 한 손으로 포니테일을 어깨 너머로 조심스레 넘기네. 소녀라기보다는 여자의 손짓이야.

생전 처음으로 나는 우리 딸이 나를 닮았다는 생각을 해.

나는 차창을 내리고 한 손을 들어 안녕, 인사하지. 비밀스러운 안녕. 아이는 접시를 발밑에 내려놓고 다시 일어서서 나를 바라보다 몸을 돌려 안으로 들어가. 자기 가족에게로. 나는 커튼이 휙 내려지지 않나, 대체 오늘 같은 밤 내가 왜 당신 집 바깥에 차를 세워놓았는지 알아보러 당신이 문으로 나오지 않나 살펴보지. 그러면, 정말로, 나는 뭐라 말할 수 있을까? 외로워서라고? 내 딸아이가 그리웠다고? 나는 당신의 환한 집에 살며 엄마 노릇을 할 자격이 있다고?

그러는 대신, 아이는 거실로 총총 들어가버려. 당신은 아내를 꼬드겨서 의자에서 일으키지. 둘이 함께 몸을 바짝 붙이고 당신이 그 여자의 셔츠 등을 쓰다듬으며 춤을 추는 동안, 우리 딸은 남자아이의 손을 잡고 거실 창문 한가운데로 이끌어. 무대에서 자기 위치를 딱 맞게 찾는 배우처럼. 두 아이는 그림 액자 같은 창틀에 아주 정확히 들어맞는구나.

남자아이는 샘을 빼닮았어. 그 애의 눈과 같아. 끝이 돌돌 말린 짙은 머리도. 내가 손가락으로 몇 번이나 감곤 했던 곱슬머리.

속이 메슥거리네.

우리 딸은 당신 아들의 어깨 위에 두 손을 얹은 채로 창밖을 응시하며 나를 바라봐. 그 애는 허리를 숙여 동생의 뺨에 입을 맞춰. 그러고 나서 다시. 그러고 나서 다시. 남자아이는 이런 애정을 좋아해. 익숙한 거야. 남자아이는 떨어지는 눈을 가리키지만, 여자아이는 내게서 시선을 떼지 않으려 하지. 그 애는 따뜻하게 해주려는 듯 동생의 팔뚝을 문지르고 있어. 엄마들이 할 법한 행동이지.

당신이 창문으로 와서 남자아이의 눈높이에 맞게 무릎을 꿇어. 당신은 창밖을 내다보고는 이내 하늘을 올려다보지. 내 차는 당신의 시선을 끌지 못해. 당신은 아들과 마찬가지로 눈송이를 가리키고, 손가락으로 하늘에 길을 그려. 썰매에 대해서 얘기하는 거겠지. 순록에 대해서. 남자아이는 제 아빠가 보는 게 뭔지 보려고 밤하늘 속을 찾아. 당신은 아이의 턱 밑을 장난스럽게 튕기지. 여자아이의 눈은 아직도 내게 박혀 있어. 나는 나도 모르게 자리에 앉은 채로 몸을 뒤로 빼버려. 나는 침을 삼키며 마침내 그 애에게서 눈을 돌리지. 언제나 이기는 건 그 애니까.

다시 돌아봤을 때도, 그 애는 여전히 거기서 내 차를 보고 있어.

나는 그 애가 커튼을 내려버릴지도 모른다고 생각하지만, 그 애는 그러지 않아. 이번에는 나도 그 애에게서 눈을 뗄 수 없어. 나는 조수석에 놓아둔 두꺼운 종이 더미를 들어 내가 쓴 글의 무게를 느껴.

나는 이걸 당신에게 주려고 여기에 왔어.

이건 내 쪽에서 바라본 이야기야.

1

당신은 의자를 밀며 쓱 일어나 연필 끝으로 내 책을 톡톡 두드렸지. 나는 올려다볼지 말지 머뭇거리면서 그 페이지를 빤히 응시했어. "여보세요?" 나는 무슨 전화 통화라도 하는 것처럼 당신의 행동에 반응했지. 이 말에 당신은 웃음을 터뜨렸어. 그렇게 우리, 학교 도서관에서 같은 선택 과목을 공부하다가 처음 만난 두 사람은 킥킥 웃었지. 학생이 수백 명은 되었을 그 수업에서 이전에는 당신을 본 적이 없었어. 곱슬거리는 머리카락이 눈 위로 떨어지면 당신은 연필로 그걸 돌돌 말고는 했어. 이름은 참 특이했고. 그날 오후, 당신은 걸어서 나를 데려다주었고 우리는 서로 별말 나누지 않았어. 당신은 내게 한눈에 반했다는 사실을 숨기지 않았고, 너무 자주 나를 바라보며 미소를 보내서 나는 매번 시선을 돌릴 수밖에 없었지. 그전에는 그 누구에게도 그런 관심을 받아본 경험이 없었거든. 기숙사 앞에서 당신은 내 손에 입을 맞췄고, 우리는 다시 한 번 웃음을 터뜨렸지.

우리는 금방 스물한 살이 되었고, 떨어질 수 없는 사이가 되었어. 졸업까지는 채 1년도 남지 않았지. 그 시간 동안 우리는 내 기숙사 방의 침대에서 함께 자기도 하고, 소파 양쪽 끝에 앉아 다리를 엇갈려 건 채로 같이 공부를 하기도 했지. 우리는 서로의 친구와 함께 술집에 가기도 했지만, 늘 집에 일찍 돌아와서 침대로 들어가 서로의 온기를 새롭게 느끼곤 했어. 나는 술을 거의 마시지 않았고, 당신은 파티를 즐길 만큼 즐긴 뒤였지. 오직 나만 원했어. 내 세계에서는 그렇게 내게 신경 쓰는 사람은 없었지. 몇 안 되는 친구들은 차라리 지인에 더 가까웠어. 나는 장학금을 타기 위해 성적을 유지하는 데만 열중해서 평범한 대학 사교 생활을 즐길 겨를도, 흥미도 없었어. 그 시절에는 누구와도 친하게 지내지 않았던 것 같아. 당신을 만나기 전에는. 당신은 내게 뭔가 다른 것을 주었어. 우리는 사회적 궤도에서 빠져나왔고 행복하게도 오직 상대만을 필요로 했지.

내가 당신에게서 찾아낸 편안함은 나를 모두 바칠 정도로 강렬했어. 당신을 만났을 때 나는 아무것도 가진 게 없었기에, 당신은 무척이나 수월하게도 나의 모든 것이 되어버렸지. 그렇다고 당신이 그만한 가치가 없었다는 건 아니야. 가치는 있었지. 상냥하고 배려 깊으며 나를 지지해주었으니까. 내가 작가가 되고 싶다는 말을 처음 털어놓은 사람이 당신이었는데, 그랬더니 당신은 이렇게 대답했어. "난 네가 다른 게 된다는 상상은 못 하겠어." 나는 여자애들이 우리를 바라보는 눈길, 질투할 만한 대상을 바라보는 것 같은 표정을 한껏 즐겼어. 당신이 밤에 잘 때면 왁스처럼 반들거리는 짙은 갈색 머리카락의 냄새를 맡고, 아침에 당신을 깨우려고 수염이 돋아난 턱 라인을 따라 그렸지. 당신은 중독이었어.

내 생일에는 나에게 사랑하는 점 백 가지를 적어 주었지. 14. 네가 잠에 막 들었을 때 가볍게 코를 고는 모습을 사랑해. 27. 네가 써 내려가는 아름다운 글을 사랑해. 39. 네 등에 내 이름 쓰는 것을 사랑해. 59. 네가 일요일 아침에 깨어났을 때의 분위기를 사랑해. 80. 네가 좋은 책을 다 읽고 마지막에 가슴에 꼭 끌어안는 모습을 사랑해. 92. 네가 언젠가는 될 좋은 엄마를 사랑해.

"어째서 내가 좋은 엄마가 될 거라고 생각하는데?" 나는 목록을 내려놓고, 아마도 당신이 나를 잘 모르는 것 같다고 잠깐 느꼈어.

"어째서 안 될 것 같은데?" 당신은 장난스럽게 내 배를 쿡 찔렀지. "너는 사람 잘 챙기잖아. 다정하고. 한시라도 빨리 우리 아기 갖고 싶다."

나는 다만 미소 지을 수밖에 없었어.

당신처럼 열렬한 심장을 가진 이를 만나본 적이 없었어.

"언젠가 너도 이해할 거야, 블라이스. 이 집안 여자들은…… 우린 달라."

아직도 담배 필터에 묻은 엄마의 귤색 립스틱이 눈앞에 생생해. 컵으로 떨어져 마지막 한 모금 남은 내 오렌지 주스 속에서 헤엄치던 담뱃재. 타버린 토스트 냄새.

당신은 몇 번 내 엄마, 세실리아에 대해 물었지. 나는 사실만 얘기했어. (1) 내가 열한 살 때 집을 나갔다. (2) 그 뒤로는 두 번밖에 보지 못했다. (3) 어디 있는지 나는 전혀 알지 못한다.

당신은 내가 더 많은 사실을 숨기고 있다는 것을 알았지만, 결코 캐묻지 않았어. 무슨 말을 들을지 모르니 두려웠을 테지. 나도 이해해. 우리는 모두 서로에 대해, 자기 자신에 대해 어떤 기대를 가질 자격이 있지. 모성도 마찬가지야. 우리 모두 좋은 엄마가 있기를, 그런 사람과 결혼하기를, 그런 사람이 되기를 바라지.

1939 – 1958

에타는 2차 세계 대전이 발발하던 바로 그날에 태어났다. 눈은 대서양 같았고 얼굴은 빨갰으며 처음부터 통통한 아기였다.

에타는 처음으로 만난 소년, 마을 의사의 아들과 사랑에 빠졌다. 루이스라는 이름의 이 소년은 예의가 바르고 말투가 고상했는데, 에타가 알던 소년들 중에는 흔치 않은 특질이었다. 또한 그는 에타가 예쁜 외모라는 행운을 갖고 태어나지 않았다는 사실에 신경 쓰는 유형도 아니었다. 루이스는 한 손으로 뒷짐을 지고, 학교에 다니기 시작한 첫날부터 마지막 날까지 에타를 학교에 데려다주었다. 그리고 에타는 바로 그런 점들에 반했다.

에타의 집안엔 수백 에이커나 되는 밭이 있었다. 열여덟 살이 되었을 때, 에타는 아버지에게 루이스와 결혼하고 싶다고 말했고, 아버지는 자기의 사위가 될 사람이라면 농사짓는 법을 배워야 한다고 우겼다. 아들이 없었기에, 아버지는 루이스가 가업을 이어받기를 바랐다. 하지만 에타는 아버지가 그저 이 청년에게 자기가 옳다는 것을 보여주고 싶을 뿐이라고 생각했다. 농사는 힘들고 존경할 만한 일이다. 약골에게는 어울리지 않아. 그리고 확실히 지성인에게도 어울리지 않지. 에타는 자기 아버지와는 전혀 비슷하지 않은 사람을 고른 것이었다.

루이스는 자기 아버지처럼 의사가 될 계획을 세웠고, 의과대학에 진학할 수 있는 장학금을 받아놓았다. 하지만 그는 의사 면허증을 원하는 이상으로 에타와 결혼하기를 원했다. 에타가 제발 루이스 좀 살살 봐달라고 애원했으나, 에타의 아버지는 루이스에게 뼈 빠지게 일을 시켰다. 루이스는 매일 새벽 4시에 일어나서 이슬이 내린 밭으로 나갔다. 새벽 4시부터 해 질 녘까지 일을 했지만, 에타가 많은 사람에게 즐겨 상기시켰듯이, 루이스는 단 한 번도 불평하지 않았다. 그는 아버지가 물려준 의료 기기 가방과 교과서를 팔았고, 그 돈을 부엌 조리대 위에 놓인 단지 속에 넣었다. 미래 아이들의 대학 등록금에 쓸 종잣돈이라고 했다. 에타는 이것만 해도 그가 얼마나 이타적인 사람인지 잘 알 수 있다고 생각했다.

어느 가을날, 해 뜨기 전, 루이스는 겨울용 목초를 실은 작업용 트럭의 비터*에 몸이 절단되었다. 그는 피를 흘리며 밭에서 혼자 죽어갔다. 에타의 아버지가 그를 발견했고, 에타를 보내 외양간에서 가져온 방수 천으로 그의 시체를 덮게 했다. 에타는 루이스의 절단된 다리 한 짝을 도로 농장 집으로 가져갔고, 트럭에 묻은 피를 씻으려 양동이에 물을 채우고 있던 아버지의 머리에 던져버렸다.

에타는 가족에게 몸 안에 아이가 자라고 있다는 말을 하지 않았다. 덩치가 큰 편이었고 평균보다 30킬로그램이 더 나가는 과체중이어서, 임신을 잘 숨길 수 있었다. 딸 세실리아는 4개월 뒤 눈보라가 한창 몰아치던 날 부

---

* 목초나 건초를 분쇄해 비료를 섞어주는 날카로운 작업기.

억 바닥에서 태어났다. 에타는 아기를 몸 밖으로 밀어내는 동안 자기 머리 위 조리대에 놓인 돈 단지를 바라보았다.

에타와 세실리아는 농장에서 조용히 살아갔고, 읍내에는 거의 발을 디디지 않았다. 읍내에 나갈 때면, 사람들이 '신경쇠약에 걸린' 여자라고 수군대는 소리가 쉽게 귀에 들어왔다. 그 시절에는 그보다 더한 말은 하지 않았고, 더는 의심하지 않았다. 루이스의 아버지는 에타의 어머니에게 정기적으로 진정제를 보내 적절하다고 생각되면 약을 주도록 했다. 그리하여 에타는 대부분의 나날을 자기가 자란 방의 작은 놋쇠 침대에 누워서 보냈고, 그 어머니가 세실리아를 돌보았다.

하지만 에타는 이처럼 약에 취한 채로 침대에 누워만 있어서는 다른 남자를 다시 만날 수 없다는 사실을 금방 깨달았다. 그녀는 제대로 생활하는 법을 배웠고 결국 세실리아를 돌보게 되었다. 엄마가 유아차를 밀고 시내를 돌아다니는 동안, 불쌍한 아이는 할머니를 찾으며 소리를 질러댔다. 에타는 사람들에게 자기가 끔찍한 만성 위통을 앓고 있으며, 그래서 몇 달 동안 계속 먹지 못해 이렇게 여위었다고 말했다. 아무도 이 말을 믿지 않았지만, 에타는 그들의 게으른 수군거림엔 개의치 않았다. 그때 바로 헨리를 만났기 때문이다.

헨리는 이 마을에 새로 들어온 사람으로, 에타와 같은 교회에 다녔다. 그는 사탕 제조 공장에서 예순 명의 직원을 관리했다. 그는 처음 만난 순간부터 에타에게 다정했다. 그는 아이들을 사랑했고, 세실리아는 특히 귀여웠기 때문에, 사람들이 말하는 것처럼 문젯거리는 되지 않았다.

오래지 않아, 헨리는 마을 한가운데에 테두리를 민트색으로 두른 튜더식 집을 샀다. 에타는 놋쇠 침대를 영원히 버리고 떠났고, 체중이 다시 늘었다. 자기 가족을 위한 집을 꾸미는 데 온몸을 던졌다. 잘 지어진 집 앞

포치에는 그네가 달렸고, 창문마다 레이스 커튼이 걸렸으며, 오븐 속에서는 늘 초콜릿 쿠키가 구워지고 있었다. 어느 날 그들의 새 거실 가구들이 다른 집으로 배달되었고, 그 이웃은 자기가 주문한 것도 아니면서 배달원에게 그 가구들을 자기 집 지하실에 배치해달라고 했다. 에타는 이런 낌새를 채자마자 실내복에 헤어롤을 단 차림으로 트럭 뒤를 쫓아 달리며 욕설을 퍼부었다. 이 광경에 모든 사람들은 포복절도했고, 마침내는 에타도 같이 웃어버렸다.

에타는 사람들이 기대하는 그런 여성이 되려고 무척이나 노력했다.

좋은 아내, 좋은 엄마.

다 괜찮을 것만 같았다.

2

우리의 시작을 생각할 때마다 내 마음에 떠오르는 일들.

당신의 어머니와 아버지. 다른 사람에게는 중요하지 않을지도 모르지만, 당신과 함께 한 가족이 왔어. 나의 유일한 가족. 후한 선물, 휴가 동안 어디든 햇볕 환한 곳에 당신과 같이 갈 수 있는 비행기표. 두 분의 집에서는 갓 세탁한 리넨 천의 포근한 냄새가 늘 풍겼고, 나는 그 집에 갈 때면 다시 떠나고 싶지 않았어. 당신 어머니가 내 머리카락 끝을 쓰다듬어줄 때면 나는 그분 무릎 위에 올라앉고 싶기도 했지. 가끔은 어머니가 당신을 사랑한 만큼 나를 사랑했다는 느낌을 받기도 했어.

내 아버지가 어디 있는지 묻지도 않고 나를 받아주고, 아버지를 명절에 초대하고도 거절당했을 때도 따져 묻지 않았던 두 분의 친절한 태도에 나는 감사했지. 세실리아 이야기는 물론 한 번도 꺼내지 않았어. 나를 집에 데려가기 전에 당신이 배려 깊게 이미 언질을 드렸겠지(블라이스는 멋진 사람이에요. 정말이에요. 그렇지만 어머니 아버지도 아시다시피⋯⋯). 내 어머니는 당신의 가족들이 수군댈 만한 사람은 아니었겠지. 당신들 중 누구도 유쾌하지 못한 일을 즐기는 취향이 없으니까.

당신 가족은 모두 완벽했어.

당신은 여동생을 '예쁜이'라고 부르고, 동생은 오빠를 잘 따랐지. 당신은 매일 밤 집에 전화했고, 나는 복도에서 그 소리를 들으며 당신 어머니가 무슨 말을 했기에 당신이 그처럼 웃는 걸까 하며 나도 같이 듣고 싶었어. 주말에 격주로 집에 가서 아버지가 집 관리하는 것을 도왔고. 당신 가족은 포옹도 하더라. 당신은 어린 사촌들도 봐줬어. 당신 어머니의 바나나 빵 레시피도 알았지. 매년 부모님 결혼기념일에는 카드도 보냈어. 나의 부모는 결혼에 대해서 말을 꺼낸 적도 없었지.

내 아버지. 아버지는 내가 그해 추수감사절에 집에 가지 않을 거라는 사실을 문자로 알렸지만 답장도 하지 않았어. 하지만 나는 당신에게 거짓으로, 내가 누구를 만났다니 아버지가 기뻐했고, 그리고 당신 가족에게 안부 전해달라고 했다고 말했지. 진실은 당신과 내가 만난 이후로 우리는 그다지 말을 나눈 적이 없었다는 거야. 우리는 주로 자동응답기를 통해서만 연락을 주고받았고, 그럴 때도 당신이 들으면 창피할 만큼 진부하고 일반적인 대화만 죽 이어질 뿐이었어. 나는 아직도 어떻게 우리가, 아버지와 내가 그렇게 해냈는지는 잘 모르겠어. 그 거짓말은 내가 당신에게 드문드문 뿌려놓았던 다른 거짓말들과 마찬가지로 꼭 필요했어. 그래야 우리 가족이 얼마나 엉망진 창인지 당신이 의심을 못 할 테니까. 당신에게 가족은 무척 중요했 지. 나에 관한 온전한 진실을 알면 당신이 나를 바라보는 시선이 바 뀔지도 모르기에, 우리 둘 다 그런 위험을 감수할 수는 없었어.

처음으로 같이 산 아파트. 그 아파트에서 아침에 보는 당신 모습을 나는 가장 사랑했지. 당신이 후드처럼 시트를 끌어 올리고 좀 더 자 려던 모습, 베갯잇에 짙게 밴 소년 같은 냄새. 그때 나는 대체로 해도 뜨기 전에 일찍 깨어, 늘 한기가 도는 부엌 식탁 끝에 앉아 글을 썼 어. 나는 당신의 목욕 가운을 입었고, 어디인가 도자기 공방에서 당 신을 위해 만들어 온 도자기 컵에 차를 담아 마셨어. 당신은 바닥이 따뜻해지고 블라인드 뒤에서 비치는 빛이 내 피부의 세세한 부분까 지 볼 수 있을 정도로 충분히 들어온 이후에야 내 이름을 불렀지. 당 신은 나를 뒤에서 끌어안았고 과감한 시도들을 시험했지. 당신은 대 담하고 적극적이었으며 나보다도 내 육체가 무엇을 할 수 있는지를 잘 이해했지. 나는 당신에게 매료됐어. 당신의 자신감. 당신의 인내. 당신이 내게 품은 원초적 욕구.

그레이스와 함께 보낸 밤들. 그레이스는 내가 대학 졸업 이후에도 계 속 연락하고 지내던 단 한 명의 친구였어. 내가 그 애를 얼마나 좋아 하는지는 털어놓지 못했지. 당신은 내가 그 애와 보내는 시간을 약 간 질투하는 것 같았고, 우리가 술을 너무 많이 마신다고 생각했잖 아. 하지만 나는 여자들끼리의 우정이라는 면에서 그 애에게 별로 해준 게 없어. 그래도 당신은 그 애가 혼자이던 밸런타인데이 때 우리 두 사람 모두에게 꽃을 주었지. 나는 그레이스를 한 달에 한 번 정도는 저녁 식사에 초대했고, 당신은 뒤집어놓은 쓰레기통 위에 세 번째 멤버가 되어 앉아 있었지. 당신은 퇴근하면서 집에 오는 길에 늘 좋은 와인 한 병을 사곤 했어. 이야기가 가십으로 옮겨 가고, 그레이스가 담배를 꺼내면, 당신은 예의 바르게 실례한다 말하고 물러가 책을 폈지. 어느 날 밤, 우리가 안에서 담배를 피우는 동안(상상이나 했어?) 당신이 베란다에서 여동생에게 말하는 소리가 들리더라. 당신 동생은 최근 실연을 겪어서 마음을 털어놓을 수 있는 상대인 오빠에게 전화했던 거야. 그레이스는 당신에게 대체 무슨 문제가 있느냐고 물었어. 침대에서 잘 못해? 성질내나? 분명 문제가 있을 거라고 했지. 그 어떤 남자도 이렇게 완벽할 리가 없으니까. 하지만 그런 문제는 없었어. 그때는 없었지. 나도 몰랐던 건 아니야. 나는 '행운'이라는 단어를 썼지. 나는 운이 좋았어. 가진 건 별로 없었지만, 당신이 있었으니까.

우리의 일. 우린 그에 대해선 자주 이야기 나누지 않았어. 나는 당신이 점점 성공해가는 걸 시기했고 당신도 그 마음을 알았지. 당신은 우리 커리어, 수입의 차이에 대해 민감했으니까. 당신은 돈을 벌었고 나는 꿈을 꿨지. 나는 졸업 이후에 몇몇 소규모 프리랜서 프로젝트를 했을 뿐 다른 일로 나아가지 못했지만, 당신이 우리 두 사람 생활을 넉넉하게 유지했고 내게 신용카드를 주면서도 이렇게만 말했어. "필요한 거 있으면 뭐든 써." 당신은 건축 사무소에 채용되어 두 번 승진했을 때였고, 그동안 나는 단편소설 세 편을 썼어. 출간되지는 못한 작품들이지. 당신은 출근할 때면 마치 다른 사람의 것이 된 듯 보였어.

거절 편지는 으레 당연하다는 듯 왔어. 이것도 과정의 일부야, 당신은 내게 친절하게도, 그리고 자주 일깨워주었지. 언젠가는 될 거야. 나에 대한 당신의 무조건적인 믿음은 마술처럼 느껴졌어. 나는 당신 생각만큼 내가 실력 있는 사람이라는 것을 증명하고 싶은 마음이 간절했지. "나한테 읽어줘봐. 오늘 쓴 건 뭐든지!" 나는 늘 당신이 애원하도록 시켰고, 내가 짐짓 짜증 나는 듯 마지못해 응하는 척하면 당신은 쿡쿡 웃었어. 우리의 바보 같은 습관이었지. 당신은 저녁 식사 후에 출근복을 그대로 입은 채로 기진맥진해서 소파 위에 웅크리고 누웠어. 내가 작품을 읽는 동안 당신은 눈을 감고 훌륭한 대목이 나오면 미소를 짓곤 했지.

내가 당신에게 처음으로 출간된 단편을 보여주던 밤, 당신의 손은 마치 무거운 잡지를 받아 든 양 떨렸지. 그 생각을 무척 자주 했어. 당신이 내게 느꼈던 자긍심. 그 뒤로 몇 년 지나, 그 떨리는 손이 우리 딸의 작고 젖은 머리를 안은 모습을 보게 되었지. 내 피가 묻은 머리.

하지만 그렇게 되기 전에, 당신은 나의 스물다섯 살 생일에 결혼하자고 말했지. 내가 아직도 가끔 왼손에 끼는 이 반지를 주며.

3

나는 당신에게 내 웨딩드레스가 마음에 드느냐고 물어본 적이 없었어. 당신 어머니와 값비싼 부티크를 돌아다니던 중에 그 중고 드레스를 빈티지 상점에서 본 뒤로는 마음에서 떨쳐낼 수가 없었기에 그 드레스를 사버렸지. 당신은 신부에게 감탄한 신랑들이 그러는 것처럼, 제단에서 땀을 뻘뻘 흘리면서 발을 까닥거리며 '당신 정말 아름다워'라고 속삭여주지 않았지. 하객들이 모여 샴페인을 마시면서 더위에 대해 얘기하고 다음번 카나페는 언제 나오느냐고 묻는 마당으로 들어가기 전에, 대기하느라 건물 뒤 빨간 벽돌 벽 뒤에 숨어 있을 때도 당신은 내 드레스에 대해서는 아무 말도 하지 않았어. 분홍빛으로 반짝이는 나의 얼굴에서 눈길을 돌리지 못했지. 내 눈에서 시선을 떼지 못했어.

당신은 그 어느 때보다 멋있었고, 나는 지금도 눈을 감으면 스물여섯 살의 당신이 보여. 피부가 환히 빛나고 머리카락이 이마 위에 구불거리며 흘러내리던 모습. 볼에는 아직도 젖살이 남아 있었다는 것까지도 선명해.

우리는 밤새 서로의 손을 꼭 잡고 잤지.

서로에 대해서 아는 게 너무나 없었어. 우리가 어떤 사람이 될지에 대해서.

그때는 내 부케에 있던 데이지 꽃잎을 하나하나 떼며 문제를 셀 수도 있었겠지만, 오래지 않아 우리는 문제들이 가득 핀 들판에서 길을 잃어버리게 돼.

"신부 가족 좌석은 없을 거예요." 나는 접이식 의자를 펼치고 이름표를 놓는 남자에게 웨딩플래너가 낮은 목소리로 말하는 소리를 어쩌다 듣게 되었어. 남자는 웨딩플래너에게 살짝 고개만 끄덕였지.

당신 부모님이 식전에 결혼반지를 주셨어. 두 분은 작은 은제 조개껍데기에 반지를 담아 건네주셨지. 당신의 증조할머니를 사랑했던 남자는 그 반지를 주고 전쟁에 나가서 다시는 고향에 돌아오지 못했다고 했어. 반지 안쪽에는 그 남자가 할머니에게 전하는 고백이 새겨져 있었지. 바이올렛, 당신은 언제나 나를 찾아낼 거야. "할머니 성함이 참 아름다웠어"라고 당신은 말한 적이 있었지.

예쁜 은회색 숄을 두른 당신 어머니는 우리를 위해 축배를 드셨어. "결혼 생활은 표류해버릴 수도 있어. 수평선과 물이 맞닿는 곳에 와서야 너무 멀리 왔다는 것을 깨닫고 다시는 돌이킬 수 없다고 느끼지." 어머니는 잠깐 말을 멈추고 나만을 바라보셨어. "물살 속에서 서로의 심장 소리에 귀를 기울여봐. 너희는 언제나 서로를 찾아낼 거야. 그 뒤에 너희는 반드시 해안을 찾게 될 거야." 어머니는 당신 아버지의 손을 잡았고 당신은 일어나 잔을 들었어.

우리는 그날 밤 순순히 사랑을 나눴어. 우리가 해야 할 일이니까. 우리는 진이 빠졌어. 하지만 정말 현실을 실감했지. 우리에겐 결혼반지와 피로연 식대 청구서, 그리고 아드레날린 때문에 두통이 생겼어.

나는 내 최고의 친구이자 나의 영혼의 짝인 당신을 맞아 영원히 내 삶의 동반자로 삼겠습니다. 좋을 때나 힘들 때나 그 사이에 올 수천수만의 나날을 함께하겠습니다. 당신, 폭스 코너, 내가 사랑하는 사람. 나는 당신에게 엄숙히 약속합니다.

몇 년 후, 우리 딸은 내가 자동차 트렁크에 드레스를 쑤셔 넣는 모습을 보았지. 나는 그걸 찾아낸 바로 그 가게에 다시 갖다줄 작정이었어.

4

그다음에 이어진 삶이 어땠는지 정확히 기억해.

우리의 바이올렛이 오기 전의 세월.

우리는 소파에서 늦은 저녁을 먹으면서 시사 프로그램을 보았어. 모서리가 무시무시하게 뾰족한 검은 대리석 커피 테이블 위에 포장해 온 매운 음식을 놓고 먹었지. 주말 오후 2시에 발포 와인을 몇 잔씩 마시고는, 몇 시간 후 바깥을 걸어 술집으로 가는 사람들 소리에 누군가 먼저 깨어나 흥분할 때까지 낮잠을 잤어. 섹스를 했지. 머리카락을 잘랐어. 나는 신문에서 여행 기사를 읽으면서 우리가 다음에 갈 곳을 위한 조사를 한다고 생각했어. 현실적인 조사. 나는 거품을 올린 뜨거운 음료를 손에 들고서 비싼 상점들을 돌아다녔어. 겨울에는 이탈리아제 가죽장갑을 꼈어. 당신은 친구들과 골프를 쳤지. 나는 정치에 관심이 있었어! 우리는 안락의자에 껴안고 누워 서로를 만지고 있으면 참 좋구나 생각했어. 영화는 내가 바라볼 수 있는 대상, 내 정신을 지금 앉은 곳에서 다른 곳으로 데려다주는 것이었어. 점점 직접적 본능에 덜 집착하는 삶을 살게 됐어. 더 영리한 생각이 나기 시작했지. 글은 더 쉽게 나오고! 생리도 가벼웠어. 당신은 집 전체에 울리도록 음악을 틀었어. 신곡들로, 성인들이 가득한 식당에서 맥주를 마실 때 누군가가 언급한 아티스트들의 음악을. 세탁비누가 유기농이 아니어서 우리 옷에서는 인공적인 숲의 향기가 풍겼어. 우리는 등산을 했지. 당신은 내게 글쓰기는 어떻게 되어가느냐고 물었고. 나는 다른 남자를 쳐다본 적이 없었지만, 대신에 그 남자가 섹스할 땐 어떨까 궁금하긴 했어. 당신은 그해 네 번째인가 다섯 번째 눈이 내릴 때까지는 무척이나 비실용적인 차를 매일 몰고 나갔어. 당신은 개를 입양하고 싶어 했지. 우리는 거리를 걸으며 개들을 눈여겨봤어. 우리는 개들의 목을 쓰다듬어주려고 발길을 멈췄지. 그때는 공원만이 내가 집안일을 미룰 수 있는 유일한 핑계는 아니었어. 우리가 읽은 책들은 그림이 없었지. 우리는 텔레비전 화면이 뇌에 끼치는 영향은 생각하지 않았어. 아이들은 성인용으로 제조된 물건들을 제일 좋아한다는 것을 이해하지 못했지. 우리는 서로를 안다고 생각했어. 그리고 우리 자신을 안다고 생각했지.

5

내가 스물일곱이던 여름, 우리 건물과 옆 건물 사이의 골목을 내려다보는 베란다 위, 비바람에 바랜 접이식 의자 두 개가 있었어. 내가 줄에 달아 걸었던 흰 종이 등들에서는 저 아래에서 스멀스멀 올라온 뜨거운 쓰레기 냄새가 진하게 배었어. 바로 거기서 당신은 상쾌한 화이트 와인 잔을 들며 내게 말했어. "이제 노력해보자, 오늘 밤."

우리는 이미 이전에 여러 번 이 얘기를 했었지. 내가 다른 사람들의 아이를 안거나 무릎을 꿇고 놀아주고 있노라면 당신은 신이 났어. 당신 천부적이야. 하지만 상상으로 그려본 쪽은 나였어. 모성. 그건 어떤 것일까. 어떤 기분일까. 당신에게 잘 어울려.

나는 달라지려 했어. 그런 일들이 쉽게 되는 다른 여자들과 같아지려 했어. 내 엄마가 되지 못했던 건 뭐든 되려 했어.

그 무렵 엄마가 떠오른 적은 별로 없었지. 그건 확실해. 엄마가 불

35

청객으로 슬쩍 끼어들려고 하면, 나는 훅 불어서 치워버렸어. 그 여자가 내 오렌지 주스 속으로 떨어지는 담뱃재인 것처럼.

그해 여름이 되자 우리는 아주 느린 엘리베이터가 있는 건물에 침실 두 개가 딸린 더 큰 아파트에 세를 들었어. 이전에 살던 건물은 걸어 올라갔지만 유아차는 그렇게 못 할 테니까. 우리는 아기와 관련된 것들을 보면 서로 말없이 살짝 옆구리를 쿡쿡 찌르며 주의를 끌었어. 상점 유리창에 진열된 자그맣고 세련된 옷들. 어른들 말을 착하게 따르며 손을 잡고 가는 꼬마 형제자매. 기대감이 있었어. 희망이 있었어. 몇 달 전부터 나는 내 월경 주기에 더 신경을 쓰기 시작했지. 배란 시기를 추적했어. 다이어리에 날짜를 표시하고 적어두었어. 언젠가 나의 O(배란)라는 글자 옆에 작은 웃는 얼굴들이 그려진 것을 보았어. 당신의 흥분은 사랑스러웠지. 당신은 훌륭한 아빠가 될 것이었어. 그리고 나는 당신 아이의 훌륭한 엄마가 될 것이었지.

지금 회상해보면 그때 내가 찾았던 자신감에 놀라게 돼. 나는 더는 내 엄마의 딸인 것 같은 기분이 들지 않았어. 당신의 아내라는 기분이었어. 나는 몇 년 동안이나 당신에게 완벽한 사람인 척했지. 당신을 행복하게 해주고 싶었어. 나를 이 세상으로 내보낸 엄마가 아닌 다른 사람이 되고 싶었어. 그리고 나도 아이를 원했어.

6

엘링턴 가족. 그 사람들은 내가 자랐던 집에서 세 집 떨어진 곳에
살았고, 그 집 마당의 잔디밭은 건조하고 가차 없는 여름 동안에도
그 동네에서는 유일하게 계속 푸르렀지. 엘링턴 아줌마는 세실리아
가 우리를 떠난 지 정확히 72시간 만에 우리 집 문을 두드렸어. 아
빠는 지난해에 매일 누워 잤던 소파에 아직도 누워 코를 골고 있었
지. 나는 한 시간 전에야 엄마가 이번에는 집에 돌아오지 않을 것이
라는 사실을 깨달았어. 엄마의 옷장과 옷장 서랍, 담뱃갑을 넣어두
던 곳들을 다 살펴보았거든. 엄마에게 의미가 있는 건 모두 사라졌
더라고. 그때는 나도 철이 들어서 아빠에게 엄마가 어디 갔는지는 묻
지 않았지.

"우리 집에 맛있는 일요일 구이 요리 먹으러 올래, 블라이스?" 미
장원에서 갓 나온 그대로 꼼꼼하게 말린 아줌마의 머리카락은 반짝
반짝 단단했고, 나는 고개를 까닥하며 고맙습니다, 라고 대답할 수

밖에 없었어. 나는 곧장 세탁실로 가서 가장 좋은 옷, 남색 점퍼스커트와 무지개 색 줄무늬가 있는 터틀넥을 세탁기에서 꺼내 입었어. 아빠도 함께 가도 되는지 물어볼까 했지만, 엘링턴 아줌마는 내가 아는 사람 중에 가장 사교성이 뛰어난 사람이라서, 아빠를 초대하지 않았다면 이유가 있을 거라 짐작했어.

토머스 엘링턴 주니어는 나랑 가장 친한 친구였어. 언제부터 걔한테 그런 특별 위치를 부여해주었는지는 기억이 나지 않지만, 내가 열 살쯤이었을 때 걔는 내가 놀고 싶은 유일한 사람이었지. 내 또래의 다른 여자애들과 있으면 불편했어. 내 삶은 그 애들의 삶과 달라 보였거든. 소꿉놀이 오븐, 집에서 만든 머리끈, 제대로 된 양말. 엄마. 나는 아주 이른 나이에 아이들과 다른 건 기분이 좋은 일이 아님을 깨달았지.

하지만 엘링턴 가족과 있으면 기분이 좋았어.

엘링턴 아줌마가 나를 초대했다는 건 어쨌든 내 엄마가 떠났다는 사실을 알고 있다는 뜻이었지. 엄마는 언제부터인가 엘링턴네 집에 저녁 먹으러 가지 못하게 했거든. 어느 시점부터 엄마는 내가 매일 저녁 5시 15분 전까지는 집에 와 있어야 한다고 했어. 집에 와봤자 별게 없었는데도. 오븐은 늘 차가웠고 냉장고는 늘 비어 있었지. 그때는 저녁에 아빠와 나는 대개 즉석 오트밀을 먹었어. 아빠는 청소부 관리를 하던 병원 구내식당에서 포장된 흑설탕을 주머니에 쑤셔 넣고 돌아와서 그 위에 뿌려 먹었지. 아빠는 당시에 그 동네 기준으로는 괜찮게 돈을 벌고 있었어. 우리는 그에 맞게 살지 못했을 뿐이야.

나는 어쨌든 근사한 저녁 식사에 초대를 받으면 선물을 가져가는 게 예의라는 건 알았어. 그래서 우리 앞마당에서 수국을 한 움큼 잘 랐지. 늦가을어서 대부분의 흰 꽃잎이 바삭한 먼지 낀 분홍색으로 변하기는 했지만, 고무줄로 꽃대를 묶었어.

"참 배려 있는 아가씨구나." 엘링턴 아줌마는 꽃을 파란 꽃병에 꽂 아 식탁 위 김이 모락모락 오르는 요리 한가운데에 놓았어.

토머스의 동생 다니엘은 나를 무척 따랐어. 우리는 방과 후에 토 머스가 자기 엄마랑 숙제하는 동안 거실에서 기차놀이를 했지. 나 는 8시 이후까지 숙제를 늘 미뤄두는 편이었어. 세실리아가 잠자리 에 들거나 밤에 시내로 외출하는 동안에 하려고. 엄마는 자주 그랬 어. 시내로 놀러 가서 다음 날에야 들어왔지. 숙제를 그때 하면 눈꺼 풀이 무거워질 때까지 할 일이 생기니까. 꼬마 다니엘은 나한테 완전 히 반했어. 그 애는 다섯 살일 때도 어른처럼 말하면서 곱셈을 할 줄 안다고 했지. 우리가 엘링턴네 집의 까끌까끌한 주황색 양탄자 위에 서 놀 때, 난 그 애에게 구구단표로 문제를 내면서 개의 영리함에 놀 라곤 했어. 엘링턴 아줌마가 가끔 끼어서 들어보고 늘 우리의 머리 를 토닥여주고 나갔지. 잘하는구나, 너희 둘 다.

토머스도 영리했어. 하지만 방식은 달랐지. 우리는 그 애 엄마가 문구점에서 사 준 작은 스프링 노트에 이야기를 쓰곤 했는데, 토머 스는 정말 놀라운 이야기를 지어냈어. 그런 다음 우리는 각 페이지 마다 그에 어울리는 그림을 그렸지. 책 한 권을 완성하기까지는 몇 주가 걸렸어. 우리는 정성스럽게 이야기의 각 부분마다 뭘 그릴지를 의논하고, 천천히 연필 한 상자를 다 깎아놓은 다음에야 시작했지. 한번은 토머스가 책 한 권을 집으로 가져가도 된다고 허락해줬어. 내가 좋아하는 이야기였는데, 아름답고 자상한 어머니가 희귀한 중

중 수두에 걸린 가족의 이야기였지. 그 가족은 마지막으로 함께 먼 섬으로 여행을 떠나는데, 거기 백사장에서 조지라고 하는 난쟁이 요정을 만나. 조지는 말할 때면 반드시 운율을 맞춰. 자기를 여행 가방에 넣어 세계의 다른 곳으로 데려다주면 그 대가로 한 가지 특별한 초능력을 선물해 준다고 해. 가족들은 좋다고 했고, 요정은 그들이 바라던 선물을 줘. 너희 엄마는 영원히 살게 될 거야, 시간의 끝까지. 슬퍼질 때마다 이 짧은 노래를 부르면 되지! 요정은 그 뒤로 그 어머니의 주머니 속에 영원히 살게 돼. 나는 이 책의 책장에 그 가족을 꼼꼼하게 그렸어. 그 가족은 엘링턴 가족을 꼭 닮았지만, 그들과 전혀 닮지 않은 셋째 아이가 있었지. 나처럼 크레용 복숭아색 피부를 한 딸.

어느 날 아침, 나는 엄마가 내 침대 가장자리에 앉아 내가 서랍장 깊숙이 숨겨놓았던 책을 넘기는 것을 보았어.

"이거 어디서 났어?" 엄마는 나를 쳐다보지도 않고 말하다가 내가 나를 흑인 가족의 일원으로 그려놓은 페이지에 멈췄어.

"내가 만들었어. 토머스랑. 걔네 집에서." 나는 엄마의 손에 들린 책, 내 책을 받으러 손을 뻗었어. 그 손길은 애원이었어. 엄마는 팔을 홱 빼더니 책을 내 머리에 던졌어. 마치 스프링에 꽂힌 페이지와 거기 있는 모든 것이 역겹다는 듯이. 책 모서리가 내 턱을 찍고, 책은 우리 사이 바닥에 떨어졌어. 나는 당황해서 그 광경을 바라봤어. 엄마가 좋아하지 않았던 그림, 내가 엄마에게 숨기고 있었던 사실.

엄마는 야윈 턱을 꼿꼿이 세우고 등을 뒤로 젖히면서 일어섰어. 그러곤 문을 조용히 닫고 나갔지.

나는 다음 날 그 책을 다시 토머스의 집에 갖다주었어.

"그냥 가져도 되는데? 너희 둘이 함께 만든 걸 무척 자랑스러워했잖아." 엘링턴 아줌마는 책을 내 손에서 받아 들다가 몇 군데가 찌그러진 것을 보았어. 아줌마가 표지를 매끈하게 펴더라. "괜찮아." 아줌마는 내가 대답할 필요가 없도록 고개를 저었어. "여기 두고 봐도 돼."

아줌마는 거실 책장에 책을 꽂았어. 그날 그 집을 떠날 때, 아줌마가 책의 마지막 장을 펼쳐서 거실 쪽을 향하도록 놓아둔 것을 보았지. 나까지 포함해서 다섯 명으로 이루어진 가족. 서로 어깨에 팔을 두르고. 한가운데에 환히 미소 짓는 어머니에게서는 작은 하트들이 뿜어져 나오고 있었지.

엄마가 떠난 일요일 저녁 식사에서 나는 엘링턴 아줌마에게 부엌 치우는 일을 돕겠다고 했어. 아줌마는 카세트테이프를 틀어놓고 살며시 노래 부르며 식탁을 치우고 조리대 상판을 닦았지. 나는 그릇을 헹구면서 곁눈질로 수줍게 아줌마를 쳐다보았어. 어느 순간 아줌마가 노래를 멈추더니 상판에서 오븐용 장갑을 들었어. 그러고는 장난스러운 미소를 띠며 나를 보더니 장갑을 슬쩍 한 손에 끼고 머리 위로 들었지.

"블라이스 양," 아줌마는 우스꽝스럽게 높은 목소리로 말하면서 손인형처럼 손을 움직였어. "오늘 여기 '엘링턴 식후 토크쇼'에 유명 인사들을 손님으로 모시고 질문을 하겠습니다. 그러면 말씀 좀 해주실까요? 흠, 재미있게 놀고 싶을 땐 뭘 하시나요? 영화를 보러 간 적은 있나요?"

나는 어떻게 장단을 맞춰야 할지 몰라 어색하게 웃었어. "아, 네, 가끔은요?" 나는 한 번도 영화를 보러 간 적이 없었지. 인형에게 말

41

을 걸어본 적도 없었어. 나는 고개를 숙이고 싱크대에 담긴 접시들을 휘저었어. 토머스가 소리를 지르며 부엌으로 뛰어 들어왔어. "엄마가 다시 토크쇼 한다!" 그러자 다니엘이 그 뒤를 쏜살같이 따라 들어왔지. "엄마 나한테도 뭐 물어봐요, 물어봐줘요!" 엘링턴 아줌마는 한 손을 허리에 짚고 다른 손으로는 떠드는 척하면서, 입을 다물고 새된 목소리로 말했지. 엘링턴 아저씨가 구경하려고 고개를 살짝 들이밀었어.

"자, 다니엘. 가장 좋아하는 음식은 뭐죠? 아이스크림이라고 얘기하면 안 돼요!" 손인형이 말했어. 다니엘은 대답을 생각하려고 위아래로 펄쩍펄쩍 뛰었고 토머스가 대신 몇 가지 대답을 소리쳤어. "파이, 파이 맞지!" 엘링턴 아줌마의 오븐 장갑이 헉 소리를 냈어. "파이라니! 그래도 루바브 파이는 아니겠죠? 그것만 먹으면 방귀가 뿡뿡 나온단 말이에요!" 남자애들은 서로 소리를 지르며 깔깔 웃어댔어. 나는 그들이 그렇게 노는 소리에 귀를 기울였지. 이런 기분을 전에는 느껴본 적이 없었어. 자발성. 유치함. 편안함. 엘링턴 아줌마는 싱크대에 서서 바라보는 나의 존재를 깨닫고 손가락으로 가까이 오라고 신호했어. 아줌마는 내 손에 오븐 장갑을 끼우고 말했지. "오늘의 초대 손님입니다! 대단한 영광이죠!" 그러더니 아줌마는 내게 속삭였지. "해봐, 애들에게 어느 쪽이 나은지 물어봐. 벌레, 아니면 사람 코딱지? 뭘 먹을래?" 나는 킬킬 웃었어. 아줌마가 눈을 굴리며 미소를 띠는 모습은 마치 이렇게 말하는 것 같았지. 나를 믿어, 얘들이 좋아할 거야. 이 유치한 애들은.

아줌마는 그날 나를 집까지 바래다주었어. 이전에는 한 번도 그런 적 없었지만. 우리 집의 불은 다 꺼져 있었어. 아줌마는 내가 문을 열자 아빠의 신발이 현관에 놓여 있는지까지 확인했어. 그러더니 주머니에서 난쟁이 요정에 대한 책을 꺼내 내게 주었어.

"이젠 도로 갖고 싶어 할 것 같아서."

정말 그랬어. 나는 엄지손가락으로 페이지를 넘기면서 그날 저녁 처음으로 내 엄마를 생각했어.

나는 아줌마에게 저녁 식사 감사했다고 말했어. 아줌마는 우리 집 차로 끝에서 뒤를 돌아보더니 외쳤지. "다음 주도 같은 시간이야! 그 전에 미리 만나지 않으면." 아줌마는 일요일 전에 우리가 다시 만나게 될 줄 알았을 거야.

·
○
◉
⊙
◎

7

당신이 내 안에 들어온 순간 바로 알았어. 당신의 따뜻함이 나를 채우자 그렇게 될 줄 알았지. 이런 말은 미친 소리 같았겠지만. 우리는 몇 달 동안 노력해왔으니까. 거의 3주 후에 우리는 술주정뱅이 바보처럼 욕실 바닥에 누워 함께 웃음을 터뜨렸어. 모든 게 변했어. 당신은 그날 월차도 냈지. 기억해? 우리는 침대에서 영화를 보며 매 끼니마다 음식을 배달해서 먹었어. 우리는 그저 같이 있고 싶었지. 당신과 나. 그리고 그 애. 나는 그 애가 딸일 거라는 걸 알았어.

나는 더는 글을 쓸 수가 없었어. 글을 쓰려고 할 때마다 머리가 날아가버렸지. 그 애는 어떻게 생겼을까, 그 애는 어떤 사람이 될까 생각하느라.

나는 임신부 운동 수업을 다니기 시작했어. 수업을 시작할 때마다 크게 원을 그리고 둘러앉아 서로 자기소개를 하고 몇 개월인지를 말했어. 나는 하나 마나인 것 같은 에어로빅 동작을 따라 할 때 거울에 비친 여자들의 배를 바라보며 앞으로 다가올 일들을 예상하고 매혹을 느꼈지. 내 몸은 아직 변하지 않았지만, 나는 아이가 스스로를 위한 공간을 만드는 걸 보고 싶어 견딜 수가 없었어. 내 안에. 세계에.

하루를 시작하기 위해 도시를 걸어가는 길이 달라졌어. 내겐 비밀이 생겼지. 나는 사람들이 나를 다르게 봐주기를 살짝 기대했어. 나는 아직은 납작한 배를 만지면서 말하고 싶었어. 저 엄마가 될 거예요. 이게 지금의 나예요. 나는 그렇게 사로잡혔어.

어느 날 도서관에서 몇 시간 동안이나 임신과 육아 서가에서 책을 넘겨보고 있었어. 막 티가 나려던 시점이었지. 한 여자가 내 옆으로 와서 특정한 책을 찾는지 책등을 살폈어. 여자가 책장에서 꺼낸 책은 손때 묻은 수면 안내서였지.

"몇 개월이에요?"

"6개월요." 여자는 손가락으로 책의 목차를 훑다가 내 얼굴보다 배를 먼저 보았지. "당신은요?"

"21주 됐어요." 우리는 서로 고개를 끄덕였어. 여자는 옛날에는 집에서 콤부차를 우려서 아침 6시에 스피닝 수업에 다녔을 것 같지만 지금은 먹다 남은 퓌레를 먹고 산책은 기저귀를 사러 가게에 갔다오는 생활에 안착한 사람처럼 보였어. "잠은 아직 생각도 못 해봤네요."

"첫째예요?"

나는 고개를 끄덕이며 미소를 띠었어.

"얘는 둘째예요." 여자는 책을 들어 보였지. "솔직히 그냥 재우는

45

법만 알아내면 괜찮을 거예요. 다른 건 상관없어요. 첫째는 정말 완전히 망쳐버렸지 뭐예요."

나는 웃음 비슷한 소리를 내며 조언에 감사했어. 아이의 울음소리가 도서관 저편에서 터졌고, 여자는 한숨을 지었어.

"우리 애네." 여자는 손을 들어 어깨 너머를 가리키더니 찾으러 온 책의 다른 사본을 꺼냈어. 여자는 그 책을 내밀었고, 나는 여자의 손에 분홍색 마커 자국이 있다는 것을 알아차렸어. "행운을 빌어요."

걸어가는 여자의 뒷모습은 풍만하고 여성적으로 보였어. 넓은 엉덩이, 그나마 쪽잠이라도 잤는지 헝클어진 어깨 길이의 머리카락. 내게 그 여자는 너무도 분명하게 아이의 엄마로 느껴졌어. 그 여자의 모습 때문이었을까, 아니면 동작 때문에? 여자가 나보다 훨씬 더 신경 쓸 게 많아 보였기 때문에? 언제 내게도 이런 일이 일어날까? 교차로를 건너가는 변화는? 나는 어떻게 바뀌게 될까?

8

"폭스, 와서 봐봐." 우리가 아기 이야기를 한 이후로 당신 어머니가 보낸 세 번째 커다란 상자였지. 어머니는 들뜬 마음이 수그러들지 않았고, 매주 전화해서 내 상태가 어떤지를 물으셨어. 상자 안에선 귀여운 포대기와 니트 아기 모자들, 자그마한 흰 슬리퍼가 나왔어. 맨 아래에는 개별 포장된 상자가 있고, 그 위에 어머니가 '폭스의 아기 때 물건'이라고 써놓으셨지. 단추로 눈을 만들어 단 낡은 테디베어 인형 하나와 한때는 아이보리 흰색이었을 비단 테두리 장식이 달린 해진 플란넬 담요였어. 꼬마 소년이 달에 앉아 있는 작은 도자기 인형에는 섬세한 황금 글자로 당신 이름이 새겨져 있었지. 나는 곰 인형을 들어 코에 댔다가 당신 코에 갖다 댔지. 당신은 옛날 기억을 떠올렸어. 나는 건성으로 들으면서 마음은 딴 데 가 있었어. 내게도 그런 유사한 기념품들이 있나 과거를 더듬었지. 담요와 인형, 좋아하던 책, 하지만 나는 찾을 수 없었어.

"우리가 이거 해낼 수 있을 것 같아?" 나는 그날 밤 저녁 식사에서 음식을 접시 가장자리로 밀어놓고 당신에게 물었지. 임신한 이후로 고기는 거의 소화시키지 못했거든.

"뭘 해내?"

"부모가 되는 것. 아이를 키우는 것."

당신은 팔을 뻗더니 포크로 내 쇠고기를 찍으며 웃었어.

"당신은 좋은 엄마가 될 거야, 블라이스."

당신은 내 손등에 하트를 그렸지.

"당신도 알잖아, 내 어머니는…… 그 사람은 그런…… 집을 나갔잖아. 당신 어머니와는 전혀 비슷하지 않거든."

"나도 알아." 당신은 잠시 말이 없었어. 내게 더 말해보라고 할 수도 있었지. 내 손을 잡고, 내 눈을 들여다보며, 계속 얘기해보라고 할 수도 있었어. 하지만 당신은 내 접시를 들고 싱크대로 갔어.

"당신은 달라." 마침내 당신은 이렇게 말하고, 나를 뒤에서 끌어안았어. 그런 다음, 당신의 목소리에는 내가 예상치 못했던 분노가 어렸어. "당신은 그 사람하고는 전혀 달라."

나는 당신 말을 믿었어. 내가 당신을 믿었을 때는 삶이 더 쉬웠지.

우리는 소파에 누웠고, 당신은 마치 세계가 당신 두 손 안에 있는 듯 내 배를 받쳤어. 우리는 아기가 움직이기를 기다리는 순간을 사랑했어. 나의 늘어난 피부, 지구의 색깔처럼 그 아래 보이는 혈관의 푸른색. 어떤 아빠들은 아내의 배에 대고 말을 하기도 하지. 아이가 들을 수 있다고 말이야. 하지만 우리의 아기가 거기 있다는 것을 보여주기를 기다리는 동안, 당신은 말없이 경이에 사로잡혔어. 마치 그 아이가 현실에 존재한다는 것이 믿을 수 없는 꿈이라도 되는 것처럼.

9

"오늘이 그날이 될 수도 있어."

아이는 아침 내내 무겁고 낮게 느껴졌고, 나는 밤새 양수가 침대를 적시는 꿈을 꿨어. 공포심이 빠르게 덮쳐 임신 40주 내내 내가 의식적으로 피해 왔던 곳으로 끌고 갔어. 나는 차를 마시려고 물을 끓이면서 나 자신에게 속삭였어. 아이가 나오면 괜찮을 거야. 이걸로 끝나면 괜찮을 거야. 이 아이를 낳는 건 괜찮아. 내가 식탁에 앉아서 이런 주문을 종이 위에 쓰고 또 쓰고 있을 때 당신이 들어왔지.

"카시트를 끼웠어. 종일 전화를 들고 있을게."

나는 종이를 식탁 매트 아래에 슬쩍 밀어 넣었어. 당신은 내게 키스하고 출근했어. 나는 알았지.

그날 저녁 7시 30분이 되었을 때 우리는 침실 바닥에 함께 누워 있었어. 내 무릎은 오래된 쪽모이 나무 바닥의 홈에 긁혀 까졌지. 당신은 내 양쪽 허리 아래를 누르고 나는 깊고 고르게 숨을 쉬려 애썼어. 우리는 이 호흡을 계속 연습했지. 수업도 들었어. 하지만 나는 수업에서 장담한 대로 차분한 감각, 나타나야 하는 직관을 찾지 못했어. 당신은 악필로 분 단위나 수축 간격 같은 것들을 계속 기록했어. 나는 당신 손에서 기록표를 빼앗아 던져버렸지.

"우리 지금 가야 해." 나는 아파트에 더는 있을 수 없었어. 아기는 화산처럼 터져 나오기 직전이었고, 나는 그 애를 몸 안에 담고 있으려고 싸웠지. 내가 준비한 것은 뭐가 됐든 될 것 같지 않았어. 아직 열리지도 않았고, 준비도 되지 않았지. 나는 아이가 나의 열린 골반 사이로 떨어지는 모습을 그려볼 수가 없었고, 나 자신을 달래어 강어귀처럼 확장되게 할 수도 없었어. 나는 몸을 꽉 조였고, 두려웠어. 어떻게 해야 할지 알지 못했어.

사람들이 산고에 대해서 한 말은 다 사실이야. 지금은 어떤 기분이었는지도 기억할 수 없지만. 설사가 났던 건 기억해. 방이 얼마나 추웠는지도. 자궁 수축이 일어나는 동안 크리스마스 반짝이 화환이 장식된 복도를 걸어갈 때 카트 위에 놓인 겸자를 보았던 것을 기억해. 간호사는 손이 벌목꾼 같았지. 내가 얼마나 확장되었는지 확인하려고 간호사가 겸자를 내 안으로 쑤셔 넣었을 때 나는 끙끙댔고, 간호사는 시선을 피했어.

"난 이런 일이 생기길 바라진 않았어." 나는 딱히 누구를 향해서라고 할 거 없이 속삭였어. 진이 다 빠졌어. 당신은 60센티미터 떨어진 자리에서 간호사가 나한테 마시라고 가져다준 물을 마시며 서 있었어. 나는 물을 넘길 수 없었어.

"뭐가 생기길 바라지 않았다는 거야?"

"아기."

"출산 말이야?"

"아니, 아기 말하는 거야."

"지금 무통주사를 놓을까? 당신에게 필요한 것 같은데." 당신은 간호사를 찾으려 목을 길게 빼면서 내 목덜미에 차가운 수건을 갖다 댔어. 나는 당신이 마치 말갈기처럼 내 머리카락을 잡던 것을 기억해.

나는 약을 원치 않았어. 통증이 어디까지 심해질 수 있는지 느끼고 싶었어. 내게 벌을 줘. 나는 아기에게 말했지. 나를 반으로 찢어. 당신은 내 머리에 입을 맞췄고, 나는 당신을 때려서 쫓았지. 나는 당신이 싫었어. 당신이 내게 바란 모든 것 때문에.

나는 사람들에게 변기 위에서 밀어내게 해달라고 부탁했어. 거기가 제일 편안했고, 그 시점에 나는 환각에 빠졌거든. 누군가가 내게 뭐라 말해도 하나도 따라갈 수 없었어. 당신은 나를 꼬드겨서 분만대에 도로 올라가게 했고, 사람들은 내게 다리걸이에 발을 끼라고 명령했어. 그 무엇도 제대로 된 느낌이 들지 않았지. 타오르는 느낌. 나는 거기 진짜로 있다는 확신을 얻고 싶어서 불꽃을 만지려 손을 뻗었지만, 누가 내 손을 치웠어.

"꺼져."

"이제 해봐요." 의사가 말했어. "할 수 있어요."

"못 해요. 안 할 거예요." 나는 다시 말했지.

"밀어내야 해." 당신이 차분하게 말했어. 나는 눈을 감고 이 무시무시한 것이 잘못되도록 망쳐버리겠다고 결심했어. 죽음. 나는 죽음을 원했어. 내 죽음이든 아기의 죽음이든. 그럴 때조차 우리 둘 다 살아남을 것이라는 생각은 하지 않았어.

아기가 나오자 의사는 내 얼굴 위로 들어 보였지만, 나는 환한 빛의 공격에 아기의 얼굴을 제대로 볼 수 없었지. 나는 고통으로 격렬하게 몸을 떨며 토할 것 같다고 말했어. 당신은 내 허리 근처, 의사 옆에 모습을 드러냈고, 남자 의사는 나 대신 당신 쪽으로 몸을 돌리며 딸이라고 말했어. 당신은 아기의 미끄러운 머리 아래 한 손을 대고, 조심스레 당신 얼굴 쪽으로 들었지. 당신은 아기에게 뭔가 말했어. 뭐라 했는지 나는 몰라. 당신은 그 애가 이 세계에 온 첫 순간부터 둘만의 비밀 언어가 있었으니까. 그런 다음 의사는 아기가 물에 젖은 고양이라도 되는 양 배를 받치면서 간호사에게 넘겨줬어. 의사는 자기 일로 돌아갔지. 태반과 양막이 나오면서 바닥으로 쏟아졌어. 의사는 봉합용 실로 나의 절개된 부위를 꿰맸고 나는 내가 막 해낸 일에 경외심을 품으며 수술실 전등을 응시했어. 나는 이제 그 사람들 틈에 끼게 되었지, 엄마들 사이에. 나는 이처럼 살아 있는 기분, 전기가 통하는 기분을 느낀 적이 없었어. 이가 너무 심하게 덜그럭거려서 부서져 떨어져 나가지나 않을까 싶었지. 그때 아기의 소리가 들렸어. 그 울음소리가. 너무나 익숙하게 들리는 소리였어. "준비됐어요, 엄마?" 누가 말하더라. 사람들이 내 맨가슴에 아기를 올려놓았어. 아기는 마치 비명을 지르는 따끈한 빵 덩어리 같았지. 아기는 내 피를 씻어내고 병원에서 주는 플란넬 담요에 감싸여 있었어. 코에는 노란 반점이 있었어. 눈은 끈적끈적하게 어두웠고 나의 눈을 똑바로 쳐다보았어.

"내가 네 엄마야."

병원에서 보낸 첫날 밤, 나는 잠을 잘 수 없었어. 침대 주위에 친구멍이 송송 뚫린 커튼 뒤에서 조용하게 그 애를 응시했어. 발가락은 깍지 안에 줄줄이 든 작은 완두콩 같았지. 나는 담요를 걷고 손가락으로 그 애의 피부를 훑으며 아이가 꿈틀거리는 것을 바라보았어. 살아 있었지. 내게서 나온 거야. 나 같은 냄새가 났어. 아이는 내 초유를 빨려 하지 않았어. 병원 사람들이 내 가슴을 햄버거처럼 꽉 눌러 아이의 턱에 갖다 대어도 소용없었지. 사람들은 시간을 좀 두고 보자고 했어. 간호사는 내가 자는 동안 아이를 데려가겠다고 했지만, 나는 아이를 들여다봐야만 했어. 눈물이 아이의 얼굴에 떨어질 때까지도 내가 눈물을 흘리고 있다는 것을 몰랐지. 나는 새끼 손가락으로 아이의 피부 위에 떨어진 눈물방울을 하나하나 닦으며 맛보았어. 나는 아이를 맛보고 싶었어. 아이의 손가락. 아이의 귓바퀴 윗부분. 나는 그런 것을 입으로 느껴보고 싶었어. 진통제 때문에 몸엔 감각이 없었지만, 안에서는 옥시토신으로 불이 붙는 기분이었지. 어떤 엄마들은 그 감각을 사랑이라 하겠지만, 내게는 경탄에 더 가깝게 느껴졌어. 경이. 다음에 어떻게 해야 할지, 집에 가면 무엇을 해야 할지 생각하진 않았어. 아이를 키우고 보살피는 일과 아이가 자라 무엇이 될지는 생각하지 않았어. 나는 아이와 단둘이 있고 싶었어. 그런 초현실적인 시간의 우주 속에서 모든 맥박을 느끼고 싶었어.

마음 한편으로는 우리가 다시는 그렇게 존재할 수 없으리라는 것을 알았어.

1962

에타는 세실리아의 뒤엉킨 긴 머리를 감겨주기 위해 욕조의 물을 틀었다. 세실리아는 다섯 살이었고, 다른 사람이 세실리아에게 머리를 빗도록 하는 일은 그렇게 자주 있지는 않았다. 세실리아의 팔꿈치는 아보카도 녹색의 도자기 속에 깊이 잠겼다.

"고개 뒤로 젖혀봐." 에타는 이렇게 말하며 세실리아를 세게 잡아당겼다. 고개를 몇 센티미터 더 잡아당겼고 세실리아는 우레 같은 찬물을 정통으로 맞았다. 세실리아는 숨이 막혀서 헐떡이며 발버둥 치다가 마침내 자기 피부를 파고들던 에타의 손가락에서 빠져나갔다. 세실리아는 숨을 고르고 다시 고개를 들어 자기를 노려보고 있는 에타를 똑바로 보았다. 에타는 꿈쩍도 하지 않았다. 세실리아는 다 끝난 게 아니라는 걸 알았다.

에타는 세실리아의 양 귀를 잡아 다시 아래로 끌어 내렸다. 콧구멍으로 물이 들어가자 따끔거렸다. 머리가 저 멀리 떠가는 것 같은 기분이 들기 시작했다.

그런 다음에야 에타는 세실리아를 놔주었다. 에타는 곰팡이 낀 배수구의 마개를 빼고 욕실을 나갔다.

세실리아는 움직이지 않았다. 세실리아는 싸우는 도중에 똥을 쌌고, 그 위에서 더럽고 차가워진 몸을 바르르 떨며 누워 있다가 마침내 잠이 들었다.

잠에서 깨었을 때 에타는 침대에 들었고 헨리는 퇴근해서 거실에 앉아 텔레비전을 보며 데운 로스트비프를 접시에 담아 먹고 있었다. 깔았던 알루미늄포일을 다음 날 아침 다시 쓰려고 조심스럽게 접어 탁자 위에 올려둔 채였다.

세실리아는 어깨에 수건을 두르고 방으로 돌아가다가 그와 마주쳤고, 헨리는 화들짝 놀랐다. 그는 입에 음식을 가득 문 채로 어째서 자정이 가까운 밤에 자지 않고 돌아다니고 있느냐고 물었다. 세실리아는 침대에 오줌을 쌌다고 말했다.

헨리의 얼굴이 음울해졌다. 그는 긴 팔로 세실리아를 안아 들고 아이 엄마의 침대로 데려갔다. 세실리아에게는 여전히 고약한 누린내가 풍겼지만, 헨리는 그에 대해선 아무 말도 하지 않았다. 그는 에타를 흔들어 깨웠다.

"여보. 세실리아 시트도 좀 갈아줄래? 요에 오줌 쌌대."

세실리아는 숨을 죽였다.

에타는 두 눈을 뜨더니 다섯 시간 전에 세실리아를 거의 죽일 뻔했던 것과 마찬가지의 힘으로 세실리아의 손을 꽉 쥐었다. 에타는 세실리아를 방까지 데려가서 머리 위로 잠옷을 뒤집어씌우고 침대에 끌어 앉혔다. 헨리가 도로 계단을 내려가는 발소리를 듣는 동안 세실리아의 심장은 쿵쿵 뛰었다. 세실리아는 늘 헨리의 발소리에 귀를 기울였다. 그는 전등 스위치를 켜듯이 에타의 기분을 바꿀 수 있었다.

에타는 한마디도 하지 않았고, 세실리아의 손끝 하나 건드리지 않았다. 그저 방을 나갔다.

세실리아는 거짓말을 해야 한다는 본능이 맞았다는 것을 알았다. 어머니와의 사이에서 일어난 일은 비밀로 놔두어야 했다.

이후 몇 년 동안 에타가 '자기 성질'을 누르지 못하는 문제점이 세실리아에게 분명히 보였던 때가 몇 번 더 있었다. 어떤 날엔 세실리아가 방과 후에 집에 못 들어오게 문을 잠근 적도 있었다. 앞문에는 빗장을 걸고, 뒷문은 잠그고, 커튼은 다 내렸다. 하지만 세실리아는 라디오가 나오는 소리와 부엌 수도에서 물 흐르는 소리를 들을 수 있었다. 세실리아는 시간을 죽이려고 시내로 가서 줄줄이 늘어선 가게 사이를 헤매며, 어머니가 한 번도 사 줄 마음이 없어 보였던 물건들을 구경했다. 과일향 비누, 딱 한 번만 먹어본 민트 초콜릿 같은 것이었다.

어둠이 내리고 한 시간쯤 지난 후에 세실리아는 다시 집으로 향했다. 헨리가 퇴근해서 와 있고, 저녁도 차려져 있었다. 세실리아는 헨리에게 도서관에 갔었다고 말했고, 헨리는 세실리아의 머리를 토닥이며 그렇게 열심히 공부하다니 반에서 제일 영리한 학생이 되겠구나, 라고 했다. 에타는 세실리아가 아무 말도 안 한 것처럼 완전히 무시했다.

또 다른 날에는 세실리아가 아침에 식사를 하러 내려가면, 에타가 식탁에 앉아 통통한 뺨에 핏기가 가신 채로 무릎을 내려다보고 있었다. 한숨도 자지 못한 것 같았다. 세실리아는 밤에 에타가 무엇을 했는지 알지 못했지만, 그런 날 아침이면 에타는 특히 멀게 여겨졌다. 유독 슬퍼 보였다. 헨리가 계단을 내딛는 소리가 들릴 때까지 에타는 고개를 들지 않았다.

10

"당신 너무 불안해 해. 아기도 느낄 수 있다고." 당신이 말했어. 아기는 다섯 시간 반째 울고 있었지. 나는 네 시간째 울고 있었고. 나는 당신에게 육아서에서 만성 배앓이에 대해 찾아보라고 했어.

"세 시간 이상, 일주일에 사흘, 3주 연속 계속된다는데."

"얘는 그것보다 더 오래 울고 있어."

"아직 태어난 지 닷새밖에 안 된 애야, 블라이스."

"시간 말이야. 세 시간 이상이라고."

"그냥 가스가 찬 거 같은데."

"당신 부모님께 여기 오시는 건 취소해달라고 해야 할 것 같아." 나는 2주 후에 닥쳐오는 크리스마스에 당신의 완벽한 어머니가 오시는 게 감당할 수 없었지. 어머니는 끊임없이 전화하셨고 모든 대화는 요즘은 시대가 다른 건 알지만 나를 믿고……로 시작하고 있었으니까. 배앓이 약을 먹여라, 포대기를 더 꽉 여며라. 젖병에 쌀가루를 넣어 먹여라.

"부모님이 당신에게 큰 도움이 되어주실 거야. 우리 모두에게." 당신은 당신의 완벽한 어머니가 오시길 바랐지.

"나는 아직도 피가 나서 생리대를 차고 있어. 살은 썩어 들어가는 냄새가 나고 셔츠도 입을 수 없고 가슴이 너무 쓰려. 내 꼴을 보라고, 폭스."

"오늘 밤 부모님께 전화할게."

"아기 좀 받아줄래?"

"여기 줘. 가서 잠 좀 자."

"이 애는 날 싫어하는 것 같아."

"쉿."

초기에 힘들다는 점은 미리 경고를 받았지. 시멘트 벽돌같이 될 가슴에 대해서도 경고받았어. 집중 수유. 회음부 스프레이. 나는 온갖 책을 읽었어. 조사도 했지. 하지만 그 누구도 피 묻은 시트 위에서 앞으로 무슨 일이 일어날지 몰라 두려움에 떨며, 고작 40분 자고 깨어나는 기분에 대해서는 말하지 않았어. 나는 여기서 살아날 수 없는 유일한 엄마가 된 기분이었지. 항문부터 질까지 회음부를 봉합한 상처에서 회복되지 못한 유일한 엄마. 젖꼭지를 면도날로 베는 것 같은 고통을 주는 신생아의 잇몸과 싸워 이길 수 없는 유일한 엄마. 잠을 못 자 머리가 제대로 기능하지 않는 유일한 엄마. 딸을 내려다보고 **제발 꺼져버려**, 라고 생각하는 유일한 엄마.

바이올렛은 오로지 나와 함께 있을 때만 울었어. 마치 배신처럼 느껴졌지.

우리는 서로를 원하도록 태어난 존재였는데.

．

〇

●

⊙

⊕

11

야간 보모는 이제껏 내가 닿은 사람 중에 가장 손이 부드러웠어. 수유용 의자에 거의 앉지도 않았지. 시트러스 과일향과 헤어스프레이 냄새가 났던 그 여자는 어떤 상황에서도 동요하지 않았어.

나는 피곤했어.

처음 엄마가 되면 모두 이런 일을 겪는단다, 블라이스. 힘들다는 것 알아. 나도 기억하거든.

하지만 당신의 어머니가 우리에게 묻지도 않고 그 여자를 고용해서 직접 월급을 주신 것을 보면 무척 걱정이 되신 거겠지. 우리는 이제 3주차에 접어들었고, 아기는 한 번에 한 시간 반 이상은 자려 들지 않았어. 아이가 원하는 건 젖을 먹고 우는 것뿐이었지. 내 젖꼭지는 간 생고기처럼 보였나 봐.

당신은 야간 보모를 본 적이 거의 없었지. 밤에는 대체로 그 여자가 오기 전에 벌써 잠들어 있었으니까. 보모는 내게 아이를 세 시간마다 데려다주었어. 1분도 빠르거나 늦은 적 없었지. 내 방문으로 여자의 무거운 발이 다가오는 소리가 들리면, 더없이 즐거운 깊은 잠에서 화들짝 깨어나 눈도 뜨지 못한 채 잠옷 셔츠에서 젖을 더듬더듬 꺼냈어. 수유가 끝나면 보모에게 다시 아이를 건넸지. 보모는 아이를 아기방으로 데려가 트림을 시키고 옷을 갈아입히고 얼러서 다시 요람에 눕혀 재웠어. 우리는 말 한마디 나누는 법이 없었지만, 나는 그 여자를 좋아했어. 그 여자가 필요했어. 보모가 여기 온 지 4주 되었을 때 당신 어머니가 내게 전화를 걸어 그 군건하고도 섬세한 목소리로 말했지. 얘야, 이제 한 달이 됐잖니. 앞으론 혼자 해야 하지 않겠니.

야간 보모가 마지막으로 우리와 함께 있어주러 온 날, 그 여자는 집에 가기 전 새벽에 젖을 먹이러 아이를 우리 방으로 데려왔어. 하지만 평소와는 달리 방에서 나가지 않았지. 당신은 내 옆에서 코를 골고 있었어.

"정말 착한 아이예요, 그렇죠." 나는 그 여자에게 속삭였어. 나는 고질적인 치질을 완화하기 위해 자세를 바꾸고 젖꼭지를 아기에게 물렸어. 정말로는 그렇게 착한 아기인지 알 수 없었지만, 막 출산한 엄마라면, 자기가 이 세계로 밀어낸 따뜻한 분홍색의 살덩어리에 대해 그렇게 말해야 할 것 같았거든.

보모는 앞에 서서 바이올렛과 그 아이가 다시 물려고 하는 나의 거대한 갈색 젖꼭지를 바라보았어. 제대로 물리지 못해서, 젖이 아이의 얼굴에 흩뿌려졌어. 보모는 내 말에 대답하지 않았지.

"이 아이가 착한 아이라고 생각하세요?" 어쩌면 그 여자가 내 말을 못 들었을지도 모르지. 나는 움찔했어. 아이가 젖을 물었어. 보모는 한 발 뒤로 물러나 마치 뭔가를 알아내려고 하는 사람처럼 우리를 바라보았어.

"가끔은 아이가 눈을 아주 크게 뜨고 나를 똑바로 보는데요, 그게 마치……." 보모는 말꼬리를 흐리며 고개를 젓더니 잇새로 말을 삼켰어.

"호기심이 많아요. 아주 초롱초롱하고요." 나는 다른 엄마들에게서 들어본 적이 있는 말로 뜻을 분명히 했어. 나는 그 여자가 무엇을 암시하려 하는지 확실히 알 수 없었지.

그 여자는 내가 젖을 먹이는 동안 가만히 아무 말도 없이 서 있었어. 조금 이따가 고개를 끄덕였지. 한참 이따가. 나는 그 여자가 달리 뭐 하고 싶은 말이 있는 걸까 생각했어. 아이가 젖을 다 먹자, 보모는 바이올렛을 조용히 안아 들더니 내 어깨를 토닥여줬어. 보모는 아이를 눕히러 갔고, 나는 그 여자를 다시는 볼 수 없었지.

당신은 그 여자의 헤어스프레이 냄새가 몇 주일 동안이나 아기방에서 빠지지 않는다고 기분 나빠 했지만, 나는 가끔은 그저 그 여자의 향기를 맡으러 그 방에 들어가곤 했지.

12

야간 보모가 도와주었던 한 달. 바이올렛과 나는 안개 속에서 빠져나와 우리의 일상을 찾았어. 나는 그 정해진 일상에 더 많이 초점을 맞추었지. 우리가 보내는 하루는 당신의 출근으로 시작되어 퇴근으로 끝났어. 내가 하는 일이라고는 그사이에 아이를 살아 있게 하는 것뿐이었지. 하루에 한 가지, 그게 언제나 나의 목표였어. 가끔 장보기. 소아과 예약. 이전에 샀지만 아이가 너무 커버려서 한번 입혀보지도 못하고 입지 못하게 된 배내옷 교환. 커피와 머핀. 나는 추위 속에 공원 벤치에 앉아 마른 머핀 조각을 떼어내 던지며 오리털 방한복에 감싸인 아이를 쳐다보면서 다음 낮잠 시간을 기다렸어.

나는 임신 운동 수업에서 나와 출산 예정일이 같았던 여자들과 작은 모임을 이루었어. 잘 아는 사이는 아니었지만, 어느 시점부터 그들의 메일 리스트에 포함되었지. 그들은 가끔 산책이나 어딘가 우리 유아차 군단을 다 수용할 수 있는 곳에서 점심을 같이하자고 초

대해주었어. 당신은 내가 그들과 어울릴 계획이 있다고 하면 좋아했지. 내가 다른 엄마들처럼 될 거라며 신나 했어. 나는 주로 당신을 위해서 모임에 간 거야. 내가 정상이라는 것을 보여주려고.

우리가 보내는 모든 나날과 마찬가지로, 대화에는 진부한 일상이 담겨 있었어. 아이들이 어떻게, 언제, 어디서 잤는지. 뭘 얼마만큼 먹었는지. 이유식, 어린이집, 보모를 어떻게 할 계획인지. 사서 써보니 이젠 그게 없는 삶을 상상할 수 없기에 남들도 샀으면 하는 기기는 뭔지. 결국에는 아이들 중 하나가 낮잠 잘 시간이 되고, 힘들게 얻어낸 스케줄을 방해하지 않도록 오직 집의 요람에서 재워야 할 때가 오지. 그러면 우리는 짐을 싸서 일어섰어. 계산을 치를 때 가끔 나는 용기를 끌어내어 진짜 내 속마음을 털어놓기도 했어. 나는 미끼처럼 던져보았지.

"어떤 날은 정말 힘들지 않아요? 엄마가 된다는 일 자체가 말이죠."

"가끔은 그래요. 하지만 우리가 할 일 중에 가장 보람 있는 일이기도 하니까요. 아침에 애기들 조그마한 얼굴을 보면 정말 너무 가치가 있다니까요." 나는 이 여자들이 거짓말을 하는 건 아닐까 싶어 얼굴을 찬찬히 뜯어보았어. 그들은 결코 들키지 않았지. 결코 무심코 실수하지 않았어.

"그렇고말고요." 나도 늘 동감이라는 뜻을 내비쳤어. 하지만 집에 가는 내내 유아차에 탄 바이올렛의 얼굴을 들여다보며, 어째서 나는 이 아이가 내게 일어난 일들 중에 최고의 일처럼 여겨지지 않나 생각했지.

언젠가, 그런 여자들의 모임에 끼지 않게 된 지 몇 주 후, 나는 어떤 커피숍 앞을 지나가다가 가게 안, 거리가 보이는 테이블에 한 엄마가 앉아 아이를 들여다보는 모습을 보았어. 아마 3, 4개월쯤 되었을까, 바이올렛보다 약간 어린 듯했지. 아이는 엄마의 손아귀에 엉거주춤 잡혀 주저앉은 채로 엄마를 똑바로 마주 보고 있었지. 여자의 입은 움직이지 않았어. 여자의 입술 사이에서는 어떤 자신감 있는 말도 흘러나오지 않았어. 넌 엄마 아이지. 내 귀여운 아이. 정말 착한 아이지? 그런 말 대신에, 여자는 아이를 살짝 한쪽으로 돌렸다가, 다시 다른 쪽으로 돌려 보더라. 마치 점토 작품에 결점이 있는지 검사하려는 사람 같았어.

나는 창밖에서 어정거리며, 그들을 바라보았어. 사랑을 찾아보려고, 후회를 찾아보려고. 아이로 인해 끝내 나는 갑갑하고 어지러운 아파트에 갇혀 있을 것인가, 아니면 커피숍의 외로운 창가로 갈 것인가 하는 선택밖에 남지 않게 된 시점 이전에 그 여자가 누렸을 삶을 그려보았어.

나는 안으로 들어가 마시고 싶지도 않은 라테를 주문하고 그 여자 옆 좌석에 앉았어. 바이올렛은 유아차 속에서 잠들어 있었고, 나는 아이가 깨지 않도록 유아차를 부드럽게 앞뒤로 밀었지. 기저귀 가방이 손잡이에서 스르르 미끄러져 젖병이 떨어져서 바닥에 굴렀어. 나는 젖병을 집으면서도 젖꼭지를 닦지는 않아야겠다 결심했어. 이런 비밀스러운 결정을 내리면서 힘이 솟구치는 것을 느꼈어. 다른 엄마들이라면 이런 결정을 절대 하지 않을 거야, 해서는 안 되니까. 젖은 기저귀를 너무 오래 놔두거나, 귀찮은 일이 싫어서 이미 할 때가 한참 지난 아이 목욕을 뛰어넘거나. 그 여자는 나를 돌아보았고, 우리는 눈길을 나눴어. 미소는 아니었지만, 우리 자신의 변모한 모습이 세상에 널리 알려진 것만큼은 기분 좋게 느껴지지 않는다는 것을 인정하는 눈길이었지. 아이의 입에서 우유 덩어리가 밀려 나오자 여자는 거친 종이 냅킨으로 닦아주었어.

"힘든 때죠?" 나는 턱을 들어 여전히 무표정하게 엄마를 쳐다보고 있는 아이를 가리키며 물었어.

"그런 말이 있잖아요. 하루는 길지만, 1년은 빠르게 지나간다." 나는 고개를 끄덕이며 이제 턱을 우그러뜨리며 발버둥 치려 하는 내아이를 보았어. "하지만 두고 봐야 알겠죠." 여자는 단조로운 어조로 말했어. 그 여자도 시간에 대한 경험이 다시 바뀔 수 있다는 사실을 믿지 않는 것 같았지.

"어떤 여자들은 엄마가 된 것이 가장 위대한 성취였던 듯 말해요. 하지만 난 모르겠네요. 나는 별로 성취한 느낌이 들지 않는걸요." 나는 슬쩍 웃었는데, 갑자기 너무 개인적인 얘기를 해버린 느낌이 들었기 때문이었어. 그렇지만 나는 이 여자가 필요했어. 그 여자는 점심을 같이 먹던 친구들과는 완전히 다른 사람이었어.

"딸이에요?"

나는 아이의 이름을 알려주었지.

"해리예요." 여자는 자기 아이 이름을 말했어. "태어난 지 15주 됐어요."

우리는 몇 분 동안 아무 말 없이 앉아 있었어. 그런 다음 여자가 말했어. "애가 나한테 별안간 생긴 것만 같아요. 내 세계로 쿵 떨어져서 가구들을 다 넘어뜨린 것처럼."

"그렇죠." 나는 그 여자의 아이가 무기라도 되는 양 바라보며 천천히 말했어. "아이를 원했고 몸 안에서 키웠고 내보내기도 했지만 별안간 생긴 일이기도 하죠."

65

여자는 해리를 테이블에서 내려 유아차에 태웠어. 여자는 대충 정리한 침대처럼 담요를 아이의 몸 아래 허술하게 접어 넣었지. 여자는 다른 엄마들처럼 노래하는 목소리로 아이에게 말을 걸지 않았고, 나는 이 여자가 그런 적이 있었는지 의심스러웠어.

"나중에 봐요." 여자가 말하자 내 가슴이 철렁 내려앉았어. 나는 다시는 우리가 만나지 못할까 걱정되었지. 나는 그 여자를 거기 붙들어놓을 수 있는 말을 찾으려 애쓰며 우물거렸어.

"여기 근처 사세요?"

"아뇨, 그렇진 않아요. 우리는 약간 도시 북쪽에 살아요. 여긴 약속이 있어서 내려온 거죠."

"제 전화번호를 드릴게요." 나는 얼굴을 붉히며 말했어. 나는 한 번도 편하게 친구를 사귀어본 적이 없었거든. 그렇지만 갑자기 늦은 밤에 문자를 나누는 상상이 스쳐갔어. 우리가 잔인할 정도로 솔직한 불평을 나누고 우리 존재에 대한 한탄을 할 수 있는 시간.

"아, 그럼요. 여기요, 제 폰에 저장할게요." 여자는 불편해 보였고, 나는 휴대전화 번호를 준다는 말을 하지 말걸, 하고 후회했어. 여자는 연락하지 않았고, 나는 다시 우연히 그 여자를 마주치지 못했지.

아직도 가끔 그 여자를 생각해. 그 여자는 결국 뭔가 성취했다고 느꼈을까, 그 여자가 오늘 해리를 보면서 엄마로 잘해냈다고, 훌륭한 인간을 키웠다고 깨달았을까 궁금해. 그런 기분은 어떨까 궁금해.

13

그 애는 당신에게 먼저 웃어줬지. 목욕한 후에. 당신은 독서용 안경을 쓰고 있었고, 아이가 그 렌즈에 비친 자기 모습을 본 게 분명하다고 말했어. 하지만 우리는 둘 다 처음부터 그 애는 당신을 제일 원했다는 것을 알았지. 나는 그 애가 울 때면 당신이 한 것처럼 그 애를 달래주지 못했어. 그 애는 당신 피부로 녹아들어 거기 머무르고 싶어 하는 것 같았어. 당신의 일부가 되고 싶은 것처럼. 나의 온기와 나의 냄새는 그 애에게 아무 의미도 없는 듯 보였지. 사람들은 어머니의 심장 박동, 자궁의 익숙한 소리에 관한 이야기들을 하지만, 나는 낯선 외국에 있는 것만 같았어.

나는 당신이 아이를 재우려고 부드럽게 속삭이며 어르는 소리에 귀를 기울였지. 당신을 관찰했어. 당신을 흉내 냈어. 당신은 내게 모두 내 머릿속으로 지어낸 거라고 말했어. 별거 아닌 일을 크게 만든다고 했지. 그 애는 그냥 아기일 뿐이고, 아기들은 사람을 좋아하지 않는 법을 모른다고 했어. 하지만 마치 2 대 1로 편이 나뉜 기분이었어.

우리는 종일 함께였기에, 그래, 어쩔 수 없이 그 애가 굴복하는 때도 있었지. 내 가슴에 기대거나 젖을 물고 잠드는 때도 있었어. 당신은 그게 내가 틀렸다는 증거라고 했어. 봤어, 여보? 그냥 아이 옆에서 좀 더 긴장을 풀면 아이도 괜찮아질 거야. 나는 당신을 믿었어. 그래야만 했어. 나는 아이 머리의 고운 털을 코로 훑으며 아이를 한껏 들이마셨지. 아이의 냄새는 무척 좋았어. 그 냄새를 맡으면, 아이가 내 안에서 나왔다는 사실을 다시 떠올릴 수 있었어. 우리가 한때 살아 있는, 맥이 뛰는 탯줄로 연결되어 있었다는 사실을. 나는 눈을 감고 아이가 나왔던 밤을 재생해보았어. 우리의 연결을 찾고 느꼈을 때. 그 처음 몇 시간. 나는 그런 감정이 거기 있었다는 것을 알았어. 젖꼭지가 쓸리고 피를 흘리기 전, 완전히 진이 빠지고, 나를 움직이지 못하게 하는 의심과 말 못 하게 하는 마비가 찾아오기 전의 시간.

당신은 잘하고 있어. 당신이 자랑스러워. 당신은 내가 아이에게 젖을 먹일 때 어둠 속에서 이렇게 속삭여주곤 했어. 당신은 우리 둘 머리를 토닥여주기도 했지. 당신의 여자들. 당신의 세계. 당신이 방을 나갈 때면 나는 울곤 했어. 나는 당신과 아이, 둘이 돌고 있는 이 축에 끼고 싶지 않았거든. 나는 당신들 누구에게도 줄 만한 것이 남아 있지 않았지만, 우리가 같이하는 삶이 막 시작한 거야. 내가 무슨 짓을 저지른 걸까? 나는 어째서 그 애를 원했을까? 어째서 나는 나를 낳은 엄마와 다를 거라고 생각했을까?

나는 빠져나갈 길을 생각했어. 거기, 어둠 속에, 젖이 흐르고 의자가 흔들리는 가운데. 나는 아이를 아기 침대에 내려놓고 한밤에 떠날까 생각했어. 여권이 어디 있을까 떠올렸어. 공항 출발 안내 전광

판에 뜬 수백 건의 비행 편. ATM에서 한 번에 뽑을 수 있는 현금. 전화를 침대 옆 탁자 위에 놔두고 갈 생각을 했어. 내 젖이 마르기까지 얼마나 걸릴까. 내 가슴이 그 아이가 태어났다는 증거를 포기하기까지는.

내 두 팔은 가능성으로 떨렸어.

이건 내가 한 번도 입 밖으로 꺼내지 못한 생각들이야. 대부분의 엄마들은 하지 않는 생각이야.

．

○

●

◉

◎

14

내가 여덟 살 되던 해, 잠자리에 들 시간이 훨씬 지났을 때였어. 나는 잠옷을 입고 복도에 서서 엄마와 아빠가 거실에서 싸우는 소리에 귀를 기울였지.

유리가 깨지는 소리가 났어. 나는 양산을 들고 남부 드레스를 잘 차려입은 여자 도자기 인형이 깨진 것임을 알았지. 그게 어디서 난 건지는 모르겠어. 아마도 결혼 선물이었겠지. 두 사람은 아빠가 엄마의 코트 주머니에서 발견한 물건 때문에 말다툼을 했어. 그런 다음 엄마가 도시에 자주 다니는 것, 레니라는 사람, 그리고 나를 두고 다퉜어. 아빠는 내가 너무 조용하고 내성적인 아이가 되어간다고 생각했지. 내가 엄마에게 더 많은 관심을 받으면 도움이 될 거라고 생각한다고도 했어.

"쟤는 내가 필요 없어, 셉."

"당신은 저 애 엄마야, 세실리아."

"내가 쟤 엄마가 아니면 쟤도 훨씬 좋았을 거야."

엄마가 흐느끼기 시작하더니, 정말로 울음을 터뜨렸어. 거의 매일 밤 두 사람은 서로에게 독설을 퍼부었지만, 이전에는 엄마에게서 들어보지 못한 소리였지. 나는 내 방으로 돌아갔어. 얼굴이 뜨거웠고, 엄마의 억눌린 새된 목소리 때문에 위가 뒤틀렸어. 하지만 그때 아빠가 내 외할머니의 이름을 들먹이는 소리가 들렸지. 아빠는 말했어. "당신도 결국엔 에타와 똑같은 꼴이 될 거야."

아빠의 발소리가 거실을 향했어. 유리잔 두 개의 무거운 바닥이 테이블에 부딪치더니 이윽고 위스키가 출렁이는 소리가 났어. 술을 마시더니 엄마가 진정했지. 두 사람은 다툼을 끝냈어. 나는 이게 그들의 정해진 순서라는 것을 알았어. 엄마는 제풀에 지쳐 떨어지고, 아빠는 곯아떨어질 때까지 술을 마시는 것.

하지만 그날 밤 엄마는 대화를 원했어.

나는 등을 벽에 대고 몸을 웅크린 채로 슬금슬금 걸어갔지. 그러곤 한 시간 동안 거기 앉아 엄마가 아빠에게 얘기하는 소리에 귀를 기울였어. 처음으로 내 마음에 화상 자국을 남긴 엄마 과거의 파편들.

그날 밤, 아빠는 엄마와 함께 침실에서 잤어. 드문 일이었지. 내가 아침에 깨었을 때, 두 사람의 방문은 잠겨 있었어. 나는 혼자 아침을 해결하고 학교에 갔고, 그날 밤에 두 사람은 다투지 않았어. 두 사람은 차분하고 교양 있게 행동했지. 나는 숙제를 했어. 엄마가 겉이 탄 닭 요리가 담긴 접시를 아빠 앞에 놓으며, 가볍게 아빠의 등을 건드리는 모습을 봤어. 아빠는 엄마에게 고맙다고 했고, '여보'라고 불렀지. 엄마는 노력했어. 아빠는 용서했고.

그날 밤 이후 몇 년 동안 나는 종종 그랬어. 위층의 내 침대 속에서 에타의 이름을 들으면 뭔가가 다시 엄마의 버튼을 눌렀다는 것을 알았고, 심장이 줄달음치곤 했어. 엄마가 아빠에게 하는 말 하나하나 놓치지 않으려고 숨을 죽였어. 엄마는 몰랐겠지만, 그런 드문 밤은 내게 선물과 같았지. 나는 엄마가 내 엄마가 되기 전에 어떤 사람이었는지 필사적으로 알아내려 했어.

그렇게 잠 못 드는 밤이면, 엿들은 이야기를 재생하며 점점 이해하기 시작했어. 우리는 무언가로부터 자라난 것이라는 사실을. 우리는 씨앗에 실려 온 것이며, 나는 엄마가 일군 정원의 일부분이라는 것을.

1964

세실리아는 일곱 살이 되었을 때도 자기 인형, 베스-앤 없이는 잠들지 못했다. 세실리아는 그 무엇보다도 그 인형을 사랑했다. 냄새, 잠이 들 때 손가락 사이에서 느껴지던 비단 머리카락의 감촉. 어느 날 밤, 세실리아는 인형을 어디에 두었는지 기억하려 애쓰며 미친 듯이 찾아다녔다. 에타가 지하실 계단 밑에서 화를 내며 소리를 질렀고, 세실리아는 잠자리에 들었어야 할 시각에 자기가 쿵쿵거리며 온 집 안을 돌아다녀서 어머니가 화가 났다는 것을 알았다.

"여기 아래에 있어, 세실리아!"

지하실에는 개집만 한 크기의 작은 피클 저장고가 있었다. 에타는 몇 년 전에 피클 병조림 만드는 일을 그만두었고, 남은 것들은 거의 다 먹어 버렸다. 에타는 딸을 향해 엉덩이를 쳐들고 저장고 문 앞에 웅크리고 있었다.

"저 끝에 있네. 네가 저 안에 넣어놓았겠지."

"난 안 그랬어! 난 저 저장고 싫어한다고!"

"뭐, 난 못 들어가. 네가 가서 가져와."

세실리아는 잠옷이 더러워진다고 칭얼댔다. 그 안에 들어가기 싫다고. 하지만 구석에 누워 있는 베스-앤이 보였다.

"겁쟁이처럼 굴지 마, 세실리아. 쟨 원하면 가서 가져오라고."

세실리아는 두 손 두 발로 엎드렸고, 에타가 딸을 앞으로 밀었다. 세실리아는 팔뚝으로 땅을 짚으며 엎어졌고, 훌쩍거리기 시작했지만, 베스-앤을 몹시도 원했기에 천천히 작고 어두운 동굴 뒤를 향해 기어갔다. 벽에 줄지어 선 피클 병들은 늪의 물 같았고, 점차 숨 쉬기가 어려워졌다.

뭔가 뒤에서 삐걱거렸지만, 저장고 안이 너무 좁아서 세실리아는 돌아볼 수가 없었다. 그리고 주변의 유리병에 어리던 마지막 한줄기 빛까지도 사라졌다는 것을 깨달았다. 공기를 제대로 마실 수가 없어서, 세실리아는 에타를 더 크게 불렀다. 꿈틀거릴 때마다 몸 아래 돌들이 무릎에 배겼다. 세실리아는 뒤로 기어가 발꿈치로 문을 차서 열려 했지만, 꽉 막혀 있었다.

거실에서 전화벨이 울리는 소리가 들렸다. 에타의 무거운 발걸음 소리가 계단에 쿵쿵 울렸다. "여보세요?" 에타의 말소리가 들리더니 잠시 조용했다가 텔레비전이 켜지고 익숙한 저녁 뉴스 소리가 들려왔다. 세실리아는 에타가 다시 전화기에 대고 숨죽여 말하는 소리를 들었다. 1964년 9월이었고, 워런위원회 보고서가 막 풀렸던 때였다. 다른 사람들처럼 에타 또한 케네디 대통령 암살 사건에 완전히 빠져 있었다.

에타는 다시 돌아오지 않았다. 헨리가 야간 근무를 마치고 돌아와서 문을 뜯고 열어주었다. 그는 세실리아의 발목을 잡아 끌어냈다. 주먹은 온통 긁혀 있었다. 아이의 상태를 확인하기 위해 병원에 가서 검사를 받자, 말자 다툼이 있었다. 헨리는 아이의 호흡이 가쁘고 눈이 이상하게 보인다고 했다. 하지만 결국 에타가 이겼다. 그들은 그대로 집에 있었다.

헨리는 세실리아가 잠든 동안 침대 옆에 앉아 있었다. 그는 이마 위에 차가운 수건을 대주고 다음 날 아침에는 출근하지 않았다. 누구도 며칠 동안 아무 말 하지 않았다. 헨리는 저장고의 문을 떼어내고 남아 있는 피클 병 몇 개를 부엌의 벽장으로 옮겼다.

"저 문은 제대로 움직인 적이 없어." 그는 이렇게 말하며 고개를 저었다.

일주일 후, 세실리아가 저녁 먹은 접시를 치울 때 에타가 세실리아에게 속삭였다. 헨리는 퇴근하지 않았다. 부엌 라디오에서는 뉴스가 나오고 있었다. 세실리아는 제대로 들을 수 없었지만, 에타가 이런 말을 한 것이라 생각했다. "너를 다시 데리러 가려고 했어, 세실리아." 에타는 입술을 세실리아의 뺨에 대고 잠깐 그대로 있었다. 세실리아는 에타에게 다시 한 번 말해달라고 부탁하지 않았다.

15

시간은 참으로 빠르게 흐르죠. 모든 순간을 누려요.

엄마들은 마치 시간이 우리가 아는 유일한 화폐인 것처럼 말하곤 해.

믿어져요? 쟤가 벌써 6개월인 게 믿어져요? 다른 여자들은 내게 이렇게 말하곤 했어. 거의 종알거린다고 해야 할까. 보도에서 아기들이 비싼 거즈 천의 하얀 담요에 싸여 잠들어 있는 유아차를 느긋하게 밀고 당기면서, 딸랑이를 흔들면서 이런 말을 하곤 했지. 나는 바이올렛을 내려다보았어. 아이는 누운 자리에서 나를 똑바로 올려다보며 주먹을 흔들고 다리는 뻣뻣하게 뻗으면서 바라고, 바라고, 또 바랐지. 그러면 나는 우리가 어떻게 이만큼이나 왔을까 생각하곤 했어. 여섯 달이라니. 마치 6년 같았지.

세상에서 가장 훌륭한 일이에요, 그렇지 않아요? 엄마라는 건 말이죠. 바이올렛에게 예방 접종을 맞히러 갔을 때 의사가 한 말이었어. 그 여자도 세 아이의 엄마라고 하더라. 그 여자에게 나는 치질이 포도 알 크기로 재발한다는 얘기, 우리가 섹스를 한 이후로 지나가면서라도 당신의 성기를 생각한 게 얼마나 오래됐는지 하는 얘기를 했어. 의사는 미소를 지으며 눈썹을 치켰어. 넵. 이해하죠. 정말로요. 내가 마치 무언의 진실에 접근한 사람들만의 모임에 끼기라도 한 것처럼. 나는 그 여자에게 바이올렛을 낳은 후에 백 살은 더 먹은 것 같은 기분이라는 말은 하지 않았어. 아이가 우리가 함께하는 매 시간을 쭉 늘리는 것 같다고도. 한 달 한 달이 너무 천천히 기어가서 가끔 낮에 이게 꿈이 아닌가 확인하려고 얼굴에 찬물을 끼얹곤 했다고도. 그래서 시간이 전혀 이해되지 않는 것이 아닐까 확인하고 싶었거든.

눈 깜빡할 새예요. 갑자기 아주 큰 애가 되죠. 바로 눈앞에서 이 착하고 조그만 사람이 되어버리는 거예요. 바이올렛은 너무나 느리게 자라는 것만 같았어. 나는 당신이 내 면전에 흔들어 보여줄 때가 되어서야 겨우 그 애에게서 변화를 발견할 수 있었어. 당신은 아기 옷이 너무 작아져서 배가 셔츠 아래로 나온다거나 레깅스가 거의 무릎까지 올라온다고 말했어. 당신은 아기 장난감을 치워버리고, 퇴근길에 깜빡거리고 삑삑거리는 물건들을 사 오곤 했지. 발달하고, 배우고, 생각하는 꼬마 인간을 위한 물건들. 나는 그저 그 애가 살아 있도록 하는 일을 할 뿐이었어. 나는 아이를 먹이고 재우고 내가 매번 잊어버리곤 하는 액상 유산균을 주는 일에만 집중했어. 돌처럼 우르르 굴러가 서로 부딪치는 날들을 힘겹게 헤치고 나아가는 데만 집중했어.

．
○
◉
◎
⊚

16

우리. 아이를 가진 후에 부부 관계가 어떻게 변할지 짐작할 수 있는 사람은 없지. 하지만 함께 그 일에 가담할 거라는 기대는 있어. 팀워크가 잘 맞는 팀이 될 거라고. 우리 작전은 잘 돌아갔어. 우리 아이를 먹이고 씻기고 산책시키고 어르고 옷을 입히고 바꿔 입히고, 당신은 할 수 있는 모든 일을 했지. 낮 동안엔 내가 종일 아이를 맡았지만, 당신이 문으로 들어오는 순간 아이는 당신 게 되었어. 인내. 사랑. 애정. 나는 그 애가 내게서 원하지 않았던 모든 것을 당신이 주는 것이 고마웠어. 두 사람을 보며 질투가 났지. 당신이 가진 것을 나도 갖고 싶었어.

하지만 이런 불균형은 대가를 치러야 했어. 우리는 10년 동안 누렸던 쉽고 소중한 편안함으로부터 멀어졌지. 내가 있으면 당신은 물러났지. 당신이 비판하면 나는 불안했고. 바이올렛이 당신을 차지할수록, 당신이 내게 줄 건 줄어들었어.

우리는 계속해서 입을 맞추며 인사하고, 드물게 외출하는 밤에는 레스토랑에서 식사를 하며 대화를 나누었어. 집으로 돌아오는 길에 가까이 붙어 걸으면서 당신은 늘 한 손을 내 허리의 잘록한 부분에 댔지. 우리가 습관처럼 정해놓은 동작들이 있고, 여전히 그런 행동들을 하긴 했어. 하지만 미묘하게 빠진 게 있었지. 우리는 더는 함께 십자말풀이를 하지 않았어. 당신은 샤워할 때 욕실 문을 열어놓지 않게 됐지. 이전엔 없었던 공간이 생겼고, 그 공간에는 분개심이 있었어.

나는 더 잘해보려고 노력했어. 아버지가 되면서 당신은 더 아름다워졌지. 당신의 얼굴은 변했어. 따뜻했어. 부드러웠고. 아이가 가까이 있으면 눈썹이 올라가고 입이 살짝 벌어졌지. 얼빠진 사람처럼. 당신은 내가 알던 남자에서 더 밝아졌어. 나는 그런 일들이 내게도 일어나기를 갈망했어. 하지만 나는 오히려 더 굳어졌지. 한때는 활기가 돌아 광대뼈가 위로 솟고 파란 눈이 반짝였지만, 그 얼굴은 화나고 지친 듯 변했지. 나는 엄마와 비슷하게 보였어. 엄마가 나를 떠나기 바로 직전의 모습.

·
○
◉
⊙
⊚

17

같이 보내기 시작한 지 7개월째 되던 때였나, 바이올렛은 마침내 한 번에 20분 이상 낮잠을 자기 시작했어. 나는 다시 집필로 돌아갔지. 당신에게는 말하지 않았어. 당신은 늘 바이올렛이 낮잠 자는 동안 나도 자야 한다고 우겼고, 퇴근해서 오면 잠 좀 잤느냐고 물었으니까. 당신이 신경 쓰는 건 그것뿐이었지. 내가 말짱한 정신으로 인내심을 보이길 원했어. 당신은 내가 내 의무를 다할 수 있게 푹 쉬기를 원한 거야. 이전에 당신은 나를 한 사람으로서 신경 써줬어. 내 행복, 내가 더 잘 살아갈 수 있게 하는 것들에 신경 썼지. 이제 나는 서비스 공급자였어. 당신은 나를 여자로 보지 않았지. 나는 그저 당신 아이의 엄마일 뿐이었어.

그래서 나는 대체로 당신에게 거짓말을 했지. 그쪽이 더 쉬웠으니까. 그래, 낮잠을 잤어. 그래, 좀 쉬었어. 하지만 실제로 나는 단편 작업을 하고 있었지. 문장이 내게서 쏟아져 나왔어. 이전에는 이처럼 쉽게 단어가 흘렀던 기억이 없었지. 나는 늘 반대 상황이 일어날까 대비한 편이었어. 아이가 생긴 다른 여성 작가들은 에너지가 고갈되고, 이전에는 쉽게 쓸 수 있었던 페이지에도 두뇌가 제대로 작동하지 않을 거라고 경고를 했어. 적어도 첫해에는. 그러나 나는 모니터가 켜지면 살아나는 것 같았어.

바이올렛은 시계처럼 정확히 두 시간 후면 깨어났고 내는 매번 그 시간대에는 깊이 빠져들었지. 나는 신체적으로나 감정적으로나 다른 데에 있었어. 습관적으로 애가 울도록 내버려두고 한 페이지만 더 쓰려고 했어. 가끔은 헤드폰을 쓰기도 했지. 때로는 한 페이지만 더 쓰자는 게 두 페이지가 됐어. 더 늘어나기도 했지. 한 시간 넘게 쓴 적도 있었어. 아이의 목소리가 높아져 광적이 되어야 나는 노트북을 닫고 마치 처음으로 그 소리를 들은 것처럼 아이에게 달려갔지. 오, 안녕! 이제 깼구나. 엄마한테 오렴. 누가 보라고 이런 연극을 했는지 몰라. 내가 애를 달래려고 할 때 애가 나를 밀어내면 마음 깊이 부끄러웠어. 애가 나를 거부했다고 어떻게 내가 애 탓을 할 수 있었겠어?

당신이 집에 일찍 온 날이 있었지.

아이가 시끄럽게 울었고, 나는 음악을 듣고 있어서 당신이 들어오는 소리를 듣지 못했어. 당신이 내 의자를 획 돌리자 심장이 멎는 줄 알았지. 당신은 거의 나를 뒤로 자빠뜨릴 뻔했어. 당신은 아이 몸에 불이 붙기라도 한 양 침실로 뛰어갔어. 나는 숨을 죽이고 당신이 애를 진정시키는 소리를 들었어. 아이는 발작을 일으키는 것 같았지.

"정말 미안해. 정말 미안하다." 당신은 아이에게 말했어.

내가 그 애의 엄마라는 게 정말로 미안했겠지. 그게 당신의 말뜻이었어.

당신은 아이를 아기방에서 데리고 나오지 않았어. 나는 우리 둘 사이의 그 무슨 일도 이전과는 같지 않으리라는 걸 깨달으면서 복도 바닥에 주저앉아 있었어. 나는 당신의 신뢰를 깬 거야. 당신이 조용히 내게 품었던 모든 의심을 확증해준 거지.

결국 내가 방 안으로 들어갔고, 당신은 의자에 앉아서 애를 흔들고 있었어. 눈은 감고 머리는 뒤로 젖혀 있었지. 아이는 고무젖꼭지를 물고 딸꾹질을 했어.

의자로 가서 아이를 받아 들려 했지만, 당신은 나를 제지하려고 한 팔을 들었어.

"대체 뭔 짓을 하고 있었던 거야?"

자기변명은 하지 않는 편이 낫다는 걸 알았어. 이전에는 당신의 손이 분노로 떨리는 것을 본 적이 없었으니까.

나는 샤워실로 들어가서 물이 차갑게 식을 때까지 울었어.

내가 샤워실에서 나왔을 때 당신은 아이를 업고 스크램블드에그를 만드는 중이었지.

"애는 매일 3시에 낮잠에서 깨. 내가 집에 왔을 때는 4시 45분이었어."

나는 당신이 주걱으로 프라이팬을 긁는 모습을 바라보았어.

"애가 한 시간 반이나 울어대도록 놔둔 거야."

나는 당신도 아이도 바라볼 수 없었어.

"매일 이런 거야?"

"아니야." 나는 단호히 말했어. 그렇게 해야 내 위엄을 지킬 수 있다는 듯이.

우리는 여전히 서로의 눈을 바라보지 않았어. 바이올렛이 버둥거리기 시작했지.

"애가 배고프대. 젖 좀 줘." 당신은 내게 아이를 넘겨주었고, 나는 젖을 물렸어.

그날 밤 침대에서 당신은 내게서 등을 돌리고 열린 창문을 향해 말했어.

"당신 어떻게 된 거야?"

"나도 모르겠어." 나는 대답했어. "미안해."

"당신 누구랑 얘기 좀 해봐야 할 거야. 의사라도."

"그럴게."

"애가 걱정돼."

"폭스. 제발 그만해."

나는 그 아이를 절대로 상처 입히지 않았을 거야. 나는 절대로 그 애를 위험에 빠뜨리지 않았을 거야.

그 후로 몇 년 동안, 밤에 아이가 잠이 들고 나서 한참 뒤에도, 나는 아이가 우는 소리에 깨곤 했어. 나는 가슴을 부여잡고 내가 한 짓을 떠올렸어. 아이를 방기했다는 죄책감으로 죄어오는 아픔과 그를 뒤덮는 만족감을 기억했어. 음악과 눈물이 뒤섞인 한가운데에서 글을 쓸 때 느꼈던 전율을 기억했어. 얼마나 빠르게 페이지가 채워졌는지. 심장이 얼마나 빠르게 질주했는지. 그러다 들켰을 때 얼마나 부끄러웠는지.

·

○

◉

⊙

⧉

18

내 엄마는 작은 공간에는 있지 못했어. 어린 시절 집에 있던 식료품 벽장은 사용되지 않아서, 선반에는 먼지가 앉았고, 썩은 땅콩과 오래되어 밀봉이 열린 설탕을 훔치러 들어온 쥐들이 남긴 똥이 여기저기 흩어져 있었지. 뒷마당 창고는 잠겨 있었어. 천장이 낮은 지하실은 세실리아가 차고에서 가져온 녹슨 못을 손수 판자에 박아 막아놓았어.

내가 여덟 살이었던 해, 8월의 무더운 날, 나는 답답한 우리 집에서 밖으로 나와 앉아 있었어. 녹슨 철조망 울타리를 둘러친 마당은 거친 노란 풀로 덮여 있었고, 나는 그곳에 놓인 플라스틱 탁자에 앉아서 담배를 피우는 엄마를 바라보았지. 공기 중에 고요가 흘렀어. 이웃에서 나오는 소리조차 내가 차마 허파로 숨 쉴 수도 없을 정도로 짙은 담배 연기 속을 뚫고 오지 못하는 것 같았지. 그날은 일찍 엘링턴네에 갔었고, 엘링턴 아줌마가 잠깐 피서라며 우리를 서늘하

고 축축한 지하실로 보냈어. 우리는 거기서 소풍하는 척했지. 아줌
마는 우리에게 담요와 삶은 달걀, 종이컵에 담긴 사과 주스를 주었
고, 거기에 다니엘의 생일 파티를 하고 남은 풍선을 달아주었어. 나
는 엄마에게 우리 집에서도 지하실에 내려갈 수 있느냐고 물었지.
저 판자 떼어버리면 안 돼? 아빠가 지난 주말에 앞 포치를 고칠 때
그랬던 것처럼 망치 뒷면으로 못을 뽑아버리면 안 돼?

"안 돼." 엄마는 딱 잘랐어. "그만 물어봐."

"하지만, 엄마, 제발. 나 속이 안 좋아. 지하실 빼고는 어디나 너무
덥잖아."

"그만 좀 졸라, 블라이스. 이거 경고야."

"엄마 때문에 여기 바깥에서 죽을 거야!"

엄마가 내 따귀를 때렸고, 내 뺨의 땀 때문에 손이 미끄러지자 다
시 한 번 팔을 휘둘러 때렸어. 다만 이번에는 주먹을 쥐고 때렸기에
입을 맞혔지. 아주 정통으로. 치아가 목구멍 뒤를 쳤고, 기침을 하니
까 핏방울이 티셔츠에 튀었어.

"이건 유치야." 내가 손바닥 위에 놓인 이를 빤히 보자 엄마가 말
했어. "어차피 언젠가는 다 빠지는 거야." 엄마는 말라 비틀어진 풀
숲 속 땅뙈기에 담배를 던져 껐어. 하지만 나는 엄마의 비틀린 귤색
입술에 어린 자기혐오를 볼 수 있었어. 이전에는 한 번도 나를 때린
적이 없었어. 그래서 나는 이처럼 두드러지는 수치심과 자기 연민,
상심의 충돌을 느낀 적이 없었어. 나는 방으로 들어가 우편물로 온
마트 전단지로 접이식 부채를 만들어서 셔츠와 속옷만 입은 채로 바
닥에 누웠어. 엄마는 한 시간 뒤에 들어오더니 내 손에서 부채를 빼
앗아 주름을 펴고 닭다리 살을 사려면 쿠폰이 필요하다고 말했어.

엄마는 내 침대에 앉았지. 드문 행동이었어. 내 방에 그렇게 오래 버티고 있어본 적이 없었거든. 엄마는 쉰 소리로 헛기침을 했지.

"내가 네 나이였을 때, 내 어머니가 내게 무척 잔인한 짓을 했어. 지하실에서. 그래서 나는 거기 내려갈 수가 없어."

나는 바닥에서 움직이지 않았어. 이전에 늦은 밤에 엄마가 아빠에게 울면서 하던 소리를 엿들었던 걸 생각하고 있었어. 엄마의 비밀을 알고 내 얼굴이 붉어졌지. 나는 엄마가 맨발을 비비는 모습을 보았어. 엄마는 발톱에 환한 체리색을 새로 칠했더라.

"왜 엄마에게 심하게 굴었는데?" 엄마는 내 셔츠에 튄 핏자국 아래서 내 심장이 쿵쿵 뛰는 것을 보았을 거야.

"내 어머니는 뭔가 잘못된 데가 있었어." 엄마의 말투로 봐서는 그때 이미 그 대답만으로 나는 분명히 알아들어야만 했어. 엄마는 전단지에서 닭다리 살 쿠폰을 찢어내고 나머지를 다시 부채 모양으로 접었어. 나는 손을 뻗어 엄마의 발가락을 만졌어. 매끄러운 페디큐어를 느끼려고, 엄마를 느끼려고. 이전에는 한 번도 엄마를 만진 적이 없었지. 엄마는 움찔했지만, 발을 빼지는 않았어. 우리는 둘 다 엄마의 발톱 위에 놓인 내 손가락을 빤히 보았어.

"이는 미안하게 됐다." 엄마는 이렇게 말하고는 일어섰어. 나는 천천히 손을 뺐어.

"어쨌든 빠지려고 했어."

그날 처음으로 엄마는 직접 에타 이야기를 했어. 나중에 엄마는 후회했을지도 몰라. 그다음 몇 주 동안에는 특히 냉담했으니까. 하지만 나는 엄마를 만지고 싶었던 마음, 엄마 곁에 있고 싶었던 마음이 기억나. 아침이면 엄마 침대 옆에 서서 손가락으로 엄마의 광대

뼈를 부드럽게 훑다가, 엄마가 몸을 뒤척이면 살금살금 걸어 나갔던 기억이 나.

.

○

●

⊙

⊕

19

그 뒤 몇 달 동안 나는 글을 쓰지 않기로 했어. 바이올렛에게만 집
중하기로 했지.

의사는 내가 산후 우울증을 앓는 건 아닌 것 같다고 했고, 나도
그렇게 생각하진 않았지. 나는 대기실에서 집게 판에 끼워놓은 설문
문항에 답했어.

아무 이유 없이 스트레스를 받거나 걱정을 합니까? 아니오.
이전에는 고대했던 일을 이제는 두려워합니까? 아니오.
너무 불행해서 잠을 이루지 못합니까? 아니오.
자해하고자 하는 생각이 듭니까? 아니오.
아이를 해치고자 하는 생각이 듭니까? 아니오.

의사는 나 자신을 위한 시간을 좀 더 보내며 아이를 가지기 전에

즐겼던 일들로 돌아가보라고 추천해주었어. 글쓰기처럼. 이건 당신이 받아들이지 못할 생각이라는 것을 나도 알았지. 대신에 나는 의사가 운동을 하고 바깥에서 좀 더 시간을 보내고서 6주 후에 경과를 보자고 했다고 말했어. 나는 아침에 당신이 집을 나서자마자 바이올렛과 산책을 하기 시작했지. 우리는 몇 시간씩 돌아다녔어. 나는 아이를 데리고 시내에 있는 당신 사무실까지 갔고, 당신은 우리를 맞아 커피를 대접했지. 바이올렛은 엘리베이터에서 발을 내디디는 당신을 보면 소리를 꺅 질렀고 당신은 그걸 좋아했어. 내 얼굴이 장밋빛으로 상기되어 즐거워하는 듯 보이는 걸 좋아했지. 바이올렛은 그때 한 돌 정도 되었고, 주위의 세계를 만나면 얼굴이 밝아졌지. 그래서 나는 '엄마와 나' 음악 수업이나 수영 프로그램에 등록했어. 당신은 나를 다시 따뜻하게 대했어. 당신은 이런 버전의 나를 좋아했고, 기분이 좋았지. 그리고 그때까지 나는 증명할 게 많았어. 우리는 계속 바빴고, 나는 계속 조용했지.

좋았던 순간들도 있었느냐고? 물론 있었지. 어느 날 밤, 부엌을 청소하는 동안 음악을 켰어. 음식이 사방에 널렸지. 내 옷에도 묻고 아이 얼굴이나 바닥에도 묻고. 아이는 의자에 앉은 채로 웃었고, 나는 한 손에 휘젓개를 들고 춤췄어. 아이는 두 팔을 나를 향해 뻗었지. 나는 아이를 들어 올려 부엌에서 빙글빙글 돌렸고 아이는 고개를 뒤로 젖히고 소리를 질렀어. 나는 우리가 이런 경험을 함께 해본 적이 한 번도 없다는 것을 깨달았어. 우리는 그런 안락, 멍청한 장난, 재미를 함께 찾아본 적이 없었지. 엘링턴 아줌마와 손인형처럼. 어쩌면 우리도 그런 걸 할 수 있었을지도 몰라. 대신에 나는 늘 우리에게 뭐가 잘못되었는지를 찾고 있었어. 나는 아이에게 키스를 퍼부었고,

아이는 몸을 떼고 나를 쳐다보았지. 이런 종류의 애정은 당신에게 받는 데 익숙해져 있었거든. 아이는 젖은 입술을 벌려 내 얼굴 쪽으로 갖다 대며 아아아 소리를 냈어.

"그래. 노력해보자, 그러는 거지?" 나는 속삭였어.

당신이 헛기침을 했어. 문간에 서서 우리를 바라보고 있었던 거야. 미소를 지으면서. 어깨에서 힘이 빠질 때 안도감이 눈에 보일 정도였지. 부엌에서 우리 모습은 그림처럼 완벽했거든.

당신은 옷을 갈아입고 돌아와서 와인 두 잔을 따르더니 내 이마에 입을 맞추며 말했어. "줄곧 생각해봤는데, 당신은 다시 글을 써야 해."

당신이 내게 무슨 시험을 냈는지는 모르지만, 나는 그걸 통과한 거야. 우리는 필사적으로 삶이 기분 좋아지기를 바랐어. 우리 둘 다 그렇게 될 수 있으리라는 희망을 품었지. 나는 바이올렛의 끈끈한 턱에 코를 묻으며 당신에게서 와인 잔을 받아 들었어.

20

"애가 정말로 말했다니까. 하늘에 맹세할 수 있어. 다시 말해봐."
당신은 주저앉으며 아이의 엉덩이를 흔들었지. "자. 엄마, 해봐."

"여보, 걔는 아직 11개월이야. 너무 이르지 않아?" 나는 공원에서
우리가 마실 커피를 양손에 들고 당신에게로 갔어. 우리 주위에는
다양한 단계의 추위와 피로에 시달리는 듯하면서도 아이들에게 온
갖 사랑을 다 쏟고 있는 젊은 가족이 널려 있었지. 나는 근처에 서
서 콧물 닦는 티슈를 움켜쥔 엄마를 보고 미소를 지었어. "내 말은,
매일 쟤랑 지내는 사람은 나란 말이야. 이전에는 한 번도 말한 적이
없어."

"엄마." 당신이 아이에게 다시 불러주었지. "엄-마아."

바이올렛은 입술을 삐죽 내밀더니 그녀를 향해 아장아장 걸어갔어.

"당신이 놓쳤다니 믿기지가 않아. 당신이 커피 사러 막 갔을 때였
어. 쟤가 당신이 간 방향을 가리키며, 엄마라고 했단 말이야. 엄마. 세

번이나 한 것 같은데."

"아, 그래. 뭐, 대단하네, 와우." 당신이 거짓말하는 것 같진 않았지만, 믿기는 어려웠지. 당신은 아이를 들어 아기그네에 태웠어.

"비디오로 찍어놓을 걸 그랬어. 당신이 들었으면 좋았을걸." 당신은 고개를 저으며 감탄에 젖어 그 애를 바라봤지. 당신의 아기 천재. 아이는 당신이 더 높이 밀어 올릴 수 있도록 그네에 앉은 채로 몸을 흔들었어. 나는 당신에게 커피를 주고 이전에 그랬던 것처럼 당신 청바지 뒷주머니에 한 손을 슬쩍 찔러 넣었어. 우리는 우리와 같은 다른 젊은 가족들 사이에서 너무나 정상적인 기분이 들었지. 일요일 아침에, 시간을 죽이며, 카페인을 음미하는 사람들.

"엄마!"

"들었어?" 당신은 그네에서 벌떡 일어났어.

"세상에. 들었어!"

"다시 말해봐!"

"엄마!"

나는 아이를 향해 어정어정 걸어가다 놀이터 모래밭에 커피를 쏟았지. 그네를 붙잡고 아이의 촉촉한 입술에 입을 맞춰주려고 가까이 끌어당겼어. "그래! 엄마야!" 나는 아이에게 말했어. "나야!"

"엄마!"

"내가 그랬잖아!"

당신은 뒤에서 내 어깨를 꽉 잡았고, 우리는 아이를 빤히 바라보면서, 그네가 우리 쪽으로 오면 나는 아이의 발을 간지럽히는 척했어. 그때 아이는 까르르 웃으며 우리 반응을 보려는 듯 나를 또다시 불렀어. 나는 아이에게 홀려버렸지. 우리는 함께 가볍게 몸을 흔들었고, 나는 손을 뻗어 그 주말 동안 당신의 턱에 자란 수염을 만져보았어. 당신은 내 얼굴을 당신 쪽으로 돌리고 키스했지. 짧게, 행복하게, 아무 걱정 없이. 바이올렛은 우리를 바라보았어. 몇 시간이나 그곳에 서 있었던 것 같았지.

바이올렛은 집에 오는 길에 유아차에서 잠들었어. 당신이나 바이올렛에게 이처럼 연결된 느낌을 받은 건 참으로 오랜만이었고, 나는 그 행복에 매달렸어. 가벼운 발걸음, 만족스러우리만큼 깊이 한껏 들이마신 호흡. 당신은 아이가 깨지 않도록 조심스레 안아 아기 침대에 눕혔고, 나는 그동안 작은 장화를 슬며시 벗겼어. 나는 나중에 치우려고 놔둔 아침 식사 상을 정리하려고 부엌으로 향하는 복도 쪽으로 몸을 돌렸지. 하지만 당신이 내 팔을 잡아당겼어. 당신은 나를 욕실로 끌고 들어가 샤워기를 틀었지. 나는 세면대에 몸을 기대고 당신이 옷을 벗는 모습을 보았어.

"나랑 같이 들어가자."

"지금?" 나는 조리대에 놓인 반 가른 아보카도와 프라이팬에 남아 있는 고무 같은 달걀들을 생각했어. 우리가 서로의 몸을 만진 지 너무 오랜 시간이 흘렀지.

"이리 와, 엄마."

내가 막 발을 뗐을 때 복도 저편에서 아이의 작은 목소리가 새어 나오는 것이 들렸어. 아이가 깨어나고 있었지. 나는 샤워기 수도꼭지로 손을 뻗었어. 애가 울기 전에 당신은 애한테로 뛰어가고 싶을 테니까.

"그냥 있어. 빨리 할 거니까." 당신은 벌써 발기해서 속삭였고, 나는 그 말대로 했어. 아이의 소리가 점점 긴박해지며, 자신이 거기 있다는 사실을 알렸지만 당신은 멈추지 않았지. 당신은 그 애보다 나를 더 원했어. 나는 섹스를 하면서도 이 사실이 내게 주는 만족감 때문에 나 자신에게 혐오를 느꼈어. 이 사실 때문에 이전만큼 내가 한껏 흥분했다는 것에. 나는 물소리가 울려 퍼지는 가운데 아이의 소리에 귀를 기울였어. 나는 아이가 울부짖는 소리를 듣고 싶었어. 내가 가끔 그랬듯이 당신도 그 아이를 무시했다는 상상을 하고 싶었어. 우리는 샤워기를 타고 약하게 흐르는 물 속에서 함께 빨리 절정에 이르렀어.

일을 마치자마자 당신은 돌연히 물을 껐어. 아이는 조용했지. 내가 기대했던 것처럼, 나만 있을 때 그랬던 것처럼 비명을 지르진 않았어. 당신은 마치 로커 룸의 팀 동료에게 하는 것처럼 수건을 던져주었지. 이전에는 내 몸을 천천히 닦아주곤 했는데 말이야. 한때는 우리가 함께했던 일 중에 하나였는데 말이야. 바이올렛의 목소리는 저 멀리에서 부드럽게 울렸어. 의미 없는 소리의 음계로. 나는 아이가 똑바로 누워 허공에 다리를 뻗고 자신의 땀이 찬 발가락을 잡아당기는 모습을 그려보았어. 당신이 곧 나타나 자기를 안아주리라는 걸 알고 있는 것 같았지. 당신은 허리에 다른 수건을 감고는 내 맨 어깨에 입을 맞추고 아이에게로 갔어.

다시 부엌으로 돌아온 당신은 그릴드 치즈 샌드위치를 만들었고 나는 아침에 먹고 남아 갈색으로 변한 쓰레기들을 치웠지. 당신은 콧노래를 흥얼거리며 내가 손 닿는 거리에 다가올 때마다 나를 만졌어. 아기용 의자에 앉은 그 애는 발을 찼고 다시 또다시 그 말을 하면서 당신의 반응을 바라보았지. 엄마. 엄마.

1968

에타가 늘 예측할 수 없었던 것은 아니었다. 한동안은 보통 어머니라는 사람이라면 어떻게 보이고 어떻게 행동해야 하는지 파악하고 있을 때도 있었다. 세실리아는 이 일이 에타에게 쉽지 않다는 것을 감지했다. 가끔 다른 어머니가 인사를 전하러 그 집 문을 두드릴 때나 세실리아가 머리카락을 땋아달라고 부탁할 때, 에타의 손이 초조하게 떨리는 것을 보고 알아챘다. 하지만 그때는 그 누구도 에타를 자세히 살피지 않았다. 사실, 그들은 모두 포기했다. 그렇지만 에타는 마음속에 있는 무언가로 인해 어쨌든 노력하고 싶어 했다. 가끔은 됐고, 가끔은 되지 않았다. 그래도 세실리아는 어머니를 매번 응원했다.

세실리아가 6학년이 되었을 때, 명절 방학 이후에 학교에서 댄스파티가 열렸고, 세실리아는 마땅히 입을 옷이 없었다. 그들은 교회에도 다니지 않았고 딱히 축하할 일도 없었다. 세실리아는 이에 대해서 신경 쓰거나 불평하지 않았지만, 에타는 자기가 뭔가 특별히 입을 옷을 만들어주겠다고 했다. 세실리아는 말문이 막혔다. 어머니가 무언가를 만드는 것을 본 적이 없었기 때문이다. 다음 날, 에타는 원단 가게에 갔다가 집에 돌아와 계단 위쪽을 향해 소리쳤다.

"세실리아, 이리 와서 봐봐!"

에타는 일자 라인 원피스를 위한 모조지 옷본과 진노란색 면 옷감을 늘어놓았다. 세실리아가 가만히 서 있는 동안, 에타는 딸의 길고 마른 몸의 치수를 쟀다. 자신과는 사뭇 다른 몸이었다. 어머니의 손이 다리 안쪽으로 들어갔다가 가는 허리둘레를 돌고 어깨 위로 올라올 때, 세실리아는 낯선 사람의 손이 닿는 기분이었다. 에타는 냅킨에 치수를 적고 아름다운 드레스를 만들겠다고 장담했다.

복도 벽장에는 그전 집주인이 남기고 간 오래된 재봉틀이 있었고, 에타는 그것을 부엌 식탁 위로 가지고 갔다. 에타는 닷새 내내 저녁마다 드레스를 만들었고, 낡은 모터가 계속 돌아가는 소리에 세실리아는 새벽까지 잠들지 못하곤 했다. 아침이면 식탁 위에 시침핀과 실오라기가 널려 있었다. 에타는 게슴츠레한 눈으로 내려와서 천을 세실리아에게 대보며 응시하곤 했다. 세실리아가 이전에는 보지 못했던 어머니의 모습이었는데, 이 작업이 에타에게 목표를 준 것 같았다. 에타의 마음에 분노와 슬픔이 들어찰 자리가 줄어들었다는 것을, 세실리아는 알았다.

파티 당일 아침, 에타는 일찍 일어나서 드레스를 가지고 세실리아의 방으로 갔다. 완성된 드레스는 말끔히 다림질돼서 에타의 팔에 걸려 있었다. 에타는 그 옷을 세실리아의 어깨에 대보더니 밑으로 떨어진 허리선과 주름진 치마 부분을 두 손으로 훑었다. 목선과 소매에는 아름다운 매듭 실크 천을 댔다.

"어떤 것 같니?"

"마음에 들어요." 물론 에타가 듣고 싶은 말이기도 했지만, 세실리아는 실제로 마음에 들었다. 이제껏 자기가 가져본 물건 중에 제일 아름다운 물건이었고, 누군가가 자기를 위해 만들어준 유일한 물건이었다. 세실리아는 교실에 들어가면 다른 모든 소녀들이 일제히 고개를 돌려 시기의 눈길로 못 믿겠다는 듯 자기를 쳐다보는 상상을 했다.

세실리아는 등을 돌리고 잠옷을 벗었다. 드레스의 지퍼가 뻑뻑했지만, 어떻게든 내리고, 다리를 옷에 끼워 넣었다. 드레스 지퍼를 올리자 솔기가 피부에 따갑게 파고드는 것이 느껴졌다. 허리를 조이고, 작은 엉덩이를 꽉 눌렀지만, 지퍼는 더 이상 위로 올라가지 않았다. 세실리아는 드레스를 입은 채로 발버둥 치며 더 세게 올리려 했다. 하지만 드레스는 꼼짝도 안 했다.

"팔을 끼워, 계속해봐."

세실리아는 드레스 속으로 몸을 욱여넣고 살을 소매 속으로 밀어 넣으려 했지만, 너무 꽉 끼었다. 천이 찢어지는 소리가 들렸다.

"이리 와." 에타가 세실리아를 자기 쪽으로 홱 끌더니 마치 인형 옷을 입히듯 세실리아의 몸을 잡아당겼다. 에타는 드레스를 세실리아의 다리 밑으로 확 내려서 벗긴 뒤 머리 위로 씌우려 했다. 에타는 한마디도 하지 않았다. 세실리아는 에타가 드레스와 실랑이를 벌이고 원하는 만큼 자기를 밀치도록 놔두었다. 에타의 이마는 땀이 맺혀 미끌거렸고 얼굴은 평소보다 더 진한 붉은색으로 물들었다. 세실리아는 되도록 눈을 꼭 감았다.

마침내 에타는 세실리아를 놔주고 일어섰다.

"넌 이 드레스를 입을 거야, 세실리아."

세실리아의 심장이 쿵 내려앉았다. 그 옷을 입을 수 있을 리가 없었다. 들어갈 리가 없었다.

15분 후, 세실리아는 평소에 입던 베이지 바지와 푸른 터틀넥 스웨터를 입고 부엌으로 내려왔다. 세실리아는 에타를 쳐다보지 않고 식탁에 앉아 숟가락을 들었다.

"도로 가서 그 드레스를 입어."

"엄마도 봤잖아요. 맞지 않아요." 세실리아의 심장이 쿵쿵 뛰었다.

"맞도록 해. 위층으로 올라가. 당장."

세실리아는 헨리가 그 소리를 들었는지 궁금했다. 숟가락을 내려놓고 어떻게 해야 할지 생각했다.

"당장."

등 뒤에서 에타의 거친 숨소리가 들려왔다. 등줄기를 간지럽히는 에타의 분노를 느낄 수 있었다. 세실리아는 헨리의 발소리가 들리지 않나 귀를 기울였다. 그가 서둘러 내려오기를 바랐다.

"당장!"

그때 처음으로 세실리아는 자기가 에타에게 어떤 힘을 휘두르고 있다는 것을 깨달았다. 세실리아는 에타를 화나게 할 수 있었다. 에타가 통제력을 잃도록 할 수 있었다. 세실리아는 위층으로 올라가서 다시 노력하는 척할 수 있었지만, 자기가 에타의 말을 무시하면 에타가 어디까지 갈지 보고 싶었다. 두 사람은 총격전을 벌이고 있었다.

"당장, 세실리아."

에타는 몸을 부들부들 떨면서 다시 소리를 질렀다. 당장! 당장! 소리를 지를 때마다 분노가 약물처럼 에타의 몸속에 솟구쳐 흐르는 듯했고, 세실리아는 에타의 얼굴에서 약 기운이 빠져나가면 부끄러움을 볼 수 있게 될 것이었다.

오랜 세월이 흐른 뒤에야 세실리아도 그 감정을 알게 된다.

에타가 다시 입을 열려고 할 때 헨리가 부엌으로 들어왔다. 여하튼 에타는 가까스로 진정했고, 그에게 커피를 따라주었다. 세실리아는 드레스 없이 문밖으로 뛰어나갔다.

세실리아는 어두워질 때까지 기다렸다가 헨리가 집에 있으리라고 생각되는 밤에야 집에 돌아갔다. 에타는 세실리아를 쳐다보지 않았다. 위층으로 올라가 보니 드레스는 에타가 가져가고 없었다. 몇 분 뒤, 에타가 노란 천을 접어 손에 들고 세실리아의 방으로 들어왔다. 에타는 세실리아의 침대에 앉아서 드레스를 들었다. 그 드레스를 뜯어서 옆에 여분의 천을 덧대놓은 것이었다. 헐렁하고 뒤틀어졌지만, 어쨌든 노력은 했다.

"다음 댄스파티에 입게 잘 챙겨두렴."

세실리아는 에타에게 그 옷을 받아서, 매듭진 테두리 장식을 손가락으로 훑어보다가 에타를 껴안아주었다. 에타는 딸의 품 안에서 뻣뻣하게 있었다.

몇 달이 지나, 세실리아는 그 드레스를 학년 말 댄스파티에 입고 갔다. 체육관 무대 가장자리에 어색하게 앉아서 옷이 잘 맞지 않는 것을 가리려고 애썼다. 세실리아는 집에 와서도 옷을 갈아입지 않았다. 그 옷을 입은 채로 저녁 식사를 하러 내려갔다. 어머니는 그에 대해 아무 말도 하지 않았고, 헨리도 아무 말 없었다. 그리고 세실리아는 그 드레스를 다시는 입지 않았다.

21

그 파티는 아이를 위한 것이라기보다는 우리를 위한 거였어. 부모로서 첫돌. 나는 한가운데에 거대하게 '1'이라고 은박 숫자를 붙인 파스텔 색깔 풍선 다발을 주문하고, 가장자리가 물결 모양인 예쁜 종이 접시를 샀지. 빨대에는 물방울무늬가 있었고. 당신 어머니는 바이올렛에게 예쁜 버터 색 코듀로이 점퍼스커트와 엉덩이에 러플이 달린 골지 타이즈를 주었지. 그걸 입고 거실을 아장아장 걸어 다니는 바이올렛은 아기 오리처럼 보였어. 손님들을 향해 옹알이를 할 때면 분홍색 촉촉한 입술에는 침방울이 맺혔어. 당신 아버지는 아이를 따라다니면서 성치 않은 무릎으로 주저앉아 아이의 동작 하나하나를 찍었지.

나는 가끔 산책길에 아이를 위해 간식을 사곤 하는 제과점에서 케이크를 샀어. 바닐라 크림을 바르고 그 위에 무지갯빛 설탕 가루를 뿌린 케이크. 내가 아기 식탁 의자의 쟁반에 케이크를 놓았더니 아이는 자그마한 촛불 하나에서 눈을 떼지 못하고 꺅 소리 지르며 손뼉을 쳤지.

"해삐!" 아이는 분명히 이렇게 말했어.

"내가 찍어놨지." 당신 아버지는 애가 사랑스러워 어쩔 줄 모르며 디지털카메라를 들어 올렸어. 당신 어머니는 아이에게 키스를 퍼부었고, 서로 거의 본 적도 없지만 이 행사에 참석하려고 다섯 시간이나 비행기를 타고 온 당신의 여동생은 화장지를 뭉쳐서 애를 웃겼지. 테킬라 한 병을 사 들고 온 그레이스는 케이크를 잘라서 날랐어. 우리는 편안한 거실 의자에 앉아 그들을 바라보았지. 나는 당신 무릎에 앉고 당신은 두 팔을 내 몸에 둘렀어.

"우리가 해냈어." 당신은 속삭이며 내게 천천히 숨을 불어넣었지. 당신 코가 내 목덜미를 간지럽혔어. 나는 고개를 끄덕이며 당신 맥주를 한 모금 마셨어. 아이의 매력에 푹 빠진 관중에 둘러싸여 아기 의자에 앉은 바이올렛은 천사 같았고, 얼굴엔 온통 크림투성이였지. 나는 다시 내 목덜미에 와 닿는 당신 코를 느꼈어. 나는 한 번 더 술을 마시고 당신을 일으켜 세웠지.

"가서 가족사진 찍자."

우리는 창문으로 들어오는 자연광 속에 섰고, 나는 당신과 나 사이 허리께에서 바이올렛을 안았어. 아이는 평소와 다르게 순했고, 나는 아이를 들어 올려 설탕 맛 나는 아이의 뺨에 입을 맞췄지. 사람들이 물러나며 카메라를 찰칵거리면 우리는 미소를 띠었어. 당신은 오리 소리를 흉내 내서 아이를 웃겼지. 나는 아이를 머리 위로 들어 올리고 입을 활짝 벌려 서로를 향해 소리를 꺅 질렀어. 우리 세 사람은, 사람들이 그래야 한다고 믿는 가족의 모습이었어.

·

○

◉

⊙

◎

22

첫돌 직후, 바이올렛은 다시 밤에 잠을 자지 않았어.

당신은 아이 소리를 바로 듣지 못했고, 어떨 때는 전혀 듣지 못했지만, 나는 아기 침대에 누운 아이가 복도 저편에서 소리를 내기 직전에 눈을 뜨는 것만 같은 기분이었어. 나는 늘 불안했지, 그 아이가 아직도 내 신체의 일부라는 걸 알려주는 신호에. 두 시간마다 아이는 젖병을 찾았지. 몇 주 지나, 나는 아이의 침대 난간에 젖병 여섯 개를 줄지어 세워놓고 아이가 원할 때 알아서 찾아 먹었으면 하고 바랐어. 하지만 그렇게 하는 법은 결코 없었지.

난 못 하겠어. 아이가 깨어날 때마다 나는 생각하곤 했지. 이번에는 다시 살아남지 못할 거야.

나는 아이의 방문을 열고 젖병을 손에 들려주고 나갔어.

"그렇게 미리 놔두면 박테리아 생겨서 나쁜 거 아니야? 위험한 거 아니야?" 당신은 내가 한 일을 알아채고는 물었어.

"몰라." 어쩌면 그렇겠지, 하지만 나는 신경 쓰지 않았어. 그저 애를 도로 재우고 싶을 뿐이었지.

이렇게 몇 달이 흐르자 나는 황폐해졌어. 새벽이면 눈 뒤에서 생긴 두통을 안고 깨어났고, 그 때문에 생각이 점점 느려졌어. 헛소리를 할까 두려워 다른 어른들과 이야기해야 하는 상황을 피하곤 했지. 당신과 바이올렛을 향한 나의 적개심은 곪아서 터졌지. 침대로 다시 돌아갔을 때 깊고 고른 숨소리를 듣는 것도 싫었고, 가끔은 내가 그렇게 간절히 원하는 자리에 누운 당신을 일으켜 깨우고 싶은 마음에 이불을 홱 걷기도 했어.

나는 일주일에 며칠이라도 바이올렛을 어린이집에 보내자는 얘기를 꺼냈어. 당신은 일찍이, 바이올렛이 태어나기도 전에, 어린이집에 보낸다는 생각은 마음에 들지 않는다고 말했었지. 당신의 어머니는 아이들이 다섯 살이 될 때까지 집에서 키웠다고. 당신도 자기 아이를 똑같이 키우길 바랐어. 그때의 나는 맹목적으로, 진심으로 동의했지. 당신이 완벽한 엄마들이 한다고 생각하는 일을 나도 하려 했어.

하지만 그건 지난 얘기잖아.

나는 그해 가을에 집에서 세 블록 떨어진 곳에 있는 어린이집에 한 자리가 남았다는 것을 알아냈어. 사람들이 그곳을 침이 마르게 칭찬하는 말도 들은 적이 있고, 교실 뒤에 카메라를 설치해서 부모가 원격으로 지켜볼 수도 있게 하는 데라고 했지. 사실, 나는 어린이집 다니는 아이들이 판에 든 계란처럼 그 긴 유아차를 줄줄이 타고 가는 모습을 보면 종종 슬퍼지곤 했거든. 쥐꼬리만 한 월급을 받는 직원이 뭔가 할 일을 만들려고 아이들을 끌고 도시를 돌아다니니까.

하지만 어린이집 환경에 놓인 아이들에 대한 연구가 있었어. 사회성이 더 좋아지고, 더 많은 자극을 받아서 발달이 가속화되고 등등. 나는 당신에게 그런 기사들을 무척 자주 보냈지. 저녁 식사 중에는 당신이 내게 갖길 원하는 내적 갈등을 세심하게 강조했어. 어쩌면 바이올렛에게 지금 더 많은 자극이 필요하지 않을까? 어쩌면 이제 때가 된 것이 아닐까? 하지만 걔가 집에 있는 편이 더 좋을지도 모르고. 낮잠 같은 것 생각하면 말이야. 당신은 어떻게 생각해? 나는 짐짓 걱정을 가장해서 물었지만, 우리 둘 다 내가 원하는 대답을 알았어.

"애가 좀 더 잘 자게 될 때까지 기다렸다가 결정해보자." 당신은 합리적으로 말했어. "당신은 지금 당장 그냥 피곤한 거야. 힘들다는 것 알아. 하지만 이런 시기도 지나갈 거야." 당신은 출근하느라 옷을 입으며 감히 이런 말을 했지. 밝은 얼굴, 갓 이발한 머리로. 나는 당신이 아침에 샤워하면서 노래하는 소리를 들은 적도 있어.

나는 비참했어. 그 애와 나, 둘 다 그렇게 보였지. 아이는 주변에 나만 있으면 무시무시할 정도로 불행했어. 내가 자기를 안지 못하도록 했지. 내가 가까이 가는 걸 원치 않았어. 대부분, 우리만 있을 때면 아이는 금방 성질을 부리고 골치 아파져서 무엇으로도 달랠 수 없었어. 내가 아이를 들어 올릴 때면 너무 시끄럽게 비명을 질러대서, 옆집 사람이 지나가다 말고 우뚝 멈춰 설 것 같은 상상도 들었지. 식품점이나 공원 같은 공공장소에 있을 때면, 가끔은 다른 엄마들이 동정 어린 목소리로 도와줄 게 있느냐고 묻기도 했어. 나는 부끄러웠지. 그 엄마들은 바이올렛 같은 아이를 낳은 것이나 너무 연약해서 애 하나 살려서 키울 수도 없을 것 같은 엄마가 된 것, 둘 중 하나를 불쌍히 여기고 있었거든.

우리는 점점 주로 집에 머무르게 되었어. 하지만 당신이 퇴근해서 오늘 뭐 했느냐고 묻고, 아이가 당신 무릎 위에 열정적으로 기어 올라갈 때면, 나는 거짓말을 했지. 아파트 안에 틀어박혀서 아이는 마치 전갈처럼 빨빨거리며 돌아다니고, 뭐든 입에 처넣을 물건을 찾아다녔어. 화분에 있는 흙 한 주먹, 지갑에서 꺼낸 열쇠. 심지어 우리 베개에서 꺼낸 충전재. 가끔은 목이 막혀서 얼굴이 파래져 죽을 뻔하기도 했지. 내가 아이의 입에 손을 넣어 빼내면, 아이는 물에서 나온 물고기처럼 퍼덕거리다 축 늘어지곤 했어. 죽은 것처럼 보였지. 난 심장이 멎었어. 아이의 눈이 커졌다가 다음 순간 몸 깊은 곳에서 비명이 터져 나왔어. 어찌나 혐오스러운지, 내 눈은 눈물이 고여 따끔거렸어.

나는 그 애가 내 것이라는 사실에 너무도 실망했어.

그 애의 행동 중 어떤 것은 전형적인 행동으로 분류된다는 것도 알았어. 당신은 그저 한 단계일 뿐이라고, 유아의 심술이라고, 행동 발달의 증상이라고 일축해버렸어. 괜찮아, 나는 스스로에게 확신을 주려고 애썼어. 하지만 그 아이에겐 그 또래의 다른 아이들에게 있는 고유한 상냥함이 없었어. 아이는 애정을 내비치는 일이 너무 드물었지. 행복해 보이질 않았어. 더 이상은. 나는 가끔은 물리적으로 고통스럽게 보이기까지 하는 날카로움을 아이의 내면에서 보았어. 얼굴에서도 볼 수 있었지.

우리는 부모들이 흔히 그러하듯이, 안도감을 찾고 싶어서, 아이가 있는 다른 사람들과 함께 육아에 대해 농담을 하곤 했어. 우리는 끈적끈적한 어린이 의자가 있는 식당에서 이른 저녁 식사를 하기 위해 질주하고는, 옆자리에 앉은 사람들과 서로 위로를 표하곤 했지. 나는 가끔 아이가 얼마나 심한지 깎아서 말하곤 했어. 당신이 그렇게 하기를 원한다는 걸 알았으니까. 나는 혼란의 순간 사이에 다른 모든 힘든 일들을 보상해주는 순간이 있다는 것에 동의했어. 그래야 했으니까. 하지만 아이는 폭풍 같았어. 그리고 나는 아이가 점점 더 두려워졌지.

나 혼자 있을 수 있는 시간을 필사적으로 바랐어. 아이에게서 떨어질 수 있는 휴식을 바랐지. 그건 내게는 합리적인 요구처럼 보였지만, 당신은 아직도 내가 당신에게 나 자신을 증명해 보여야 할 것처럼 행동했어. 말이 없긴 했어도 여전히 주위를 맴도는 당신의 의심은 너무도 무겁게 내려앉아, 가끔 난 당신 주변에서는 숨도 쉬기 힘들었어.

나는 오로지 아이가 잠들었을 때만 글을 쓸 수 있었지만, 아이는 길게 낮잠을 자는 법이 없어서 우리의 비밀스러운 습관으로 다시 빠져버렸어. 내가 다시는 아이에게 하지 않겠다고 약속한 만큼만. 오로지 일주일에 며칠만 그렇게 되도록 놔뒀어. 그리고 나는 늘 아이에게 보상을 해주려 했지. 오후 산책길에 쿠키를 사 준다거나 기분 좋게 오래 목욕을 시켜주거나.

이런 날들에 숫자가 붙는다는 것을 알았어. 아이는 이제 곧 말을 할 테고, 낮에 무슨 일이 있었는지 당신에게 말할 테지. 그러면 나는 부끄럽게 쥐었던 이런 힘을 잃고 말 거야. 어쩌면 이것이 내가 정당화하는 근거가 되기도 했어. 내 행동은 병리적이었어. 하지만 나는 아이가 거기 있기 때문에 벌을 주는 일을 그만둘 수가 없었어. 헤드폰을 쓰고 아이가 존재하지 않는 척하기란 참 쉬웠지.

특별히 힘들었던 날이 있었어. 아이는 내가 가까이 갈 때마다 화

106

를 냈고, 발로 차고 손으로 쳤지. 벽에 머리를 쿵쿵 박으며, 뭘 하는지 보려고 나를 쳐다보았어. 그러더니 다시 반복했지. 종일 아무것도 먹지 않았어. 배가 고플 텐데도 아이는 음식을 넘기려 하지 않았어. 자기를 먹이는 사람이 나니까. 나는 아이가 낮잠을 자는 시간 내내 울면서 인터넷에서 행동 장애의 초기 징조를 찾아보고, 브라우저 검색 기록을 지웠어. 당신이 보길 원하지 않았으니까. 그런 아이를 둔 엄마가 되고 싶지 않았으니까.

아이는 당신이 집에 오기 5분 전에 싸움을 멈추었어. 당신이 엘리베이터에 올라타는 소리를 들을 수 있는 것처럼. 나는 아이를 업고 거실 청소를 했어. 아이는 뻣뻣했지. 조용했어. 약간 쉰내가 났지. 아기 옷, 너무 많이 빨아서 보풀이 일어난 면에 내 팔이 까끌까끌하게 쓸렸어.

나는 근사한 출근용 스웨터를 입은 당신에게 아이를 넘겼지. 어쩌다 애 이마가 빨갛게 부풀었는지를 설명하면서. 당신이 믿든 안 믿든 상관없었어.

"여보." 당신은 아이를 양탄자 위에 놓고 간질이면서 비판적인 느낌을 가라앉히기 위해 웃으려 했어. "애가 정말로 그렇게 심해? 나는 상황이 점점 나아지고 있다고 생각했는데."

나는 소파에 주저앉았어. "모르겠어. 난 그냥 너무 피곤할 뿐이야."

당신에겐 진실을 말할 수 없었어. 내가 우리 딸에게 뭔가 이상한 점이 있다고 생각한다는 사실을. 당신은 문제가 나라고 생각했으니까.

"여기." 당신은 아이를 내게 내밀었어. 아이는 당신이 준 치즈 조각을 핥고 있었지. "조용하잖아. 괜찮아. 그냥 아이를 안아줘. 사랑을 보여줘."

"폭스, 이건 사랑 문제가 아니야. 애정 문제도 아니고. 그건 늘 노력하고 있어."

"그냥 안아줘."

나는 아이를 무릎에 앉히고 아이가 나를 밀쳐버리기를 기대했지만, 아이는 그대로 앉아 기쁜 표정으로 축축해진 체다 치즈를 빨았어. 우리는 당신이 서류 가방을 푸는 모습을 보았어. "아바." 아이가 말했지. "바바."

당신은 커피 탁자 위에 놓인 젖병을 아이에게 건넸고, 아이는 도로 내게 푹 기댔어.

"당신이 이해할 거라고 생각 안 해." 나는 아이의 기분을 방해하지 않으려 조심하면서 조용히 말했어. 내 몸에 기댄 아이의 무게에 안심이 되었고, 점차 기분이 가라앉았지. 바다에서 길을 잃었다가 다시 인간과 접촉한 사람이 된 기분이었어. 나는 손가락으로 아이의 이마를 훑으며 성긴 앞머리를 넘겼어. 내가 입을 맞춰도 아이는 가만히 있었지. 아이는 입에서 젖병을 치우고 한숨을 내쉬었어. 우리 둘 다 서로 싸우는 데 너무 지쳐 있었어.

"애가 낮잠 잘 때 당신도 좀 잤어?" 당신은 조용히 말하면서 우리를 관찰했지.

"나는 잘 수 없어." 나는 딱 잘라 말했어. 차분한 기운이 내 가슴에서 빠져나갔지. 아이가 내게서 빠져나가려고 발버둥 쳤어. "할 일이 너무 많아. 빨래. 글도 쓰려고 했어. 마음이 계속 빙빙 돌아."

나는 젖병을 커피 탁자 위로 던졌고, 우유가 내가 출력해놓은 종이 위로 조금 흘렀어. 그날 밤 당신에게 보여줄까 생각했었거든. 당신이 내게 무슨 작업을 하느냐고 물은 지도 무척 오래되었지. 나는 고무젖꼭지에 맺힌 우유 방울이 내 문장 위로 떨어져 잉크가 번지는 것을 바라보았어.

당신은 옷을 갈아입고 다시 돌아와 내 옆 소파에 풀썩 주저앉았지. 당신의 손이 내 허벅지를 두드렸어. 내가 당신에게 하루가 어땠느냐고 물어보던 때가 있었지. 지난 몇 달간 우리 사이에 벌어진 거리의 슬픔을 우리는 입 밖으로 꺼내 의논하지 않았어. 나는 그 슬픔이 뒷배경에서 곪도록 놔둘 작정이었고, 당신도 그런 것처럼 보였지.

"저건 뭐야?" 당신은 젖어버린 종이를 가리켰어.

"아무것도 아니야."

"당신이 원하면, 어린이집에 보내자. 그렇지만 일주일에 사흘만이야, 괜찮지? 우리가 이것에 대한 예산은 짜놓지 않았잖아." 당신은 이마를 문질렀어.

나는 그 주의 남은 시간 내내 최선을 다했어. 하지만 우리는 도로 일상적인 전투로 빠져들었지. 아이는 그다음 주 월요일부터 어린이집에 가기 시작했고, 나는 아이를 어린이집 문 앞 발매트에 올려놓았을 때 밀려오던 거대한 안도감을 아직도 느낄 수 있어. 아이는 선생님이 손을 잡아주러 올 때까지 자기의 노란 장화만 바라보고 있었지. 내가 작별 인사를 할 때도 나를 보지 않았고, 나는 젖은 잔디를 지나 문을 빠져나올 때에도 뒤돌아보지 않았어.

•

○

◉

⊙

◍

23

당신의 어머니가 바이올렛에게 처음 인형을 주었어.

"모성 본능은 어린 나이 때부터 시작하거든." 어머니는 시장에서 사 온 신선한 생선 포장을 풀면서 바닥에 앉은 바이올렛을 가리켰지. 바이올렛은 인형을 받은 순간부터 플라스틱 머리의 아기를 겨드랑이에 끼고 내려놓질 않았어. 애애기. 바이올렛은 노래하고 또 노래하며, 내 눈썹보다 더 짙은 눈썹이 달린 크고 깜빡거리는 인형 눈을 찔렀어. 인형은 베이비파우더 같은 인공적인 냄새가 났고, 분홍색 아기 옷을 입고 있었어.

나는 와인을 마시며 당신 어머니가 식사를 준비하는 모습을 보았지. 어머니는 내가 시켜 먹자고 했는데도 손수 백향목 위에 연어를 구워 메이플 시럽을 끼얹는 요리를 하겠다고 우겼어. 바이올렛은 아기 인형을 내게 가져와 내 무릎 위에 놓았어. "엄마. 아기."

"그래, 예쁜이. 애기가 귀엽구나." 나는 바이올렛이 보는 동안 인형을 흔들고 입을 맞췄어. "네 차례야."

아이는 다가와서 입을 크게 벌리고 인형의 민머리에 입을 맞췄어. 나는 아이가 이처럼 애정을 표현하는 걸 본 적이 없었지. 당신한테 말고는 말이야. 하지만 나는 그런 이야기로 당신 어머니에게 만족감을 주고 싶진 않았어.

"착한 애야. 뽀뽀."

생선 냄새가 아파트를 채웠어. 당신 아버지가 당신을 데리고 하키 게임에 갔지. 두 분은 사흘 동안 이 도시에 머물렀어. 호텔에. 공간의 문제야, 나는 말했어. 하지만 우리는 처음 이사 올 때 두 분이 머무르실 수 있게 소파 침대를 샀었지. 이젠 바이올렛이 더 잘 자기는 해도 나는 여전히 너무 피곤했어. 너무 신경이 곤두서서 당신 어머니를 우리 집에 내내 모실 수가 없었지. 어머니에 대한 나의 감정은 복합적이었어. 어머니의 도움이 절실히 필요했어. 누구의 도움이라도 필요했지. 그렇지만 어머니의 능력에 대해 분개심을 품게 되기도 했어. 당신의 인생 내내 당신의 어머니가 모든 것을 너무 쉬운 일처럼 처리했다는 것이 싫었어.

"우리 귀염둥이, 어린이집에서는 어떻게 지내니?"

"잘 지내는 것 같아요. 정말로 선생님들을 좋아하는 것 같더라고요. 지난 몇 주 동안 정말 많이 배웠어요."

어머니는 내 잔에 와인을 채워주고 바이올렛에게 키스하려고 몸을 숙였지.

"그리고 너는?" 어머니가 물었어.

"저요?"

"여유 시간을 좀 즐겼겠지?"

111

어머니는 거의 20년 동안이나 당신과 당신 여동생을 집에서 돌보았어. 파이를 굽고. 학부모회를 조직하고. 베갯잇과 커튼, 냅킨, 식탁 매트, 샤워 커튼도 직접 바느질로 만들었지. 나는 어머니가 요리할 때 짧게 자른 금발 머리가 흔들리는 모습을 보았어. 당신의 어릴 적 집 복도에 걸린 금테 액자 속 가족사진에서 보았던 것과 똑같은 길이와 모양의 머리카락.

"이전보다 좀 더 글을 쓰고, 여기서 그간 못 한 일들을 따라잡고 있었죠."

"아이 데리러 갈 때까지 시간을 늘 세고 있지 않니? 나는 늘 그랬지. 일단 애들이 학교에 가면 말이야. 약간의 평화와 고요를 원하게 되지만, 곧 종일 애들 생각만 하게 되지." 어머니는 허브를 다지면서 혼자 미소를 지었어. "폭스가 아이랑 잘 놀아주는 것 같더구나. 나는 늘 걔가 좋은 아빠가 될 거라고 생각했단다. 걔가 아주 어렸을 때부터."

바이올렛은 한 손으로 인형 발을 잡고, 다른 손은 휘젓개를 들고 가스오븐을 땡땡 쳤어.

"폭스는 아주 훌륭하죠. 폭스는…… 완벽한 아빠예요." 어머니가 듣고 싶었던 말이었고, 어느 면에서는 사실이기도 했지.

어머니는 혼자 미소를 짓더니 레몬을 집고는 바이올렛이 노는 모습을 잠깐 바라보다가 레몬 껍질을 강판에 갈았어. 나는 바이올렛을 안아 목욕을 시키려고 몸을 숙였어. 아이는 내 손길을 느끼자 몸을 움찔했고, 나는 내가 아이의 성질을 건드렸다는 것을 알았어. 내 배 속에 늘 있었던 매듭이 다시 조여지는 기분이었지. 아이는 꽥 소리를 지르며 타일 바닥에 몸을 부딪쳤어.

"가자, 아가, 목욕 시간이야." 나는 당신 어머니 앞에서 전투를 벌이고 싶진 않았어. 발로 차고 비명을 지르는 아이를 안아서 욕실로 데려갔어. 문을 닫고 물을 틀었어. 몇 분 후 당신 어머니가 문을 두드리더니 울음소리 위로 크게 소리를 질렀지.

"내가 도와줄까?"

"애가 그냥 심술부리는 거예요, 헬렌. 피곤해서." 하지만 어머니는 어쨌든 들어왔지. 그때쯤 나는 물에 흠뻑 젖었고, 바이올렛은 화가 폭발해서 몸이 거의 자주색으로 질려 있었어. 나는 아이의 겨드랑이 아래를 꽉 잡고 머리카락에서 비눗기를 헹궈냈어. 내가 아이를 욕조에서 들어 올렸을 때, 아이는 비명을 지르느라 숨도 제대로 쉬지 못했지. 당신 어머니가 우리를 바라보며 수건을 건넸어.

"내가 데려갈까?"

"애는 괜찮을 거예요." 나는 대답하고 나서 바이올렛을 막으려고 꼭 안았어. 하지만 내가 얼굴을 채 떼기도 전에 아이의 이가 내 볼의 살을 파고들었어. 나를 물어버린 거야. 나는 이를 악물고 비명을 지르면서 아이를 떼어내려고 했지만, 너무 꽉 물고 있었어. 당신 어머니는 숨을 헉 들이켜더니 손녀의 턱을 손가락으로 벌리려고 했지. 어머니는 바이올렛을 내게서 잡아채 데려가면서 오로지 이렇게만 말했어. "맙소사."

나는 거울로 상처를 바라보면서 찬물을 틀었어. 그리고 젖은 수건을 피부에 댔지.

나는 굴욕을 느꼈어. 등 뒤로 경악한 당신 어머니의 얼굴이 보였지.

바이올렛은 더는 비명을 지르지 않았어. 당신 어머니의 팔에 안겨 칭얼대는 가운데 숨을 골랐고, 집행 유예를 기다리듯이 어머니를 보왔지. 마치 고문자의 팔 안에서 자기를 보호하려고 그랬다는 양.

"죄송해요." 나는 말했어. 딱히 누구를 향해서 한 말은 아니었어.

"네가 가서 생선 좀 꺼내줄래? 내가 아이 잠옷을 입힐 테니."

"아뇨, 괜찮아요." 나는 당혹스럽지만 결연한 마음으로 당신 어머니에게서 아이를 받았고, 바이올렛이 다시 비명을 지르며 머리를 뒤로 젖혔어. 당신 어머니의 얼굴은 불붙은 것 같았지. 나는 바이올렛을 어머니에게 도로 건네주고, 세면대로 돌아섰어. 어머니는 당신이 늘 그러듯이 아이의 귀에 대고 속삭이면서 복도를 지나 바이올렛의 방으로 갔고, 그동안 나는 흐르는 물소리 뒤에 숨어 울었어.

"저녁 식사 해주셔서 고마워요, 헬렌. 맛있네요."

"별거 아닌데 그러니."

"아까는 죄송했어요. 너무 흉한 꼴 보여드렸죠."

"아가, 걱정 마라." 어머니는 와인 잔을 들었지만, 마시지는 않았어. "아이가 그냥 피곤해서 그런 거야. 낮잠은 충분히 잔 거 같니?"

"아닐 수도 있어요." 충분히 잤어. 우리는 둘 다 보이는 것만큼 상황이 심각하지 않은 척하고 있었어. 바이올렛의 행동이 쉽게 설명될 수 있는 것처럼. 당신 가족들은 그런 편을 더 좋아했잖아. 나는 마지막 남은 음식을 깨작거렸어. "바이올렛은 지금 아빠만 좋아하는 단계인 것 같아요."

"뭐, 그렇다고 아이를 탓할 순 없지." 어머니는 눈을 찡긋하고는 접시를 치웠어. "너희 둘 다 그런 아빠를 둬서 운이 좋구나."

그럼 그 사람은요? 그 사람도 내가 있어서 운이 좋은 게 아닌가요? 부엌에서 어머니는 내게 와인을 한 잔 더 따라주었지. 나는 아무 말 하지 않았어.

"점점 편해질 거야." 어머니는 조용히 말했어.

나는 고개를 끄덕였지. 눈물이 다시 차올랐고, 얼굴이 빨개지는 것을 느꼈어. 어머니는 잠시 아무 말도 하지 않았지만, 다시 입을 열었을 때는 상황이 당신이 생각하는 것보다 훨씬 심각하다는 것을 갑자기 받아들이기라도 한 듯 훨씬 태도가 부드러워져 있었지. 어머니의 두 손이 내 손을 덮었고, 꽉 잡은 손을 우리는 말없이 바라보았어.

"보렴. 그 누구도 엄마가 되는 걸 쉽다고 말하진 않았어. 특히 그게 생각하던 것과 같지 않을 땐, 그게 말이지……." 어머니는 생각에 잠겨 가는 분홍색 입술을 꽉 다물었어. 어머니는 감히 내 어머니 얘기를 꺼낼 수는 없었지. "하지만 너는 이를 돌파할 길을 찾을 거야. 모든 이에게 좋은 길. 그게 네가 해야 할 일이란다."

당신이 집에 들어오자마자 처음 물어본 건 바이올렛은 어떻게 있었느냐는 거였어. 우리 딸 오늘 밤엔 어땠어? 당신은 환히 웃고 있었지. 당신 어머니가 우리 딸과 시간을 보낸 게 좋았던 거야.

"아주 착하게 지냈단다, 대체로." 어머니는 당신 양 볼에 입을 맞추고 가방을 가지러 갔어. 당신은 나를 한참 껴안았고, 내 품 안에서 취기가 올랐지. 당신에게는 술 냄새와 매운 양념을 친 가공육, 냉기의 냄새가 났어. 내가 몸을 떼자, 당신은 얼굴이 어떻게 된 거냐고 물었어. 바이올렛의 이가 남긴 빨간 자국을 당신이 건드렸을 때 나는 움찔했어.

"아무것도 아니야. 그냥 바이올렛이 낸 자국이야." 나는 눈을 들어 당신 어머니 쪽을 보았어.

"그래, 잠들기 전에 바이올렛이 결투를 걸었단다." 어머니는 당신을 향해 말했어. "애가 약간 성깔이 있잖니. 그런 거."

당신은 얼굴을 찡그렸지만, 넘어갔어. 코트를 걸었지. 어머니는 눈썹을 치키면서 당신을 향해 웃어 보였어. 당신이 뭔가 더 말해주기를 바라는 것 같았지. 나는 어머니의 의리에 감사하면서도, 내가 그런 감정을 필사적으로 필요로 한다는 사실을 부끄러워하며 시선을 돌려버렸어.

"버텨보렴, 아가." 어머니는 내게 조용히 이렇게 말한 후, 택시에서 기다리는 당신 아버지에게로 가버렸어.

•

○

●

◉

◎

24

내 어린 시절의 선명한 기억들은 여덟 살 때부터 시작돼. 이런 기억에 단독으로 의존할 필요가 없으면 좋았을 텐데, 그럴 수밖에 없네. 어떤 사람들은 과거를 오래된 사진이나 그들을 사랑하는 누군가가 수천 번 해준 똑같은 이야기로 바라보지. 나는 이런 것들이 없었어. 엄마에게도 없었지. 어쩌면 그게 문제의 일부였는지도 몰라. 우리는 오로지 진실의 한 가지 버전밖에 없다는 것.

떠오르는 게 하나 있어. 내 유아차의 하얀 안감, 진청색 꽃송이, 아일렛 리본으로 두른 테두리 장식, 대나무로 가운데를 댄 크롬 손잡이. 카나리아 색 장갑을 낀 엄마의 손이 내 머리 위에 있어. 나를 내려다보는 엄마의 얼굴은 볼 수 없어. 그저 이따금 엄마가 태양을 등지고 모퉁이를 돌 때 내 몸 위로 어리는 그림자. 이렇게 어린 시절의 기억이 있을 리가 없다는 걸 알아. 하지만 시큼한 분유나 베이비파

우더, 담배 연기 냄새를 아직도 맡을 수 있고, 저녁 먹으러 집으로 돌아가는 사람들을 실은 느린 도시 버스의 소리가 아직도 들려.

나는 가끔 샘에 대해서도 머릿속으로 이런 놀이를 해.

샘은 뭘 기억할까? 공원의 언덕 위에 깔린 날카로운 풀, 우리가 덮어주었던 주황색 조각 이불, 우산처럼 아이의 위에서 까닥거리는 세 명의 얼굴? 어쩌면 바이올렛이 굽기 좋아했던 호박 머핀의 냄새를 기억할 수도 있어. 그 애가 언제나 샘에게 주었던, 반죽이 지저분하게 묻은 빨간 손잡이의 커다란 숟가락. 당신이 늘 던져보고 싶어 했던, 빙빙 돌아가며 빛이 나는 욕실 장난감. 어쩌면 아기방의 그림을 기억할지도 모르지. 아기 천사가 아침이면 늘 샘의 시선을 붙잡는 것 같았거든.

하지만 내 생각에 그 애가 기억할 만한 건 이런 거야. 주민센터 수영장 탈의실 벽의 타일. 왜인지 모르겠지만 나는 이게 그 애의 일부가 되었으리라고 생각해. 매주 나는 아이를 구석 칸에 있는 나무 벤치에 앉히고, 한 손으로는 아이를 붙잡고 다른 손으로는 앞뒤로 흔들리는 문을 붙들어 잠갔어. 샘은 언제나 탐색하는 눈으로 벽을 올려다보며, 임의적 형태로 붙은 작은 정사각형을 마치 살아 있는 생물이라도 되는 양 만졌지. 겨자색, 에메랄드 녹색, 아름다운 진청색, 선원의 청색. 이 타일을 보면서 아이는 얌전히 있었어. 내가 아이에게 수영용 기저귀를 채우고 아직도 부푼 내 배를 타월로 감싸는 동안 아이는 부드러운 소리를 내며 눈을 크게 떴지. 나는 우리가 갈 때마다 샘이 이런 타일을 바라보기를 고대했어. 아이의 작은 세계에서 이 타일들은 그 아이에게 노래를 불러주는 것이었으니까.

나는 그 탈의실에 아직도 가끔씩 가봐. 그 타일 속에서 샘을 찾으러.

·

○

◉

⊙

◍

25

바이올렛의 머리카락은 숱이 많고 아름다워서, 지나가던 사람들이 가끔 발을 멈추고 우리에게 딸이 참 예쁘다는 말을 건네곤 했지. 아이는 수줍게 웃으면서 고맙습니다, 라고 했고, 아주 짧은 찰나 나는 이 작고 훌륭하고 문명화된 인간이 내 귀를 잡고 내가 미칠 지경까지 끌어당길 능력이 있는 사람일 리가 없다고 생각했지. 어두운 순간들은 점점 적어지고, 아이의 성격 중 다른 부분들이 나타나기 시작했어. 바이올렛은 아기 인형에 집착해서 어디에나 데리고 다녔어. 아이는 16개월쯤 되자 자기가 좋아하는 색을 알게 되었지. 거의 1년 내내 속바지 아래에 크리스마스트리 무늬가 있는 타이츠를 신고 다니겠다고 했어. 식사 때마다 스크램블드에그를 먹으면서 노란 구름이라고 불렀어. 침멍크를 보면 겁을 냈고 다람쥐를 보면 흥분했어. 우리가 매일 토요일 아침이면 꽃 한 송이 사러 가는 모퉁이 꽃집의 여자를 좋아했어. 아이는 꽃을 오줌 쌀 때 들고 있고 싶다고 소변기 옆에 두었어. 전혀 논리적이지 않았지만, 그래도 세상에서 제일 논리적이었지.

아이는 내가 매달려 버틸 수 있을 만큼 여유를 주었고, 나는 다시 붙잡고 올라갈 수 있겠다는 확신이 들었어. 어쨌든, 잠시 동안은, 내가 다시 한 번 그 애의 작지만 질서 정연한 세계 속에 있는 자리를 깨달을 때까지는.

아이가 세 살 되었을 무렵, 주말에 당신 친구의 결혼식에 참석하고 돌아왔을 때, 나는 코트를 벗지 않고 아이의 방에 슬쩍 들어갔어.

자정이 지난 시각이었다. 나는 아이의 냄새를 맡고 싶었어. 비행기에서 뭔가 잘못될 거라는 익숙지 않은 공포를 느꼈거든. 아이가 자다가 숨이 막혔는데 당신 어머니는 나처럼 그 소리를 듣지 못할 거라든가, 일산화탄소 탐지기가 제대로 작동하지 않을 거라든가, 비행기가 활주로에 잘못 부딪쳐서 우리 둘 다 날아가버릴 거라든가. 난 그 애가 필요했어. 아이에 대한 이런 갈망을 느낀 적은 드물었지. 특히 그런 감정을 느껴야 할 때도 아니었어. 하지만 아이가 보고 싶을 때면, 아이를 원하지 않았던 것이 어떤 상태였는지도 기억나지 않았어. 그 다른 엄마는 누구였을까? 내게 이런 수치심을 안겨다 준 여자는?

잠자는 아이의 얼굴. 아이는 속눈썹을 파닥거리며, 자기 앞에 서 있는 나를 보았어. 실망했다는 듯 다시 눈꺼풀이 떨어지더라. 아이의 슬픔은 순수했어. 아이는 돌아누우면서 푸르스름한 보라색 이불을 턱까지 끌어 올리고 어두운 창문을 내다보았어. 나는 그 애에게 입 맞추려고 몸을 숙였지만, 아이의 근육이 내 손 아래에서 굳어지는 것을 느꼈어.

방을 나서자 복도에 서 있는 당신이 보였어. 나는 당신에게 아이가 자고 있다고 말했지. 당신은 어쨌든 방으로 들어갔고, 당신의 뺨에 쪽 뽀뽀하는 소리가 들렸어. 아이는 당신에게 당신 어머니가 인어가 나오는 영화를 보여줬다고 말했지. 아이가 당신에게 옆에 누우라고 했어. 당신을 기다리고 있었던 거야.

당신이 그 애와 나누는 것을 나는 한 번도 나누지 못했던 듯한 기분이었어.

"그냥 당신 생각일 뿐이야." 내가 이 이야기를 꺼낼 때마다 당신은 아니라고 했지. "당신은 두 사람에 관한 얘기를 지어내고 그걸 흘려보낼 수 없는 거지."

"애가 나를 원해야지. 나는 걔 엄마잖아. 애가 나를 필요로 해야 하는 거잖아."

"그 애한테는 잘못이 없어."

그 애. 그 애한테는 잘못이 없다고 당신은 말했어.

아침에, 아침 식사를 하며, 당신 어머니는 둘이 보낸 즐거운 주말에 대해 설명했지. 당신은 당신 무릎 위에서 콩콩 뛰는 당신 딸과 함께 환히 웃었어.

"그럼 모든 게 괜찮았나요?" 나는 식기 세척기에 설거지할 그릇을 넣으며 당신 어머니에게 조용히 물었어.

"애는 천사처럼 있었지. 정말 천사였어." 어머니는 내 등을 잠깐 쓰다듬었어. 내가 지고 다니는 고통을 위로해주려는 듯. "아이가 너희 둘 다 보고 싶어 하는 것 같더라."

26

3학년이 되었을 때, 우리 반에서는 일주일 내내 엄마에게 줄 꽃다발 만드는 수업을 했어. 분홍색과 노란색의 머핀 컵 안쪽에 단추를 붙이고 셔닐 원단으로 된 담배 파이프 청소용 리본으로 줄기를 만들었지. 두꺼운 공작용 종이에 그걸 붙이고 가장 멋있는 필기체로 칠판에 적힌 시를 베껴 썼어. 장미꽃은 빨간색, 제비꽃은 보라색, 세상에서 제일 좋은 우리 엄마, 사랑해요! 나는 제일 늦게야 끝냈지. 이렇게 멋있는 건 고사하고 엄마를 위해서 이전에 공작을 해본 적이 있는지도 기억이 나지 않았어. 선생님은 내 손에서 그 작품을 가져가더니 귀에 대고 속삭였지. "아름답구나, 블라이스. 엄마가 좋아하시겠다."

선생님은 집으로 가는 우리에게 티 파티 초대장을 들려 보냈어. 나는 그날 학교를 나오면서 쓰레기통에 내 것을 던져 넣었어. 엄마를 초대하고 싶지 않았거든. 좀 더 구체적으로는 엄마가 오고 싶어 하지 않는다면 초대하고 싶지 않았어. 나는 아홉 살이었지만, 이미

나 자신의 실망을 다루는 법을 익혔지. 파티 당일 아침에 엄마가 평소처럼 잠자는 동안 나는 부엌에서 홀로 아침을 먹었고, 학교에 가서 모든 사람에게 할 말을 연습했어. 엄마가 아파요. 식중독에 걸렸어요. 그래서 티 파티에 올 수가 없어요.

그날 오후에 우리는 엄마들이 도착하기 전에 박엽지로 교실을 장식했어. 내가 의자에 올라서서 압정을 들고 게시판을 향해 손을 뻗고 있을 때 목소리가 들렸어.

"너무 일찍 왔나요?"

나는 하마터면 의자에서 떨어질 뻔했지. 우리 엄마. 선생님은 엄마에게 친절하게 인사하고, 너무 걱정하지 마시라고, 그저 가장 먼저 오신 것뿐이라고 했어. 어머님 몸이 좋아지신 걸 보아 기쁘다고도 했지. 엄마는 내 거짓말을 눈치채지 못한 것 같았어. 너무 긴장된 듯했지. 엄마는 문간에서 재빨리 손을 흔들었어. 내가 한 번도 본 적이 없는 옷을 입고. 예쁜 복숭아색 정장과 진짜일 리 없는 진주 귀걸이. 나는 그처럼 부드럽고 그처럼 여성적인 엄마의 모습에는 익숙하지 않았어. 가슴속에서 심장이 쿵쿵 뛰었지. 엄마가 왔다. 어쨌든 엄마는 알아냈고, 왔어.

엄마는 티 파티가 시작하기를 기다리는 동안 교실 구경 좀 시켜달라고 했어. 나는 날씨 안내판과 숫자 세는 구슬, 구구단 표를 가리켰어. 내가 최대한 간결하게 그 도구들을 이용하는 방법을 설명하니까 엄마는 이전에는 한 번도 숫자를 보지 못한 사람처럼 웃음을 터뜨렸어. 다른 엄마들이 문으로 들어오고, 아이들이 그 엄마들에게 뛰어가는 동안, 내 엄마는 고개를 들고 여자들을 한 명씩 뜯어보았어. 여자들의 의상, 머리 스타일, 착용한 보석. 나는 그때에도 엄마가 너무 자기 모습을 의식한다는 것을 감지했고, 이 사실에 충격을 받았어. 엄마는 다른 엄마들이 어떻게 생각하는지는 신경 쓰지 않는 것 같았거든. 다른 누군가가 어떻게 생각하는지 전혀 신경 쓰지 않는 것 같았어.

엘링턴 아줌마가 교실 문으로 들어왔고, 토머스가 아줌마를 불렀어. 토머스는 선생님이 집에서 가져온 찻잔과 접시를 조심스럽게 놓고 있었어. 엘링턴 아줌마는 토머스에게 손을 흔들고는 곧장 내가 교실 반대편에 엄마와 함께 서 있는 자리로 걸어왔어. 아줌마는 엄마에게 한 손을 내밀었지.

"세실리아, 다시 보게 되니 너무 반갑네요. 그 색깔이 참 잘 어울려요." 엄마는 그 손을 잡았고, 엘링턴 아줌마는 약간 몸을 내밀었어. 다른 여자들이 하는 것처럼 뺨을 가볍게 대려는 것이었지만, 우리 엄마가 그러는 건 한 번도 본 적 없었지. 나는 엘링턴 아줌마가 엄마에게서 어떤 냄새를 맡을까 생각했지.

"그쪽도요." 엄마는 미소를 지었어. "그리고 고마워요. 이것도요." 엄마는 레이스가 깔린 소형 탁자와 크럼펫*이 놓인 접시들이 들어찬 교실을 턱으로 가리켰어. 엘링턴 아줌마는 별거 아니라는 듯 허공에 대고 한 손을 저었지. 서로 호감이 있는 사이인 양. 나는 두 사람이 서로 그렇게 많은 말을 나누는 것을 들어본 적도 없었어.

"네 엄마 참 예쁘다, 블라이스." 여자애들 중 하나가 내게 속삭였어.

"배우 같아." 다른 여자애가 말했어. 나는 엄마를 다시 보면서, 아이들이 보는 것을 나도 상상하려 했어. 내가 엄마에 대해서 아는 모

---

* 위에 구멍이 뚫린 작고 동그란 빵으로 버터와 함께 먹는다.

든 사실에 부담을 느끼지 않고. 나는 엄마가 한 발로 톡톡 바닥을 찍는 걸 보고 담배를 피우고 싶어 한다는 것을 알았어. 어디서 저 의상이 났을까 궁금했지. 옷장 속에 있었나? 그저 오늘을 위해 샀을까? 나는 내 친구들이 평범해 보이는 엄마들 옆에 앉아서 내 엄마를 바라보는 모습을 보았어. 인생 처음으로, 엄마가 자랑스러웠어. 특별해 보였거든. 노력하고 있었거든. 나를 위해서.

선생님은 우리가 만든 꽃을 나눠 주었고, 엄마들은 우리가 노력한 작품에 대해서 칭찬을 쏟아부었어. 나는 내가 만든 꽃을 엄마에게 주었고, 엄마는 그 아래에 있는 시를 읽었어. 나는 이전에 그런 말을 한 적이 없었지. 우리는 둘 다, 엄마가 최고의 엄마는 아니라는 걸 알았으니까. 우리는 둘 다, 엄마가 그 발끝에도 미치지 못한다는 걸 알았으니까.

"마음에 들어요?"

"그래. 고맙다." 엄마는 시선을 피하면서 꽃을 탁자 위에 놓았어. "엄마 물 좀 마셔야겠다. 블라이스, 좀 따라줄래?"

하지만 나는 엄마가 실제보다 더 좋은 엄마가 된 것 같은 기분을 느끼길 바랐어. 엄마가 실제보다 더 좋은 엄마가 되기를 바랐어. 나는 다시 한 번 그 시를 들어서 엄마에게 소리내어 읽어주었어. 교실의 소음 속에 내 목소리가 떨렸지.

"장미꽃은 빨간색, 제비꽃은 보라색, 세상에서 제일 좋은 우리 엄마," 나는 잠시 멈추고 침을 꿀꺽 삼켰어. "사랑해요!"

엄마는 시에서 눈을 떼지 않았어. 내 손에서 시를 도로 받았지.

"앞으로 5분만, 여러분!"

"집에서 보자, 괜찮지?" 엄마는 내 정수리를 건드리더니 지갑을 들고 떠났어. 엘링턴 아줌마의 눈이 교실 밖으로 나가는 엄마의 뒤를 따랐지.

내가 집에 돌아왔을 때 엄마는 저녁 식사로 셰퍼드 파이를 만들었고, 아직도 그 복숭아색 정장을 입고 있었어. 아빠가 의자를 빼면서, 굶어 죽기 직전이라고 선언했지.

"그래서? 어머니의 날 티 파티 어땠는지 좀 말해봐."

매시드 포테이토가 접시 위로 척 떨어졌고, 엄마는 아무 말도 하지 않았어. 아빠는 나를 돌아보며 눈썹을 치켰지. "어땠어, 블라이스?"

"좋았어요." 나는 우유를 홀짝 마셨어. 엄마는 오븐에서 갓 꺼낸 뜨거운 캐서롤 접시를 탁자 위로 밀어놓고 그 옆에 숟가락을 내려놓았어.

"맙소사, 나무 타." 아빠는 번쩍 일어나 키친타월을 가져왔고 그걸 캐서롤 접시 아래에 넣으려고 접시를 들다가 손가락을 데었어. 아빠는 엄마를 노려보았지만, 엄마는 알아채는 것 같지도 않았어.

"엄마에게 종이로 꽃을 만들어 줬어요."

"근사하네. 그거 어디 있어, 세실리아?" 아빠는 감자를 입에 욱여넣고 엄마를 돌아봤어. "나도 좀 보자."

엄마는 싱크대에서 고개를 들었어. "뭐를, 어디?"

"얘가 당신에게 만들어 준 거. 어머니의 날 선물."

엄마는 영문을 모르겠다는 듯 고개를 흔들었어. 내가 아무것도 준 적이 없다는 듯이. "모르겠어. 어디다 놨는지 모르겠어."

"어디 있을 거야. 가방 찾아봐."

"아니야, 나는 어디 있는지 몰라." 엄마는 나를 바라보더니 다시 고개를 저었지. "그게 어떻게 됐는지 모르겠어." 엄마는 담배에 불을 붙인 후 몸을 돌려 설거짓거리를 물에 담그려고 수도를 틀었어. 엄마는 우리와 함께 식사를 한 적이 없었어. 엄마가 뭔가 먹는 걸 본 적이 없었어.

내 심장이 쿵 내려앉았지. 너무 과했던 거야. 내가 너무 많이 말했던 거야.

"신경 쓰지 마요, 아빠."

"아니야. 네가 엄마한테 근사한 걸 만들어 줬는데, 찾아야지. 냉장고에 붙여야지."

"셉."

"가서 찾아와, 세실리아."

엄마는 행주를 아빠의 얼굴에 던졌어. 찰싹 하는 소리에 나는 벌떡 일어나다가 포크를 바닥에 떨어뜨렸어. 아빠는 젖은 행주를 얼굴에 붙인 채로 눈을 감고 그대로 앉아 있었어. 아빠는 나이프와 포크를 내려놓고 손가락 관절이 감자 색깔이 되도록 주먹을 꽉 쥐었어. 나는 아빠가 엄마의 내면 속에서 늘 끓고 있는 것과 같은 분노로 소리치길 바랐어. 아빠는 여전히 가만히 있어서, 나는 아빠가 숨이나 쉬고 있는지 궁금했어.

"갔잖아, 안 갔어? 그 망할 티 파티에 갔다고. 거기 갔어. 쪼그만 탁자에 앉아서 장단 맞춰줬잖아. 나한테 뭘 더 바라?" 엄마는 담배를 집더니 앞문으로 나갔어. 아빠는 머리에서 행주를 떼어서 잘 접어 식탁 위에 놓았어. 그러곤 포크를 집더니 나를 보았지.

"먹자."

27

바이올렛이 네 살이 된 후 봄, 유치원 선생님이 우리에게 금요일 방과 후에 면담할 수 있겠느냐고 물었어.

"대단한 문제는 아닙니다만." 선생님은 통화에서 '대단한'을 강조하며 말했어. "얘기는 나눠봐야 할 것 같아서요."

당신은 처음부터 회의적이었지만, 선생님이 하려는 말에 불안해하는 마음도 있다는 걸 알았지. 뭐, 바이올렛이 막대 풀을 나눠 쓰려 하지 않는다고요?

우리는 작은 의자에 앉았고, 당신 무릎이 거의 턱까지 닿았어. 선생님은 핑크 플라스틱 컵에 설거지 세제 냄새가 나는 물을 담아 내주었지.

모두 당신이 좋은 소식에는 열린 사람이라는 걸 알아.

"바이올렛은 유달리 영리한 아이입니다. 여러 면에서 또래보다 성숙하죠. 무척…… 기민합니다."

하지만 바이올렛과 같은 반 아이들이 그 애와 함께 있는 걸 불편하게 여기는 사건이 있었어. 선생님은 바이올렛 옆에 앉을까 봐 두려워하는 남자애를 예로 들어주었지. 바이올렛이 이따금 애가 울 때까지 손가락을 비틀기 때문이라고 했어. 바이올렛이 연필로 자기 허벅지를 찔렀다고 한 여자아이도 있었지. 그리고 그날 아침 인사 시간에, 누군가가 바이올렛이 자기 바지를 내리고 속옷에 돌멩이를 한 움큼 던져 넣었다고 했어. 내 얼굴은 뜨거워졌고, 나는 얼룩덜룩해졌을 게 분명한 목을 가렸어. 우리가 이런 식으로 행동하는 인간을 만들어냈다는 게 당황스러웠어. 나는 창밖으로 작은 흙투성이 조약돌로 덮인 놀이터를 내다봤어. 그 애가 더 어렸을 때 보였던 공격성을 떠올렸지. 내가 지금 그 애에게서 공감 능력을 볼 수 없다는 것도 떠올렸어. 그 애가 그런 짓을 저지르는 광경이 눈에 훤했어.

"물론, 사과하라고 하면 사과는 합니다." 당신이 물어보자 선생님은 망설이며 말했어. "똑똑한 아이죠. 자신의 행동이 남에게 상처를 준다는 걸 알지만, 우리가 기대하듯이 이 사실에 전혀 개의하는 것 같지는 않습니다. 이 시점에서 이런 일의 결과를 가르쳐야 할 필요가 있다고 생각합니다."

우리는 그 방책에 동의하고, 면담해주셔서 감사하다는 말을 전했어.

"저기, 좋지는 않아. 하지만 모든 아이가 이런 유의 일을 거치지. 경계를 시험해보는 거야. 걔는 아마도 거기서 지루했을 수도 있어. 여기저기 널려 있던 저 모든 플라스틱 쓰레기 당신도 봤지? 너무 아기 방 같지 않았어? 우리가 거기 돈을 얼마나 내고 있더라?"

나는 당신의 유리잔 옆면에서 춤추며 올라오는 거품을 보았어. 우리는 술을 마시러 갔지. 내 제안이었어. 그러면 우리 사이의 긴장이 누그러질 수도 있다고 생각했거든.

"애와 얘기를 하자." 당신은 혼자 합리화했어. "뭔가가 이런 식으로 행동하도록 분명히 자극을 했을 거야."

나는 고개를 끄덕였어. 당신의 반응은 내게 전혀 이해가 되지 않았어. 당신은 모든 면에서 무척 분별 있는 사람이었으니까. 그런데도 우리 딸 문제가 나오면, 모든 상식을 잃어버렸지. 당신은 맹목적으로 아이를 옹호했어.

"당신은 아무 말도 안 할 작정이야?" 당신은 화가 났어.

"난, 난…… 기분이 불쾌해. 실망했어. 그리고 그래, 애랑 얘기해봐야지……."

"그렇지만?"

"그렇지만, 놀랐다는 말은 못 하겠네."

당신은 고개를 흔들었어. 또 시작이네.

"그 나이 또래 다른 애들도 물고 때리고 '내 생일 파티에 오지 마'라는 말은 해. 하지만 바이올렛이 한 일은…… 잔인하게 들려. 계산적으로 보이고." 나는 두 손에 머리를 묻었어.

"걘 네 살이야, 블라이스. 아직 신발 끈도 못 묶는다고."

"봐, 나도 걜 사랑해. 그냥 내가 말하는 건……."

"사랑하긴 해?"

그 말이 얼마나 기분이 좋았을까. 처음으로 당신이 그 말을 입 밖으로 꺼낸 거야. 하지만 나는 당신이 몇 년 동안 그렇게 생각해왔다는 걸 알아. 당신은 동그란 얼룩이 남은 바 위를 응시했어.

"나도 그 애를 사랑해, 폭스. 내가 문제가 아니라고." 나는 선생님이 얼마나 조심스럽게 말을 골랐는지를 생각했어.

나는 홀로 집까지 걸어갔고, 베이비시터에게 택시비를 주었어. 바이올렛은 깊이 잠들어 있었지. 나는 아이의 침대로 슬쩍 들어가서 내 다리 위로 이불을 끌어 올리고 아이가 몸을 뒤척이자 숨을 죽였어. 아이는 내가 자기 이불 안에 들어오는 걸 원치 않았겠지만, 나는 어느 샌가 그 안에 자주 들어가 있었어. 나는 아이의 차분함 속에서 무언가를 찾으려 했어. 뭐였는지는 몰라. 어쩌면 아이가 잠들 때 풍기는 날것의 달콤한 냄새가 아이가 어디서 왔는지를 일깨워주었기 때문일 수도 있어. 아이는 완벽하지 않았어. 쉽지는 않았지. 하지만 그 애는 내 딸이었고, 어쩌면 내가 그 애에게 더 큰 빚을 졌을 수도 있지.

하지만 그렇다 해도, 어둠 속에 누워 있을 때 나는 그 면담에 대해 생각하며 마침내 입증되었다는 생각에 짜릿한 아픔을 느꼈어. 나는 내 딸에 대해 끔찍하고 가차 없는 의심을 품으며 살아가고 있었고, 다른 사람도 마침내 그것을 보았다는 걸 감지했어.

28

몇 주 지난 후 언젠가, 나는 바이올렛을 유치원에 데려다준 후에 시내의 갤러리에 갔어. 그 전날 신문에 논쟁적인 전시에 대한 관람평이 실렸고, 당신이 아침 커피를 마시는 동안 그 기사를 읽는 것을 보았거든. 당신은 아주 살짝 고개를 흔들더니 신문을 넘겼어.

나는 갤러리 안으로 한 발 들여놓고 벽을 응시했어. 광택 없는 흰 벽에는 총기 폭력으로 기소된 어린이들을 다룬 언론 보도에 사용된 초상 사진이 걸려 있었어. 생각도 못 할 정도로, 가끔은 목숨을 앗아가기도 했던 폭력. 어린이들은 여드름이 거의 나지 않을 나이, 롤러코스터를 간신히 탈 만한 정도의 나이였어. 나는 이 소년들의 성기가 얼마나 자그마할 것인지, 이 아이들이 얼마나 어린 청소년일지 생각했어. 음모도 없고, 성도 없는 아이들.

아이들 중 둘이 여자아이였어. 둘 다 거의 입술이 안으로 말릴 정도로 환하게, 강렬하게 웃고 있었지, 한 아이는 교정기를 꼈어. 교정기를 조절하러 매달 엄마와 함께 치과에 가서 철사에 끼울 고무줄의 색을 정하겠지. 그 뒤에는 딸기 아이스크림을 사달라고 조를 거야. 다른 걸 먹으면 입안이 너무 아플 테니까.

몇 시간 동안 그런 아이들이 나를 바라보았어. 아이들이 자기를 낳아준 사람들과 나를 같은 유로 인식할 수 있을까? 자기 엄마와 같은 사람? 짧은 머리를 옆으로 쓸어 넘긴 직원 한 명은 구석의 묵직한 참나무 책상에 앉아 미술 카탈로그를 읽으면서 고개도 들지 않았어. 나는 어린 소녀의 초상 사진 위에 덮인 유리판에 손을 대보았지. 완벽하게 땋아 양쪽 어깨에 늘어뜨린 머리 타래. 어디서부터 시작일까? 언제 우리는 알 수 있을까? 어쩌다 그들은 변했을까? 누구의 탓일까?

집에 걸어가는 길에, 나는 내가 이런 사진에서 익숙한 무엇을 찾아냈다는 생각이 얼마나 비합리적인지 모른다고 스스로 타일렀어. 거기 간 것 자체가 완전히 미친 짓이었다고.

그날 유치원에서 아이를 일찍 데리고 나와 우리는 핫초콜릿과 쿠키를 먹으러 갔어. 우리가 자리에 앉자 아이는 내게 자기 쿠키 반쪽을 내밀었어.

"난 네가 무척 착한 아이라고 생각해." 나는 말했어. 바이올렛은 자기의 반쪽 초콜릿칩을 핥으며 이렇게 말했어.

"노아는 내가 못됐다고 말했어. 어쨌든 난 노아 싫어."

"노아는 그러면 너를 잘 모르는 거지."

바이올렛은 고개를 끄덕이며, 손가락으로 찐득찐득하게 녹은 마시멜로를 휘저었어.

우리는 저녁을 걸렀지. 과자를 먹고 입맛이 없었거든. 욕조에서 아이는 눈을 감고 마치 눈 속의 천사처럼 넓게 깔린 거품 위를 떠다녔어.

"내일 노아를 아프게 해줄 거야."

아이의 말에 내 심장이 멎었어. 나는 목욕 수건을 짜서 수도꼭지 위에 걸어놓고, 조심스레 반응을 가다듬었어. 아이는 반응을 원했으니까.

"그건 착한 일이 아닐 거야, 바이올렛." 나는 차분하게 말했어. "우린 사람들을 아프게 하면 안 돼. 대신에 네가 정말로 노아에 대해 좋아하는 점 한 가지를 말해주면 어떨까? 그 애가 착하게 자기 물건 나눠 주지 않던? 쉬는 시간에 같이 놀면 재미있지 않아?"

"아니." 바이올렛은 물속으로 머리를 담갔어.

다음 날 나는 당신에게 약속이 있다고 말하고 아이를 유치원에서 데려와달라고 부탁했지. 대신에 나는 식품점을 돌며 아무것도 사지 않았어. 집이 가까워질 때 내 심장이 줄달음쳤어. 나는 선생님이 전화할 거라고 확신하며, 종일 전화를 들여다봤어.

"애는 어때?" 나는 숨이 차서 헐떡였지.

"유치원에서 아이가 종일 정말로 잘 지냈다던데." 아이가 스파게티를 돌돌 말 때 당신은 바이올렛의 머리카락을 흐트러뜨렸어. 아이는 고개 들어 나를 보더니 빠진 앞니 사이로 면 한 가닥을 훅 빨아들였어.

나중에, 잠자리에 들기 전, 세탁기에 넣을 빨랫감을 모으고 있을 때, 아이가 그날 유치원에 입고 갔던 원피스 주머니에서 곱슬거리는 금발 머리카락 한 움큼을 찾아냈어. 나는 그걸 손에 들고 응시했지. 다른 인간의 머리카락을 손바닥에 쥐고 있는 기분은 불안했어. 그때 나는 누구의 머리카락인지 깨달았어. 작고, 수줍고, 창백하고, 조그마한 노아, 헝클어진 곱슬머리의 남자아이. 나는 어떻게 해야 할지 모르고 복도를 걸어갔어.

"폭스?"

"당신에게 줄 게 있어." 당신이 거실에서 대답했어. 평소보다 높은 목소리였지. 나는 머리카락을 든 손을 꽉 쥐었어. 당신은 소파에 앉아서 작은 정사각형 상자를 건넸어. 그때야 나는 당신이 그날 연간 평가를 받았다는 걸 기억해냈지. 승진한 거야. 연봉도 크게 올랐지.

"당신이 우리를 위해 너무 수고하니까." 당신은 내 이마에 코를 대고 말했어. 나는 상자를 열어보았어. 그 안에는 V라는 글자가 새겨진 작은 펜던트가 걸린 가는 금 목걸이가 들어 있었지. 나는 그걸 들어 목에 대보았어. "요새 일이 쉽지 않은 거 알아. 하지만 난 당신을 사랑해. 당신도 그건 알지?"

당신은 내 셔츠를 벗겼어. 당신은 나를 원한다고 말했지.

바닥에 떨어진 내 청바지 주머니에 머리카락이 들어 있었어. 그리고 일을 마쳤을 때, 나는 그 금발 머리카락을 변기에 넣고 흘려버렸지.

아침에 유치원에 가는 길에 나는 바이올렛에게 그 전날 노아에게 무슨 일이 있었느냐고 물었어.

"자기 머리를 잘랐어."

"자기가 직접 잘랐다고?"

"응, 화장실에서."

"선생님이 뭐라고 하셨어?"

"몰라."

"넌 그 일하고 아무 상관 없고?"

"없어."

"엄마한테 거짓말하는 거야?"

"아니야, 약속."

우리가 한 블록을 걸어가는 동안 아이는 아무 말 없다가 말했어.

"나는 개가 치우는 걸 도와줬어. 그래서 걔 머리카락이 내 주머니에 들어 있는 거야."

그날 아침 놀이터로 들어갔을 때, 노아는 바이올렛을 보더니 자기 엄마에게로 뛰어가 다리 사이에 얼굴을 묻었어. 아이의 머리를 깨끗하게 밀었더라. 바이올렛은 노아를 바로 지나쳐서 앞문으로 들어갔어. 그 애 어머니는 몸을 숙이고 아이에게 뭐가 잘못되었느냐고 물었지. 아무것도 아니야. 나는 그 애가 칭얼대는 소리를 들었어. 그 여자는 화장지를 꺼내 아들의 코에 대고 풀라고 했어. 나는 그 여자에게 동정의 눈길을 보내며 미소를 띠었지. 여자는 피곤해 보였어. 여자는 최선을 다해 다시 웃어주고 더러운 화장지를 든 채로 손을 흔들었지. 나는 다가가서 말해야만 했어. 나도 그 감정을 알아요. 어떤 날은 힘들죠. 하지만 무릎엔 힘이 없었고 나도 여기서 빠져나가야만 했어.

집으로 돌아가던 길, 나는 그 전날 갤러리에 걸려 있었던 사진들을 떠올렸어. 아이들 뒤에 있었던 여자들. 하지만 그 여자애 엄마는 아주 정상적이었어요. 그 여자도 우리와 다름없었어요.

그날 유치원이 끝난 후, 내가 빨래를 하다가 올라갔을 때, 아이가 부엌 식탁 앞 의자 가장자리에 서 있는 걸 보았어. 아이의 작은 손가락은 피클 병의 액체 속에서 느긋하게 춤추고 있었지.

"뭐 하는 거니?" 나는 물었어.

"고래 잡는 거야." 아이는 대답했어. 어깨 너머로 돌아보니, 아이는 마지막으로 남은 몇몇 뒤틀린 피클을 잡으려 하고 피클들은 우아하게 빠져나가 질척한 딜위드*가 담긴 병 아래로 잠기고 있었지. 피클이 정말 고래 같더라. 바이올렛의 정신은 영리하고 아름다웠으며, 가끔은 나도 무척 그 안에 들어가고 싶었어. 거기서 무엇을 발견할지 두렵기는 했어도.

* 허브의 한 종류로 피클이나 양념에 쓰인다.

29

당신은 그 남자애의 이름이 일라이자였다는 건 기억하지 못할지
도 모르겠네. 그 애의 장례식은 11월 초 토요일에 있었고, 이틀 내내
내린 비에 축축한 아파트에서 뼈가 차갑게 식은 것 같은 느낌이 가
끔씩 찾아와 우리 모두가 무거워진 느낌이었지. 우리는 바이올렛을
베이비시터에게 맡겨두고 집을 나섰어. 우리가 나가 있는 동안, 바이
올렛은 두 아이의 그림을 그렸지. 한 아이는 웃고 있고, 다른 아이는
울고 있으며, 가슴에는 피로 짐작되는 붉은색 낙서가 있었어. 나는
당신에게 그 그림을 들어 보였지만, 당신은 아무 말도 하지 않았지.
당신은 그 그림을 부엌 식탁 위에 놓아두고 베이비시터가 탈 택시를
불렀어. 바이올렛은 다섯 살쯤이었지.

그날 밤 침대에 들었을 때, 나는 당신 쪽으로 돌아누워 얘기 좀
할 수 있겠느냐고 했어. 당신은 눈 사이를 문질렀지. 길고 심란한 날
을 보냈지만, 나는 자제할 수 없었어. 당신은 내가 무슨 얘기를 하고

싶어 하는지 알았어.

"망할, 오늘 그 교회에 앉아 있으면서 아무것도 깨닫지 못했어?" 당신은 이를 악물고 내뱉었어. 그런 다음에는 이렇게 덧붙였어. "그냥 그림이었잖아."

하지만 그 이상이었어. 나는 다시 바로 누워 천장을 바라보면서 내 목에 건 목걸이를 만지작거렸어.

"그냥 바이올렛을 있는 그대로 받아들여. 당신은 걔 엄마잖아. 당신이 마땅히 해야 할 일은 그뿐이야."

"알아. 그렇게 하고 있고." 확신. 거짓말. "그렇게 한다고."

당신은 당신의 완벽한 딸을 위한 완벽한 엄마를 원했고, 다른 게 들어갈 자리는 없었지.

아침에, 바이올렛의 그림이 부엌 식탁 위에서 사라졌더라. 쓰레기에서도 찾지 못했지. 부엌과 욕실에 있는 쓰레기통, 내 책상 근처에 놓아둔 물건들 틈에서도 찾지 못했어. 나는 당신에게 그림을 어쨌느냐고 절대 묻지 않았지.

일라이자의 장례식에서 신부는 신이 우리 모두에게 계획을 가지고 있다는 이야기를 했고, 일라이자의 영혼은 자라서 나이 들 운명이 아니었다고 했어. 나는 이 개념과 그 전주 방과 후 공원에서 일어났을지 모를 일에 대한 두려움을 조화시킬 수 없었어.

그 불쌍한 남자아이가 미끄럼틀 꼭대기에서 떨어지기 직전에 일어난 일을 나는 보았던 것 같아.

나는 너무 피곤했어. 바이올렛은 다시 밤에 잠을 잘 자려 하지 않았거든. 물을 더 달라거나 불을 켜놓아달라고 했어. 나는 몇 주 동안 푹 자본 적이 없었어. 제대로 생각할 수 없었을지도 몰라.

10초, 내 추정으로는 그 정도야. 일라이자가 거대한 놀이 기구의 한쪽에서 다른 쪽으로, 바이올렛이 서 있는 미끄럼틀의 가장 높은 꼭대기로 뛰어갔고, 바이올렛이 바라본 건 그 정도였어. 바이올렛은 뒷짐 지고, 남자아이에게 시선을 고정했지. 일라이자는 흔들거리는 다리를 건너 바이올렛에게로 향했어. 입을 벌리고, 소리를 지르면서. 신선한 가을 공기가 남자아이의 긴 머리카락을 뒤로 날렸어.

아이가 땅에 떨어졌을 때 난 소리에는 날카로움이 어려 있었어. 턱. 그런 소리.

바이올렛은 자기 아래 자갈 위에 줄무늬 셔츠와 끈으로 조이는 청바지를 입은 일라이자의 구겨진 몸이 움직이지 않는 것을 보았을 때도, 눈에 아무런 후회의 빛을 띠지 않고 나를 내려다보았어. 일라이자의 보모가 누가 좀 도와달라고 외쳤을 때, 그 여자의 높게 찌르는 공포가 내 귀에 울렸을 때도 아이는 표정이 없었어. 구급차가 와서 작은 아이용 들것에 일라이자를 싣고 가고, 한 떼의 엄마들과 보모들이 공포에 사로잡혀 서 있고, 아이들이 겁에 질려 작은 얼굴을 엄마들과 보모들의 목에 안전하게 묻고 안겨 있을 때도, 바이올렛은 끄떡하지 않았어.

나는 방금 일어났던 일을 재생하면서 미끄럼틀 꼭대기 위를 응시했어.

일라이자가 달려오기 직전, 바이올렛은 가파른 미끄럼틀 대 위를 보고 있었어. 물을 첨벙 튀기지 않고 입수를 눈으로 그려보는 전문 잠수사 같았지. 조심해, 제발! 나는 외쳤어. 거기 너무 높아! 위험하다고! 엄마의 공포. 솔직하게 말하면 내 마음은 거기까지 미쳤어. 위험. 죽음. 그 애를 향한 거였지. 엄마의 정신은 늘 아이에게 쏠려 있잖아. 바이올렛은 한 발 뒤로 물러서더니 놀이 기구의 나무 기둥에 기대섰어. 나는 왜 아이가 거기 서서 기다리는지는 알지 못했어.

그 애의 발이 들리는 걸 봤어. 바로 적절한 순간에.

남자아이는 머리부터 땅에 부딪쳤던 것 같아.

사이렌이 울리는 가운데, 바이올렛은 조용한 목소리로 간식 먹으러 갈 수 있느냐고 물었어. 내 반응을 고대하는 듯 눈썹을 치켰지. 이건 시험이었을까? 내가 뭘 봤는지? 내가 자기에게 어떻게 하는지? 바이올렛이 남자애의 발을 걸었다는 사실이 너무나 어이가 없어서, 생각도 할 수 없는 일이어서, 그 기억은 거의 즉시 사라져버렸어. 아냐, 아니야, 그런 일은 일어나지 않았어. 나는 회색 하늘을 올려다보며 소리 내어 말했어. "그런 일은 일어나지 않았어." 블라이스, 네가 본 건 그게 아닐 거야.

"엄마? 간식 먹으러 갈 수 있어?"

나는 고개를 젓고, 떨리는 손을 코트 주머니 속에 넣은 다음 바이올렛에게 가자고 했어.

날 따라와, 당장, 당장.

우리는 아파트까지 일곱 블록을 말없이 걸었어.

그 애를 텔레비전 앞에 놔두고 나는 한 시간 동안 변기에 앉아 꼼짝도 못 하고 내가 봤을지도 모르는 광경을 그려보았어. 이건 누군가의 머리카락을 한 움큼 뽑은 것이나 놀이터에서 약 올리는 것과는 다르잖아. 미끄럼틀 단은 3미터 60센티미터는 됐어. 나는 당신이 내게 준 V 목걸이를 빼버렸어. 목이 붉어진 느낌이었지. 뜨거웠어.

낯선 생각들이 내 마음에 흘러넘쳤어. 작은 분홍 수갑, 아동 담당

사회복지사, 우리 집 문을 두드리는 트렌치코트 차림의 기자들, 전학과 관련된 서류 작업, 어마어마한 이혼 비용, 그리고 불쌍한 아이의 전기 휠체어. 나는 샤워실 타일 줄눈에 낀 곰팡이를 바라보며 아이의 반응을 다시 재생했어. 그런 다음 결론을 내렸지. 아니야, 바이올렛은 그 애의 발을 걸지 않았어. 근처에 가까이 가지도 않았어. 아니야, 나는 그런 짓을 저지를 수 있는 사람의 엄마가 아니야.

나는 무척 피곤했어.

바이올렛에게 피넛 버터 샌드위치를 만들어 주었어. 내가 탁자 위에 접시를 놓을 때 아이는 내 팔을 건드렸고 내 피부에 닿은 그 애의 손가락에 나는 움찔했지. 나는 그 애의 손을 응시했어. 너무 작고, 너무 순수하고, 손가락 관절엔 젖살이 붙어 오목한 홈이 있었지.

아니, 아니, 그 애는 그 어떤 나쁜 짓도 하지 않았어.

나는 그날 밤, 일라이자에게 일어난 끔찍한 사고에 대해서 당신에게 이야기했어.

사고, 나는 그렇게 말했지.

바이올렛은 부엌의 다른 끝에서 퍼즐을 했어. 부엌 식탁 위에 놓인 내 전화가 징 울렸을 때 아이는 고개를 들어 나를 봤어. 나는 전화를 받으며 아이를 응시했어. 놀이터에 있었던 다른 엄마가 일라이자가 병원에서 죽었다고 알려주려고 전화한 거였지.

"죽었다고요. 세상에 죽었구나." 나는 숨이 막히는 기분이었어. 당신은 내가 그렇게 솔직히 말해버렸다는 이유로, 그런 말을 소리 내어 말하는 건 엄마로서 나쁜 판단이었다는 이유로 나를 노려보더니 바이올렛을 안정시켜주려고 그 애의 옆으로 갔어. 하지만 아이는 괜찮았어. 어깨를 으쓱했지. 그 아이는 당신에게 자기가 찾고 있던 퍼즐 구석 조각을 찾아달라고 했어.

그 애는 그 사실을 받아들일 시간이 필요한 거야.

물론이겠지.

어쩌면 당신도 그 정도는 미리 꿰뚫어 보고 생각했어야지, 블라이스. 그 남자애가 죽었다는 걸 애가 들을 필요가 있어? 그 남자애가 떨어졌을 때 바이올렛이 거기 있었던 것만으로도 충분히 나쁜 일인데.

그날 밤 한참 후 우리가 침대에 들었을 때에야, 당신은 이랬지. 당신은 괜찮아? 이리 와. 그런 광경을 보다니 정말 끔찍했겠네. 정말 안타까워, 블라이스. 당신을 나를 가까이 끌어당겼고 한 다리로 내 다리를 감싸고 잠에 빠졌어. 나는 어둠 속에서 천장을 응시하며, 바이올렛이 다시 깨어나길 기다렸어.

다음 날 아침, 나는 냉동 키셰*와 비싼 프로틴 스무디를 냉동 박스에 담아 그 가족들 아파트 문밖에 놓아두고, 우리가 그들 걱정을 하고 있다는 쪽지를 써두었어. 장례식장에는 꽃을 보냈지. 커다란 하얀 백합.

사랑을 보냅니다, 코너 가족.

경찰은 물론 통상적으로 짧게 사고를 조사했어. 내게 질문을 했지. 나는 당신에게 말한 대로 경찰에게도 말했어. 우리는 아무것도 보지 못했다고. 걔가 떨어지면서 몸이 땅에 부딪치는 소리를 들었을 땐, 바이올렛은 벌써 미끄럼틀에서 내려왔다고. 나무 판이 너무 낡고 미끄럽더라고. 그곳은 항상 위험한 놀이터라고 생각했다고. 그 가여운 어머니 생각이 난다고.

* 프랑스식 계란 파이.

30

유아 중환자실은 11층이었어. 나는 차에 코트와 가방을 놔두고 왔고 파자마 바지를 입은 채였지. 이 꼴과 엘리베이터 타기 전에 샀던 맥도날드 해피밀만 봐도 근무 중인 간호사는 내가 여기 드나드는 사람이라고 짐작해버렸을 거야. 아이가 죽음의 경계에 있는 부모들에게는 신원을 묻지 않는 일도 많아.

나는 직원 주차장이 내려다보이는 창문 아래, 복도 끝에 있는 금속 벤치에 앉았어. 천장 통풍구에서는 배가 꼬르륵거리는 소리 같은 게 났어. 옆에 해피밀을 내려놓았지.

나는 거기에 왔다는 사실 때문에 스스로 혐오감을 느꼈어. 일라이자가 죽은 곳에.

2주 동안 나는 매일 매분 그 사고를 생각했어. 눈을 감을 때마다, 나는 그 놀이터에 서서 그 일이 벌어지기 직전에 미끄럼틀 위에 서 있는 바이올렛에게 조심하라고 소리쳤지. 나는 그 아이들의 작은 다리를 보았어. 일라이자의 달려가던 다리. 기둥에 기대서 있던 바이올렛의 다리. 그리고 일라이자가 달려갈 때 막 올라갔던 바이올렛의 한 발.

하지만 나는 몰라. 확신할 수 없었거든.

나는 귀를 기울였어. 한 젖먹이가 피를 뽑을 때 나던 무기력한 소리에, 그 애 엄마가 아이한테 넌 참 씩씩하다고 말해주는 상냥한 소리에. 그 아이가 있는 복도 건너편에는 피곤해 보이는 남자가 어린 소녀를 병실에서 안고 나왔어. 곰 인형을 안은 아이는 남자의 허리 아래로 지저분한 겨울 장화를 신은 발을 대롱대롱 흔들면서 병실 안에 있는 누군가에게 작별 인사로 손을 흔들었어. 어떤 간호사가 뒤따라와서 문을 조용히 닫았지. 병실 안에서 한 여자가 우는 소리, 크게 흐느끼는 소리를 들었어. 그 여자의 울음소리에서 얼마나 화가 났는지를 알 수 있었어.

그 여자에게서 하나 건너 떨어진 병실에서, 한 가족이 바이올렛이 유치원에서 배웠던 노래를 불렀어. 나지막한 음악 소리 사이로 간간이 아름다운, 아이다운 꺅 소리와 보드게임에서 나는 땡 소리가 흘러나왔어. 카니발의 백색 소음처럼. 나는 한순간 그들 틈에 끼고 싶었어.

간호사들이 병실 문마다 밖에 걸린 손 세정제 상자에 손바닥을 대면서 드나들었어. 사람들은 커피를 마시러 떠났지. 엄마들은 수건을 달라고 호출했어. 튀튀를 입은 광대가 장난감 수레를 밀고 병실마다 부드럽게 노크하며 재밌게 놀아볼 시간이냐고 물었어. 속삭임. 킥킥거림. 박수. 착한 애구나. 참 의젓한데. 한참 이어지는 침묵. 앞으로 20분간 서쪽 엘리베이터가 봉쇄된다는 안내 방송. 나는 복숭앗빛 굽

도리널과 회색 자갈 무늬 바닥을 따라 두껍게 낀 때를 응시했어. 복도 양쪽 끝에 달린 무거운 여닫이문이 철컹 닫혔다가 다시 훌쩍 열리기를 반복했어.

"뭐 필요한 것 있으세요?" 연녹색 유니폼을 입은 여자가 내게 다가오는 것을 미처 눈치채지 못했지. 나는 말하기 전에 침을 꿀걱 삼키다가 움찔했어. 목에 거즈를 쑤셔넣은 것만 같았지. 공기는 퀴퀴했어. 나는 고개를 저으며 여자에게 고맙다고만 했어. 거기 네 시간 동안 앉아 있었던 거야.

차가워진 프렌치프라이 상자를 들고 나가던 길에, 그날 오후 여자가 우는 소리가 들렸던 닫힌 문 밖에 멈췄어. 모눈 무늬 유리 너머로 여자가 침대에 누워 작은 덩어리를 옆에 안고 있는 모습을 봤어. 머리 위에 비구름처럼 매달린 수액과 약봉지에서 나온 여러 줄이 담요 속으로 고속도로처럼 뻗어 있더라. 빗방울이 하나씩 떨어졌지. 그 옆 벽의 화이트보드엔 이렇게 쓰여 있었어. "제 이름은 _____이고, 가장 좋아하는 일은 _____입니다." 누군가가 빈칸을 채워놓았지. 올리버. 친구들과 축구하기.

엄마들은 고통받는 아이들을 낳으면 안 된다고들 하지. 죽는 아이를 가지면 안 된다고 해.

그리고 우리는 나쁜 인간을 만들면 안 되지.

그 문 바깥에서 한순간, 나는 바이올렛이 미끄럼틀에서 밀려 떨어진 아이였기를 바랐어.

나는 병원 주차장에서 차 안에 앉아 이번에는 그 광경을 다르게 재생해봤어. 내 마음이 거기로 흐르는 걸 멈춰야만 했어. 나는 내 딸이 그 남자아이의 발을 걸어 넘어뜨리지 않았다고 믿어야만 했어.

그날 저녁 내가 팬에서 새우를 튀기고 있을 때, 당신은 한 손을 내 어깨 위로 슬며시 뻗더니 목을 주물렀지. 내가 손을 피하자 당신은 무슨 일 있냐고 물었어. 나는 내가 그날 어디 갔었는지 말하고 싶었어. 나는 그런 일을 생각하는 내가 괴물이야, 라고 말하고 싶었어. 그러나 대신에 나는 두통이 있다고 얼버무리고 탁탁 튀는 기름만 응시했어. 당신은 고개를 저으며 부엌을 나갔지.

31

"오늘은 좋은 날이 아닌 것 같다." 엘링턴 아저씨는 젖은 수건을 들고 문간에 서 있었어. 나는 5분간 아저씨가 나올 때까지 문을 두드렸다 말았다 했거든. 토머스와 다니엘은 이모네 집에 갔다고 했어. 엘링턴 아줌마는 몸이 좋지 않다고 했고. 아저씨는 내 얼굴에 비친 실망감을 봤을 거야. 내가 집으로 가려고 등을 돌렸을 때, 아저씨가 내 어깨를 잡았거든.

"잠깐, 블라이스. 아줌마가 말벗이 필요할지도 모르니까 좀 보고 올게." 나는 현관에서 아저씨가 돌아올 때까지 기다렸어. "올라가보렴. 아줌마는 침대에 누워 쉬고 있어."

나는 이전에는 두 분 침실에 들어가본 적이 없었지만, 복도 맨 끝 방이라는 건 알았지. 떨리더라. 너무 사적인 공간이었으니까. 하지만 특별한 기분도 들었어. 문이 살짝 열려 있어서, 나는 그 틈으로 조용히 들어갔고, 엘링턴 아줌마는 몸을 일으켜 침대에 앉아 있었어.

"들어오렴. 오늘 이렇게 얼굴을 보다니 참 기쁘고 놀랍구나." 아줌마는 화장을 하지 않았고, 머리는 실크 스카프로 싸고 있었지. 눈은 더 작아 보였고 눈썹은 더 가늘었지만, 어쨌든 변함없이 아름다운 모습이었어. 아줌마는 침대 옆자리를 톡톡 두드렸고, 나는 가까이 가면 안 되는 것 아닐까, 그러면 아줌마를 방해하는 게 아닐까 생각했어. 하지만 아줌마가 다시 두드렸기에 나는 그리로 가서 앉으며 두 손을 예의 바르게 무릎 위에 놓았어.

"오늘 아줌마 꼴이 별로지?"

나는 어떻게 대답해야 할지 몰랐어. 대신 침실을 둘러보았지. 황금색 커튼을 모아 줄로 묶었고, 질감이 도드라지는 나뭇잎 무늬의 벽지는 우리 엄마의 것과 똑같았지만, 우리 집에 있는 건 병원에서 쓰는 녹색이어서 내가 한 번도 좋아한 적 없었던 반면, 이 집은 진한 노란색이었어. 나는 한 손으로 커튼과 똑같은 색으로 맞춘 침대보를 쓸어보았어. 모든 게 다 고급스럽고 따뜻했지. 나는 한 번도 정리된 적 없고, 시트도 거의 빨지 않는 내 엄마의 침대를 떠올렸어.

"몸은 괜찮아지시는 거죠?"

"아, 그럼. 괜찮아질 거야. 사실 정확히 말하면 아픈 게 아니란다."

"그럼 어디가 나쁜 거예요?" 나는 이런 걸 물어보는 건 대담한 짓이라는 걸 알았지만, 알아야만 했어. 뭔가 낯설고, 톡 쏘면서도 달콤한 냄새가 났거든. 다른 아이들이 학교에서 점심시간에 먹는 요거트 같은 냄새. 아줌마 침대 옆의 탁자 위에는 작은 알약 병이 놓여 있었고, 나는 엄마의 방에서 본 것과 같은 것인지 궁금했어.

"내가 너한테 아기가 어떻게 생기는지 얘기할 입장인지는 잘 모르겠지만, 너도 이제 다 큰 열 살이니까." 내 얼굴이 빨개졌겠지. 엄마와 나는 성교육이라든가 아기가 어디서 태어나는지 말을 해본 적이 없었지만, 학교 애들에게서 주워들어 대충은 감을 잡고 있었어. 엘링턴 아줌마는 배 위에 덮은 이불을 걷더니 부어오른 배 위로 팽팽하게 당겨진 잠옷을 끌어 올렸지. 나는 아줌마의 배가 그렇게나 나왔다는 걸 이전에는 눈치채지 못했지만, 아줌마는 우리 엄마처럼 딱 달라붙거나 잘 맞지 않는 옷 같은 게 아니라 늘 잘 차려입었으니까.

"아줌마 애기 생겼어요?"

"생겼었지. 임신했었어. 그런데 아기가 해내지 못했단다."

나는 아기가 해내지 못했다는 것이 무슨 뜻인지, 아줌마 배 속의 아기에게 무슨 일이 생긴 건지 개념이 없었어. 아기는 어디로 갔을까? 무슨 일이 있었던 걸까? 아줌마는 내 혼란을 감지한 것이 분명했어. 아줌마는 천천히 다시 이불을 배 위로 끌어내렸지. 배를 이불로 덮기만 해도 아픈 사람인 양. 하지만 아줌마는 그 안에 어떤 고통이 있던 간에 미소 짓고 있었어. 나는 아줌마가 팔에 환자용 팔찌를 차고 있는 것을 보았어. 몇 년 전 우리 엄마가 심하게 독감에 걸리고 나서 집에 돌아왔을 때 보았던 것과 같은 종류였지. 뭐라고 말해야 할지 몰랐어. 나는 아줌마의 침실용 탁자 위에 놓인 알약을 가리켰지.

"더 드시고 싶으세요?"

아줌마는 웃었어. "응, 그래. 하지만 여섯 시간에 한 번만 먹을 수 있단다."

"토머스와 다니엘도 슬퍼할까요?"

"내가 애들한테 오빠가 될 거라는 말은 안 했었거든. 곧 말해주려고 했지."

"아줌마도 슬프세요?"

"그래, 무척 슬퍼. 하지만 이거 아니? 주님은 늘 모든 일을 돌보아 주시는 방법이 있으시단다." 나는 알아듣는 것처럼, 주님을 신뢰한 다는 듯이 고개를 끄덕였어.

"아기는 여자애였어. 나한테도 딸이 생길 수 있었는데." 아줌마는 한 손가락을 내 코에 갖다 댔고 눈에는 눈물이 고였어. "딱 너처럼 말이야."

32

오래된 연립주택들이 늘어선 거리엔, 특별한 것이 있었어. 차에서 내렸을 때 공기에서 겨울에 개화하는 인동덩굴 꽃 향이 난다거나. 나는 뒷마당에 그 꽃들이 가득 피어 있다는 걸 알게 되었지. 이웃의 농구 골대는 막다른 골목에 줄지어 서 있었고, 길 아래의 초등학교 는 지역 내 최고 학교로 평가받는 곳이었지. 대부분의 개축 작업은 우리 스스로 할 수 있었지. 그다음 주까지 제시를 해달라고 했지만, 우리는 바로 그 자리에서 한 번에 액수에 합의했어. 부동산 대리인 은 저녁 식사 때까지 거래를 마무리했지. 그 여자가 소식을 가지고 전화했을 때 우리는 초조하게 식당에서 피자를 먹고 있었고, 곧 그 식당의 단골이 되었지.

침실 세 개. 빠른 마무리. 인생이 마침내 술술 풀려나간다는 믿음 이 들기 시작했어. 필사적으로 그것을 잡고 싶었지.

우리는 변화가 필요했지만, 새집에 대해서 그런 식으로 말하지는 않았어. 변화가 필요하다는 말도 하지 않았어. 사고가 난 뒤 세 달이 흘렀고, 나는 더는 놀이터 꿈을 꾸지 않았어. 시리얼을 붓거나 차 문을 닫을 때, 그 애의 몸이 땅에 부딪치던 소리를 더는 듣지 않았어. 시간도 흘렀고, 잊고자 하는 의지가 있었으니까. 나는 더는 공원에 가지 않았어. 그 근처 어디에서도 산책하지 않았어. 그 남자아이의 이름을 한 번도 말하지 않았어. 바이올렛은 다시 밤새 잠들기 시작했고, 내 머리를 어지럽히던 안개는 걷힌 것 같았어.

당신은 어느 날 집에 와서 노트북을 열더니 부동산 사이트에 올라온 매물을 보여주었지. 나는 당신이 집을 찾는다는 사실도 몰랐어.

이후 두 달 동안 우리 셋은 매주 주말 거기에 갔어. 빌린 공구로 옛날 구조를 떼내기도 하고, 우리가 할 수 없는 일을 해주는 기술자들을 만났어. 우리는 지금 당장은 완전히 개축할 수 없다는 데 동의했지만, 두고 볼 수 없는 것들이 있었지. 새 마루, 새 욕실. 당신의 날카로운 건축가적 식견에 따라 목록은 길어져만 갔어. 이사하던 주에 우리가 짐을 싸고 푸는 동안 당신 부모님이 바이올렛을 봐주러 이동네에 왔지. 두 분은 우리가 열쇠를 도로 넘기기 전에 아이를 데리고 아파트에 작별 인사를 하고 다녔어. 의식은 당신 어머니가 좋아하던 거지, 내 취향은 아니었지만. 언젠가부터 나는 우리 가족이 시작했던 곳에 대한 감정적인 애착을 잃어버렸어. 당신도 그런 것 같더라. 마지막으로 그 건물을 떠날 때에 당신의 얼굴에 떠오르던 안도감을 보고 알 수 있었지. 당신이 노란 종이 봉투에 열쇠를 넣어 관리인의 책상 위에 던져놓는 모습을 보고.

우리가 새벽 2시까지 일하는 동안 바이올렛은 당신 부모님과 함께 시내의 호텔에 머물렀어. 나는 고무 통에 넣어 싼 그 애의 아기

용품들을 2층의 작은 침실로 옮겼어.

"그거 지하로 보내야 하지 않아?" 당신은 물었지.

"조만간 다시 필요하게 될 거야."

당신은 긴 숨을 들이마셨어. "오늘 밤은 그만하자."

우리는 새 침실 바닥 한가운데에 놓인 매트리스 위에서 잤어. 난 방을 켤 생각을 하지 못했기에, 이불 아래 후드 티와 스웨트 팬츠를 따뜻이 껴입었지.

"우리는 여기서 행복할 거야." 나는 속삭이며 양말 신은 발을 당신 발에 문질렀어.

"우린 언제나 행복했던 것 같은데."

·

○

◉

⊙

⓪

33

　그 애는 달빛 속에서 나의 알몸 윤곽을 보았던 게 분명해. 나의 얇은 잠옷이 교차된 우리 육체 위로 늘어졌지. 고양이처럼 휘는 나의 몸, 당신 얼굴에 작은 모래 자루처럼 늘어진 나의 가슴.

　나는 두 손을 침대 머리판에 대고 낮고 길게 신음했어. 내 몸이 방 안 모습을 가려버렸어. 아직 세탁물을 감추기 위한 벽장엔 문이 없었고, 아직 싸지 못한 드라이클리닝 세탁물이 줄줄이 걸려 있었으며, 아직 갖다 주지 못한 기부 옷 상자가 있었지. 나는 '아직'에 파묻혔어. 이사는 조직적이지 못했고, 개축 공사 마무리까지 더뎠어.

　돌아보면, 우리는 그때, 내가 지금 가끔 갈망하고는 하는 세속적인 혼돈 한가운데 빠져 있었지.

　나는 문이 삐걱거리는 소리나 그 전주에 새로 놓았던 마룻바닥에 그 애의 납작한 발이 부딪치는 소리를 듣지 못했어. 그 애가 거기 있는지 알지 못했어. 당신이 나를 밀치고 욕하면서 시트를 당신 몸 위로 끌어당길 때까지는. 나는 당신의 충격에 빠진 손으로 밀쳐져서 침대 끝에 옆으로 쪼그린 자세로 누웠어. 침대로 돌아가. 잘못된 건 없어. 나는 그 애에게 차분히 말했어. 그 애는 우리에게 무엇을 하고 있었느냐고 물었어. 아무것도 아니야. 나는 대답했어. 맙소사, 블라이스. 당신은 마치 그 순간의 모든 일들이 내 잘못인 양 말했지.

그리고 어떤 면에서는 그랬어. 나는 배란일이었고, 당신은 피곤했어. 나는 울면서 베개 위로 얼굴을 파묻었어. 그래서 당신이 내 등을 문지르다 목에 키스하기 시작했어. 사랑한다는 말을 하는 키스였지만, 그렇다고 섹스하고 싶다는 뜻은 아니었지. 항상 시도해볼 수 있는 기회는 또 있어, 당신은 그렇게 말했었지.

당신은 다른 아이는 원하지 않는 거지? 나는 비난했어. 왜? 우리는 함께 조용히 누워 있었어. 그러다 당신은 손가락으로 내 머리카락을 쓸었어. 나는 다른 아이를 원해. 당신이 속삭였어.

당신은 거짓말을 하고 있었지만, 나는 개의치 않았어.

나는 돌아누우며, 당신이 항복한다는 느낌이 올 때까지 당신을 쓰다듬었어. 당신을 내 안으로 넣었고, 모든 것이 달라진 척했어. 당신, 그 방, 내가 아는 모성. 그리고 당신에게 멈추지 말라고 빌었어.

3주 전, 양치질을 하던 도중에 그 생각을 다시 꺼냈어. 당신은 세면대에 침을 뱉고 우리 둘이 쓸 치실을 잘라주었지. 두고 보자, 나중에. 보자고.

당신 목소리에는 다른 날이었다면 내 의심을 당겼을 법한, 성격에 어울리지 않는 무뚝뚝한 기색이 있었어. 하지만 그땐 아니었지. 당신 문제가 아니었어. 내 문제였지. 우리 가족이 나아갈 수 있는 유일한 길은 내가 보기에는 두 번째 아이를 낳는 것뿐이었어. 어쩌면, 잘못되어버린 모든 것을 위한 구원. 나는 애초에 왜 우리가 바이올렛을 가졌는지 돌이켜보았어. 당신은 가족을 원했고, 나는 당신을 행복하게 해주길 바랐지. 하지만 나는 또한, 나의 모든 의심이 틀렸다는 것을 증명하고 싶었어. 내 엄마가 틀렸다는 것을 증명하고 싶었어.

블라이스, 이 집안 여자들은, 우린 달라. 너도 알게 될 거야.

나는 모성을 보여줄 또 다른 기회를 원했어.

내 자신이 문제라는 걸 수긍할 수 없었어.

나는 바이올렛을 유치원까지 데려다줄 때면 아이들을 가리키곤 했어. 정말 좋지 않을까? 남동생이나 여동생이 있다면? 바이올렛은 내게 대답하는 법이 거의 없었지. 점점 더 자기만의 세계에 빠져들었지만, 그때쯤 되자 우리 사이의 멀어진 거리 덕분에 함께 있는 삶이 어떤 면에서는 더 쉬워졌어. 우리는 매일 아침 갓 태어난 아이를 가슴에 안고 더 큰 아이를 데려다주는 엄마를 보곤 했어. 그 엄마는 큰 아이에게 작별 인사로 입을 맞추려 조심스럽게 허리를 숙이곤 했지.

"둘이니까 일이 많겠네요." 언젠가 웃으며 그 여자에게 이렇게 말한 적이 있었어.

"진이 빠지는 일이지만, 가치는 있죠." 가치가 있다. 다시 그 말이 나왔어. 여자는 몸을 일으키며 남자아이의 머리를 토닥였어. "정말 다른 아기예요. 둘째를 갖는 건 정말 다른 경험이죠."

다르구나.

우리 침실 문 앞에서 허리에 손을 올린 바이올렛. 바이올렛은 우리가 무엇을 하고 있었는지 내가 대답하기 전까지는 그 자리를 뜨려 하지 않았어. 그래서 나는 설명했지. 두 사람이 서로 사랑하면 특별한 방법으로 껴안고 싶어진다고. 우리는, 우리 모두는 거기 어둠 속에서 아무 말 없었어. 그러고 나서야 바이올렛은 자기 방으로 돌아갔지. 애를 안정시켜줘야 해, 나는 당신에게 말했어. 바이올렛이 괜찮은지 가서 확인해야 해.

"그럼 가봐." 당신이 말했어. 하지만 나는 그러지 않았지. 나로서는 영 이해가 되지 않는 대치 상태 속에서, 우리는 서로의 몸에서 떨어져 나와 돌아누웠어.

아침에도 우리는 말하지 않았지. 나는 당신을 위해 커피를 놔두지도 않고 샤워했어. 부엌으로 가는 길에 계단을 내려가다 말고 당신이 바이올렛과 아침 식사를 하며 대화하는 소리를 들었지. 아이는 당신에게 내가 싫다고 말했어. 아빠랑만 살 수 있게 내가 죽었으면 좋겠다고. 나를 사랑하지 않는다고. 이 말들은 어떤 엄마의 심장이라도 꿰뚫을 수 있을 거야.

당신은 아이에게 말했어. "바이올렛, 네 엄마야."

할 수 있는 말이 수없이 많이 있었을 텐데, 당신이 선택한 단어는 그거였어.

그날 밤, 나는 수치심도 모르고 다시 시도해달라고 당신에게 빌었어. 한 번만 더. 그리고 당신은 동의했지.

．
○
●
◉
⑩

34

그 엄마는 아이를 데려다줄 때 매일 똑같은 요가복을 입고 왔어. 셔츠는 세탁물 바구니에서 막 꺼내서 약간 구겨져 있었지. 머리는 그 전날에 노력하고 남은 모양이었어. 그 집 아들은 엄마 옆에 서서 야구 모자를 벗었지. 유치원 마당은 아침의 에너지, 시리얼로 가득 찬 배, 잠자다 깨어 통통 부은 얼굴들로 전류가 흘렀어. 여자는 주저 앉았지. 남자아이는 엄마의 목에 붙어 떨어지려 하지 않았어. 내가 선 자리에서도 아이의 얼굴에 어린 고통을 볼 수 있었어. 엄마의 두 손이 꽃잎처럼 아이의 머리를 감쌌지. 엄마는 입을 아이의 귀에 대고 천천히 움직였어. 아이는 엄마 품으로 안겨들었어. 아이에겐 엄마가 필요했지. 그 아이의 뒤로 소음이 커져갔어. 고함, 야구공이 시멘트 위에 휙 내려치는 소리.

엄마가 두 손으로 아이의 가는 어깨를 쭉 쓰다듬자, 아이가 밀려 나갔어. 작은 가슴이 들썩이자, 엄마는 다시 아이를 끌어당겼어. 이

번에는 엄마가 아이를 필요로 한 것이지. 이제, 엄마가 아이의 목에 얼굴을 묻었어. 3초, 어쩌면 4초. 엄마는 다시 말했어. 아이는 눈을 꼭 감았지. 아이는 고개를 끄덕이며, 모자를 쓰고, 챙을 낮게 내린 뒤 걸어갔어. 느리지도 않고, 망설이지도 않고, 그렇지만 기대에 차서, 서둘러서. 다리를 무릎에서 약간 안쪽으로 굽히며. 엄마는 그 모습을 볼 수 없었어. 이날 아침은 그럴 수 없었지. 엄마는 등을 돌려 떠나가면서 전화를 내려다보고, 아들이 엄마 마음을 아프게 한 것만큼은 자기를 아프게 하지 않는 무언가에 정신을 쏟았어.

그날 아침 처음으로 내 배는 그물에 걸린 나비들이 들어찬 듯 퍼덕였지. 아기가 내 안에서 깨어나고 있었어. 바이올렛은 유치원에 들어가기 전 오렌지 조각이 든 봉지를 놔두고 갔고, 나는 그 엄마를 따라 거리를 내려가며 교차로 두 곳을 건너가면서 거기서 나온 뜨거운 과즙을 빨아 먹은 뒤 껍질을 거리 쓰레기통에 던졌어. 그 엄마는 동네 슈퍼에 소금을 사러 들렀고, 나는 피라미드처럼 높이 쌓인 토마토 뒤에서 그 여자를 바라보았어. 여자의 얼굴을 보고 싶었지. 아이와 함께 있는지 궁금했어. 나는 또 다른 사람과 그런 연결을 맺는 것이 어떤 모습인지, 어떤 기분인지 궁금했어. 한 블록 지나 보도 공사를 하느라 분주한 구간에서 그 여자를 놓쳐버렸을 때도 그 대답을 찾지 못했어.

이런 유의 일들이 우리, 바이올렛과 나 사이에서는 쓰지 않는 언어로 일어나고 있었어. 그래서 나는 필사적으로 배우고 싶었어. 다음에 올 아이와는 더 잘하고 싶었거든.

집에 오는 길에 나는 길가에 서서 작게 벼룩시장 좌판을 펼쳐놓고 있는 여자 옆을 지났어. 여자는 가로등에 옛날 그림들을 기대어놓았고, 뒷면에 가격을 표시하기 위해 여러 색깔로 점을 찍었지. 여자는 한 우아한 황금 액자를 끼운 그림을 꺼내어 가격을 어떻게 정할까 생각하며 바라보았어. 나는 그 여자의 뒤에 서서 나도 모르게 가슴을 부여잡고 그 그림을 감상했어. 무릎에 작은 남자아이를 앉혀놓은 엄마의 그림이었지. 장밋빛 아이는 하얀 옷을 입고, 오므린 손으로 자기를 내려다보는 엄마의 턱을 부드럽게 받치고 있었어. 엄마의 한 팔은 아이의 배를 감싸고 다른 팔은 아이의 작은 허벅지를 잡고 있었어. 두 사람의 머리는 맞닿아 있었지. 거기에는 평화가, 온기와 위안이 있었어. 여자의 길게 늘어뜨린 드레스는 아름다운 복숭앗빛 바탕에 버건디 색 꽃무늬가 있었지. 나는 여자에게 가격을 물어볼 수 없었어. 하지만 중요하지 않았어. 그 그림을 가져야 했으니까.

"제가 저거 살게요." 여자가 그림을 무더기 위에 도로 놓았을 때 내가 말했어.

"저 유화요?" 여자는 안경을 벗고 나를 올려다보았어.

"네, 저거. 엄마와 아이."

"저건 메리 카사트* 복제화예요. 물론 원본일 리 없죠." 여자는 메리 카사트 원본을 가진다는 것이 얼마나 터무니없는 일인지 나한테 똑똑히 깨우쳐주려는 듯 웃었지.

"그림 속에 있는 사람이 그 사람인가요? 그 화가?"

여자는 고개를 저었어. "카사트 본인은 엄마였던 적이 없어요. 그래서 그렇게 많이 엄마들을 그렸는지도 모르죠."

나는 그 그림을 겨드랑이에 끼고 집으로 돌아와 아기방에 걸었어.

---

* 19세기 미국에서 활동한 화가로 인상주의의 영향을 많이 받았다.

당신은 그날 밤 집에 돌아와서 내가 벽에 액자를 고정하는 모습을 보더니 문간에 멈춰서 소리를 냈지. 흠.

"뭐? 마음에 안 들어?"

"당신이 평소에 아기방에 거는 작품은 아닌 것 같아서. 바이올렛 방에는 아기 동물 그림을 걸었잖아."

"뭐, 난 이거 마음에 들어."

나는 그 아기를 원했어. 동그랗게 감싸인 얼굴, 내 손을 잡은 통통한 손. 손에 잡힐 수 있는 사랑.

35

바이올렛은 내 몸이 늘어나고 변화하는 과정을 조용히 바라봤어. 배 속 아기는 종일 움직이며, 존재할 수 없을 것 같은 작은 발뒤꿈치를 내 배와 등에 대고 끌고 다녔지. 나는 소파에 누울 때면 셔츠를 올려서 아기가 거기 있다는 걸 우리 모두에게 알려주는 것을 좋아했어. 우리가 곧 4인 가족이 될 거라고.

"애가 또 그래?" 당신은 부엌에서 설거지를 마치면서 소리쳤지.

"다시 그래." 바이올렛이 고함치면 우리는 웃었어.

아기는 그 과정 어딘가에서 우리 사이에 변화를 가져왔지만, 나는 정확히 그 변화가 무엇인지 알 수 없었어. 우리는 서로에게 더 친절했지만, 또한 새로운 거리가 생겼어. 좀 더 노력해서 메워야만 하는 거리였지. 나는 그 공간을 받아들여 안으로 돌리곤 했어. 배 속 아기에게. 우리는 그렇게 임신 초기에도, 행복하게 서로의 세계였어. 엄마와 아들.

병원의 초음파 전문가가 백색의 덩어리 위로 초음파 진단기를 굴리면서 배 속에 아들이 있네요, 라고 했을 때 나는 눈을 감고 인생 처음으로 신에게 감사했어. 이틀 동안 그 뉴스를 나 홀로 간직했지. 당신이 초음파 검사가 어떻게 됐느냐고 물어보기까지는 그렇게 오래 걸렸어. 당신답지 않은 일이었지. 내 첫 임신 때는 매번 검진 때마다 올 정도로 신경 쓰곤 했으니까. 우리는 그 시점에 밤에도 서로를 그저 보는 둥 마는 둥했지. 당신은 커다란 프로젝트 몇 개가 진행 중이었고, 큰돈이 걸린 새 고객을 대하고 있었어. 나는 그때 당신이 별로 필요 없었어. 아들이 있었으니까.

바이올렛은 내가 자기의 옛날 아기 옷을 정리하는 것을 도와주겠다고 했어. 우리는 세탁실에 함께 앉아서 작은 우주복을 건조기에서 꺼내 개켰지. 바이올렛은 옷을 하나하나 들어 코에 대보면서 자기가 입었던 때와 장소를 기억하는 것만 같았어. 나는 바이올렛이 인형에게 뜨개 스웨터를 입히도록 놔두었고, 바이올렛은 그 인형을 보살피는 흉내를 냈어. 나는 그 애가 모든 것을 만질 때 평소와 달리 너무나 주의를 기울이는 모습, 부드러운 목소리에 경탄했어.

"엄마가 이렇게 했잖아." 바이올렛은 이렇게 말하면서 인형을 오른쪽으로 두 번, 다시 왼쪽으로 두 번, 그리고 다시 오른쪽으로 두 번, 콩콩 흔들었어.

처음에는 애가 하는 말뜻을 몰랐어. 내가 그런 행동을 아이와 했는지 기억하지 못했어. 하지만 아이에게서 인형을 받은 뒤 일어서서 바이올렛이 방금 아기를 어르는 모습을 흉내 냈어. 그러자 그 동작의 익숙함이 내게 즉시 돌아왔지. 바이올렛의 말이 맞았어. 나는 인형을 앞뒤로 콩콩 뛰게 하며 웃었고, 아이는 고개를 끄덕이면서 킥킥 웃었어.

"내가 그랬잖아!"

"네 말이 딱 맞네."

아이가 이걸 기억하고 있다는 건, 이 오랜 세월 동안 그 기억이 남아 있다는 건 있을 수 없는 일 같았어. 아이는 나의 거대한 배 양쪽에 손을 올려놓고 내 안의 아기를 위해서 똑같은 동작을 흉내 냈어. 작은 손으로 배를 흔들어주었지. 곧, 우리는, 우리 셋은 세탁기 돌아가는 리듬에 맞춰 춤을 추었어.

○

◉

◉

⊙

◎

36

아기 머리가 자궁 경관의 뜨거운 통로로 빠져나올 때 나는 두 손을 더듬더듬 내렸어. 배출은 커다란 행복감을 불러왔지. 당신은 내가 아기를 내 몸의 구멍으로 이끄는 광경을 보았다가, 아기가 283일 동안 채우고 있었던 자리 위로 아기를 조용히, 조심스레 들어 올렸어. 네가 왔구나. 아기는 나를 찾았고, 등을 뒤로 젖히며, 태(胎)와 피에 덮인 자벌레처럼 내 배 위로 슬금슬금 오르기 시작했어. 아기는 입을 벌렸고, 반들거리는 눈은 까맸지. 꿈틀거리는 주름진 손은 너무 피부 가죽이 많이 덮여 있는 것처럼 보였어. 그 손이 내 젖가슴을 찾았고, 아기의 작은 턱이 흔들렸지. 그 아기는 나의 기적이었어. 나는 아기를 젖꼭지로 끌어당겼고, 아직도 옥시토신으로 후들거리는 팔로 아기의 아랫입술에 밀어넣었어. 왔구나, 귀여운 아들. 아기는 내가 이제껏 본 중에서 가장 아름다운 존재였어.

"바이올렛을 꼭 닮았어." 당신은 내 어깨 너머로 보며 이렇게 말했지.

하지만 내 눈에는 바이올렛과 조금도 닮지 않았어. 너무나 순수하고, 너무나 행복한 3.2킬로그램의 그 존재는 마치 내 몸 위에 둥둥 떠다니는 것만 같았어. 꿈, 내가 살아가는 동안 나는 그에 걸맞은 사람이 될 수는 없을 것 같았지. 나는 몇 시간 동안 내 살을 아기의 살에 딱 붙이고 안고 있었고, 마침내 병원 사람들이 나를 욕실로 데려가려고 일으켰어. 내 몸에서 변기 속으로 피가 쏟아졌고, 그 엉망진창이 된 덩어리를 보고 있으려니 무슨 영문인지 내 딸이 다시 떠올랐어. 그리고 그때, 나는 욕실 문 바깥에 유리 바구니에 든 내 아들에게로 천천히 돌아갔어.

그 외에는 그 아이가 이 세상에 왔을 때 일이 거의 기억 안 나.

그 아이가 이 세상에서 어떻게 떠났는지는 모든 게 기억나.

1969

세실리아는 열두 살 때 초경을 시작했다. 그 당시 세실리아는 같은 반 여자애들 중에서 가장 가슴이 컸다. 그녀는 어깨를 구부정하게 숙이고 새롭게 나타난 자기 여성성의 신호를 숨기려고 했다. 에타는 그 시점에 딸과 사춘기라는 어려운 주제를 꺼내는 건 고사하고, 말 자체를 많이 나누지 않았다. 세실리아는 다른 여자아이들에게서 출혈에 대해 들은 적이 있었으나 자신의 붉게 젖은 속옷을 보았을 때는 심장이 멈췄다. 세실리아는 생리대를 찾아 어머니의 서랍을 뒤졌으나, 아무것도 없었다. 세실리아는 욕실 바닥 위에 서서 고통스러워 허리를 숙였고, 피가 바지 사이로 새어 나오는 걸 보고 어머니에게 말하기로 결정을 내렸다.

세실리아가 어머니의 방문을 노크했을 때 에타는 대답하지 않았지만, 딱히 특이한 일은 아니었다. 3시였고, 에타는 오후 내내 잤으니까. 세실리아는 에타의 침대 옆으로 다가가 어머니가 화들짝 놀라 깨어날 때까지 조용히 불렀다. 세실리아가 무슨 일인지 말하자 에타는 한숨을 지었다. 동정인

169

지 혐오인지, 세실리아로서는 알 수 없었다.

"그래서 나한테 뭘 해달라고?"

세실리아는 자기도 몰랐기에 대답할 수 없었다. 목이 조여왔다. 에타는 침대 옆 서랍을 열더니 헨리가 못 보게 숨겨놓은 작고 빨간 화장 가방에서 알약 두 개를 꺼냈다. 에타는 그 알약을 세실리아에게 내밀었고, 다른 손을 베개 밑에 끼워 넣더니 눈을 감았다.

세실리아는 작은 흰 알약을 빤히 보다가, 침대 옆 탁자에 올려놓고 나왔다. 현관에서 어머니의 지갑을 찾아 잔돈을 되는대로 모아 약국에 가져갔다. 생리대 값을 치를 때, 세실리아는 얼굴이 타는 듯했기 때문에 계산대에 있던 젊은 남자에게서 시선을 돌렸다. 집에 돌아온 세실리아는 욕조에 뜨거운 물을 받았고, 세실리아가 막 욕조에 들어갔을 때 에타가 변기를 쓰려고 들어왔다. 에타는 눈을 감은 채로 소변을 보았다.

그날 오후 늦게, 세실리아는 에타의 침실 문 밖에 섰다. 익숙하지 않은 분노가 그녀의 가슴 위로 기어 올라왔다. 세실리아는 뛰어들어가 불을 켰다. 주먹을 꽉 쥐고 어머니의 침대 발치에 섰을 때, 세실리아는 에타가 자기를 아프게 해주기를 바란다는 것을 깨달았다. 차라리 어머니에게 한 대 얻어맞으면, 자기가 에타의 작고 슬픈 세계에 존재한다는 뜻이라도 되니까. 그때 세실리아는 몇 달 동안 자신이 어머니에게 죽은 사람이 된 것 같은 기분을 느끼고 있었다. 에타는 부스스 잠에서 깨어 딸을 보았다.

"날 때려요, 에타." 세실리아는 몸을 부르르 떨면서 말했다. "해봐요. 날 때려줘요!"

이전에는 한 번도 어머니를 이름으로 부른 적이 없었다.

에타의 표정은 공허했다. 에타는 세실리아의 떨리는 얼굴에서 벽의 전등 스위치로 시선을 옮기더니 다시 한숨지었다. 에타는 머리를 뒤로 젖히고 눈을 감았다. 헨리의 발소리가 아래층 현관에서 부엌으로 들어갔다. 그는 저녁 식사를 찾고 있었지만, 아무것도 없었다. 에타가 세실리아에게 주었던 알약 두 개는 아직도 침대 옆 탁자에 있었다. 세실리아는 헨리에게 그 알약을 보여주고 싶지 않은 이유를 자기도 이해할 수 없었다. 세실리아는 그 약을 가져가 변기에 내려버렸다.

"다시 몸이 안 좋대?" 세실리아가 부엌으로 들어왔을 때 헨리는 주전자에 물을 받고 있었다.

"두통이래요." 세실리아는 말했다. 두 사람은 서로 거짓말하는 데, 상황이 실제보다 그렇게 심각하지 않은 척하는 데 모두 너무 익숙했다. 헨리는 고개를 끄덕이더니 다시 냉장고 속에서 남은 음식을 찾았다. 세실리아는 라디오를 틀어 방 안 가득히 소리를 채웠다. 두 사람이 더 얘기를 나눌 필요가 없도록.

37

내가 살아가는 이유가 되는, 그 애의 특징들을 당신도 알아챈 적
이 있었을까.

잘 때 마치 10대 아이처럼 머리 위로 손을 들고 자는 자세. 하루가
끝난 뒤, 목욕 직전의 발 냄새. 아침에 문이 삐걱 열리는 소리를 들었
을 때 아기 침대의 울타리 사이로 나의 모습을 필사적으로 찾으려
하면서 두 팔을 번쩍 드는 모습. 그래서 내가 당신에게 그 경첩에 기
름을 쳐달라고 한 번도 말하지 않았던 거야.

오늘 내 안에서 아이의 무게가 묵직하게 느껴져. 가끔은 이런 일
이 그냥 일어나. 내 주위의 모든 것들에서 시큼한 맛이 나는, 분명하
고 빽빽하고 고통스러운 나날. 나는 그 애만을 원했어. 하지만 현실
세계는 그 애의 소리를, 냄새를 잠재워버리겠다고 위협하지.

나는 그 애를 깊이 들이마시고 싶고, 다시는 내뱉고 싶지 않아.

당신도 이런 감정을 가끔은 느껴?

그 첫 며칠들. 시큼한 모유와 체취. 젖꼭지 진정 크림 얼룩이 묻은 시트. 침대 옆 탁자 위에 늘 남아 있는 찻잔 자국. 나는 생각도 하지 않고, 왜인지 이유도 모르면서 울었어. 하지만 눈물은 사랑의 방출이었어. 젖이 나오고, 가슴은 바위 같았으며, 나는 그 자리에서 거의 움직이지 않았어. 나는 아이를 흔들며 내 벗은 가슴 위에서 재웠어. 아이는 아주 자주 깜짝 놀라서 가늘고 작은 팔을 위로 들었다가 다시 내 품 안으로 파고들고는 했어. 그런 다음 우리는 다시 시작했지. 낮도 밤도 없었지. 내 젖꼭지는 아이에게 젖을 먹인다는 생각만 해도 따끔거렸어.

그래도 나는 그 아이와 함께하는 시간이 끝나지 않기를 바랐어. 그 애는 내가 바랐던 모든 것이었어. 우리가 나누었던 유대감이 내가 느낄 수 있는 유일한 감정이었어. 나는 내 몸 위에 얹힌 그 아이의 물리적인 무게를 갈망했어. 그래, 이거야. 나는 생각하고는 했지. 이렇게 됐어야 하는 일이야. 나는 그 아이를 물처럼 들이마셨어.

아이는 내 가슴 사이에서 고개를 들고 마치 뭘 찾는 것처럼 꾸물꾸물 두리번거렸어. 엄마를 찾으려고, 자기가 사랑하는 사람을 찾으려고. 내가 뺨을 갖다 대면, 아이는 다시 안전하고 행복하게 배부른 채로 편안해졌어. 젖 때문에. 나 때문에.

마침내 나는 침대에서 일어나 관심을 생활로 돌렸지. 바이올렛이 아침을 먹고 난 그릇을 치우고, 나만의 상상의 성을 지으며, 건조기에 옷 더미를 던져 넣었어. 하지만 아이가 나와 함께 있지 않을 때는, 내 마음은 아이에게로, 저 위의 아기방으로 향했어.

바이올렛은 처음에는 샘을 별로 신경 쓰지 않았지만, 매번 내가 젖을 먹이려 아이를 안을 때마다 유심히 보았어. 아이가 내 젖을 빨 때면 바이올렛은 종종 여자의 젖가슴에 있는 기능에 당황이라도 한 것처럼 자신의 평평한 가슴을 더듬어보곤 했지. 샘이 젖을 다 먹으면, 바이올렛은 방을 나가 대부분 자기 혼자 있으려고 했어.

샘은 그 이후 몇 달간 누나에게 홀딱 빠졌지. 곧, 바이올렛을 데리러 갔을 때 유치원 문 밖을 나서는 누나의 목소리가 들리면 아이는 얼굴을 환히 밝히곤 했어.

"저기 누나 온다!" 내가 말하면, 아이는 발을 차며 누나 곁에 가까이 가려고 필사적이었어. 자기 앞으로 다가오는 누나의 얼굴을 몹시도 그리워했지. 바이올렛은 샘의 발을 흔들었고, 우리는 집으로 함께 돌아갔어. 내가 하루 중 제일 두려워하는 시간으로. 오직 우리 셋만 함께하는 시간, 오후의 지뢰밭, 당신이 문 안으로 걸어 들어오기를 기다렸지. 당신은 위대한 중재자였어.

당신과 나. 우리는 파트너였고, 동반자였고, 두 인간의 창조자였어. 하지만 우리는 대부분의 부모처럼 점점 다른 삶을 살아갔지. 당신은 뇌를 쓰고 창조적이며 공간과 시선 및 원근을 만들어냈고, 당신의 하루는 조명과 고도, 마감 처리와 관련이 있었지. 당신은 하루에 세 끼를 먹었어. 당신은 어른들을 위해 쓰인 문장을 읽었고, 무척 멋진 스카프를 맸어. 당신은 샤워를 할 이유가 있었지.

나는 군인이었고, 반복되는 육체적 작전을 연속적으로 실행했어. 기저귀를 간다. 분유를 탄다. 병을 데운다. 시리얼을 붓는다. 아수라장을 치운다. 협상한다. 빈다. 샘의 우주복을 갈아입힌다. 바이올렛의 옷을 꺼내 온다. 도시락 통은 어디 있지? 아이들의 외투를 입힌다. 걷는다. 더 빠르게. 우리는 늦었어. 바이올렛을 안아주며 작별 인사를 한다. 그네를 민다. 잃어버린 엄지 장갑 한 짝을 찾는다. 꼬집힌 손가락을 문지른다. 샘에게 간식을 준다. 또 다른 병을 가져온다. 쪽, 쪽, 쪽. 아기 침대에 눕힌다. 청소, 정리, 찾고, 만들고. 닭고기를 해동한다. 샘을 침대에서 데려온다. 쪽, 쪽, 쪽. 기저귀를 간다. 샘을 아기 의자에 앉힌다. 얼굴을 닦아준다. 설거지를 한다. 간지럼을 태운다. 기저귀를 간다. 간지럼을 태운다. 지퍼 백에 간식을 넣는다. 세탁기를 가동한다. 샘의 옷을 입힌다. 기저귀를 산다. 설거지 세제도. 바이올렛을 데리러 뛰어간다. 안녕, 안녕! 서두르자, 서둘러. 옷을 벗긴다. 건조기에 세탁물을 넣는다. 바이올렛에게 텔레비전을 틀어준다. 시간 완료. 제발, 내 말 좀 들어. 안 돼! 얼룩 제거제. 기저귀. 저녁 식사. 설거지. 질문에 또다시 대답하고. 욕조에 물을 받는다. 애들 옷을 벗긴다. 바닥을 닦는다. 내 말 듣고 있어? 이를 닦는다. 토끼 인형 베니를 찾는다. 파자마를 입힌다. 젖을 먹인다. 이야기를 해준다. 하나 더. 전진, 전진, 전진.

내 몸이 우리 가족에게 얼마나 중요한지를 깨닫게 됐던 날을 기억해. 내 지성이나 작가 활동에 대한 야심이 아니라. 35년간 형성되어 온 인간이 아니라. 그저 나의 몸. 나는 샘이 뱉은 콩 퓌레 얼룩으로 범벅이 된 스웨터를 벗은 후에 벌거벗은 채로 거울 앞에 섰어. 내 배는 미지근한 라테에 낀 거품처럼 속옷 때문에 움푹 들어간 자국 위에 퍼져 있었지. 허벅지는 구이용 꼬치로 찍은 마시멜로 같았어. 나는 흐물흐물했어. 하지만 중요한 건 내가 육체적으로 우리가 계속 생활을 이어가도록 지탱하고 있다는 거야. 내 몸은 우리의 모터였어. 나는 거울 속에 비친 알아볼 수 없는 여자의 모든 것을 용서했어. 내 몸이 그렇게 다시 유용하게 될 거라는 생각은 해본 적이 없었지. 필수적이고, 의존할 수 있고, 소중히 여겨지는 몸.

그때쯤, 섹스는 우리 둘 모두에게 한층 더 변한 것만 같았어. 우리는 효율적이었어. 기계적이었지. 내가 당신 위에 걸터앉아 있을 때, 당신은 딴 데 가 있었어. 나 또한 정신을 다른 데로 흘러가게 나뒀지. 사야 하는 물티슈. 깜박 잊어버린 검진 예약. 카레 당근 요리법은 어디서 봤더라? 여름 원피스. 도서관 책. 빨아야 하는 이 침대 시트.

38

"우리 오늘 아침에는 안 돼, 폭스. 샘은 아침에 수영 강습이 있고, 그 뒤에는 놀이 친구를 만나러 가. 이 엄마와 약속을 두 번이나 이미 취소했다고. 지난주에 내가 바이올렛 치과 약속 잡았을 때 얘기했잖아."

"바이올렛은 그렇게 바쁜 사교 생활을 했던 기억이 없는데." 당신이 말했지.

나는 기저귀 가방을 싸고 있었어. 바이올렛은 바닥에 앉아 조심스레 신발 끈을 매다가 나를 올려다보았어. 나는 지금은 안 돼, 라는 뜻의 표정으로 당신을 쏘아보았지. 하지만 당신의 표현은 꾸준했어. 당신은 우리 딸 대신에 질투를 불태웠지. 당신의 딸은 자기 엄마가 새로 태어난 남동생이랑 아무리 가깝게 지낸들 전혀 신경도 쓰지 않았을 텐데. 놀랍게도, 바이올렛은 아주 매끄럽게 적응했어. 아이가 바이올렛과 나 사이의 긴장감을 누그러뜨렸지. 이제 우리 둘 다 좀 더 자유롭게 숨 쉴 수 있게 된 듯했어. 이 새로운 공간에서, 바이올렛은 내게 작고, 잘 조율된 애정의 몸짓을 보였어. 잠자기 전에 이야기를 읽어줄 때 내게 더 가까이 앉았어. 유치원에 들어갈 때 손을 들어 짧게 작별 인사를 했어.

우리는 진전하고 있었던 거야.

내가 씨름한 건 당신이었어. 당신은 샘이 우리의 삶으로 들어왔을 때 내가 마침내 나 자신에게서 발견한 엄마로서의 모습에 대해서 행복했어야 하잖아.

당신 어머니가 그 전주 며칠 동안 방문했지. 어머니가 머무르던 마지막 날, 두 사람은 저녁 식사 후 부엌에서 차를 마시고 있었고, 나는 그동안 거실에서 장난감을 정리했어. 당신과 어머니는 내가 위층에 있다고 생각했었나 봐. 당신은 어머니에게 와주셔서 고맙다고 인사했어. 언제든지, 어머니가 대답했지. 나는 어머니가 내 이름을 꺼내자 그 자리에서 가만히 멈췄어. 어머니는 내가 샘이 태어나기 전보다 "기운이 훨씬 좋아" 보인다고 했지.

"블라이스는 아들은 사랑해요. 바이올렛에 대해서도 똑같은 마음이었으면 좋았으련만."

"폭스." 어머니는 나무라기는 했지만 상냥한 말투였지. 잠시 후 이렇게 말했어. "어떤 여자에게는 두 번째가 더 쉽단다. 적응하기 쉬운 거야."

"알아요, 엄마. 하지만 바이올렛이 걱정돼요. 바이올렛도 필요……."

나는 플라스틱 장난감이 가득한 통을 들고 부엌으로 들어가 당신의 발밑 바닥에 떨어뜨렸어. 당신은 펄쩍 일어나서 장난감들을 보았지.

"안녕히 주무세요, 헬렌." 나는 당신을 볼 수 없었어.

다음 날, 어머니는 공항에 가기 전에 내가 어제 엿들은 당신의 말에 대해서 대신 사과했어. 어머니는 아직도 당신 아들이 한 일에 대해서 일종의 책임감을 느꼈지.

"두 사람 다 괜찮은 거지?"

나는 어머니를 걱정시키고 싶지 않았어.

"잠을 충분히 자지 못하는 것만 빼면요. 그게 다예요."

"그러니까 당신이 오늘 아침엔 바이올렛을 데려다줘야 한다는 거야. 미안해. 괜찮지?" 나는 허리를 숙여 바이올렛의 신발 끈을 묶어주었어.

"10시에 고객이 오기로 되어 있어. 도시 끝과 끝인데 그 시간까지는 못 가."

"당신이 바이올렛을 데리고 사무실에 가면 시간 내에 갈 수 있을 거야. 애가 회의 시간에 정신 팔 수 있게 종이와 연필만 좀 줘. 그런 뒤에 애를 유치원에 데려다주면 되잖아. 그거 재밌겠다. 그렇지, 바이올렛?"

당신은 감은 눈을 비비면서 한숨지었어. 샘 때문에 우리 둘 다 밤에 대부분 깨어 있었지. 샘은 이가 나는 중이었어. 당신은 늘 바이올렛이 밤에 깨어났을 때는 내내 잘 잤으면서, 샘이 태어난 이후로는 자는 데 어려움을 겪는 것처럼 보였지. "좋아. 가자, 꼬마. 출발하자."

그날 밤 저녁 식사에서 바이올렛은 종일 어땠는지 내게 말해주었어. 치과에 있던 보물함, 당신 책상에서 가지고 놀았던 구멍 뚫는 기계.

"아, 그리고 아빠랑 아빠 친구랑 점심도 먹으러 갔었어."

"아, 멋있다. 친구 누구였어?"

"제니."

"젬마였지." 당신이 바로잡아주었어.

"젬마." 바이올렛이 반복했어.

"사무실 사람?" 그 이름은 이전에 들어본 적 없었어.

"새 비서. 내가 회의 들어간 사이에 바이올렛과 친해져서, 그 친구도 같이 가자고 초대했지."

"잘했네. 당신 비서가 새로 바뀌었는지는 몰랐어. 그래서 어디로 먹으러 갔어?"

"치킨 핑거 파는 데! 그 언니가 아이스크림도 사 줬어. 유니콘 연필과 지우개도."

"우리 딸 운 좋았네."

"그 언니가 내 머리카락 좋다고 했어."

"나도 그래. 네 머리 예쁘잖니."

"그 언니 머리는 길고 구불거려. 그리고 손에 분홍색을 발랐어."

샘은 아기 의자에 앉아 주먹을 입에 넣고 부산을 떨기 시작했어. 바이올렛은 샘의 정신을 딴 데로 끌려고 두 손으로 탁자를 두드리기 시작했지. "새미, 이거 봐. 이거 북이야! 둥둥둥둥둥둥!"

"당신이 치울 거지?" 나는 물었어. 나는 당신의 대답도 기다리지 않고 샘을 목욕시키러 데리고 갔지.

나는 우리 침대에서 바이올렛에게 이야기를 읽어주었고, 샘은 토끼 인형 베니를 들고 우리 사이에서 꼼지락거리고 있었어.

"한 번 더." 내가 그 책을 다 읽자, 바이올렛이 말했지. 언제나 한 번 더 졸랐어. 나는 한숨을 쉬고 손을 들었지. 샘은 손가락으로 거의 빈 병을 두드렸어. 더, 더. 당신은 침대 끝에서 청바지로 갈아입고 있었어.

"엄마, 새미가 우유 더 달래."

"어디 가?"

"사무실로 돌아가." 당신이 대답했어. "오늘 밤에 제안서를 끝내야 하거든."

"아빠, 나 이불 덮어줘!"

당신은 몸을 숙여 우리 세 사람에게 입을 맞췄어. 하나하나, 의도를 가지고. 샘은 빈 병을 들었어.

"엄마가 이불 덮어줄 거야, 귀염둥이. 아빠는 빨리 가야 해서. 엄마 말 잘 듣고 있어, 알겠지?"

"새미가 우유 더 달래!" 바이올렛이 다시 말했지.

"사랑해." 당신은 우리 모두를 향해 말했어.

나는 잘 자라는 인사를 하려고 바이올렛의 침대 가장자리에 걸터앉았어. 바이올렛은 최근에 꽤 착하게 굴었지만, 나는 한 번도 이런 말을 해주지 않았지. 나는 우리 사이에 생긴 이 새롭고 평화로운 정상 상태를 당연하게 받아들이기 시작했어. 샘이 태어나기 전에는 어땠는지 기억나지 않았어. 과거의 내가 어떤 엄마였는지는 거의 기억나지 않았지. 모성은 그런 거야. 오로지 현재만 있지. 지금의 좌절, 지금의 안도감.

바이올렛의 얼굴은 성숙해져가고 있어서 10대 청소년이 되었을 때의 모습이 미리 엿보였지. 입술은 둥글고 통통해서, 나는 그 애가 누군가에게 키스하는 장면을 상상했어. 누군가를 사랑하는 장면을 상상했지. 바이올렛은 샘이 태어난 이후로 이 몇 달간 달라졌어. 어쩌면 달라진 건 나였는지도 모르지. 마침내 그 애의 진짜 모습을 보게 된 건지도 몰라.

"바이올렛? 네가 요새 참 착한 아이였다는 말을 해주고 싶어. 샘에게도 부드럽고 상냥하게 잘해줬지. 엄마도 잘 도와주고. 유치원에서 친구들에게도 잘하고. 엄마는 네가 자랑스러워."

바이올렛은 말없이 생각했어. 나는 그 애의 방 스탠드 전등을 끄고 몸을 숙여서 그 애에게 입을 맞췄고, 아이는 가만히 하게 놔두었지.

"좋은 밤. 푹 자."

"엄마는 애기 샘을 나보다 더 사랑하지?" 아이의 말에 나는 마비되었어. 난 당신을 떠올렸어. 당신이 하는 말을 그 애가 엿들었을지도 모른다고 생각했어.

"아가, 물론 아니지. 나는 너희 둘 다 똑같이 사랑해."

바이올렛은 눈을 감고 자는 척했지만, 나는 그 애의 눈꺼풀이 파닥이는 것을 보았어.

39

나는 바이올렛이 입을 열 때까지는 그 애가 샘의 방에 있다는 것을 몰랐어.

밤은 몇 달 동안 계속 우리의 시간이었지. 육아서에서 정상적이라고 말하는 시간보다도 몇 달이 더 흘렀어. 나는 내 귀에서 로켓이 발사되기라도 한 듯, 샘의 아기 침대에서 나는 작은 소리에 급히 잠에서 깼어. 어둠 속에 서서 나는 엉덩이를 양쪽으로 움직였지. 그 리듬은 내 피부 냄새나 내 젖의 맛처럼, 그 애가 나임을 알아볼 수 있는 방식이었어. 잘 자렴, 착한 아기. 나는 아이를 자극하지 않으려고 조심하며 아이의 솜털이 보송한 머리에 입술을 댔어. 그 특별한 밤을 기억해. 샘은 거의 젖을 먹지 않았고, 자기 입에 내 젖꼭지를 무는 감촉만을 원했어. 안도감. 소리 발생기는 식식거리며, 거대한 바다 소리처럼 들리게 만든 혼합 소음을 냈어.

"애기 내려놔." 바이올렛이 내게 말했어. 내가 숨을 헉 들이켜자

183

내 품 안에 안긴 아기가 놀랐지.

"바이올렛! 왜 여기 있어?"

"애기 내려놔."

바이올렛은 차분하게, 직접적으로 말했어. 위협이라도 하는 양. 나는 그 아이가 벽장 가까이 있다는 것을 감지했어. 닫힌 문 뒤에서 희미한 빛이 깔려 바이올렛의 모습이 제대로 보이지 않았어. 나는 천천히 몸을 돌려 방을 다른 관점으로 보려고 하면서 내 눈이 어둠 속에서 아기방의 사물을 분간할 때까지 기다렸어. 바이올렛의 목소리는 이번에 반대 끝에서 들렸지.

"애기 내려놔."

"가서 자렴, 아가. 새벽 3시야. 엄마가 가서 등 문질러줄게."

"싫어." 바이올렛은 낮은 목소리로 천천히 말했어. "엄마가 애기 내려놓을 때까지는."

가슴이 조여오기 시작했어. 그 감정, 걱정이 다시 기어들었지. 마치, 바이올렛이 손가락을 탕 튕겨 나를 자기 주문에서 깨운 것처럼 순간적으로 돌아왔어. 그 말투가 불쾌하게 머리에 달라붙었어. 나는 거기 다신 너랑 같이 갈 수 없을 거야. 나는 바짝 마른 입으로 생각했어. 어째서 바이올렛이 여기 있는 걸까? 뭐 하고 있는 걸까?

나는 그 애에게 너무 바보 같은 짓을 하고 있다는 것을 보여주려고 씩씩댔지만, 그 애의 말에 귀를 기울였어.

나는 샘을 아기 침대에 내려놓고, 베니를 찾으려고 매트리스 주위를 더듬었어. 샘은 늘 그 인형을 얼굴 가까이에 두니까. 그런데 찾을 수가 없었어.

"바이올렛, 베니 어디 있는지 아니?"

바이올렛은 인형을 내게 던지더니 방을 떠났어. 그 애가 샘의 아기 침대에서 토끼 인형을 가져간 거야. 샘이 자는 동안 지켜보고 있었던 거야.

바이올렛이 샘 가까이에 있었던 거야.

등 뒤로 문을 닫고 바이올렛을 따라 방으로 갔어.

부드럽게 그 애 침대의 가장자리에 앉았지. 나는 그 애의 완벽하고 비단 같은 피부를 덮은 딸기 무늬 파자마 상의의 등 쪽으로 한 손을 쓱 넣었지. 그 애는 등을 문질러주는 것을 좋아했거든. 당신이 해주는 것을.

"나 만지지 마. 나한테서 떨어져."

"바이올렛." 나는 그 애의 셔츠에서 손을 뺐어. "이전에도 밤에 거기 가서 샘이 자는 거 봤어? 가끔 그러니?"

바이올렛은 대답하지 않았어.

침대로 돌아가면서 심장이 줄달음쳤어. 샘의 닫힌 방문 앞을 지날 때는 아이가 조용한지 확인하려고 발걸음이 느려졌지. 나는 마음속에 떠오른 생각 때문에 부끄러웠어. 다음에는 이런 생각도 들었지. 샘을 내 침대로 데려가면 돼. 애가 안전한지 확인할 수 있어. 오늘 밤만. 이번 한 번만.

우리가 이미 지나온 일이었어. 지나왔다고 해야만 하는 일이었어.

나는 침대 옆 탁자 서랍 속에서 휴대전화를 꺼내어 바이올렛의 사진을 한참 들여다보았어. 내 옆에서 당신이 블루라이트에 방해받아 몸을 살짝 뒤척일 때까지. 그 애의 얼굴에서 뭔가를 찾으려 했지만, 그게 뭔지는 알지 못했어. 나는 샘의 방으로 가서 그 애를 데려와 내 침대에 같이 누웠어.

40

"바이올렛 요새 무척 착하게 굴었잖아, 당신도 알지? 난데없네."

우리는 다음 날 아침 일찍, 침대에 누워 있었어. 샘은 보드 그림책을 들고 바닥에 앉아 있었지. 나는 바이올렛이 샘의 방에 갔다 온후 샘이 진정하지 못해서 우리 침대로 데리고 왔다고 거짓말을 했어. 나는 당신의 온기를 그리워하며 당신 쪽으로 몸을 돌렸지. 당신은 손을 뻗어 전화를 집었고 나는 당신을 관찰했어. 당신의 가슴, 새롭게 난 새치, 이메일을 읽는 동안 손가락 사이로 당신이 그 흰머리를 꼬는 모습.

"아무 일도 아닌 걸 크게 만드는 거야, 또."

하지만 당신이 이해하지 못하는 것이었어. 내 마음이 미치지 않는 곳은 별로 없었어. 내 상상력은 내가 어디로 향하는지 미처 깨닫기도 전에, 발꿈치를 들고 천천히 생각도 못 한 곳으로 들어가버렸어. 그네를 밀 때나, 고구마 껍질을 벗길 때나. 내게 든 생각은 끔찍했고 괴로웠지만, 나 자신도 모르게 그런 생각까지 하는 데는 어떤 만족 감도 있었어. 그 애가 어느 정도까지 할 수 있을까. 무슨 일이 일어날 수 있을까. 만약 그 상상이 현실이 되면 나의 가장 심각한 공포는 어떻게 느껴질까. 나는 무엇을 할까. 나는 무엇을 할까?

됐어. 나는 다시 돌아와 마음을 정화했어. 어린이들. 깍깍대는 소리. 아이들 눈 속의 삶. 모든 것이 괜찮아.

나는 방과 후에 아이들을 베이비시터에게 맡겨두고 그레이스와 함께 페디큐어를 하러 갔어. 베이비시터는 그때 일주일에 한 번 오고 있었고, 나는 짧은 휴식을 누렸지. 나는 공기 중에 감돌기 시작한 서늘한 기운에 어울리는 차콜 드림이라는 색을 고르고 발톱을 다듬어주는 사람이 아무렇게나 방치된 내 큐티클을 정리하는 동안 너무 깊이 숨을 들이마시지 않으려고 했어. 여자는 자기 허벅지에 내 한 발을 올려놓았고, 마치 장인의 업무를 수행하기 위해 각오를 단단히 하는 사람 같았어. 내 발뒤꿈치의 피부는 치즈 강판으로 밀어도 될 정도였지. 밤에는 바셀린을 바르고 두꺼운 양말을 신으세요. 여자는 조언해주었어. 나는 그런 일을 할 만큼 내 뒤꿈치에 신경을 쓰지 않았고, 그 여자에게도 그렇게 말할 뻔했지만, 이것도 결국 그녀의 삶이니까. 타인의 발. 그래서 나는 그저 여자에게 팁을 알려줘서 고맙다고 인사했어.

그레이스는 막 다녀온 휴가에 대해 이야기했어. 어머니의 일흔 살 생일 기념으로 함께 카보*에 갔다고 했지. 수영장 한가운데에 있는 바에서 바텐더가 톡 쏘는 배 마가리타를 만들어 주었다는 얘기. 새

* 멕시코의 바하칼리포르니아주 남쪽에 있는 휴양 도시.

로운 자가 선탠 제품에 대한 이야기. 나는 그레이스의 말을 귓등으로 흘려들었어. 나는 집에 있는 아이들과, 베이비시터가 자기 말대로 아이들 침실을 정돈했을까를 생각했지. 바이올렛이 지하실에서 놀고 싶어 할 것과 샘도 거기 내려놓을 때까지는 칭얼대리라는 것도. 요즈음 샘은 누나 곁에 가까이 가는 것만 원했고, 바이올렛이 지나갈 때면 손을 뻗어 잡으려 했으며, 아침에 침대에서 깨어나면 "바이에트! 바이에트!"하고 부르곤 했어. 샘의 어설픈 아기 말을 떠올리며, 나는 미소를 지었어. 그레이스는 자기가 만났던 오빠들에 대한 이야기로 옮겨 갔다가, 아이오와 출신의 목장 주인에 대해서 얘기했어. 아이오와에 목장이 있었어? 나는 아이들이 있을 저기 아래 지하실 공간을 생각했어. 아직 마감이 끝나지 않았고, 살짝 축축했지만, 이제 걸음마를 뗀 샘이 돌아다닐 정도는 깨끗했지. 나는 새 양탄자가 필요하다는 생각을 했어. 청소하기 쉽게 실이 짧은 것으로. 그리고 장난감을 보관할 장소도 필요했어. 당신이 스포츠 용품을 거기 저장했다는 생각을 했지, 당신의 골프 가방은 좁은 계단 아래 공간에는 들어가지 않을 테니까. 당신이 그 전날 클럽들을 거기에 넣었다는 생각도 했지. 바이올렛이 거기서 그걸 꺼내서 골프 연습장에 있는 척하길 좋아한다는 것도. 나는 베이비시터가 늘 청소하길 좋아한다는 생각을 했어. 내가 할 필요가 없다고 말하는데도. 샘은 바이올렛의 동작 하나하나에 홀딱 반해 있었는데. 바이올렛의 손에 들린 드라이버의 무게도, 그 애가 그걸 휘두르는 모습을 보았던 것도 생각났어. 무기처럼. 샘의 작고 깃털 같은 머리를 떠올렸어. 바이올렛이 얼마나 쉽게 해낼 수 있을까. 1초면 끝날 거야. 빠직 소리. 피가 날 수도 있고, 아닐 수도 있겠지. 뇌 손상, 아니면 출혈 때문에?

그레이스는 목장으로 공개 초대를 받았다는 얘기를 하고 있었어. 3월쯤 생각한다고. 아세톤 냄새로 허파가 쓰렸고, 나는 아직 한쪽 발밖에 페디큐어를 하지 않았는데도, 여자의 손에서 내 발을 뺐어. 나는 톡 쏘지 않는 공기를 마시려 몸을 멀리 뺐지만, 방 전체가 유독하게 느껴졌고, 가슴이 점점 조여들었어. 가야만 했어. 나는 가방을 집어, 손에 페디큐어 솔을 들고 어안이 벙벙한 여자를 두고 나왔어. 그레이스가 신발 어쩔 거냐고, 어디 가느냐고 불렀지만, 나는 뛰기 시작했어. 골프채. 걔라면 할 수 있어, 걔라면 할 거야. 베이비시터가 애들을 제대로 가까이에서 지켜보지 않을 거야. 나는 뛰어가며 빨간 불을 두 번 만났지만 멈추지 않고 손을 뻗어 차들을 막으면서 감각을 잃은 발로 집으로 향했어.

"죽고 싶어!" 자전거를 탄 남자가 고함을 질렀지.

아니! 나는 고함치고 싶었어! 걔가 아기를 죽일 거야. 걔는 그만큼 나를 미워하니까. 당신은 이해 못 해.

"바이올렛!" 나는 문을 홱 잡아당겨 열었어. 지하실 계단을 뛰어내려가며 다시 한 번 그 애의 이름을 불렀지. 아무도 대답하지 않았어. "샘! 샘은 어디 있어?"

베이비시터가 한 손가락을 입술에 대고 복도를 서둘러 걸어왔어.

샘은 잠들어 있었지. 바이올렛은 자기 방에서 책을 보고 있고.

나는 벽에 기대 주저앉았어. 아무 일도 일어나지 않았어.

아무 일도 일어나지 않았어.

．
○
◉
⊙
◎

41

"불안 발작은 무척 흔합니다. 특히 갓 출산한 산모에게는요. 이건 정상이에요."

나는 좀 더 얘기해야 할까 생각했지. 의사는 펜 끝이 뜨겁기라도 한 듯 후 불었어. 여자는 내게 진단서를 써 주고 언제 약을 복용해야 하는지 설명했어. 나는 건물을 나서며 작고 하얀 알약이 들어 있던 엄마의 반투명 주황색 약병을 떠올렸어. 한 달에 걸쳐 줄어들어 가던 그 약병을.

나는 뭔가 어긋났다는 것을 알았어. 처음에는 내가 바이올렛을 샘의 방에서 찾았을 때 그 애 눈에 떠올랐던 공허함이었어. 내가 샘과 함께 있을 때 나를 투명인간처럼 지나쳐 바라보는 시선. 그 애의 경멸은 한때 나를 눈물 바람으로 만들었을 만큼 광포하게 사람 기를 빼앗는 짜증에서, 이제는 조작적이고 미리 잘 계획한 냉담함으로 변했어. 나를 조용하게, 그리고 꾸준히 무시하는 태도는 일곱 살 남짓된 아이의 수준을 훨씬 넘었지. 얼음 같은 시선. 완전한 멸시. 내가 뭘 하라고 지시하는 일에 대한 수동적인 저항. 저녁밥 다 먹을 수 있겠지? 장난감 치울 수 있겠지? 바이올렛은 그저 무반응을 보이며 멀어졌고, 나와 함께하는 어떤 일도 하지 않았어. 벌칙도 위협도 소용없었지. 결과는 그 애에게 아무 의미 없었어. 샘이 태어난 이후로 내가 바이올렛에게서 받은 관심은 뭐가 됐든 죄다 사라져버렸지. 그 애는 내가 손도 못 대게 했어. 우리는 이전의 대치 상태를 재개했지. 그리고 당신은 바이올렛이 그 애의 세계에서 원하는 유일한 사람이라는 옛 자리를 다시 찾았고.

결과적으로 우리는 공존할 만큼 서로를 참는 법을 익혔어. 바이올렛이 내게서 원하는 건 거의 없어서, 하트 모양 식탁 매트 위 플라스틱 접시에 음식을 담아 줘야 하는 하숙생에 불과한 기분이 드는 시점까지 이르렀지. 나는 대신 샘에게, 우리의 일상적 습관에, 바이올렛이 학교에 가지 않을 때 내게 요구되는 동작에만 집중했어. 당신이 저녁에 집에 오면 바이올렛은 다시 살아났어.

샘은 나의 빛이었고, 나는 바이올렛이 그 빛을 꺼뜨리지 못하게 막을 수만 있다면 뭐든지 했어. 아침이면 바이올렛을 데려다주고, 필수품들, 젖병, 차, 책, 베니를 들고 정리 안 된 침대로 돌아왔어. 부엌 설거지나 빨래는 나중으로 미뤄둘 수 있었지. 대신에 샘과 나는 서로를 바라보며 시간을 보냈어. 오리와 공룡과 배꼽에 빠져들었지. 그런 다음에는 늦겨울 햇볕 속에서 낮잠을 잤어. 샘은 젖을 떼고 내 냄새가 변한 뒤에도 내 가슴 위에 누워 잠들었어. 그 애는 내가 얼마만큼 자기를 필요로 하는지 아는 것 같았지.

그 뒤 잠깐 동안 불안은 멀리 떨어져 있었어. 나는 약을 타 오지 않은 진단서를 가방에 넣고 다녔어. 뭘 찾으려고 손을 넣을 때 그 종이를 보면 매번 엄마를 떠올리곤 했지. 나는 약국에는 갈 수 없었어. 나는 나 자신을 신뢰할 수 없었어.

42

"세실리아는 여기 없어요." 아빠는 엄하게 말하려는 의도 같았지만, 나는 그 목소리에서 동요를 들었어. "어디 있는지는 몰라요." 아빠는 떨리는 손으로 수화기를 거치대에 올려놓았어. 나는 복도에서 보고 있었지. 아빠는 통화 상대방에게 거짓말을 했어. 엄마는 집에 있었고 한동안 침대를 떠나지 않았어. 나는 왜인지도 몰랐고, 어째서 아빠가 전화로 엄마를 계속 찾는 사람에게 거짓말을 해야 하는지도 몰랐어. 한번은 아빠보다 먼저 전화를 받았더니, 아빠가 내 손에서 수화기를 낚아챘어. 마치 반대편에 있는 목소리에 내 귀가 데어 버리기라도 할 것처럼.

아빠는 엄마에게 수프와 물, 크래커를 가져다주었어. 나는 엄마가 장염 바이러스에 걸렸느냐고 물었지.

"그래, 그런 거야."

나는 길을 막고 있었어. 아빠는 엉거주춤 등을 구부린 채로 엄마에게 가져다줄 쟁반을 조심스레 들고 나를 지나쳐 계단을 올라갔지. 나는 며칠 동안 엄마의 모습을 보지 못했어. 엄마가 옷을 차려입고 시내에서 밤을 보낸 이후로는 보지 못했지. 엄마는 그때 외출이 잦았고, 밤을 새우고 오는 일도 있었어. 가끔은 두 밤 자고 오기도 했지. 획 사라져버리는 묘기. 나는 방에서 귀를 기울였지만, 그날 밤 부모님의 말은 분간할 수 없었어. 엄마의 말은 연약하고 눈물 흘리는 듯 들렸고, 아빠는 참을성 있고 차분했어. 나는 살금살금 걸어서 부모님 방문에 가까이 갔어.

"당신은 도움이 필요해."

그리고 쿵 소리. 접시. 엄마가 수프 접시를 내던진 거야. 아빠가 걸레를 찾아 문을 획 열었을 때 나는 펄쩍 뛰어서 비켰어. 방 안을 들여다보니 엄마가 침대 위에 앉아서 눈을 감은 모습이 보였어. 두 팔은 가슴 위에서 팔짱을 꼈더라. 나는 그 전해에 엘링턴 아줌마가 배 속의 아이가 해내지 못했다고 했을 때 보았던 그 팔찌랑 똑같은 플라스틱 팔찌를 보았어. 하지만 엄마는 말랐고, 허리둘레가 열한 살인 나와 다를 바 없었고, 엄마가 또 다른 아이를 원했을 가능성은 없었지. 나는 내 방으로 가 잘 준비를 하면서 부모님이 말다툼을 이어가길 바랐어. 그래야 무슨 일이 일어나고 있는지 감을 잡을 수 있으니까. 나는 엄마가 우는 소리를 들으며 잠에 빠졌어.

아침에 소변을 보려고 화장실에 갔지. 집은 여전히 조용했어. 아빠는 소파에서 자면서 몸을 뒤치지도 않았어. 나는 변기 뚜껑을 열었어. 변기는 온통 피로 가득했고, 옆집 고양이가 가끔 우리 집 현관 앞에 물어다 놓는 생쥐 창자처럼 보이는 게 있었어. 엄마의 속옷은 변기 옆에 있었지. 속옷을 들어보았더니 짙은 갈색 얼룩이라고 생각한 건 마른 피였어.

"아빠? 엄마 뭐 이상한 거예요?"

아빠는 아직도 그 전날 입었던 옷차림 그대로 커피포트 앞에 서 있었어. 아빠는 내게 대답하지 않았지. 현관에서 신문을 집어서 탁자 위에 던질 뿐이었어.

"아빠?"

"엄마는 수술을 받았어."

나는 시리얼을 직접 따르고 조용히 먹었어. 아빠가 커피를 마시면서 신문을 넘기고 있을 때 전화가 울렸어. 내가 받으려고 일어섰어.

"가만 놔둬, 블라이스."

"셉!'

아빠는 한숨을 쉬며 의자를 뒤로 밀었어. 그러곤 엄마를 위해 커피 한 잔을 따라 부엌을 나갔어. 전화가 다시 울렸고, 생각도 없이 나는 받았어.

"그 사람과 얘길 해야겠어요."

"뭐라고요?" 나는 제대로 들었지만 달리 할 말을 몰랐어.

"미안. 잘못 걸었네." 남자는 전화를 끊었어. 나는 계단을 내려오는 아빠의 발소리를 듣고 재빨리 내가 먹던 시리얼로 돌아갔어.

"너 전화 받았어?"

"아뇨."

아빠는 나를 한참 보았어. 내가 거짓말을 한다는 것을 알았지.

학교에 가기 전, 나는 엄마의 방문으로 가서 부드럽게 두드렸어. 엄마가 괜찮은지 직접 확인하고 싶었거든.

"들어와." 엄마는 커피를 마시면서 창밖을 내다보고 있었어. "지각하겠다."

나는 문간에 서서, 엘링턴 아줌마의 침대에 앉아서 아줌마의 부어오른 배를 봤던 때를 떠올렸어. 엄마에게도 똑같은 이상한 냄새가 났어. 새 약병 두 개가 침대 옆 탁자 위에 놓여 있었지. 엄마는 피곤하고 푸석해 보였어. 내가 전날 보았던 병원 팔찌는 뺐더라. 손 윗부분은 심하게 멍든 것 같았어.

"괜찮아요?"

엄마는 창문에서 눈을 떼지 않았어.

"그래, 블라이스."

"욕실에 피가 있어요."

엄마는 나도 그 집에 산다는 것을 잊어버린 사람처럼 놀란 표정이었지.

"그건 신경 쓰지 마."

"아기한테 나온 거예요?"

엄마는 창문에서 눈을 들어 천장의 한 점을 찾았어. 나는 엄마가 침을 삼키는 것을 보았지.

"어째서 그런 말을 하니?"

"엘링턴 아줌마요. 아줌마한텐 해내지 못한 아기가 있었어요."

엄마는 마침내 나를 보았어. 그리고 나를 지나쳐 보았지. 엄마는 잇새로 바람을 내쉬며, 고개를 절레절레 흔들면서 다시 창문을 돌아보았어. "너는 무슨 말을 하는지도 모르면서."

나는 즉시 엄마에게 엘링턴 아줌마 얘기를 한 것을 후회했어. 그 말을 내 입으로 도로 집어넣을 수 있다면 얼마나 좋을까 생각했어. 나는 엄마가 나와 아줌마의 관계에 가까이 다가오는 것을 원치 않았어. 내 삶에서 유일하게 신성한 것이었으니까. 나는 방을 나와서 학교에 갔고 내가 집에 왔을 때는 모든 것이 정상으로 돌아간 것 같았어. 엄마는 부엌에 서서 스토브에서 저녁을 짓고 있었지. 아빠는 술을 따르고 있었어. 벽에 걸린 전화가 울렸고, 아빠는 수화기를 들었다가 탕 내려친 다음 그냥 대롱대롱 매달리게 놔두었어. 우리는 희미한 발신음을 들으면서 밥을 먹었어.

·

○

●

◉

◎

43

샘이 죽기 전날 우리는 동물원에 갔었지.

날씨는 계절답지 않게 따뜻했고, 일기 예보에서는 화창할 거라고 했어.

우리는 차에서 라피*의 음악을 들었어. 동물원, 동물원, 동물원, 너는 어때? 너는, 너는? 우리는 도시락을 싸고 멋진 카메라를 가져갔지만, 사진을 찍는 건 잊어버렸지.

바이올렛은 종일 당신의 팔을 잡아당기며 앞서서 달려가고 싶어 했어. 그 애는 언제나 앞서기를 원했지. 세계에 맞서는 당신들 둘. 나는 뒤에서 당신들에게서 눈을 떼지 못했어. 둘이 얼마나 닮았는지. 함께 있는 형태. 당신이 바이올렛이 서 있는 자리 쪽으로 살짝 몸을 기울인 모습. 그 애가 늘 손을 위로 뻗어 당신 팔꿈치 안쪽을 더듬는

---

* 이집트 출생의 캐나다 가수. 동요로 유명하다.

모습.

나는 북극곰 전시장 바깥에서 샘에게 젖을 먹이고, 당신은 자동 판매기에서 사과 주스를 뽑아서 바이올렛에게 줬어. 집에서 가져온 우리 주스는 이상한 맛이 난다고 바이올렛이 말했기 때문이지. 다람 쥐 한 마리가 우리 유아차 바닥에서 남은 쿠키 하나를 훔쳤어. 바이 올렛이 소리쳤지. 그 애는 내가 가져온 모자를 쓰지 않으려 했어. 샘 은 우유를 뱉었고, 나는 물티슈를 잊고 가져오지 않아 화장실에서 가져온 갈색 종이 타월로 아이를 닦아주었어. 나는 샘의 손바닥 위 에 동그라미를 그리고 손가락으로 그 애의 팔 위를 걸어갔다가 다시 턱을 간질여주었어. 샘의 웃음은 마치 외침 같았지. 기운 넘치고, 널 리 퍼지는 웃음. 그리고 나는 그 웃음을 위해 살아갔어. 작은 소년의 장갑 낀 손을 잡고 가까이에 있던 연상의 여자가 내게 말했어. "아기 가 참 귀엽네요. 정말 행복한 도련님이네!" 고마워요, 이 애는 내 거 예요, 내가 만들었어요. 1년 전에. 이 애는 내 몸의 일부나 다름없었 지만, 바로 몇 초 후 울음을 터뜨렸고, 나의 내부가 실제로 조여들었 어요. 마치 누가 내 흉곽 안에서 풍선을 터뜨린 것처럼.

"이거 볼 때까진 기다려!" 당신은 바이올렛에게 말했고, 우리는 어 둡고, 소리가 울리는 지하로 향하는 경사로를 걸어가서 유리문 앞에 섰지. 당신과 바이올렛은 수조 속 푸른 전등빛에 비쳐 그림자로 보였 어. 당신들 주위에 떠다니는 먼지 입자와 물고기 비늘은 민들레 홀 씨 같았어. 나는 뒤에서 샘을 안고 서서 마치 다른 사람의 가족을 보는 기분을 느꼈지. 당신들 둘 다 내 가족이라는 생각이 그 순간에 는 너무 터무니없게 느껴졌어. 함께 있는 두 사람은 무척 아름다웠 지. 북극곰은 앞발을 바이올렛의 얼굴 바로 앞 유리에 댔어. 바이올렛은 숨을 헉 삼키고 경이, 공포, 즐거움에 빠져서 당신의 허리를 안았지. 당신 아이의 삶에서 몇 번밖에 만나지 못했을 그런 반응, 그들이 이 세계의 새로운 존재임을, 그들이 언제 안전하고 안전하지 않은지 알 수 없다는 사실을 새롭게 깨우쳐주는 광경이었어.

우리는 기념품 상점에서 아이들에게 작은 사자 한 쌍을 사 주었고, 바이올렛은 집에 오는 길에 차창 밖으로 자기 것을 던져버렸어. 나는 화가 나서 고속도로를 되돌아보며 플라스틱 장난감이 누군가의 앞유리창에 맞지나 않았을까 걱정했어. 당신은 고함을 지르며 그런 짓은 위험하다고 애에게 말했지.

"난 엄마 사자가 싫어. 난 엄마가 싫으니까."

나는 당신을 넘겨다보았고 심호흡을 했다가 다른 쪽으로 몸을 돌렸어. 그냥 놔둬. 그때 샘이 울음을 터뜨렸고, 바이올렛은 샘이 차 시트에서 떨어뜨린 베니를 잡아서 던져주었어. 바이올렛은 샘에게 다정하게 쉿 하고 속삭였고, 당신은 그 애에게 말했지. "착하구나, 바이올렛."

아이의 코는 햇볕에 그을렸어. 나는 2월에 선크림을 발라야 한다는 생각을 미처 못 했지. 나는 오래된 튜브에서 알로에를 짜 손가락으로 바이올렛의 코에 발라주었어. 그 애의 주근깨를 세며, 그 애에게 손을 대도 되는 그 드문 순간에 그 애를 안아주고 싶었지. 바이올렛 이전에 누군가가 숫자를 세는 것을 한 번도 들어본 적 없는 사람처럼 나를 바라보았어. 나는 그 애가 나를 안아주지 않을까 궁금했고, 그 애가 내 몸에 닿으면 느껴질 기분에 대비하며 내 근육이 굳어지기까지 했어. 너무 오랜만이었으니까. 하지만 그 애는 고개를 돌렸지.

그 애는 침대에 들기 전에 내가 샘을 목욕시키는 모습을 바라보더니 바닥에 나와 함께 앉아서 샘의 배를 문질러주며 말했어. "샘 착한 아가지?" 바이올렛은 샘에게 베니를 건네주었고, 샘이 귀 한쪽을 씹는 동안 조용히 지켜보았어. 나는 바이올렛이 샘의 파자마를 입히도록 허락했어. 우리 둘 다에게는 일종의 인내심 훈련이었어. 바이올렛이 그런 걸 부탁하는 일은 별로 없었으니까. 바이올렛은 두 번째 바짓자락까지 올리고 나서는 말했어. "나는 이제 새미를 원하지 않아." 나는 바이올렛을 향해 혀를 차고, 샘의 배를 흔들었어. 샘은 바이올렛을 향해 웃으면서 통통한 다리를 찼지. 어쨌든 바이올렛은 샘에게 키스를 해주고, 변기의 뚜껑 위에 앉아서 내가 샘의 잇몸을 얼굴 수건으로 닦아주는 것을 보았어.

"샘이 다시 이앓이를 해." 나는 바이올렛에게 말했어. "우리가 알기도 전에 샘이 너보다 더 이가 많이 생기겠다. 네 이가 계속 빠질 테니까."

바이올렛은 어깨를 으쓱하더니, 당신을 찾으러 폴짝 뛰어가버렸어.

당신은 그날 밤 친절했지. 내게 다정하게 대했어. 우리는 잠자리에 들기 전에 함께 아이들의 방에 몰래 들어가 그들의 부드럽고 예쁜 머리들을 응시했어.

44

우리는 어떤 이유로 내가 계획한 것보다 더 일찍 집을 나섰어. 아무도 아침 식사 중에 옷을 버린다거나, 바이올렛이 내가 머리를 빗겨준다고 난리를 피운다거나 하지 않는, 드물게 원만한 날이었어. 그래서 나는 고함쳐서는 안 될 말을 고함칠 필요가 없었지. 서둘러! 엄마 인내심 바닥난다! 그날 아침은 분명히 평화로웠어.

주중에 우리 셋만 있는 일은 드물었지만, 바이올렛의 학교가 그날 쉬는 날이었어. 나는 공원으로 가는 길에 차를 사러 들르고 싶었지. 커피숍 주인인 조가 평소처럼 바이올렛과 이야기하는 동안, 나는 꿀을 내 차에 넣었어. 그는 내가 유아차를 들고 큰 계단 두 단을 내려갈 수 있게 도와준 후 손을 흔들었고, 우리는 신선한 겨울바람을 얼굴에 맞으며 길모퉁이로 걸어갔어.

우리는 거의 매일 건너는 교차로에 섰어. 나는 보도의 금 하나까지도 알고 있었지. 눈 감고도 북서쪽에 있는 빨간 벽돌 건물의 그래

피티 낙서 문구까지도 떠올릴 수 있었어.

우리는 신호가 바뀌기를 기다렸어. 유아차에 탄 샘은 버스를 구경하고 바이올렛과 나는 조용히 서 있었지. 내가 평소처럼 줄다리기를 할 각오를 하고 그 애의 손을 잡으려 손을 뻗었지만, 오늘은 말다툼할 이유가 없어 보였어.

"길 가까이에서는 조심해." 나는 한 손을 유아차에 얹은 채로 말했어. 샘은 바이올렛을 향해 팔을 뻗었어. 샘은 밖으로 나가고 싶어 했지. 나는 컵 홀더에서 차를 빼서 들고 입술로 갖다 댔어. 마시기에는 아직 너무 뜨거웠지만, 수증기에 얼굴이 따뜻해졌지. 기다리는 동안 바이올렛이 나를 올려다보았어. 나는 그 애가 질문을 할지도 모른다고 생각했지. 언제 건널 수 있어? 다시 가서 도넛 사 먹어도 돼? 그 애가 보는 앞에서 차를 후후 불었어. 그걸 홀더에 넣고 나서 나는 유아차를 탄 샘의 머리를 건드렸어. 내가 여기 있다, 뒤에 있다. 네가 나오고 싶어 하는 걸 알고 있다는 걸 알려주는 신호였지. 나는 바이올렛을 내려다보았어. 그런 다음 다시 컵을 입술로 가져갔지.

바이올렛의 분홍색 장갑이 주머니에서 나오더니 나를 향했어. 바이올렛은 양손으로 내 팔꿈치를 잡아당겼어. 너무 재빠르게, 너무 힘세게. 뜨거운 액체에 내 얼굴이 데도록. 나는 컵을 떨어뜨리고 내려다보며 숨을 헉 들이마셨어. 그런 다음 소리를 질렀지. "바이올렛! 네가 무슨 짓을 했는지 봐!"

그 말을 입 밖으로 내고 내가 양손으로 화상 입은 피부를 움켜잡았을 때, 샘의 유아차가 도로 위로 굴렀어.

나는 그 순간 바이올렛의 눈을 잊지 못할 거야. 거기서 시선을 뗄 수 없었어. 하지만 그 소리가 들리자마자 무슨 일이 일어났는지 알 았어.

유아차는 충격으로 일그러졌지.

샘은 안전벨트를 맨 채로 죽었어.

그 애가 나를 생각할 시간도, 내가 어디에 있는지 궁금해할 겨를 도 없었어.

나는 곧장 그날 아침 그 애에게 입힌 남색 줄무늬 멜빵바지를 떠 올렸어. 베니가 유아차 안에 있다는 것과 샘 없이 베니를 집으로 가 져가야 한다는 것도. 그런 다음, 어떻게 내가, 베니를 그 아수라장에 서, 그 유아차에서 꺼낼 수 있을까 생각했어. 샘은 그날 밤 잠들 때 베니가 필요할 테니까.

나는 주위의 혼돈 한가운데에서 아무것도 믿지 못하겠다는 듯, 보도에 서서 바라보기만 했어. 시멘트 바닥은 살짝 경사가 졌고, 보 도와 아스팔트가 만나는 자리에 홈이 있는데 어째서 샘을 멈추지 못했을까? 그 전날의 따뜻한 날씨에 얼음은 녹아 있었지. 보도는 말 라 있었어. 어째서 바퀴가 그 홈에 부딪쳤을 때 속도가 떨어지지 않 았을까? 보통 우리가 길을 건널 때면 연석을 넘으려고 힘껏 밀었어 야 했는데? 보통은 그걸 밀어서 넘겨야 하지 않았나?

나는 숨을 쉴 수가 없었어. 바이올렛을 보았어. 내가 유아차를 놓 쳤을 때, 바이올렛의 분홍 장갑이 그 유아차를 향해 손을 뻗는 것을 보았어. 유아차가 길에 부딪치기 전에 그 애의 장갑이 손잡이에 닿 은 걸 보았어. 나는 눈을 감았어. 분홍색 모직, 검은 가죽 손잡이. 그 생각이 들자 세차게 고개를 저었어.

그다음에 무슨 일이 있었는지, 병원에 어떻게 갔는지는 기억이 없어. 샘을 본 기억도, 만진 기억도 없어. 나는 벨트를 풀고 아이를 꺼내서 차가운 아스팔트 위에서 안아줄 수 있기를 바랐어. 그 아이에게 입을 맞추고 또 맞추고 싶었어.

하지만 나는 그냥 거기 서 있었던 것 같아. 그 연석 위에, 그 홈을 보면서.

그 SUV를 몬 사람은 뒷좌석에 아이 둘을 태운 엄마였어. 우리 또래였지. 그 여자는 초록불을 지나 직진했어. 그럴 권리가 있으니까. 이전에도 3천 번은 그렇게 했을 테니까. 반대편에서 오는 차 두 대는 유아차를 보고 브레이크를 세게 밟았지만, 그 엄마는 그럴 시간이 없었어. 브레이크조차 밟지 못했어. 나는 그 일이 벌어졌을 때 그 엄마의 마음속엔 무슨 생각이 차지하고 있었을까 늘 궁금했어. 아이들과 노래를 부르고 있었을까, 줄지어 쏟아내는 질문에 대답을 하고 있었을까. 어쩌면 백미러를 보며 자기 아이를 향해 미소를 짓고 있었을지도 모르지. 어쩌면 아이들이 지르는 비명을 들으며 그 차 안 말고 다른 데에 있었으면 하고 간절히 바라면서 공상에 빠져 있었을지도 몰라.

나는 더 아프기를 바라. 내가 그 사건이 마치 오늘 일어난 것처럼 느낄 수 있기를 바라. 가끔은 그 고통이 사라지는 순간이 있고, 그러면 나는 생각해. 하느님 맙소사, 나는 마음속이 죽어버렸어. 그 아이와 함께 죽었어. 나는 매일 매 순간을 그 애의 물건을 바라보면서, 그 고통이 다시 밀려오기를 바라면서 지내곤 했어. 충분히 아프지 않았기 때문에 나는 흐느꼈어. 그런 다음 며칠 후 고통이 다시 솟아오르면, 세계는 내가 혐오하는 방식으로 좀 더 생생해지겠지. 나는 옆집에서 나는 바나나 빵 냄새를 맡을 거고, 마비가 되어버릴 거야. 내가 냄새를 맡을 수 있다는 사실에, 내 침샘에서 침이 흐른다는 사실에, 벽 반대편의 누군가가 아이들을 위해 바나나 빵을 구워도 되는 아침을 맞고 있다는 사실에. 나는 계속 감각을 잃은 상태였어. 잔인하게도 고통이 부재하면 무감각이 오지. 나중에, 나는 그 무감각이 돌아오라고 기도하게 되겠지. 고통에서 만족감을 얻더라도, 그 속에서 살아남지 못하리라는 것을 알았으니까.

병원에서 우리를 만났을 때, 당신은 바이올렛을 가까이 끌어당겨 그 애의 머리를 가슴에 대고 안았어. 그러면서 나를 올려다봤지. 당신은 무어라 말하려 입을 벌렸지만, 아무 말도 나오지 않았어. 우리는 서로 빤히 바라보다가 울음을 터뜨렸어. 바이올렛은 몸을 비틀어 당신 팔에서 빠져나왔고, 당신은 나에게 왔어. 나는 땅으로 주저앉으며 당신의 다리 사이에 기댔지.

바이올렛은 우리를 조용히 지켜봤어. 그 애는 다가와서 한 손을 내 머리 위에 댔지.

"새미의 유아차가 엄마 손에서 빠져나가서 차에 치었어."

"나도 알아, 아가. 나도 알아." 당신이 말했지.

나는 두 사람 중 어느 쪽도 바라볼 수 없었어.

경찰이 돌아와서 당신과 이야기하고 싶다고 했어. 이미 내게 설명해준 모든 이야기를 설명해주겠다고. 운전자는 기소되지 않을 것이며, 우리는 아이의 시체를 어떻게 할지 결정을 내려야 한다고. 아이

206

의 장기도. 경찰들은 아이의 장기 중 셋은 다른 아이들에게 이식 가능하다고 했어. 아이들의 생명을 나보다 더 잘 지켜내는 엄마들을 위해서. 간호사 한 명이 와서 내가 진정할 수 있게 알약을 주었어.

나는 바이올렛을 데리고 복도에 있는 정수기로 갔어. 아이가 원뿔형 컵에 물을 가득 받는 동안, 나는 라텍스 장갑과 의료용품 포장지가 가득 버려진 쓰레기통에 게웠어. 당신이 복도 아래에서, 우리와 대기실 다른 부분을 갈라놓는 무거운 유리문 건너에서 우는 소리가 들렸어. 바이올렛은 나를 바라보더니 이 발에서 저 발로 무게중심을 바꿨어. 감히 내게 말을 걸지 않았지. 나는 그 애가 오줌이 마려워서 죽을 지경이라는 걸 알았지만, 그 애가 옷에 오줌을 지리기를 바랐어. 액체가 퍼져가며 청바지가 밝은색에서 짙은 색으로 변해가는 것을 보았지. 나는 아무 말 하지 않았고, 그 애도 마찬가지였어.

나는 드라이브스루 창구를 통해 주문하는 어조로 경찰에게 말했어. 딸이 내 팔을 잡아당겼어요. 나는 뜨거운 차에 데었어요. 내가 유아차를 놓아버렸어요. 그러자 딸이 그 유아차를 길 위로 밀었어요.

달리 하실 말씀은 없습니까?

아뇨, 그게 다예요.

나는 그 애를 거짓말로 보호할 여력이 없었어. 경찰은 내게 진술을 몇 번 더 반복해달라고 했어. 아마도 충격의 조짐, 비일관성을 찾으려는 거였겠지. 어쩌면 몇 개 찾았는지도 몰라. 모르겠어. 내가 간 다음에 그들이 당신에게 뭐라고 했는지 모르겠어. 하지만 다시 돌아오자, 경찰관은 쭈그리고 앉아 바이올렛의 작은 어깨에 한 손을 얹고 말했어. "사고는 일어날 수 있어. 알겠지, 바이올렛? 사고가 일어날 수 있고, 그건 누구의 잘못도 아니야. 엄마는 아무것도 잘못하지 않았어."

"저분 말을 들어, 블라이스. 당신은 아무것도 잘못하지 않았어."
당신은 이 말을 반복하며 나를 안았어.

"나는 쟤가 샘을 밀었다고 생각해." 당신이 나의 화상 입은 피부에
연고를 발라주는 동안 나는 조용히 말했어. 나는 아무것도 느낄 수
없었지. "나는 쟤가 샘을 길로 밀었다고 생각해. 경찰에게도 말했어."

"쉿." 내가 마치 아기라도 되는 것처럼. "그런 말은 하지 마. 알겠
지? 그런 말은 하지 마."

"저 애의 분홍 장갑이 유아차 손잡이에 닿은 걸 봤어."

"블라이스, 이러지 마. 사고였어. 끔찍한 사고."

"분명히 밀었을 거야. 그러지 않고서는 유아차가 홈을 넘어서 굴러
갈 수 없으니까."

당신은 경찰관을 보고 고개를 흔들면서 얼굴에 흐르는 눈물을 닦
았어. 당신은 헛기침을 했지. 경찰의 창백하고 갈라진 입술이 오므라
졌어. 남자 경찰은 일종의 인정의 신호처럼 당신에게 고개를 끄덕였
어. 정신 나간 엄마. 무력한 여자. 봐요, 내가 저 여자에게 연고를 발라줘
야 해요. 조용히 이 여자의 입을 막아야 해요.

바이올렛은 내가 한 말을 듣지 못한 척했어. 그 애는 누군가 내가
없을 때 화이트보드에 그려놓고 간 인간 장기의 도표 옆에 꽃을 그
렸지. 아마도 내 아들의 어떤 부분을 병원에서 원하는지 남편에게
알려주던 거였을 거야. 이 도표는 마치 오대호의 지도 같았지. 경
찰관은 우리끼리 있을 시간을 주겠다고 했어.

일단 경찰이 나가자 당신은 천천히 다시, 갈라진 목소리로 그 말
을 반복했어. "블라이스, 그건 사고였어. 그저 끔찍한 사고."

이 일에서 나는 이렇게나 혼자였어.

그 전주 공원으로 가는 길에 바로 그 모퉁이에서 바이올렛은 내게 질문을 했어. 벌써 그 대답을 알았던 질문을.

"차들은 불이 빨간색일 때만 멈춰?"

"알잖아. 너 이제 막 일곱 살이 되었잖니! 차들은 모두 빨간불일 때는 서는 거야. 그리고 노란불은 곧 빨간불로 바뀌니까 조심하란 뜻이야. 그래서 차들이 빨간불에 완전히 멈추기 전에 길을 건너면 위험한 거지." 그 애는 고개를 끄덕였지.

나는 바이올렛이 점점 주변의 세계에 호기심이 많아지는구나 생각했어. 아이에게 지도에 대해서 가르쳐야 할 때가 되지 않았을까 생각했고. 우리는 동네를 걸으면서 거리 이름과 방향을 찾아볼 수 있겠지. 함께하면 참 재미있을 것 같았어.

나는 응급 센터의 가족실에 앉아서 그 질문을 생각하고 또 생각했어.

당신은 바이올렛을 집으로 데려갔지만, 나는 떠날 수 없었어. 내 아들의 몸이 아직도 그 건물 안에 있었으니까.

시트 아래 있을까? 지하에 있을까? 쟁반같이 생겨서 벽 속의 오븐 선반 같은 데로 밀어넣는 것, 그 위에 누워 있을까? 내 아이가 오븐 선반 위에 있는데 몸이 차가울까? 나는 사람들이 어디에 그 아이를 두었는지 몰랐지만, 아이를 볼 수 있는 허락을 받지 못했어. 베니는 비닐 봉투에 담겨 내 무릎 위에 놓여 있었어. 하얀 꼬리엔 얼룩이 묻어 있었지.

45

나는 열하루 동안 먹은 것을 모두 토했어. 꿈속에서 울었고, 깨어나면 어둠 속에서 울었지. 한 번에 몇 시간 동안이나 경련을 일으켰어.

의사는 토요일 아침, 평복을 입고 왕진을 와주었지. 당신이 설계한 집의 주인이 호의를 베풀어준 거야. 의사는 내가 장염에 걸렸을 거라고 했어. 그저 비탄이 아니라고, 가끔은 면역 체계가 이런 일들을 감당해야 할 때 타협할 수도 있는 거라고 했어. 당신은 수긍하고, 의사가 돌아가는 길에 와인 한 병으로 감사를 표시했으며, 나는 당신 둘 다 꺼져버리라고 하고 싶지도 않았어.

당신 어머니가 와서 함께 머물렀지. 어머니는 내게 차와 휴지, 수면제, 얼굴을 닦을 찬 수건을 가져다주었어. 나는 어머니를 방에서 내보내려고 필요한 말을 했어. 전 괜찮아질 거예요, 약속해요. 그저 혼자 있을 시간이 필요한 것뿐이에요. 어머니는 최선을 다했지만, 어머니의 존재가 머릿속의 공간을 온통 차지해서, 내가 유일하게 생각하고 싶은 대상으로부터 자꾸 멀어질 수밖에 없었어. 내 아들. 분노 때문에 숨 쉬기가 힘들었어. 슬픔 때문에 눈을 뜨고 빛을 받아들이기 힘들었어. 나는 어둠 속에 속했고, 어둠이 응당 나의 몫이었지.

당신 어머니는 환경을 바꾸면 도움이 된다고 생각하고, 바이올렛을 며칠 동안 호텔로 데려가셨지. 나는 병원에서 돌아온 이후로는 바이올렛을 보지 않았어. 당신이 그 아이를 데리러 간 날 아침, 나는 당신이 책상 위에 놔두고 간 모형 공구 세트에서 칼을 꺼내 우리 침실 창문 아래 앉았어. 셔츠를 올리고, 갈비뼈부터 허리까지 피부 위에 옅은 선을 그었지. 나는 목에서 생소리가 날 때까지 샘을 찾아 외쳤어. 피가 송골송골 맺히며 점선을 이루었고, 마치 아이가 죽은 그 순간부터 나의 내면이 썩어갔던 양 부패한 맛이 났어. 나는 연신 피를 찍어 혀로 맛보았지. 피를 내 배 위와 가슴에 문질렀지만 더 원했어. 나는 누가 내 삶을 빼앗아 죽은 상태로 놔둔 것처럼 살해당한 기분을 느끼고 싶었어.

바이올렛의 목소리가 아래층에서 들렸을 때 나는 손이 떨리지 않도록 꽉 맞잡아야만 했어. 침실 문을 잠그고 샤워를 한 후 샘이 죽기 전주에 샀던 셔츠를 입었지. 진눈깨비가 섞인 빗속에 샘을 데리고 나가 샀던 옷, 이제 더는 입을 옷이 없는 느낌이었거든. 그런 일들이 문제처럼 느껴지던 때. 아이의 간식을 잊고 갔지. 긴 줄에 서 있느라 아이가 배가 고파 칭얼거리자 짜증스레 조용히 시켰고, 그러다 낮잠도 늦게 재웠어.

"마미는 위층에 있어." 당신이 말하는 소리가 들렸지. 당신이 나를 마미라고 부르는 적은 거의 없었고, 그 애도 마찬가지였어.

당신은 검은 운동복 바지와 빨간 플란넬 셔츠를 입고 있었지. 샘이 죽은 후 몇 주 동안 옷을 갈아입지 않은 것 같았어. 당신이 이전과 달라 보이는 점은 그뿐이었지만, 당신도 엄청나게 아파하고 있었다는 걸 알아. 나는 당신이 작업 공간과 우리 침실 사이, 바이올렛의 방과 부엌 사이를 걸어 다니는 소리에 귀를 기울였어. 당신은 결코 샘의 방에는 들어가지 않았지. 우리 집에 생긴 순환 고리. 바닥이 똑같이 삐걱거리고, 똑같은 소음이 났어. 변기 물 내리는 소리. 복도 창문이 열리는 소리. 냉장고 문이 닫히는 소리. 어쩌면 당신은 누군가 당신에게 삶이 다시 계속될 수 있다고 말해주기를 정중히 기다리고 있었겠지. 사랑하는 일터에 출근하도록 알람을 맞추고, 화요일에는 동네 즉석 농구 게임을 하러 가고, 이전처럼 바이올렛과 함께 큰 소리로 웃고. 어쩌면 당신은 삶에서 다시는 이런 기쁨을 찾을 수 있다는 기대를 하지 않았는지도 모르지.

당신이 내게 딱 네 번만 말을 걸었다는 것을 알아? 거의 2주 동안 네 번. 너무 고통이 심해 서로의 모습을 참을 수 없었으니까.

1. 당신은 장례식을 원하지 않는다고 했어. 그래서 우리는 장례식을 치르지 않았지.

2. 당신은 바이올렛의 보온병을 어디다 두었는지 알고 싶다고 했어.

3. 당신은 샘이 보고 싶다고 했어. 그런 뒤에는 샤워를 하고 나와 젖은 몸으로 내 옆 침대에 누웠고 거의 한 시간 동안 울었지. 나는 담요를 들췄어. 샘이 죽은 후 당신에게 보낸 유일한 초대의 몸짓이었고, 당신은 들어와 가까이 누웠어. 나는 당신의 머리를 내 가슴에 끌어안았고, 내 안에는 당신을 위한 공간이 없으리라는 것을 깨달았어. 그날은 없었지. 영원히 없을 수도 있었어. (당신이 자발적으로 그 말,

그 애가 보고 싶다고 한 건 이때가 마지막이었지. "물론 나도 그 애가 보고 싶지." 당신은 이후 몇 달이 지나 내가 용기를 그러모아 물어볼 때마다 이런 식으로 읊곤 했지만.)

4. 당신은 바이올렛이 돌아온 날 밤 바이올렛을 위해 저녁 식사를 차려줄 수 있느냐고 물었어. 외출해야 한다며, 5시에는 집을 나서야 한다고 했어. 나는 아니, 못 해, 라고 대답했고, 당신은 방을 나갔어.

나는 정상으로 돌아가려고 하는 당신을 미워했어. 나를 거기, 그 애와 단둘이, 샘의 집 벽 안에 놔두고 떠났기 때문에.

바이올렛은 올라오지 않았어. 나도 결코 내려가지 않았어.

다음 날 아침 깨어났을 때, 당신이 샘의 아기방에서 그 그림을 떼어 우리 침대 끝 가까운 자리 벽에 기대어놓았을 때, 나는 순간 무중력 상태에 빠져들었어. 내 뼛속에서 쿵쿵 뛰던 고통이 멈췄지. 나는 아이를 안은 그 엄마를 1년 동안이나 응시했었어. 샘을 어르고 젖 먹이고 트림 시키고 그 아이의 자그마한 귀에 자장가를 불러주는 동안에. 그 그림을 보았을 때 나는 살아가리라는 것을 깨달았어. 이유는 모르겠어. 나의 한 조각까지도 다 부수어버리는 이곳에서 기어나가리라는 것을 알았어. 그 때문에 나는 당신을 미워했어. 다시 정상으로 돌아간 기분을 느끼고 싶지 않았거든.

나는 속옷을 입은 채로, 그 어떤 때보다도 무거운 다리로 바이올렛의 방을 향해 걸어갔어. 바이올렛의 방문을 열었더니 거기 아이가 시트 아래에서 꼼지락거리고 있었어. 아이는 눈꺼풀을 퍼덕이더니 복도에서 들어오는 빛을 보고 가늘게 눈을 떴어.

"일어나."

나는 시리얼을 부어주고 부엌 안을 둘러보았어. 누군가 샘의 아기 의자, 젖병, 파란 실리콘 숟갈, 아이가 즐겨 빨아 먹었던 크래커를 다 치웠더라. 바이올렛의 발소리가 위층에서 콩콩 울리더니 우리 욕실, 당신이 면도하는 곳으로 들어갔지.

당신이 왜 그 그림을 거기 놓았는지 난 그 이유를 모르겠어. 우리는 그에 대해 말한 적이 없었지. 그 그림은 이제 우리 침실, 여기 나와 함께 이 빈집에 있어. 이제 그 그림의 세밀한 부분은 거의 인식하지 않아. 세면대 수도꼭지의 끝처러나 세탁실 문이 열리는 방향이 거꾸로였던 것처럼. 하지만 아주 가끔, 그 여자, 그 어머니가 나를 쳐다봐. 아침에 햇살이 그 여자 위로 떨어지면 그 여자가 입은 드레스의 색깔이 몇 시간 동안은 환해지지.

．
○
●
⊙
⊚

46

더는 집에 있을 수 없었던 어떤 날에는 지하철을 타고 한쪽 노선
의 끝에서 끝까지 가곤 했어. 지하철 차창 밖으로 흐르는 어둠이 좋
았어. 그 누구도 서로 이야기를 나누지 않는다는 것이 좋았어. 전차
의 움직임은 위로가 되었지.

나는 플랫폼 게시판에 박아놓은 포스터를 보았고, 휴대전화로 그
사진을 찍었어.

이틀 후, 그 주소를 따라 어떤 교회의 지하실로 갔어. 추워서 재킷
을 벗진 않았지만, 구석에 있는 바퀴 달린 행거에는 철사 옷걸이에
걸쳐진 코트들이 빽빽하게 걸려 있었지. 나는 나와 하얀 시멘트 벽
을 뚫고 들어오는 축축한 한기 사이를 막아줄 한 겹이 더 필요했어.
나와 그 사람들 사이를 막아줄 한 겹. 엄마들. 다 해서 열한 명이 있
었어. 생강 쿠키와 커피포트, 크림을 담은 바구니는 4월인데도 크리
스마스 냅킨으로 가장자리를 둘렀지. 내가 다니던 고등학교 강당에

서 조회할 때 펼쳐놓았던 유의 주황색 플라스틱 의자들이 있었어. 뭔가 저속한 말이 내가 앉은 좌석에 새겨져 있었지. 여기 우리가 모였어. 나와 엄마들.

모임의 주최자는 팔에 황금 팔찌를 낀 놀랄 정도로 마른 여자로, 우리에게 자기소개를 해달라고 했어. 지나는 쉰 살이고, 혼자서 세 아이를 키우는 엄마였는데, 큰아들이 두 달 전 나이트클럽에서 누군가를 살해했다고 했어. 총으로. 그는 재판을 기다리고 있지만, 유죄 인정 형량을 협상할 거라고 했지. 그 엄마는 말하면서 울음을 터뜨렸고, 피부가 너무 말라 있어서 눈물이 얼굴 위에 어둡고 확연한 강을 그렸어. 옆에 앉은 리사라는 여자는 서로 모르는 사이였지만 그 여자의 손을 토닥였지. 리사는 이 모임의 고참이었어. 리사의 딸은 여자 친구 살인 미수죄로 15년 징역형을 받았고, 아직 형기를 2년도 채우지 못했지. 리사는 딸이 태어났을 때부터 전업주부였다고 했어. 목소리는 부드러웠고, 매번 문장을 말할 때마다 마지막 단어 전에 잠깐 틈을 두었어. 눈 밑에는 자두색 주름이 그물 침대처럼 늘어져 있었지.

내가 다음 순서였어. 말하기 직전에 형광등 불빛이 깜빡거렸고, 나는 정전 덕에 모면하는 걸까 생각했어. 나는 그 사람들에게 이름이 모린이고, 절도죄로 감옥에 간 딸이 있다고 말했어. 내가 생각할 수 있는 가장 가벼운 죄였지. 절도는 그저 한 번의 나쁜 실수 같은 거잖아. 모두가 저지르지만, 그렇다고 모두 잡히지는 않는 죄. 내가 아직도 착하고 사랑할 수 있는 사람의 엄마가 될 수 있는 것처럼.

다른 사람들이 말한 모든 얘기들의 상세한 부분까지는 기억 못 하지만, 강간이 있었고, 마약 소지 건이 몇 건 있었으며, 누군가의 아들은 눈삽으로 자기 아내를 죽였다고도 했어. 그 여자는 그게 스털링 혹 살인 사건이라며, 우리 모두 응당 그걸 신문에서 읽어봤으리라는 듯 말했지만, 나는 금시초문이었어. 주최자는 우리에게 성(姓)이라든가 자세한 내용을 언급해선 안 된다고 다시 깨우쳐주었어. 우리는 익명을 지키기로 되어 있었지.

나는 뭔가 익숙하게 느껴지는 점이 있나 그들의 얼굴들을 하나하나 살폈어.

"내가 마치 범죄를 저지른 사람 같은 기분이 들어요." 엄마 중 한 사람이 말했어. "시설에 가면 교도관들이 나를 그런 식으로 대해요. 변호사들도 나를 그런 식으로 대해요. 모두가 내가 마치 잘못을 저지른 사람처럼 쳐다봐요. 하지만 나는 아무 짓도 안 했는데." 그 여자는 잠시 말을 멈추었다 이었어. "우리는 아무것도 잘못하지 않았어요."

"안 한 걸까요?" 잠시 생각한 후에 한 엄마가 입을 열었어. 어떤 사람들은 어깨를 으쓱했고, 어떤 사람들은 고개를 끄덕였으며, 어떤 사람들은 완벽히 미동도 없이 앉아 있었지. 주최자는 말없이 열까지 세는 것처럼 보였어. 사회 활동가 강습에서 배웠을지 모르는 전략이겠지. 그 여자는 잠시 뒤에 후 휴식 시간을 위한 쿠키가 있다고 알려줬어.

"다음 주에도 올 건가요?" 내가 작은 스티로폼 컵에 커피를 따르다 커피 방울이 손에 떨어지자 눈 아래 그물 침대를 단 리사가 냅킨을 건네주었어.

"아직 모르겠어요." 내 이마에는 구슬땀이 맺혔어. 나는 이런 여자들과 더는 같은 방에 있을 수 없었어. 나와 같은 엄마들을 만나고 싶었던 거야. 나의 아이처럼 사악한 짓을 저지른 아이들을 둔 엄마들. 그렇지만 지하실 벽은 마치 나를 향해 좁혀 들어오는 것처럼 느껴졌어. 나는 가방에 손을 넣어 아직 약을 타지 않은 처방전을 찾으려 했어. 대신에 샘의 부드러운 기저귀가 닿았어. 늘 가방 속에 하나씩 넣어 가지고 다녔거든.

"이건 제 두 번째 모임이에요. 다른 모임은 월요일에 열리지만, 보통 월요일 밤에는 일을 하기 때문에, 다른 사람이 저와 근무 시간을 바꿔주지 않으면 갈 수 없어요."

나는 고개를 끄덕이며, 뜨뜻미지근한 커피를 마셨어.

"당신 딸요, 운전해서 갈 수 있는 거리에 수감되어 있나요?"

"네." 나는 출구 안내판을 찾아 두리번거렸어.

"저도 그래요. 그럼 훨씬 일이 쉽지 않나요? 자주 가보세요?"

"미안해요. 화장실이?"

여자는 계단 쪽을 가리켰고, 나는 필사적으로 이 지하실을 떠나고 싶어서 감사 인사를 했어.

"우리는 그렇게 나쁘지 않아요." 여자가 말했지. 나는 문간에 멈춰 섰어. "스스로 알게 될 거예요. 화장실 갔다가 다시 돌아오기로 결심하면."

"늘 알고 있었어요?" 그 말들이 마치 내 턱에서 뽑아낸 치아처럼 느껴졌어.

"뭘요?"

"그 애에게 뭔가 이상이 있다는 걸 늘 알고 있었어요? 어렸을 때도?"

여자는 나를 향해 눈썹을 치켰지. 그 여자는 내가 그 사람들에게 거짓말을 했다는 것을 알았던 것 같아.

"내 딸은 실수를 했어요. 당신은 이전에 실수를 한 번도 해본 적이 없나요, 모린? 이제 그만해요, 우리는 모두 인간이에요."

47

도시는 숨 막혔지. 나는 떠나고 싶었어. 운전을 하고 싶었어. 22주가 흘렀지만, 나는 여전히 거리를 걷기가 힘들었어. 아직도 생각하기가 힘들었어. 당신과 함께 차를 타고, 잠깐이라도 이 도시를 뒤로하고 조금씩 천천히 떠나고 싶었어. 바다. 사막. 어디든. 나는 말했지, 어디든 그저 떠나자. 당신은 도시를 떠나려 하지 않았어. 옳은 행동같지 않다고 했어. 바이올렛이 없이는. 그리고 집의 익숙한 환경이 지금 당장 바이올렛이 가장 필요로 하는 것이라고 했어.

나는 샘이 죽은 이후로 바이올렛의 눈을 바라보지 않았어. 다시 종일 침대에만 누워 있는 증상이 재발했지. 침대에 누워 있지 않을 때는 부엌에 서서 싱크대에 담긴 접시들을 가만히 바라만 보면서도 차마 헹구지를 못했어. 아무것도 할 수 없었어.

샘을 떠올리게 하는 물건들이 어디에나 있었지. 하지만 대부분은 바이올렛의 안에 있었어. 앞니 둘 사이의 작은 틈. 아침에 바이올렛의 침대 시트에서 나던 냄새. 늘 입겠다고 우겼던 줄무늬 점퍼스커트. 샘이 죽었을 때 입고 있던 멜빵바지와 세트였지. 학교에 가는 길. 목욕물.

그 두 손.

나는 아무리 고통스러울지라도 바이올렛에게서 샘을 찾기를 갈망했어. 그리고 그 때문에 그 애가 미웠어.

아무도 샘에 대해서 이야기하지 않았지. 친구들도. 이웃들도. 당신의 부모님도, 당신의 여동생도. 그들은 우리에게 어떻게 지내느냐고 묻고, 동정심으로 아파하는 눈빛을 보였지만, 절대 그 애의 이름을 꺼내지는 않았어. 내가 그들에게 바라는 건 그뿐인데도.

"샘." 가끔 나는 집에 혼자 있을 때 이렇게 소리 내어 말하곤 했어. "샘."

2년 전 놀이터에서 죽은 남자아이의 엄마가 샘이 죽고 몇 달 후에 내게 이메일을 보냈어. 그 여자의 이름을 보자 내 심장이 줄달음질 쳤지.

당신도 나처럼 언젠가 극복할 길을 찾을 수 있기를 기도했어요. 나도 방법은 모르지만, 마침내는 슬픔 속에서도 평화의 감각을 찾아냈어요.

그 여자가 쓴 평화는 내게는 적용되지 않았어. 나는 그 여자의 이메일을 지워버렸지.

"어쩌면 당신은 떠나야 할지도 몰라. 당신만." 당신이 욕실 문간에 서서 말했지. 나는 귀까지 덮이도록 욕조 물 속으로 더 깊이 들어갔어.

그날 밤 나중에 나는 당신에게 무슨 뜻이었느냐고 물었어. 어디로 가? 가다니. 당신은 내가 사라지길 원했지.

221

"당신에게 도움을 줄 만한 곳들이 있을 거야. 슬픔을 견딜 수 있게. 상담 휴양원이라든가."

"재활원처럼?" 나는 얼굴을 찌푸렸어.

"요양센터 같은 거지. 시골에 있는 거 하나 찾았어. 고작 몇 시간 떨어진 거리야." 당신은 내게 사무실에서 가져온 두꺼운 종이에 출력한 인쇄물을 한 장 건넸지. "지금 당장 자리가 있다고 하더라고. 내가 전화해봤어."

"어째서 내가 가길 바라는 거야?"

당신은 침대 끝에 앉아서 두 손에 머리를 묻었어. 당신의 등뼈가 흔들리고 눈물이 마치 우리 부엌 수도꼭지에서처럼 천천히, 고르게 똑똑 떨어져 바지 위로 흘렀어. 고백이 당신 안에서 끓고 있었지. 당신의 속 깊은 곳에서 뽑아낸 무거운 것, 당신이 이제껏 소리 내어 말해본 적 없는 것. 하지 마. 나는 말없이 당신에게 빌었어. 제발 하지 마. 나는 알고 싶지 않아.

당신은 턱을 문지른 후, 샘의 아기방에서 가져와 벽에 기대놓은 그림을 빤히 바라보았어.

"갈게."

・

○

●

⊙

⊗

48

　사운드 배스*, 에너지 치유 소모임, 꿀벌 수업, 새로 꾸민 헛간의
나무 서까래에 매어놓은 비단 그물 침대가 있는 곳이었어. 내 방의
욕실 선반엔 에센셜 오일 병이 줄지어 놓여 있고 침대 옆 탁자 서랍
에는 자연 치유를 위한 휴대용 안내서가 들어 있었지. 치료는 아침
9시와 오후 3시였어. 개인 먼저, 모임이 두 번째였지. 내가 안내 데스
크에서 입실 수속을 하자, 그들이 내게 권리 포기 서류를 주었어. 나
는 이렇게 쓰인 항목에 체크했지. 나는 주당 요금에 포함된 치료 프로
그램을 자발적으로 거부하였음을 확인합니다. 나는 거기 있는 동안 우
리 딸의 이름을 소리 내어 말할 필요를 만들고 싶지 않았어. 딸에게
서 멀어지기 위해 떠났던 거니까. 그 애에 대해서, 당신에 대해서, 그
리고 내 어머니가 얼마나 글러먹은 사람이었는지에 대해서 말하는

* 다양한 소리의 파동 속에서 하는 명상.

데는 흥미가 없었어. 내겐 죽은 아이가 있었지. 나는 그저 혼자 있고
싶었어.

저녁 식사는 5시 정각에 식당에 차려졌어. 1인용 식탁은 다 차 있
어서, 나는 긴 농장 탁자의 벤치에 앉아서 바다처럼 쏟아지는 부유
한 사람들을 둘러보았지. 내 운동복은 그런 자리의 수준에 맞지 않
는 것 같았어. 후드 운동복의 지퍼를 턱까지 올리고 검정콩을 집으
려 할 때였어.

"신입이에요?" 숟가락을 놓칠 뻔했지만 간신히 잡고 왼쪽을 돌아
보았어. 그 여자의 목소리는 내 엄마의 목소리와 똑같이 들렸으니
까. 여자는 몸을 숙이고 내 그릇 안을 들여다보더니 내가 에너지장
에 걸맞은 음식을 먹는 것 같은 느낌이 들지 않는다고 했어. 그날 밤
이 끝날 무렵 모닥불 옆에 담요를 나눠 덮고 앉아 생강차를 마시면
서, 나는 그 여자의 이야기를 들었어. 아이리스는 내가 만난 사람 중
에 가장 강렬한 여자였지. 나는 그 여자를 금방 좋아하게 되었어.

아이리스는 매일 아침 같이 산책하자고 초대해주었고, 해가 뜰 때
들판을 건널 수 있도록 시간을 정확히 맞췄지. 아이리스는 손에 지
르콘 수정을 들고 내가 묵는 오두막 포치로 왔어. 자기는 그 수정 없
이는 하루를 시작할 수 없다고 우겼지. 우리는 손님 오두막과 본관
을 가르는 초원을 가로질러 걸어가서는 부지의 북쪽을 따라 흐르는
시내로 내려갔고, 거기서 다시 라벤더 들판 가장자리에 낸 산책로
를 따라 걸었어. 우리는 매번 한 시간 반 정도 걸었고, 나는 늘 아이
리스보다 한 발 뒤에서 따라갔어. 아이리스는 뒤에 있는 나를 돌아
보지도 않고 의식의 흐름대로 술술 말하면서도, 미리 연습이라도 한
양 몇몇 단어에 강조를 넣었지. 아이리스의 코는 길고 날카로웠어.

그보다 더 날카롭게 커트한 검은 머리카락은 활기차게 걸을 때에도 전혀 흔들리지 않았고, 내 머리카락처럼 축축한 공기 속에서도 절대 돌돌 말리는 법이 없었지.

아이리스는 자기 자신의 삶과 암, 의사로서 목격한 기적, 자신이 겪어야 했던 상실에 대해서 주로 이야기했어. 아이리스는 자기처럼 외과 의사인 사람과 결혼을 했는데, 그는 수술하던 중에 치명적인 심장마비를 일으켰어. 아이리스는 그 사고에 대해서, 이 모든 사건에서 최악의 부분은 남편이 수술을 끝마치지 못한 것인 듯 말했지. 그녀는 뭐가 됐든 그날 나와 공유하기로 한 이야기를 다 하고 나면—교본을 기록하듯이 늘 의도가 있는 것 같았지—걸음을 멈추고 종아리를 쭉 편 다음 남은 길은 나보고 앞서서 가라고 했어.

바로 이때 샘에 대한 질문을 시작했어. 내가 마치 아이리스의 수술대 전등 아래 놓이고 내 가슴을 메스로 갈라서 열린 기분이 들게 하는 질문들. 조각조각.

나는 아이리스를 처음 저녁 식사에서 만났을 때 샘에 대해 이야기를 했어. 아이리스가 꼭 집어 물었기 때문이지. "아이가 몇 명이고, 모두 아직 살아 있어요?"

나는 그녀의 질문에 차분하게 대답했어. 아이가 하나 있어요. 그런데 그 아이는 죽었어요. 아이리스는 별로 동정심을 표하지 않았지. 단조롭게 말할 뿐이었어. 내가 이제 세계에서 살아가는 새로운 방식을 찾아내야 할 필요가 있다고 말이야. 나는 아이리스를 미워했고, 동시에 사랑했어.

나는 매일 아침 5시에 침대에서 일어났어. 양치질을 한 뒤 내가 알지도 못했던 여자와 이야기하며 신선한 이슬이 깔린 풀숲으로 들어갔어. 아이리스에게 샘에 대한 이야기를 할 때는 다리가 아팠고, 땅으로 주저앉을 만큼 가슴이 무겁더라. 산책의 끝에 다다르면 나는 발이 젖고 레깅스가 축축해진 채로 내 오두막으로 돌아왔고, 김이 모락모락 나는 뜨거운 야외 샤워실로 들어가 그날 아침 한 모든 얘기를, 아이리스가 내게 물은 모든 질문을 깡그리 잊어버렸어. 그 애가 살아 있으면 지금 어떨 것 같아? 그 애에게서 가장 좋아했던 점은 뭐였어? 안으면 어떤 느낌이 들었어? 이 세상에 어떻게 태어났어? 그 애가 죽던 날 날씨는 어땠어? 나는 다른 남자와의 연애처럼, 아무도 알아서는 안 될 불륜의 정사처럼 그 모든 것을 싹싹 문질러 씻어냈어.

떠나기 전날, 당신이 나를 내려주고 2주 뒤, 관리인들은 나를 부지 안에 있는 얼음처럼 차가운 시내에서 찾아냈어. 나는 알몸에 정신이 나간 채로, 살아서 먹히는 짐승처럼 발버둥 쳤어.

그 애를 만지게 해줘요. 내가 그 애의 엄마예요. 나는 그 애가 필요해요. 그 애를 집으로 데려가야 해요.

몇 시간 동안 목소리가 나오지 않았지.

그 사람들이 나를 끌어냈을 땐 나는 일어설 수도 없었어. 상주 의료 요원이 왔다가 갔어. 내가 겨우 일어선 뒤 센터 로고가 엉덩이에 수놓아진 기념품 운동복 바지를 입는 광경을 보면서 사람들은 소곤거렸고 두 손을 쇄골에 갖다 댔어. 나는 어깨에 두른 담요를 떨어뜨려, 쪼그라든 젖가슴이 나를 둘러싼 작은 무리를 마주 보게 했어. 나는 수치가 존재할 수 있는 자리를 훨씬 넘어섰지.

아이리스가 내 오두막으로 차를 가져왔어. 아이리스가 문을 두드리면서 내가 얼마나 연약했는지 자기가 잘못 판단했다면서 삼나무 판 사이로 크게 외치며 사과해도 나는 문을 열어주지 않았어. 연약하다. 나는 문의 반대편에 그 단어를 손가락 끝으로 썼어.

비통함을 다루는 전문가인 치유사, 내가 자발적으로 거부했던 사람이 내 상태를 공식적으로 검사해보겠다는 요청을 했고, 여기 좀 더 길게 머무르는 것을 생각해보라고 말했어. 여자 치료사는 나 혼자 있으면 안전하지 않을 수도 있다고 했지. 당신에게 전화하겠다고 했어.

"아뇨, 됐어요." 나는 이렇게 말했고 그걸로 끝이었어. 더 말할 것이 없었지.

다음 날 아침, 여행 가방을 들고 오두막 포치에 앉아 당신을 기다렸어. 주차장 반대편의 나무를 바라보았지. 모두 질서 정연하게 서쪽으로 스쳐 갔어.

"그래서?" 당신은 고속도로에만 시선을 고정했지. 나는 한 손을 당신 손 위에, 기어 위에 놓았어. 당신은 5단에서 6단으로 바꾸었지. 나는 그다음에 무어라 말해야 하는지 알았어.

"그 애는 어때? 바이올렛은 어떻게 지내?"

49

"우리는 괜찮을 거야. 가. 재밌게 놀아." 나는 바닥에 앉아 오른쪽 위의 퍼즐 조각을 뒤집으며 억지로 바이올렛을 보았어. 바이올렛은 눈을 들지 않았지. 당신은 일이 있었어. 이전보다 일이 훨씬 잦아진 것 같고, 이제 집을 나설 때는 다른 사람 같았어. 옷을 갖춰 입고 청바지에 벨트를 했지. 당신은 멋있어 보였고, 나는 침실에서 그렇게 말해줬어.

"당신이 결혼한 옛날 그 남자야." 당신은 말했지.

나는 나 자신에 대해서는 똑같은 말을 할 수 없었고, 우리 둘 다 이 사실을 알았어. 우리의 눈은 문 뒤의 전신 거울 속에서 마주쳤어.

태양계 퍼즐은 천 조각이었고, 내가 떠나기 전에는 집에 없었던 것이었어. 내가 없는 동안 당신 부모님이 당신과 바이올렛 옆에 머물러 주었지. 당신의 어머니와 나는 샘이 죽은 이후로 별로 이야기를 많이 나누진 않았지만, 어머니는 몇 달 동안 이틀에 한 번씩 전화해서 간단하게 안부를 묻거나 와서 머무르겠다는 제안을 해주거나 내 생각을 하고 있다고 해주었어. 어머니는 노력하고 있었지만, 내 옆에 어떻게 있어줘야 할지 방법을 몰랐고, 나는 그 누구의 옆에도 있을 방법을 몰랐어. 내가 요양센터에서 집에 오기 전에 두 분은 떠났지만, 어머니가 구운 쿠키는 아직도 따뜻하게 식탁에 놓여 있었어. 내가 문으로 들어왔을 때는 베이비시터가 있었지. 샘이 죽은 이후로는 처음 보는 것이었어. 베이비시터의 눈은 퉁퉁 부어올라 빨갰어. 우리는 서로를 안아주었고, 나는 매번 내가 샘을 베이비시터의 팔에서 안아 들 때 그녀가 샘에게 남겼던 설탕 같은 냄새를 떠올렸어.

사흘. 내가 다시 집으로 들어온 뒤 바이올렛이 내게 말을 걸기까지는 그렇게 오래 걸렸어. 샘이 죽은 지 거의 일곱 달쯤 되던 때였나. 바이올렛은 해왕성부터 시작했고, 나는 목성을 찾았어. 마침내 우리는 태양 가까이 어디에선가 만났지.

"어째서 집을 나갔어?"

"병이 나아야 했거든."

나는 그 아이가 찾는 퍼즐 조각을 건넸어.

"여기 없는 동안에 네가 많이 보고 싶었단다." 나는 말했어.

바이올렛은 조각을 끼워 넣고 나를 올려다보았어. 사람들은 늘 내게 바이올렛이 나이보다 성숙해 보인다고 했지만, 나는 그때서야 보았어. 그 애의 눈 색깔이 내게는 더 진하게 보였지. 집 안 어디를 보아도, 모든 게 달라 보였어. 모든 게 변해 있었어. 내가 먼저 그 애에게서 시선을 돌렸어. 쓴맛이 내 혀 아래에 고였지. 아이는 내가 침을 삼키는 모습을 바라보았어. 그리고 또다시 삼키는 모습을. 나는 미안하다며 욕실에 들어갔어.

내가 돌아왔을 땐 퍼즐은 치우고 없었지. 그 애를 찾았더니 자기 침실에서 책을 읽고 있었어. 아이는 분명히 내가 변기에 대고 토하는 소리를 들었을 거야.

"내가 그거 읽어줬으면 좋겠니?"

바이올렛은 고개를 저었어.

"속이 약간 안 좋아. 저녁 먹은 것 때문에. 너는 괜찮아?"

그 애는 고개를 끄덕였어. 나는 침대 끝에 앉았어.

"무슨 얘기라도 하고 싶니?"

"엄마가 다시 나갔으면 좋겠어."

"네 방에서?"

"우리한테서. 나랑 아빠한테서."

"바이올렛."

바이올렛은 책장을 넘겼어.

나의 눈에 눈물이 고였어. 나는 그 애가 미웠어. 샘을 다시 찾고 싶은 마음이 너무도 간절했어.

50

엄마가 우리 곁을 떠난 뒤에도, 아빠는 계속 아무 일도 일어나지 않았다는 듯 행동했어. 보급 면에서는 어려운 일이 아니었지. 세월이 흐르면서 엄마가 우리 일상생활에서 담당하는 역할은 점점 작아졌고, 마치 결말 전에 꺼버릴 수 있는 영화를 보듯이 우리를 무심히 방관하며 바라보았을 뿐이니까.

변한 것이 하나 있다면, 아빠가 내 칫솔과 머리 솔을 욕실 맨 위 서랍으로 옮겨놓았다는 거야. 서랍은 몇 년 동안이나 화장품과 엄마의 에어로졸 깡통에서 새어 나온 끈적끈적한 두발 관리 제품 때문에 얼룩이 져 있었지. 내 물건을 더는 세면대 아래에 보관할 필요가 없다는 사실에 나는 새로운 책임이 생긴 것만 같은 기분이었어. 그 책임이 뭔지는 몰랐지만.

아빠는 금요일 밤에 친구들을 초대해서 포커 게임을 하게 됐어. 내가 엘링턴 아줌마의 집으로 가서 토머스와 함께 영화를 보고 팝

콘을 먹으며 놀고 있으면, 아줌마가 텔레비전을 끄고 나를 집에까지 데려다주었고, 집에 와서 나는 곧장 침대에 들어갔어. 하지만 어느 날 밤에 부엌 밖 어두운 복도에서 어슬렁거리다 듣고 말았어. 집에 서는 사향 향수 냄새와 맥주 냄새가 났지.

집 안에 남자들이 바글거리며 냄새를 풍기는 밤도 나는 그다지 싫어하진 않았어. 아빠가 진짜 사람처럼 보이는 유일한 때라고 할 수 있었으니까. 아빠는 근무가 끝난 뒤에 위스키 한 잔 정도 말고는 많이 마시지 않았지만, 다른 사람들은 많이 마셨지. 그들은 혀가 꼬여서 서로 욕했고, 그때 누가 탁자를 내려쳤어. 포커 칩이 폭포처럼 바닥으로 떨어지는 소리가 들렸지.

"이 새끼가 속임수를 쓰다니." 아빠는 내가 이전에 한 번도 들어본 적이 없는 말투로 말했어. 마치 이 세 단어 사이에서 숨 쉬는 게 힘든 것 같았지. 잠시 뒤에 누가 말했어. "네 마누라야말로 속임수를 썼잖아. 약해빠진 새끼. 마누라가 널 떠난 것도 당연하지."

복도에 서서 눈을 들어 보니, 아빠가 부엌으로 향하는 문간에서 분노로 몸을 떨면서 나를 응시하는 모습이 보였어. 다리가 마비되어 아빠의 발소리가 다가오는데도 움직일 수 없었어. 아빠는 나한테 방으로 가라고 고함쳤어. 누가 탁자 위에 병을 쾅 내려놓았지. 그가 말했어. "미안, 셉. 감당하기 어려워졌네. 저 친구 너무 많이 마셨어."

아침이 되자 아빠는 내게 그런 소리 듣게 해서 미안하다고 했고, 나는 어깨를 으쓱하며 말했어. "무슨 소리를 들어요?"

"블라이스, 사람들은 너에 대해서 사실이 아니지만 나쁜 것들을 생각할 수도 있어. 중요한 건, 네 자신을 믿는 거야."

나는 오렌지 주스를 마셨고, 아빠는 커피를 마셨어. 나는 생각했지. 아빠는 그 남자들보다 나은 사람이라고. 그러나 그날 밤 누가 했던 말이 내 귀에 울렸어. 약하다. 약해빠진 새끼. 나는 아빠가 자기를 지키지도 않았던 때, 엄마에게 시내에 가지 말고 집에 있으라고 말하지 못했던 때를 모두 떠올렸어. 아빠의 머리 옆에 걸려 있던 젖은 행주를 떠올렸어. 전화를 했던 남자, 변기 속에 있던 피투성이 살덩어리를 떠올렸어. 아빠가 절대 버리지 않는 약, 아빠가 언제나 치워야 하는 깨진 접시를 떠올렸어. 아빠가 조용히 소파로 물러나던 광경도. 나는 엄마가 아빠를 버렸다는 것이 싫었지만, 아빠가 정말로 엄마를 막으려고 한 적이 있는지는 의아했어.

·
○
●
⊙
◎

51

나는 샘이 죽기 전에 썼던 모든 글을 다 내던져버림으로써 다시 글쓰기를 시작했어. 나의 뇌는 마치 이전과는 다른 주파수에 있는 것처럼 변해버렸어. 그 전. 그 후. 내 문장은 처음에는 무뚝뚝해진 듯 했다가 나중에는 갑작스럽고 날카롭게 바뀌어서, 모든 문단이 누군가를 상처 입힐 수도 있을 것 같았지. 매 장마다 분노가 너무 컸지만, 그걸로 달리 어찌 해야 할지 알지 못했어. 나는 내가 알지 못하는 것들에 대해 썼어. 전쟁. 개척. 자동차 수리소. 끝마친 첫 번째 단편을 아이를 갖기 전에 내 작품을 실어준 적 있었던 문예지에 보냈어. 그들의 답변은 내 투고 편지만큼이나 무뚝뚝해서, 샘이 죽은 뒤 배 위에 피를 문질렀을 때 느꼈던 것과 똑같이 만족스러웠어. 꺼져. 어쨌든 당신들을 위해 이걸 쓴 건 아니니까. 그 무엇도 말이 되지 않았지만, 내가 보내야 하는 시간들을 채워줬지.

나는 걸어서 금방 갈 수 있는 커피숍에 다니기 시작했어. 음악을 틀지 않고 머그잔이 대접 같은 곳이었지. 거기서 자주 보는 남자가 있었어. 젊은 남자, 나보다 한 일고여덟 살 연하로 보였지. 남자는 노트북으로 작업하고 절대로 커피 리필을 하지 않았어. 우리는 둘 다 문에서 들어오는 바람을 피해 뒤편 가까이에 앉기를 좋아했지. 나는 남자가 재킷을 자기 의자에 거는 방식이 마음에 들었어. 후드의 두꺼운 안감이 등을 기댈 수 있는 편안한 자리를 만들어줬거든. 나도 같은 식으로 코트를 걸기 시작했어.

어느 날 남자가 그보다 나이 든 사람 둘을 함께 데리고 왔더라. 그중 한 명은 그처럼 매우 코가 컸고, 다른 사람은 그처럼 눈이 매우 까맸지. 남자는 그들에게 앉으라고 하고 카운터에서 커피 두 잔과 함께 나눌 크루아상 하나를 가져왔어. 마치 고급 식당에서 단골손님을 모시듯 두 사람 앞의 탁자에 각각 냅킨을 깔아주었지.

그는 첫 집을 샀다고 했어! 이 소식에 나도 전율을 느꼈어. 나는 그가 휴대전화 속 부동산 사진을 하나하나 설명하는 소리에 귀를 기울였어. 부엌 출입구는 여기예요. 여기는 손님용 화장실. 아, 여기는 아기방이 될 거예요. 그는 아기가 생길 것이었어! 나의 샘 같은 아기. 나는 그를 보고 웃어줄 수 있게, 그가 나를 바라보기를 바랐어. 내가 그의 미래에 신경을 쓴다는 것을 티 낼 수 있게, 내가 이 다정한 젊은이가 인생에서 그를 사랑해줄 누군가를 갖게 될지 아닐지 걱정했다는 사실을 알려줄 수 있게.

그들은 부동산세와 지붕 교체, 새집에서 직장까지 출퇴근 시간이 얼마나 될지에 대해 이야기했어. 그런 뒤에, 남자의 어머니는 아이가 이제 한 달 안에 태어나면 그 계획은 어떻게 되는지 아들에게 물었어.

"그 주에 내가 도시로 와서 너희가 필요한 건 뭐든 도울 수 있어. 설거지든, 빨래든. 나한테는 아무 문제가 아니란다, 시간이 있으니까. 우리 집의 남는 방에서 간이침대도 들고 갈 수 있어." 어머니의 목소리는 너무 희망에 차 있어서, 아들이 대답하기도 전에 나는 어머니에게 하기 가장 힘든 말이 나오리라는 것을 알았어. 남자는 사라의 어머니가 대신 와줄 거라고 설명했어. 그쪽이 사라에게 더 좋을 거라고. 어머니는 그다음에 오실 수 있다고 했지. 일단 자리를 잡으면, 일단 그들이 시간을 함께 보내고 난 다음에. 세 사람만. 그리고 사라의 어머니까지. 그는 언제 오실 수 있는지 어머니에게 알려드린다고 했어. 어쩌면 몇 주 뒤에, 혹은 그다음에. 상황이 어떻게 흘러가는지 봐야 하니까.

어머니의 머리가 천천히 앞으로, 그런 다음 뒤로 움직이더니, 어머니는 가까스로 말을 꺼냈어. "물론이지, 애야." 그런 다음 아주 눈 깜짝할 순간 자기 손을 아들의 손에 올려놓더니 금세 치워 도로 탁자 위 허벅지 밑으로 내려놓았지.

어머니의 마음은 평생 수백만 가지 방식으로 깨어지지.

나는 밖으로 나왔어. 더는 엿듣고 싶지 않았거든. 집까지 한참 걸었어.

52

차를 타고 집에 오는 길에 있었던 일이야. 어디 갔다 오는 길인지
는 생각이 나지 않네. 우리는 앞자리에 앉아서 몸을 돌리고 서로를
바라보았지. 웃음을 억누르고 시선을 마주치면서, 바이올렛이 뭔가
웃긴 말을 했을 때 나누곤 했던, 똑같은 반사 반응. 중요한 건 그뿐이
었어. 우리가 이처럼 친밀하게 서로 잘 안다는 사실. 우리가 함께 이
아이를 만들었으며, 그래서 여기 이 아이가 있다는 것. 우리에게서
배운 어른 같은 말을 혀짤배기 여덟 살짜리 목소리로 한다는 사실.
어떻게 내가 그렇게 완벽하게 전형적인 기쁨의 순간을 당신과 함께
찾을 수 있었을까? 바이올렛과 함께? 내가 그 교차로에서 일어난 일
을 재생하지 않고 지나가는 날은 단 하루도 없었어.

하지만 삶은 움직여 가, 내가 원하든 원치 않든. 당신에게서 시선을
돌리며 나는 깨달았어. 우리는, 우리 셋만, 샘 없이 차 안에 함께 앉아
마치 이전처럼 서로 바라보았지. 샘이 떠난 지 1년도 넘은 때였어.

나는 그 애가 절실히 보고 싶었어. 차 안에서 그 애의 이름을 말하고 싶었어. 당신들 둘 다 그 애 이름을 들을 수 있게. 그 애는 거기우리와 함께 있어야만 했어.

나는 발치에 놓아둔 가방으로 손을 내려 작은 화장지를 꺼냈어. 그러곤 당신 뒷자리에 앉은 바이올렛을 돌아보았지. 휴지 한 장을뽑아, 머리 위 너머로 뒷좌석을 향해 던졌어. 바이올렛은 화장지가나풀나풀 날리며 자기 무릎 위로 내려앉는 걸 바라보았어. 나는 또한 장 뽑았고, 다시 또 한 장, 한 장 더 뽑았지. 당신은 길에서 시선을돌려 나를 힐긋 보더니, 그다음에는 다시 한 번 나를 바라보다, 백미러로 바이올렛을 지켜봤어. 바이올렛의 눈이 당신의 눈과 마주쳤고,바이올렛은 화장지가 뒷좌석 위를 떠다니는 동안 조용히 차창 밖만내다보았어.

우리는 이 놀이를 샘이 울 때면 가끔씩 했었지. 샘의 길고 슬픈 울음소리가 점점 커지는 웃음소리로 바뀔 때까지 그 애 주위에 온통화장지를 던졌어. 샘은 화장지를 좋아했어. 어떨 때는 화장지를 한통 다 써버리기도 했고, 미친 듯이 깔깔거렸어. 부드러운 하얀 낙하산이 차 안에 쌓이고, 아이들이 꺅꺅대는 소리가 높아지고, 우리의지치고 안도한 얼굴은 딱히 앞에 특별한 상대 없이도 함박웃음을 지었지.

그날 오후 내가 샘을 위해 이렇게 하는 동안 두 사람 중 누구도아무 말도 하지 않았어. 나는 화장지가 다 떨어지자 당신에게서 몸을 돌려 빈 봉지를 계기판 위에 올려놓았지. 당신이 운전하면서 그걸 볼 수밖에 없도록. 창밖에는 들판이 있었던 것 같아. 나는 밖을내다보면서 그 들판을 뛰어가고 싶었어. 당신이 내 운동복의 후드를 붙잡을 때까지. 당신이 내 뒤를 따라오기나 한다면 말이지만.

그날 밤, 나는 당신에게 바이올렛이 누군가를 만나봐야 하지 않느냐고 물었어. 슬픔 극복을 도와줄 아동정신과 의사라든가. 바이올렛이 샘 이야기를 하는 걸 너무 꺼리는 것 같다고.

"바이올렛은 잘 대처하고 있는 것 같은데. 그 애가 치료씩이나 필요할지 모르겠어."

"그럼 우리는 어때? 함께. 부부 상담 치료도 있잖아." 우리도 샘에 대해서 이야기할 수 없었어. 당신은 심지어 차 안에서 내가 한 일에 대해서도 언급하지 않았어.

"우리도 잘 대처하고 있는 것 같아." 당신은 나의 이마에 입을 맞췄지. "하지만 당신은 가봐. 혼자. 당신은 다시 노력해봐야지."

나는 우리의 조용한 집 안을 별다른 목적 없이 걸어 다녔어.

당신은 작업 공간에 모형을 만들어놓았고, 당신 물건은 길게 뻗은 스탠드 아래 펼쳐져 있었어. 초강력 접착제와 공작용 매트, 날 교체형 칼 한 세트가 있었지. 작은 폼보드로 만든 벽이 한쪽 옆에 줄지어 있었어. 바이올렛은 당신이 작업 모형을 만드는 모습을 구경하길 좋아했지.

나는 날을 하나하나 들어서 깡통 안에 떨어뜨렸어. 그런 것들을 늘어놓으면 안 되잖아. 이전에도 당신에게 주의해달라고 부탁했었지. 나는 마지막 날을 들어서 손가락으로 쭉 훑어보고 그 날카로움에 움찔했어. 정말 쉽게 잘리더라. 정말 쉽게 자를 수 있더라. 나는 셔츠 아래의 흉터, 배의 피부 위로 돋은 선을 더듬어보았어. 그 피가 얼마나 기분이 좋았던지. 나는 눈을 감았어.

"뭐 하는 거야?" 당신 목소리에 나는 화들짝했지.

"당신 물건 정리 중이야. 이런 물건을 놔뒀다가 애가 보게 하면 안 되잖아."

"내가 할게. 침대로 가."

"당신도 올 거야?"

"잠시 뒤에." 당신은 등받이 없는 의자에 자리를 잡고 앉아 램프를 딸깍 켰어. 나는 당신의 어깨에 손을 댔다가 당신의 목덜미를 문질렀지. 당신 귀 뒤에 입을 맞췄어. 당신은 날 하나를 칼에 끼웠고, 금속 자를 집으려 손을 뻗었어. 당신은 일할 때면 늘 숨을 참았지. 나는 내 귀를 당신의 등에 대고 당신의 긴 숨소리를 들었어. "미안해, 여보. 오늘은 안 되겠어. 이걸 끝내야 해."

몇 시간 뒤, 그 소리에 나는 잠에서부터 끌려 나왔어. 하나하나, 천천히, 칼날이 깡통으로 떨어졌어. 쨍그랑, 쨍그랑, 쨍그랑. 짧은 고요. 다시 쨍그랑, 쨍그랑. 짧은 고요. 나는 눈을 뜨고 유리 천장 등에 반사되는 희미한 불빛으로 내가 방 안에 있다는 걸 떠올릴 수 있었어. 쨍그랑, 쨍그랑. 내 머리가 옆으로 뚝 떨어졌고, 양철통에 부딪치는 금속 칼날 소리는 빗방울이 얼어 유리창의 배수 파이프에 떨어지는 소리가 되었지. 바람이 거세졌어. 쨍그랑, 쨍그랑, 쨍그랑. 나는 눈을 감고 나의 아이를 품 안에 안은 꿈을 꾸었어. 그 애의 따뜻한 목, 내 입속에 넣은 그 애의 손가락 감촉, 그 애가 몸을 뒤칠 때마다 물이 새는 수도꼭지에서 떨어지는 물방울처럼 천천히 그 애를 타고 흐르던 피. 나는 피가 그 애의 신선한 피부에 부딪치고 지그재그로 흐르는 강처럼 졸졸 흘러서 작은 몸의 쇄골에 고이는 것을 보았어. 나는 그 애가 녹은 아이스크림콘이라도 되는 듯 핥았지. 그 애에겐 죽기 전 여름 내가 먹였던 따뜻한 사과 소스처럼 달콤한 맛이 났어.

당신은 그날 밤 침대로 오지 않았어. 아침에 나는 당신이 바이올렛의 침실 바닥에서, 거실 소파에서 가져온 이불을 덮고 자는 것을 발견했지.

"우박이 떨어져서 겁이 났나 봐." 당신은 아침 먹을 때 말했어. "애가 밤에 악몽을 꾸더라고."

당신은 바이올렛의 머리를 문질러준 뒤 오렌지 주스를 더 따라주었고, 나는 위층으로 올라가 다시 침대로 들어갔어.

53

"바깥은 너무 추워, 블라이스, 쟤 학교에 장갑 안 끼고 가는 거니?" 당신 어머니는 바이올렛이 몸을 숙이며 젖은 장화를 벗자 움찔 놀랐어. 어머니는 바이올렛과 함께 시간을 보내겠다며 며칠 동안 우리 집에서 지내고 있었고, 바이올렛을 학교로 데리러 갔었지. 바이올렛은 녹은 눈이 고인 웅덩이 속에 주저앉아 바지를 털었어.

"배낭 속에 들어 있지만, 끼려고 하지 않네요."

바이올렛은 꿈틀꿈틀 나를 지나쳐 부엌으로 갔어.

당신 어머니는 현관의 거울을 보며 가늘어지는 머리를 다시 부풀렸고, 나는 어머니가 꼼지락거리는 모습으로 봐서 뭔가 마음에 걸리는 점이 있다는 것을 알았어. 나는 벽에 기대어서 어머니가 말하기를 기다렸지.

"그게, 선생님 말로는 바이올렛이 무척 힘든 하루를 보냈다고 하더구나. 화가 난 것 같았다고. 교실 활동 중 어떤 것에도 참가하려 하지 않았대."

가슴이 조이는 느낌이었지. "폭스 생각으로는 아이가 지루해하는 것 같대요."

"내가 갔을 때 학교 마당 구석에 혼자 앉아 있더라. 아무하고도 놀지 않고." 어머니는 눈썹을 치키며, 바이올렛이 들을 수 없는 거리에 있는지 확인하기 위해 부엌을 바라보았어. "아직 2년도 되지 않았잖니. 너는 바이올렛도 그 애를 사랑했다는 걸 기억해야만 해. 우리 모두가 그랬듯이. 그 모든 일들이 있었어도."

그 모든 일들이 있었어도. 어머니의 말에 나는 놀랐어. 어머니는 우리 아들이 죽은 일을 입 밖에 꺼낸 적이 없었어. 나는 어머니가 내가 아는 것을 아는지 모르는지 몰랐어. 나는 늘 어머니에게 물어보고 싶었어. 어머니는 내게는 그나마 가장 동맹에 가까운 사람이었으니까.

"헬렌." 나는 나직이 말했어. "폭스가 샘이 죽던 날에 대해 말한 적이 있나요? 내가 그 사람에게 뭐라고 말했는지?"

어머니는 시선을 피하며 현관에 걸어놓은 코트 주름을 펴기 위해 몸을 돌렸어. "아니. 그리고 솔직히 말해서 내가 그 얘기를 할 수 있을지 모르겠네. 미안하구나. 네가 그 자리에 있었고 그 사고를 안고 산다는 건 잘 알아. 그렇지만 난 얘기 못 하겠어."

"어머니도 '그 모든 일들이 있었어도'라고 하셨잖아요, 제 생각은……."

"내 말은 그 애가 겉으로는 영향받지 않은 것처럼 보인다는 거였어." 어머니는 날카롭게 말했어. "네가 그 애를 위해 있어주지 못했어도 그 애가 집에서는 얼마나 잘 적응했니." 나는 부엌으로 눈길을 휙 보냈고, 어머니는 다시 목소리를 낮췄어. "비난하자고 한 말은 아니다, 블라이스. 약속할 수 있어. 나는 지옥을 거쳐 왔으니까."

나는 내가 일으킨 긴장감을 해소하고자 고개를 끄덕였어. 어머니가 너무 연약해 보였거든. 예순일곱 살이라는 나이보다도 훨씬 더 나이 들어 보였지. 그리고 그때 나는 손자를 잃은 것이 어머니에게도 큰 타격을 주었다는 것을 깨달았어. 물론 당신이 어머니에게 내가 믿는 바를 말했을 리가 없다. 바이올렛은 초콜릿칩 쿠키를 만들어달라고 어머니를 소리쳐 불렀고, 나는 어머니가 재료를 섞을 그릇을 찾아 찬장을 뒤지는 소리를 들었어. 당신 어머니는 그날 아침 모든 재료를 사러 눈 속에 가게까지 걸어갔다 왔지. 나는 손을 뻗어 어머니의 손을 꼭 쥐었어.

"너는 강한 사람이야." 어머니는 조용히 말했어. 그 말은 내게 아무런 의미가 없었어. 사실이 아니었으니까. 어머니는 나를 사랑했지만, 나를 전혀 몰랐어.

그날 밤 당신이 집에 왔을 때, 나는 어머니가 당신을 어두운 거실로 살짝 끌고 가는 것을 보았어. 두 사람은 낮은 목소리로 함께 이야기를 나누었지. 나는 당신이 두 손으로 어머니의 등을 토닥거리는 소리를 들었어. 나중에 당신은 어머니의 장미 향수 냄새를 강하게 풍겼고, 나는 밤새 그 포옹을 생각했어.

·

○

●

◉

◎

54

가끔 내 머리를 스쳐 가는 나와 바이올렛에 관한 이야기가 있어. 이런 거야.

바이올렛은 한 살이 될 때까지 내 모유를 먹어. 나는 그 애의 뜨거운 피부가 내 피부에 닿는 느낌으로 기운을 얻어. 나는 행복해. 감사하지. 나는 그 애 곁에 가까이 가야 할 때마다 울고 싶지 않아.

우리는 서로에게 여러 가지를 가르쳐. 인내. 사랑. 그 애와 함께하는 소박하고 즐거운 순간들로 나는 살아 있다고 느껴. 우리는 낮잠 시간 뒤에는 탑을 짓고, 매일 밤 같은 책을 읽어서 아이는 모든 책장의 책을 달달 외우게 되지. 아이는 내가 먼저 얼러줘야 잠들 수 있어. 나는 당신이 늦게 퇴근한다고, 늦게야 그 애를 내게서 데려간다고 당신을 싫어하게 되지 않아. 그 애가 밤에 깨어서 찾는 건 나야. 그 애는 내가 자기 방에 들어가면 아침 인사를 외치고, 우리는 당신이 일어나기 전 함께 한 시간 동안 조용히 보내. 그 애는 나를 필요로 하는 것처럼 당신을 필요로 하지 않아.

우리는 유치원까지 함께 걸어가고, 그 애는 문 뒤에서 내게 손을 흔들어. 나는 종일 마음 한편에서 그 애를 그리워해. 그 애는 어머니의 날에 선생님이 프린트해준 거지만, 자기가 지은 시를 적어 카드를 만들어 줘. 나는 그 카드를 펴 보고 훌쩍이지. 하루의 끝에 그 애를 데리러 가면서 두려움을 느끼지 않아.

바이올렛은 나를 보고 미소 지어. 내 다리를 껴안아. 나는 그 애에게 입 맞춰달라고 해.

바이올렛은 동생을 아기 인형처럼 좋아하지. 아기를 안아줄 땐 머리를 만지고. 내가 그 애에게 젖을 주는 모습을 보고, 옆에 붙어 앉아 몸의 온기를 나눠 갖길 원해. 나는 바이올렛 없이 샘과 나만 있었으면 하고 바라지 않아. 바이올렛은 샘이 없을 땐 그 애 얘기를 해. 바이올렛은 낯선 사람에게도 동생 이야기를 해. 가끔은 우리끼리만 공원에 갈 수 있느냐고 물어. 나하고만 있는 시간이 그리웠으니까. 우리는 그렇게 하고, 나란히 앉아 그네를 타며, 바닐라 아이스크림콘을 사 먹어. 우리가 집에 가면 샘은 당신과 안전하게 기다리고 있어. 나는 조용히 샘만이 나의 유일한 자식인 척하지 않아도 되지.

바이올렛은 내가 옷을 갈아입는 동안 내 침대에 앉아 있고 우리는 엄마와 딸이 할 법한 이야기를 해. 나는 상냥하고, 따뜻해. 아이는 호기심이 많지. 아이는 내 가까이에 있고 싶어 해. 눈은 부드럽고. 나는 바이올렛을 믿어. 나는 그 애의 곁에 있어줄 나 자신을 믿어. 나는 그 애가 점잖고 친절한 젊은 여성으로 자라나는 걸 지켜봐. 그 애는 내 것이라는 느낌이 드는 사람이 되지. 우리에게는 아들이 있고, 그 애에게는 남동생이 있어. 우리는 그 아이들 둘을 똑같이 사랑해. 우리는 매주 일요일 저녁에 같은 음식을 먹는 4인 가족이야. 금요일에는 무슨 텔레비전 프로그램을 볼까 다투고, 봄방학 때는 차를 타고 여행 가는 가족.

나는 우리가 대체 무엇이 될 수 있었을까 궁금해하면서 하루를 보내지 않아도 돼.

혹은 그 애가 샘 대신 죽었다면 어떤 삶이 되었을까 생각하지 않아도 돼.

나는 괴물이 아니야. 그 애도 아니지.

55

당신은 호텔 로비에 있는 상점으로 선크림을 더 사러 갔지. 우리
는 해변에서 휴가를 잘 보낸 적이 없었어. 너무 쉽게 타버리니까.
하지만 우리는 정상 가족처럼 되려고 했어. 당신 어머니가 휴가를
가라고 권해주셨지. 풍경을 바꾸면 좋을 거라고. 그래서 당신이 예
약했어. 바이올렛은 아홉 살 나이에도 모래밭에서 노는 것을 좋아
했어. 나는 줄무늬 양산 아래에서 소설을 읽으며 자주 아이를 확
인하려 플로피 해트의 챙을 올려봤어. 아이는 모래를 파서 운하 미
로를 만들고 물을 채웠어. 채 세 살도 안 됐을 빼빼 마른 남자아이
가 엄지손가락을 빨며 바이올렛과 밀려오는 바다 사이에서 돌아다
녔지.

바이올렛은 발꿈치를 들고 살금살금 걸어가 그 애의 발치에 웅크
렸고, 바람은 그 아이들의 목소리를 내게서 멀리 싣고 갔어. 남자아
이는 킥킥 웃고 있는 것만 같았어. 바이올렛은 얼굴에 재미있는 표

정을 지으며 넘어졌고, 남자아이는 태양을 향해 웃었어. 아이는 바이올렛을 따라다녔고, 바이올렛은 운하에 물을 채울 수 있도록 남자아이에게 양동이를 건네주었어.

아이의 엄마는 그날 이전에 수영장에서 보았을 때부터 감탄할 만큼 우아한 여자였어.

"딸이 참 인형 같네요. 아이를 저렇게 즐겁게 해주다니. 벌써 아이를 보나요?"

나는 바이올렛이 실제보다 나이 들어 보이는 편이라고 설명했어. 아이들 둘이 노는 동안 나는 그 엄마를 당신이 앉았던 빈 라운지 체어에 앉으라고 권했어. 우리는 아이들을 함께 바라보며 당신이 다른 엄마들과 할 법한 인사 같은 걸 나누었어. 남자아이는 고개를 들고 손을 흔들며 엄마를 불렀고, 자기가 받은 양동이를 보여주었어.

"봤어, 봤어! 정말 멋지구나, 제이키!" 그들은 거기서 일주일을 보내러 와 있다고 했어. 다른 아이 둘이 더 있는데, 그날은 아빠와 보트 타러 갔지만, 엄마와 제이크는 뱃멀미에 약했지. 바이올렛은 아이를 모래 속에 파묻기 시작했어. 다리부터. 그다음엔 몸통. 바이올렛은 모래를 토닥거려서 둔덕처럼 매끄럽게 만들었고, 남자아이는 될 수 있는 한 가만히 있었어.

"잠깐 봐주실 수 있으세요?" 여자는 전화기를 손에 들고 물었지.

일 때문에 전화를 해야 하는데, 해변엔 바람이 너무 세게 불었어. 여자는 뒤에 있는 나무 산책로로 뛰어갔고, 나는 그 여자의 하얀 카프탄 가운이 바람에 날려 긴 다리에 감기는 것을 보았지.

남자아이는 이제 턱까지 묻혔고, 그 애의 뜨겁고 둥근 머리는 모래 속에 떨어진 체리 같았지. 바이올렛은 물가로 가서 가장 큰 양동이에 물을 채워서 부들부들 떨리는 팔로 들고 천천히 아이에게로 걸어갔어. 어떻게 저렇게 무거운 양동이를 나를 수 있을까? 나는 의자에 일어나 앉았어. 바이올렛은 양동이를 남자아이의 머리 위로 들었고, 바이올렛의 가슴이 위로 솟았어. 그 애는 잠시 동작을 멈추고 고개를 들어 내가 바라보고 있나 살폈어. 나는 쳐다보고 있었고, 심장이 쿵쿵 뛰었어. 남자아이는 눈을 감고 있었지. 나는 비틀비틀 일어섰어. 바이올렛이 양동이를 받친 한 손의 위치를 바꾸자 물이 찰랑찰랑 넘쳤어. 바이올렛은 양동이를 뒤집을 작정이었어. 물은 1갤런*은 되었을 거고, 금방 아이의 기도를 막아버릴 것이었어. 바이올렛은 한 손으로 양동이를 쏟을 준비를 하고 아이를 빤히 바라보았어. 다리에 힘이 빠졌고 소리 지르려 했지만 아무 말도 나오지 않았어. 나는 가슴을 치고 목소리를 내려고 했어. 마침내 비명을 지를 수 있었어. 그 애의 이름이 간신히 들릴 정도로 나왔지. 그 새된 소리가 내 목 안의 불처럼 타올랐어.

"샘!"

"무슨 일이야?" 당신이 내 팔에 한 손을 얹자 나는 화들짝 놀라며 당신의 손을 쳐버렸어. 바이올렛은 양동이를 옆에 내려놓고 우리를 바라보고 있었지. 남자아이는 목을 쭉 뺐고, 아이의 몸을 두른 모래 깁스는 얼음처럼 금이 갔지.

"너 때문에 망쳤잖아!"

"미안해." 남자아이는 그렇게 말하곤 훌쩍이기 시작했어.

바이올렛은 무릎을 꿇고 앉아 아이가 일어나도록 도와주고 모래

* 약 4리터.

를 등과 고운 금발에서 털어주었어. "울지 마. 다시 하면 돼. 괜찮니?" 바이올렛은 한 팔로 남자아이의 다른 어깨를 감쌌고, 그 애는 고개를 끄덕였어. 바이올렛은 내가 아직도 자기를 지켜보는지 확인하고 싶은지 나를 슬쩍 넘겨다봤어.

"아무것도 아니야." 나는 마침내 당신에게 말하고, 수영복 엉덩이 부분을 고쳐 입었어. 심장이 너무 빨리 뛰어 가슴이 흔들렸지. 나는 바이올렛이 남자아이의 기운을 북돋는 모습을 지켜봤어. 어쩌면 내가 과잉반응을 보였는지도 모르지. 나는 다시 유아차를 미는 바이올렛의 분홍 장갑을 떠올렸고, 재빨리 그 장면을 내몰아버렸어. 당신은 내게 비닐봉지를 건넸고 평온해 보였어. 내가 그 애 이름을 부른 것을 듣지 못했던 거야. 아니면 적어도 그런 척했겠지.

우리는 두 시간 더 머물렀어. 나는 책을 다 읽었지. 당신은 아이들과 함께 연을 날렸어. 우리는 그날 밤, 그 남자아이의 가족과 저녁을 먹었어. 우아한 엄마와 시원한 시어서커 옷을 입은 아들 세 명과 함께.

나는 바이올렛이 아이용 꼬챙이 끝에 마시멜로를 꿰어 아이들에게 스모어* 만드는 법을 알려주는 모습을 보았어. 당신이 나를 보는 것이 느껴졌지. 나는 고개를 돌려 마주 보았고, 당신은 미소 지었어. 당신은 와인을 다 마셨지. 나는 일어서서 초콜릿 바를 하나 더 작은 정사각형으로 나누어 아이들에게 주었어. 그러곤 야외용 안락의자에 앉은 당신 옆으로 가서, 아이들에게서 자유로운 시간을 한참 누릴 때 그랬듯이 당신 무릎에 앉아 두 손을 당신 셔츠 위로 슬쩍 올

---

* 비스킷 사이에 초콜릿과 마시멜로를 넣어 만든 간식.

리며 손을 따뜻하게 데웠어. 당신은 내 입술에 키스했지. 나는 그 여자가 불꽃 건너에서 우리를 바라보는 모습을 보았어. 상황은 무척편해질 수도 있었어. 내가 그렇게 되도록 놔두기만 한다면.

56

쉽게 해줄 수 있는 대답 직전의 길고 짜증스러운 침묵. 늘 열어두었던 욕실 문을 닫기. 집에 올 때 두 잔의 커피 대신 한 잔만 가져오기. 레스토랑에서 상대방이 무엇을 주문할지 묻지 않기. 다른 사람이 일어나는 소리가 들릴 때 창 쪽으로 돌아눕기. 홀쩍 앞서서 걸어가기.

이런 자잘한 행동 실수들은 고의적이고 눈에 띄었어. 이런 행동들이 과거에 있었던 것들을 갉아먹었지. 이런 변화는 천천히 펼쳐졌고, 딱히 무슨 의미가 있는 것 같진 않았어. 기분에 딱 맞는 음악이 나오거나, 햇빛이 침실로 스르르 비쳐 들 때면, 거의 아무 의미도 없는 것만 같았어.

당신의 서른아홉 번째 생일날, 나는 부엌으로 가서 내가 먹을 아침을 만들었지. 당신은 그 전날 밤에 (사실 두 번이나) 달걀 요리를 먹으러 길 아래에 있는 작은 프랑스 식당에 가고 싶다고 했어.

하지만 나는 당신이 침대에서 깨어났을 때 내가 베이글을 굽는 냄새를 맡길 바랐어. 당신은 베이글을 싫어했지. 당신은 내가 아침을 먹으러 식당에 가지 않으리라는 것을 깨닫게 될 거야. 나는 당신에게 상처 주고 싶었어. 당신이 이렇게 생각하길 바랐지. 어쩌면 저 사람 이제 나를 사랑하지 않는지도 몰라. 나는 당신이 너무 실망해서 돌아누우며 다시 잠으로 빠져들고, 중요할 수도 있는 날 아침에 아내가 행복하게 해주고 싶은 마음이 드는 그런 남편이 아니라고 느끼게 해주고 싶었어.

당신은 내가 싫어하는 스웨터를 입고 20분 후 계단을 내려왔지. 모직 스웨터는 보풀이 일고 지저분했어. 나는 칼에 묻은 크림치즈를 씻고 있었지. 9시였고, 당신은 신문을 사러 나갔다 오겠다고 했어. 우리는《타임스》를 구독하고 있었고 나는 그 신문을 당신을 향해 식탁 위에 던졌어. 당신은《저널》을 읽고 싶다고 했어. 나는 당신이《저널》을 좋아한다고 생각하진 않았지. 당신은 한 시간 반 뒤에 집으로 돌아와서 아무 말 하지 않았어. 당신은 우리가 점심시간을 훌쩍 넘겨 먹다 남은 스파게티 그릇을 데울 때까지 아무것도 먹지 않았어. 그래, 당신은 나 없이 달걀 요리를 먹으러 갔던 거야. 우리는 그 이야기를 다시 꺼내지 않았고 나는 당신에게 한 짓을 한 번도 후회하지 않았어.

사흘 전 당신은 내가 그 전주 주말에 사서 부엌 식탁 위에 놓은 꽃의 이름을 물었어. 그 하얗고 푹신푹신한 것 말이야. 그 꽃은 달리아였지. 나는 당신에게 왜 알고 싶으냐고 물었고 당신은 그냥 궁금해서였다고, 마음에 든다고, 좀 더 자주 사 오라고 말했어. 이상한 일이었지. 이전에는 꽃에 대해서 신경을 쓰는 것처럼 보인 적이 없었거든. 당신은 내게 꽃의 이름을 물어본 적이 없었어.

그다음 주, 당신은 독서용 의자에 앉아서 한 손에 내 휴대전화를 들었어. 내가 그것을 탁자 위에 놓아두었지. 내가 그 전달에 찍은 당신 사진을 바라보고 있었어. 사진 속에 나는 없었고 바이올렛도 마찬가지였어. 그저 당신 사진이었어. 잘생긴 얼굴은 활짝 웃고 있고, 수염은 이틀 동안 깎지 않았으며, 한쪽 팔꿈치를 레스토랑의 식탁 위에 댄 모습. 그날 밤 침대 속에서 나는 생각했어. 어쩌면 이 사람, 자기가 다른 여자에게 어떻게 보일지 궁금했던 건지도 몰라. 어쩌면 자신을 매력적이라고 여길 여자에게 어떤 첫인상을 줄지 상상하고 있었는지도 몰라. 어쩌면 사진 속에서 자기 자신의 다른 모습을 찾으려고 했을지도 몰라.

하지만 자기 사진을 본다고 해서 불륜의 증거는 아니지. 꽃 이름을 묻는다고 해서 불륜의 증거는 아니야. 하지만 이런 일들이 사람의 마음을 괴롭혀서 더는 사랑을 받지 못한다고 느끼게 되는 거지. 이런 일들은 우리가 죽을 수도 있는 음울한 상황에 직면했을 때 어쩌면 살아남을 수도 있는 장소에서부터 떼어내어 다시는 돌아갈 수 없는 곳으로 데려가는 사건이야. 이런 일들은 한때 세상에서 가장 안전하게 느꼈던 곳에서 너무 무겁고 너무 아픈, 습관적인 학대가 되어버려.

그래서 나는 당신의 서른아홉 번째 생일에 함께 아침 식사를 하러 가지 않았던 거야.

57

당신은 자기가 마실 커피를 따르더니 내 앞으로 사직서를 밀었어. 나는 바이올렛을 막 데려다주고 오던 차라 당신이 집에 있으리라고는 예상하지 못했어.

"하지만 왜?"

당신은 뒤로 기대앉으며 다리를 꼬았지. 나는 그때서야 당신이 며칠 동안 면도하지 않았다는 것을 알아챘어. 어쩌면 사흘이나 나흘 정도. 내가 당신에게서 보지 못한 점이 너무나 많았어.

"좀 더 전향적 사고를 해보려고. 어쩌면 지속 가능성에 초점을 두어서. 거기선 더는 창조력을 발휘할 여력이 없어. 웨슬리가 모든 것에 손을 대거든."

나는 당신의 손가락이 천천히 나무 탁자를 두드리는 것을 보았어. 내 시선은 사직서와 당신의 서명으로 옮겨 갔어. 내용은 짧았지. 몇 문장이었어. 그 전날 날짜로 되어 있더라.

"이 얘기를 미리 했어야 하는 거 아닐까?" 나는 정말로 우리가 재정적으로 어떻게 생활하고 있는지, 우리가 얼마나 저축을 해놨는지 알지 못했어. 내 마음은 과거로 향하며 마지막으로 보았던 은행 내역서를 기억해내려고 애썼어. 공과금을 내는 사람은 당신이었어. 나는 우리가 얼마나 벌고 쓰는지를 확인하고 있지 않았어. 내 마음속에서 바보가 된 기분이 솟았어. "우리가 경제적으로 괜찮은 거야? 이건 큰 결정이잖아."

"우리는 괜찮아." 당신은 나를 이 일에서 제쳐놓으려 했어. 당신은 다시 탁자를 톡톡 쳤지. "나는 이 일로 당신을 귀찮게 하고 싶지 않았어."

"그러면 지금은 왜?"

"몇몇 기회가 줄지어 있거든."

당신은 앉은 채로 기지개를 켜더니 벌떡 일어났어. 안절부절못하는 것처럼 보였어. 어쩌면 안도한 건지도 모르지. 그때는 확실히 알아볼 수 없었어.

"나 달리기하고 올게."

"오늘 밖이 추워."

"하던 일 해. 내가 여기 없을 때 낮 동안 당신이 하던 일을 뭐든지 해." 당신은 늘 바이올렛에게 해주던 것처럼 내 머리카락을 헝클더니 부엌을 나가서 운동화를 찾았어. 이전에는 달리기하러 간 적이 없었는데.

뭔가 이상하다는 기분이 들었어. 머리가 띵했지. 나는 당신 어머니에게 전화를 걸고 싶은 충동을 느꼈어. 어머니는 전화를 받았을 때 개를 산책시키고 있었어.

나는 어머니에게 명절 얘기를 미리 하고 싶다고 했어. 부모님이 언제 오실지 계획을 훑어보고 싶다고. 두 분은 12월 22일 비행기표를 예매할 예정이고 우리는 그다음 날 당신 여동생과 함께 바이올렛을 스케이트장에 데리고 갈 것이었어. 나는 당신 아버지에게 어떤 선물이 좋겠느냐고 물었어. 우리는 누가 저녁 식사를 요리할 것인지 한참 이야기했어.

"이 일이 또 힘들 거라는 것 안다." 어머니는 말했어. "샘 없이 지내는 게."

"그 애가 보고 싶어요."

"나도 그렇단다."

"헬렌," 나는 여기서 그냥 작별 인사를 해야 하지 않을까 망설였어. "폭스가 오늘 아침에 말해줬는데 직장을 그만두겠대요. 어머니는 그 사람이 그만둘 생각을 하고 있는지 아셨나요?"

"아니, 그런 얘기 안 하던데." 어머니는 잠깐 말이 없었어. "돈이 문제라면 우리가 언제나 도와줄 수 있다는 것 알잖니. 나는 네가 그런 걱정 하지 않았으면 좋겠구나."

"그런 게 아니에요. 그게…… 저는 이제 제가 그 사람을 안다는 기분이 안 들어요. 그 사람이 너무…… 소원해졌어요." 나는 숨을 멈추고 혼자 눈을 굴렸지. 당신에 대해서 어머니와 이야기한다는 사실이 마음에 들지 않았지만, 어떤 확신을 필사적으로 찾고 있었어. "저는 뭔가 다른 일이 일어나고 있는 기분이 들어요."

"아, 나는 그런 것 같지 않던데. 얘, 그런 거 아니야." 어머니는 내가 무슨 말을 암시하는지 안다는 어조였어. "너희는 아직도 슬픔에 빠진 부모잖니, 블라이스. 지금은 두 사람 모두에게 힘든 시기지. 폭스도 네가 알아챈 것보다 더 고군분투하고 있을 수도 있어." 어머니는 내가 동의할 수 있을 만큼 간격을 두었으나, 나는 아무 말 하지 않았어. "그 애를 참을성 있게 대해주렴."

"제가 전화했다는 얘기 그 사람에겐 하지 마세요, 괜찮죠?" 나는 긴장을 누그러뜨리려고 관자놀이를 문질렀어.

"물론이지." 어머니는 다시 두 분이 언제 집으로 돌아갈지에 대한 화제로 바꿨고 나는 거실 창문으로 당신이 올까 지켜봤어.

당신의 노트북 컴퓨터가 켜져 있었고 나는 비밀번호를 알았지. 당신의 책상은 똑같았어. 공구들이 여기저기 흩어져 있고 전날 밤 우리가 방해한 그대로 작업 중인 프로젝트가 남아 있었지. 서서히 줄어든 느낌도 전혀 없었고, 그 무엇도 다르게 보이지 않았어. 나는 당신의 받은 편지함을 열어 목록을 쭉 스크롤해 보았어. 당신의 상사가 보낸 이메일은 찾기 어렵지 않았지. 이 사건의 성격을 고려해볼 때, 우리 둘 다 이것이 가장 최선의 결과라는 데 동의할 수 있어서 기쁘네. 이런 식으로 끝나게 되어 미안해. 어쩌면 우리 둘 다 상황을 처리하면서 좀 더 신중을 기할 수도 있었겠지. 우리가 합의한 고용 계약 해지 합의 사항에 대해선 신시아가 연락할 거야.

어떤 유의 사건이 있었어. 고용 해지 계약, 당신은 해고된 거야.

나는 그날 아침 당신의 비서가 보낸 이메일을 열었어. 당신이 아직 읽지 않았더라. 그저 이렇게만 써 있었지. 막 인사부 면담을 했어요. 전화해요.

나는 바이올렛의 방으로 가서 그 여자가 줬다는 유니콘 연필과 지우개를 집었어. 그렇게 하면 어떤 확증을 찾을 수 있는 것처럼 고무 냄새를 맡아보았어. 나는 그것을 다시 바이올렛의 책꽂이에 올려놓고 정리되지 않은 침대 위에 누웠어.

뛰는 가슴을 양손으로 부여잡았지. 늦은 밤까지 야근하고. 내가 당신에게 손을 대려 할 때마다 거절하고. 당신이 내게 거짓말을 할 때면 탁자를 톡톡 치던 습관. 나는 눈을 감고 베개에 묻은 바이올렛의 톡 쏘는 졸음 냄새를 맡았어.

"네가 싫어." 나는 속삭였어. 두 사람 모두. 나는 당신들 둘 다 싫었어. 나는 오직 샘만 원했어. 샘이 여기 있다면, 모든 게 괜찮았을 텐데. 나는 당신이 현관문을 여는 소리가 들릴 때까지 울었지. 당신의 신발이 타일 위에 떨어졌어. 당신의 발이 계단을 밟았지. 나는 가만히 누웠고 당신은 바이올렛의 침실을 지나쳐 샤워하기 위해 욕실로 들어갔어. 나는 당신의 노트북에 이메일을 그대로 열어두었지. 당신은 20분 뒤에 발견했겠지만, 내게는 아무 말도 하지 않았어.

·
○
●
◉
◎

58

다음 날 아침, 나는 아이를 데려다주고 집으로 돌아가기 전에 잠깐 밖에서 기다렸어. 당신이 나가기를 바랐지만 집에서는 여전히 강하게 당신의 냄새가 났어. 당신이 어딘가에 있는 거였지. 나는 당신을 부르지 않았어. 욕실 문을 닫고 샤워실 안으로 들어가 내 몸을 싹싹 문질렀어. 내 몸 구석구석을. 나는 물이 차가워질 때까지 샤워기 아래 서 있었어.

당신이 문 반대편에 있는 소리가 들렸어. 우리가 함께한 삶에서 매일 아침 거의 매일 들었던 소리. 당신의 서랍이 열리고 닫히는 소리. 새로 빤 속옷. 러닝셔츠. 그리고 벽장. 당신의 와이셔츠. 그날 누군가에게 좋은 인상을 주려고 하는 것이었겠지. 옷걸이의 금속 집게가 쩔그렁거리는 소리. 무거운 나무 옷걸이에서 양복을 빼내어 당신 팔에 끼우는 소리.

그런 다음 욕실 문이 열렸어. 나는 벌거벗고 있었지. 당신은 그날 아침 내 몸을 다르게 바라보았어. 당신의 아이를 품었기에 늘어진 피부. 그 아이들이 빨아 말라버린 젖가슴. 몇 년 동안 관리하지 않아 지저분하게 난 음모. 그 모든 것이 거기 있었어. 보기에 더 낫고, 더 젊으며, 더 확고한 무언가를 가진 남자의 눈앞에. 나는 그 여자의 피부는 부드럽고, 자주색 혈관이 보이지도 않고, 거친 털도 없으리라는 상상을 했어. 당신이 나를 바라보는 모습을 보았지. 나는 이 육체가 지금 당신에게 무슨 의미가 있을까 궁금했어. 그저 무언가를 담는 수단일 뿐인가? 당신을 여기까지, 아름다운 딸과 당신이 거의 알지도 못했던 아들의 아빠가 되는 지점까지 실어다 줬던 배?

당신은 내가 당신을 바라보는 모습을 보더니 시선을 돌려버렸어. 나의 벗은 몸을 너무 오래 쳐다보고 있었다는 것을 알았겠지. 당신은 내가 안다는 것을 알았어. 당신은 고리에 걸린 수건을 빼서 나에게 건넸어.

우리는 그날 아침에 서로 한마디도 하지 않았어. 당신은 밤 10시가 되어서야 돌아왔지. 당신이 집에 돌아오고, 섹스할 때 당신이 내 몸에 너무 세게 들어오는 바람에 나는 피를 흘렸어. 내가 당신에게 그렇게 해달라고 했지. 나는 그날 밤에 당신이 그 여자와 섹스하는 상상을 했어. 나는 이용당하는 기분을 느끼고 싶었어. 내 몸이 실제의 나 자신과 유리된 기분을 느낄 수 있는 방식으로. 나는 바다에 떠도는 바지선이 된 기분을 느끼고 싶었어. 녹슬고, 남에게 맡겨졌으며, 우그러진 배.

그날처럼, 삶에서 우리 모습을 변하게 하는 순간들이 명확히 드러난 날들이 있어. 나는 바람피운 남편을 둔 여자였나? 당신은 나를 배신한 남자였나? 우리는 이미 죽은 아들의 부모였어. 내가 사랑할 수 없는 딸의 부모이기도 했지. 우리는 갈라서는 부부가 되겠지. 떠나버린 남편. 그 어떤 일도 절대 극복하지 못한 아내.

1972

에타의 존재가 점점 사라지고 있다는 사실이 모든 이에게 명확해진 때가 왔다. 에타는 이제 요리도 하지 않았고 먹지도 않았다. 그녀는 그때쯤 대부분의 일을 하지 않았다. 집에서는 마치 오랫동안 세탁기에 넣어놓은 축축한 수건 같은 퀴퀴한 냄새가 났다. 에타는 어떤 날에는 2층을 돌아다녔지만 다른 날에는 자신의 침실을 떠나지 않았다.

세실리아에게도 마찬가지로 힘든 때였다. 세실리아는 이전 해에 딱 맞았던 옷이 헐렁해질 정도로 쇠약해져 가고 있었다. 세실리아는 식욕을 잃었고, 다른 열다섯 살짜리 여자애들이 아는 방법대로는 자기를 보살피지 못했다. 세실리아는 헨리에게 생리대를 살 돈을 달라고 부탁하고 싶지 않았기에 생리 일에는 양말을 속옷 속에 쑤셔 넣고 다니기 시작했다. 집에는 빨랫비누가 없었기에 세실리아는 그 양말들을 침대 밑에 쌓아두었다. 헨리가 그 양말들을 발견했을 때 세실리아는 굴욕감을 느꼈다. 헨리는 여동생에게 당분간 자기 집에 와달라고 부탁했다. 세실리아가 기억하는 한 헨리의 여동생은 해외에 살았는데, 헨리가 이전에는 여동생에 대해서 말한 적이 없었기 세실리아는 상황이 절박하다는 것을 짐작했다. 그들은 될 수 있는 대로 서로에게 거리를 유지했다. 헨리의 여동생은 상황이 미묘하다는 것을 이해했다. 여동생은 집을 청소하고 냉장고에 채울 식료품을 샀다.

어느 날, 세실리아는 헨리의 여동생이 세실리아를 기숙 학교에 보내야 한다고 하는 말을 엿들었다. 여동생은 세실리아가 자기 어머니와 함께 살면 더 이상 안전할 것 같지 않다고 했다. 헨리가 주먹을 내리쳐, 은 식기가 덜그럭거렸다.

"세실리아는 그 여자 딸이야, 맙소사. 에타는 세실리아와 함께 있어야 해."

"헨리, 에타는 그러고 싶어 하지 않아. 에타는 자기 딸을 사랑하지 않아."

세실리아는 모서리 너머로 슬쩍 엿보면서 헨리를 관찰했다. 헨리는 잠깐 동안 한 손으로 자기 얼굴을 감쌌다. 그러더니 고개를 흔들었다.

"네가 틀렸어. 사랑은 이 일과는 아무런 상관이 없어."

며칠 뒤 에타는 집 앞마당에 있는 떡갈나무에 헨리의 허리띠를 이용해서 목을 맸다. 월요일 아침이었고 해가 막 떠오른 시각이었다. 그들은 세실리아의 학교가 있는 그 거리에 살았다. 에타는 서른두 살이었다.

·

○

◉

⊙

⊗

59

나는 당신이 다른 여자와 섹스를 하는 상상을 하며 시간을 보내는 고통이 샘을 덜 그리워하게 된다는 의미일까 생각했어. 확실히 한 사람이 감당할 수 있는 슬픔의 양에는 한계가 있었지. 그래서 나는 좀 더 당신이 내게 한 짓에만 집중하면, 샘을 잃은 고통이 숨을 덜 막히게 하고, 진을 덜 빼게 될지도 모른다고 생각했어.

하지만 그런 일은 일어나지 않았어. 나는 당신의 배신에 그다지 마음 아파할 수 없었어. 샘에게 일어난 일이 나를 무디게 하고 세게 치고 가서, 나는 그 애를 잃은 상실감보다 더 깊게는 그 무엇도 느낄 수 없었어. 다른 여자를 원해? 좋아. 나를 더는 사랑하지 않아? 이해해.

샘이 죽은 뒤 우리와 이야기를 나누었던 병원 의사는 당신이 떠나기 전 이렇게 말했지. "함께 힘을 내세요. 많은 관계가 아이의 죽음을 견뎌내지 못해요. 이걸 깨닫고 결혼 생활 유지에 힘쓰세요."

"우리에게 그런 말을 하다니 대체 뭐야?" 당신은 나중에 그 여자의 충고에 대해 이렇게 말했어. "그러지 않아도 걱정거리가 넘치는데."

나는 의심을 했어도 여드레 동안은 당신에게 따지지 않았어. 우리는 바이올렛이 어떤 긴장감도 눈치채지 못하도록 조용히 삶을 이어갔어. 당신은 과하게 친절했지. 배려를 과하게 보였어. 나는 그 어떤 것도 원하지 않았는데. 나는 당신에게 낮에는 어디 가느냐고 묻지 않았어. 별로 신경 쓰이지 않았으니까. 그 여자를 만나러 가나, 새 직장을 구하러 가? 나는 몰랐지. 나는 크리스마스에 당신 부모님이 방문하기로 한 계획을 취소하라고 말했어. 그렇게 하면 우리 둘 모두에게 징벌이 될 것 같았지만.

"당신이 어머니한테 전화하지 그래?" 당신이 말했지. "나에 대한 새 소식을 어머니에게 전달하는 데 재미 들린 거 같던데."

내가 전화했다는 사실을 어머니가 말한 거야.

나는 당신이 계획을 취소하면서 어머니에게 어떤 변명을 댔는지는 몰라. 어머니의 전화를 받지 않았거든. 매번 무시할 때마다 마음은 아팠지만.

8일째 되던 날 밤, 나는 당신이 작업 공간에서 책상 정리를 하는 모습을 보았어. 프로젝트에서 모두 손을 떼면서 이제 당신의 의뢰인을 넘겨받은 사람들에게 인계한 거야. 전등의 긴 팔은 이제 다시 접어놓았지. 완충재를 넣어 이사 포장을 하려는 것 같았어. 어쩌면 실제로 그럴 수도 있겠지. 나는 칼날이 든 깡통을 찾아보았지만, 어디에서도 볼 수 없었어.

"물건들을 다 어디에 치웠어? 모형 공구들?" 나는 숨을 멈추고, 그 칼날이 어디 있는지 알아내고 싶어 하는 마음에 수치심을 느꼈어. 초조함이 가슴에 맺히며, 나를 위협했어. 당신은 종이 낱장이 든 상자를 정리하며 벽장을 가리켰어. 나는 문을 열고 어지러운 선반 위를 훑었어. 옛날 보드게임과 차곡차곡 쌓인 빈 사진 액자, 대학 때 쓰던 사전들. 깡통은 거기, 당신의 건축 책들과 자와 펜을 꽂아놓는 통 사이에 있었어. 나는 문을 닫고 당신에게로 돌아섰지. 당신의 어깨는 당신 아버지처럼 똑같이 굽고 있었어. 나는 그 여자도 당신 목덜미에 난 뻣뻣한 털을 쓰다듬기를 좋아할까, 내가 자주 해줬던 것처럼 어느 날 당신을 위해 면도를 해줄까 궁금했어.

"어떤 여자야?"

당신은 고개를 들었어. 당신이 작업할 때면 늘 벽에 춤추던 램프의 그림자가 사라지니까 방이 참 달라 보였지. 당신은 너무 조용했어. 나는 다시 숨을 죽이고 당신이 다음에 뭐라고 할지 기다렸어. 하지만 당신은 아무 말 하지 않았지. 나는 다시 물었어. "어떤 여자야, 폭스?"

그런 다음 나는 그 자리를 떴지. 침대로 갔어. 아침에 당신이 떠나지 않을까 생각했지만, 몇 시간 후, 어쩌면 그저 한 시간 후, 당신이 누워 자는 쪽의 매트리스가 움직였어.

"이제 그 여자는 다시 안 만나."

당신은 울고 있었어. 먹먹한 콧소리가 들렸지. 내 안에는 아무것도 없었어. 안도감도 없었어. 분노도 없었지. 나는 그냥 피곤했어.

아침에 나는 바이올렛이 일어나기 전 침대에 누운 당신에게 커피를 가져다주었어. 당신이 커피를 마시는 동안 나는 그 옆에 앉았어.

"샘이 죽었을 때 우리는 충분히 많은 것을 잃었어." 나는 말했지.

당신은 이마를 문질렀어. "당신은 슬픔을 제대로 대하지 못했어. 한 번도 직면하지 않았어."

나는 당신이 말하기를 기다렸어.

"샘은 우리 결혼이 깨어진 이유가 아니야. 그 애는 이것과 아무 상관 없어."

침실 문이 열리면서 바이올렛이 들어와 우리를 빤히 바라보았어. 당신은 나를 천천히 보았고, 졸린 눈이 이제 그 애의 눈만큼 커졌지. 그러다 다시 우리 딸을 보았어.

"안녕, 우리 딸." 당신이 말했어.

"아침은?" 바이올렛이 물었지. 당신은 그 애 뒤를 따라 방을 나갔어.

60

그것을 거기 놔두다니 너무 멍청했지. 침대 밑에 두다니. 나는 한낮에 당신이 집에 오는 소리를 듣고 그걸 거기다 던져두었어. 당신은 어쨌든 내가 늘어놓는 책들은 신경도 쓰지 않으니까. 솔직히 말하자면 그 애는 생각도 하지 못했어. 나는 그 애의 세계에는 존재하지 않는 거나 마찬가지이고, 그 애도 우리가 지키는 일상의 작업 규칙을 넘어서는 내 세계에는 존재하지 않는 거나 마찬가지이니까.

내가 어째서 그것을 샀는지는 모르겠어. 도움이 되지 않는다는 건 알았지만, 그 일을 실감하려면 그런 거라도 해볼 수 있을 것 같았으니까. 필사적으로 궁금해하는 것 말고 다른 감정을 느껴보려고. 당신에게 불륜에 대해 따진 지 두 달이 지났던 때였지. 내가 생각할 수 있는 건 그뿐이었어. 그 여자는 누굴까? 어떤 여자일까? 당신은 그 여자에 대해서는 한마디도 하지 않으려 했어. 내가 아는 건 그 여자가 당신의 비서였다는 것뿐. 당신이 우리 딸을 데리고 점심을 먹으러 같이 갔던 여자.

매번 내가 더 얘기해보라고 부탁할 때마다 당신은 고개를 저으면서 이렇게만 말했을 뿐이었어. 조용하게. "그러지 마."

나는 그 애의 가방에서 그 책을 찾았어. 《불륜에서 살아남기: 결혼 생활에서 배신을 극복하는 법》. 바이올렛이 부엌 아일랜드 식탁에서 방과 후 간식으로 요거트를 먹고 있다가 내가 그 책을 두 손에 들고 바라보고 있으려니 고개를 들더라. 나는 그 애에게 할 말을 알지 못했어. 아이는 열 살이었지. 아이가 불륜이 뭔지 알 수 있었을까? 나는 학교에는 바이올렛이 서슴없이 물어볼 만한 더 나이 많은 애들이 있겠거니 생각했어.

"어째서 이런 걸 가지고 있어?" 나는 초조하게 물었지. 바이올렛은 알지 않느냐는 듯 눈썹을 치키더니 다시 자기 그릇을 휘저었어.

"대답해봐."

"어째서 엄마는 그걸 갖고 있는데?"

나는 그 자리를 떴어.

한 시간 뒤, 나는 바이올렛의 방문을 두드리고 얘기할 수 있겠느냐고 물었어. 바이올렛은 책상 의자를 천천히 돌리더니 나를 멍하니 바라봤어. 나는 책을 내밀면서 분명히 해두고 싶은 말이 있다고 했어. 이 책은 내가 쓰는 새 글을 위해 조사용으로 산 거라고. 우리는 이 성인의 단어 '불륜'에 대해서 이야기해야 할 거라고 했지. 바이올렛이 그게 무슨 뜻이라고 생각하는지에 대해. 엄마랑 아빠 사이의 뭔가가 잘못되어서 내가 이 책을 갖고 있는 게 아니라고. 우리는 서로 아주 사랑한다고.

"알았어." 바이올렛은 말했어. 그러더니 다시 문제집을 향해 고개를 숙이더라.

나는 바이올렛이 그 여자가 누구인지 안다는 걸 알았어. 아마 당신이 바이올렛을 데리고 사무실로 간 그날만 만났던 게 아닌 거겠지. 나는 두 사람이 무슨 비밀을 지키고 있는지 몰랐어. 그 애가 결코 그 여자가 준 유니콘 연필이나 지우개를 쓰지 않는다는 사실이 내게는 무척이나 이상했지만. 그 애는 그 물건들을 침실 책꽂이에 놔두었어. 마치 트로피를 전시하듯이. 내가 눈치챈 것보다 그 애에게는 더 큰 의미가 있는 상품이었을 거야.

나는 그 책을 집 바깥에 있는 쓰레기통에 버렸어. 내가 그 애에게 방금 말한 거짓말을 뒷받침하기 위해 해줄 만한 다른 거짓말은 뭐가 있을까 생각했어. 나는 도로 들어가서 엄마라면 응당 가져야만 할 위엄 있는 태도로 그 애 생각이 틀렸다는 확신을 주고 싶었어. 그 애가 나를 바람피우는 남편에게 속는 여자라고 생각하게 놔두고 싶지 않았어. 당신과 바이올렛이 나누는 관계에 내가 10년이나 분개심을 품어왔다고 해도, 나는 그 애가 당신이 그런 짓을 할 만한 남자라고 믿게 두고 싶지 않았어.

내가 내 가족에게 실오라기 하나로 매달려 있다는 걸, 나도 알았어. 하지만 그렇게 해야만 했어. 내게는 달리 남은 게 없었으니까.

그날 밤 당신이 집에 오자, 나는 그 애가 보고 있을지도 모른다 생각하며 당신을 애정을 담아 만지고, 이름 대신 '여보'라고 불렀지. 당신이 하키 경기를 보는 동안 나는 소파 옆자리로 슬쩍 끼어들어 앉았어. 한 손을 당신 무릎에 얹고 턱을 당신 어깨에 기댔지. 나는 바이올렛을 소리 높여 불러 거실로 오라고 해서 학교 피자 점심 값을 냈는지 물었어. 바이올렛은 나를 쏘아보며 제 아빠의 허벅지에 놓인 내 손을 내려다보더니 고개를 살짝 움직였어. 그저 날카롭게 앞뒤로 한 번. 내가 지금 뭘 하려는 건지 자기가 안다는 걸 알려줄 정도로 만. 그 애는 내가 나 자신을 싫어하게 만드는 놀라운 능력을 가졌지.

한 달 뒤, 불륜을 알게 되고 세 달 뒤, 나는 어느 일요일 아침에 잠에서 깨어나 깨달았어. 우리는 끝났어. 우리는 이제 이 일을 단순히 지나쳐 가는 척하는 걸 그만둬야만 해. 무슨 강둑에 있는 불쾌한 일을 스쳐 가는 것처럼 할 수는 없었어. 그날 오후 베이비시터가 바이올렛을 데려간 후, 우리는 거리 아래 술집으로 갔어.

"당신 아직도 그 여자 만나는 거지? 아니야?"

당신은 창밖을 내다보면서 짜증스럽게 웨이터를 손짓으로 불렀어. 나는 다시 당신에게 제발 내게 그 여자에 대해 말해달라고 부탁했어. 어째서 그 여자를 사랑하는지 말해달라고. 당신은 내 눈을 피하지 않았어. 당신은 내게 얼마만큼 말해야 하는지, 무슨 비밀까지 털어놓아야 할지 고심하면서 혼자 속으로 따져보는 것 같았어. 긴박감이 내 안에서 솟아오르며 나는 더는 당신 건너편에 앉아 있을 수가 없었어. 우리는 이 일을 끝내야만 했어. 나는 당신을 끝내고 싶었어.

나는 코트 앞섶을 꽉 부여잡고서 씩씩하게 집까지 걸어갔어. 지하실에서 여행 가방을 꺼냈지. 그리고 당신 옷을 깨끗이 개어 가방 안에 넣고 지퍼로 닫았어. 그런 다음 이삿짐센터에 전화를 걸어 커다란 이삿짐 상자 네 개와 작은 이사 트럭을 다음 날로 예약했어. 나는 당신 책상 서랍에서 포스트잇을 찾았고, 집을 걸어 다니면서 우리가 함께 썼지만 당신이 가져갔으면 하는 물건마다 붙였어. 부엌에서 쓰는 바퀴 달린 작은 조리대, 레코드플레이어, 당신 부모님이 주신 접시 세트, 내가 아무리 신발 좀 벗으라고 해도 당신이 절대 벗지 않아서 자국이 생긴 앞 복도의 깔개, 몇 년 동안 앉아 당신 엉덩이 모양으로 파인 거실 소파, 녹색 유리 꽃병, 붉은 고기의 핏자국이 물든 도마, 당신이 식탁에 맞춰 주문했지만 모두의 등만 아프게 했던 의자들, 당신 작업 공간에 있는 가구, 집 안에 있는 대부분의 미술품. 그리고 나는 당신 작업 공간으로 가서 칼날이 든 깡통을 찾아냈어. 나는 가장 긴 걸 꺼내어 실크 스카프에 싼 뒤 내 서랍장 가장 맨 밑 서랍에 넣었어.

"오늘 밤은 어디서 자든 상관 안 해. 그냥 내일 와서 모든 짐을 싸가." 나는 당신에게 작별 인사로 키스까지 했어. 습관, 결혼한 여자의 반사 동작. 계단을 올라갈 때, 나는 샘의 물건을 생각했어. 샘의 물건 중 우리가 보관했던 모든 건 지하실 상자 안에 있었어. 어쩌면 거기서 당신이 뭔가 원할지도 몰랐지. 담요, 장난감. 어쩌면 당신에게 물어봤어야 했는지 몰라. 어쩌면 거의 3년이나 지난 뒤에도 아직까지 머물러 있는 희미한 그 애 냄새에 당신 몫이 있었을지도 모르지. 나는 욕조에 물을 틀고 옷을 벗었어. 물소리에 당신 발소리가 가려져서, 문간에 선 당신 모습에 나는 놀라고 말았어. 나는 가슴을 가리며 돌아섰어. 당신이 침입자처럼 여겨졌지. 이처럼 오랜 세월을 함께했는데, 이제 당신이 이방인처럼 여겨졌어.

"바이올렛은 어떻게 해?" 내가 욕조로 들어갈 때 당신은 내게서 눈을 떼지 않았어. 물이 너무 뜨거웠지만 나는 몸을 담갔어.

"걔는 뭐 어떻게 하긴? 이건 당신이 한 일이잖아. 걔에게 뭐라고 할지는 당신이 알아내야지."

저렇게까지 고집을 부리거나 애매하거나 까다롭거나 우유부단하지 않았으면 좋겠다는 생각이 드는 말을 내가 할 때면 늘 그러듯이, 당신은 고개를 틀고 시선을 돌렸어. 아니면 경박하거나. 아니면 냉소적이거나. 당신이 내게서 좋아하지 않는 점들이었어. 당신은 이마를 문질렀지. 내가 당신을 피곤하게 했던 모양이지. 내가 아예 존재하지 않았으면 좋겠다고 당신은 바라지 않았을까.

"나는 이 일에서 그 애를 떼어놓으려고 최선을 다했어. 그 애가 당신을 나쁘게 생각하길 바라지 않았으니까. 두 사람 사이가 변하는 건 바라지 않아." 나는 말했어. "하지만 그 애도 아는 것 같아."

나는 당신의 반응을 기다렸어. 나는 당신이 내게 감사를 표하기를, 당신이 이런 일을 우리에게 저지른 사람이라는 것을 인정하기를 바랐어. 하지만 당신이 한 말은 이것뿐이었어.

"나는 공동 양육권을 원해. 시간을 균등하게 나누기를."

"좋아."

당신은 내가 욕조 안으로 스르르 들어가 내 온몸이 물 아래 확대되어 보일 때까지 바라보았어. 당신은 나를 응시했지. 당신이 20년이나 몸 안에 들어갔던 여자를. 나는 당신이 나와 함께 욕조 안으로 들어오려는 걸까 궁금했어. 모든 게 내 잘못이었어도 내가 당신을 온갖 방식으로 실망시켰대도 당신은 여전히 마지막으로 한 번만 내 피부를 느껴보고 싶어 했어. 나는 고개를 들었지만, 당신에겐 아무런 감정도 없었어. 사랑도 아니고, 증오도 아니고, 그 사이 그 무엇도 아니었어. 끝이란 이런 느낌이어야 하는 걸까? 노력해서 이를 극복해 나가는 사람들, 서로를 위해 싸우는 사람들, 아이를 위해 해내는 사람들이 있어. 그들이 필요하다고 생각한 삶을 이루어내는 거야. 하지만 나는 불을 키울 연료가 없었어. 아무것도 줄 게 없었어.

그러나 다음 순간 당신이 한 말이 나를 쳤어. 공동 양육권. 나는 그 애와 둘만 되는 거야. "바이올렛은 어떻게 해?"라고 당신이 물었을 때 말뜻이 그것이었겠지. '당신과 바이올렛은 어떻게 해? 두 사람이 나 없이 참아내야 할 삶은 어떻게 해? 서로 말하지 않는 날들은 어떻게 하고, 그 애가 사람을 필요로 하는데, 당신은 그렇게 하려 하지 않는 밤은 어떻게 해? 당신이 할 만큼만 보살피는 척하고 있는 것뿐이라는 걸 쟤가 알 때면 어떻게 해? 누가 그 애를 믿어주지? 누가 그 애를 변호하지? 누가 그 애를 위로하지? 그 애가 잠에서 깬 새벽에 누가 그 애의 기분을 달래주지? 그 애가 당신과 단둘이 남고 모든 것이 괜찮아지리라는 것을 알아야 하는 날에는 누가 그 애를 사랑해주지? 누가 그 애를 믿어주지?' 당신 말은 그 뜻이었어.

당신은 청바지와 회색 스웨터를 입고 주머니에 손을 넣은 채로 나를 바라보았어. 알몸. 부적당한 나. 나는 당신의 꿰뚫는 눈을 마주 보았어.

"우리는 괜찮을 거야." 나는 말했어. "나는 그 애 엄마니까."

•
○
◉
⊙
◎

61

우리의 뇌는 언제나 지켜보고 있어. 위험을 찾는 거야. 위험은 언제나 올 수 있으니까. 뇌에 들어온 정보는 두 가지 역할을 해. 그것을 관찰하고 기억하는 의식에 이르지. 그리고 편도체라고 하는 뇌 속의 작은 아몬드 모양의 부위가 위험 신호를 찾아 정보를 거르는 잠재의식에 이르기도 해. 우리는 무엇을 보는지, 듣는지, 혹은 냄새 맡는지 알아채기도 전에 공포를 감지할 수 있어. 0.012초 만에. 무의식적으로 무언가 잘못되었다는 것을 깨닫기도 전에 일이 벌어지기에 빨리 반응하는 거야. 차가 다가오는 것을 볼 때처럼. 누군가가 차에 치이는 것을 볼 때처럼.

반사 작용. 세계에서 가장 자연스러운 반사는 아기를 낳을 때라고 해. 옥시토신 반사. 모성 호르몬. 그 호르몬으로 인해 젖이 흐르고, 유관을 채우고, 아이의 입으로 흘러가지. 엄마가 젖을 먹일 필요가 있다고 예상할 때 작용하는 호르몬이야. 엄마가 아이의 냄새를 맡거나 만지거나 바라볼 때. 하지만 또한 그 호르몬은 엄마의 행동에도 영향을 끼쳐. 차분하게 하고, 스트레스를 줄여주지. 그리고 자신의 아이를 좋아하도록 해. 아이를 바라보고 계속 이 아이가 살아가게 하고 싶게 만들어.

인터넷에서 널리 퍼진 영상이 있었어. 어떤 유명한 여자, 타블로이드가 사랑하는 젊은 영국 귀족 여인과 그 여자의 말썽꾸러기 어린 아들. 세 번에 걸쳐 여자는 아이가 위험한 순간에 잡아. 아이가 비행기의 젖은 계단에서 구르기 직전에 몸을 던져 아이의 손을 잡거나, 요트의 미끄러운 뱃머리에서 떨어지기 직전에 셔츠 목덜미를 잡아당기거나, 눈 깜짝할 새 폴로 말이 지나가는 경로에서 아이를 뒤로 당기거나 하지. 단단한 턱으로 생쥐를 휙 낚아채는 방울뱀처럼. 엄마의 본능. 심지어 양쪽에 보모를 거느리고, 브로치를 달고, 하이힐을 신고, 구불구불한 머리에 머리 장식을 단 그 엄마에게도 있는 것.

당신이 나간 지 얼마 안 된 어느 일요일 아침. 바이올렛이 내 휴대전화를 집더니 유튜브에서 그 영상을 찾았어. 바이올렛은 따뜻한 주말의 햇살 속에 소파 바로 내 옆에 앉았어. 나는 책을 읽고 있었지. 바이올렛은 휴대전화를 들어 보였어.

"이거 봤어?"

나는 그 영상을 바라보았지. 바이올렛은 60초 내내 나를 빤히 응시했어.

"엄마는 자기 아이를 매번 구한대." 바이올렛이 말했어.

"정말 그렇구나." 나는 책을 내려놓고 찻잔을 집으려 손을 뻗었어. 잔을 든 내 손이 떨렸지. 나는 그 애를 한 대 치고 싶었어. 나는 그 애의 머리를 소파 위로 넘어뜨리고 입에서 피가 나도록 때리고 싶었어.

멍청하고 조그만 년이! 이 살인자.

대신에 나는 방을 나가서 부엌 싱크대의 물을 틀어놓고 조용히 울었어. 너무 슬펐어. 샘이 몹시도 보고 싶었어. 그 애의 네 번째 생일이 가까워오던 때였어.

·
○
◉
◉
◯◯

62

나는 당신이 침실에 남겨놓은 빈 공간을 응시했어. 당신은 이사 나갈 때 샘의 그림도 가져갔지. 나는 바닥에 앉아서 그 그림이 거기 있던 광경을 그려보았어. 어머니, 엄마 턱을 감싸던 손, 아이의 허벅지를 잡은 손길. 두 사람 피부의 온기.

"나 배고파." 바이올렛이 학교에 갈 때 입었던 옷 그대로 문간에 서서 나를 보고 있었어. "뭘 보고 있어?"

"배달 시켜 먹자."

"난 포장 음식 싫은데."

"스파게티 만들게."

그건 효과가 있었지. 그 애가 나를 혼자 놔두었으니까. 그 애가 거기 있는 게 싫었어. 나는 벽의 빈 못 자국에서 눈을 뗄 수가 없었어.

내가 요리하는 동안 바이올렛은 식탁에 앉아서 숙제를 끝마쳤어. 그 애는 당신과 똑같은 습관이 있었지. 글씨를 쓸 때 코를 종이에 닿을 정도로 가까이 가져다 대는 습관. 나는 그 애의 굽은 등을 보고 별생각 없이 미소 지었어. 당신이 떠났다는 것이 기억났지. 당신은 이제 내가 생각하면서 미소 지을 수 없는 사람이 되었다는 것도.

"저녁 후에 아이스크림 먹고 텔레비전 볼래?"

"우리 이제 텔레비전 없잖아."

"그래. 그러면 게임 할까?"

바이올렛은 그 질문에는 대답할 필요도 없었어.

"지금 몇 시지? 아마도 영화를 보러 갈 수 있을지도 모르겠다. 심야 상영."

"평일 밤이잖아." 바이올렛은 활기차게 뭔가 지우더니 지우개 찌꺼기를 바닥으로 쓸어 버렸어.

"뭐, 한 번 정도는 예외로 할 수도 있지."

나는 소스를 젓는 동안 앞치마를 살짝 걸쳤어. 당신이 집에서 나간 다음에, 나는 새 옷을 사러 갔었지. 스웨터 하나를 사서 백화점 탈의실에서부터 곧장 집까지 입고 왔어. 크림색 캐시미어 랩이었지. 나는 이런 유의 일, 비싼 옷을 한 번에 잔뜩 사는 일을 해본 적은 없었지만, 그날은 무모한 기분을 느끼고 싶었고, 내가 생각할 수 있는 건 그게 최선이었어. 당신이 아직도 카드 값을 내주니까.

"엄마가 입은 스웨터 그 아줌마도 있어."

그 아줌마. 나는 가만히 있으면 그 동물을 겁주지 않을 것처럼 소스를 젓다가 멈췄어. 바이올렛이 다시 책에 코를 박고 숙제로 돌아가는 모습을 곁눈질로 보았지. 나는 아이가 더 말해주길 바랐어.

"그거 좋네." 나는 말했어.

아이는 고개를 들어 나를 보았지. 그런 거였나?

"그러면 그 아줌마 취향이 좋다는 뜻이야." 나는 윙크를 하고 아이의 스파게티를 식탁 위에 놓았어. 아이는 숙제를 끝마칠 때까지 음식이 식도록 놔두었고, 나는 아이가 그 외에 무슨 말을 할까 궁금해하며 스토브에 기대서 있었지.

"그럼, 너 내일 아빠 집에 가지? 아빠 새집 보니까 신나?"

"두 사람 집이야."

나는 바이올렛이 거짓말을 하는지 아닌지 몰랐어. 그 애는 나보다 더 많이 아는 것 같았으니까. 나는 당신이 혼자 살고 있으리라 추정했지만, 굳이 물어보지는 않았지. 당신과 내가 별거에 대해서 논의한 시점보다 훨씬 전에 당신이 바이올렛에게는 벌써 이야기해준 게 아닐까 싶었어. 나는 앞치마를 벗고, 스웨터를 보며 환불하기엔 너무 늦었을까 생각했어. 지금은 소매에 소스가 튀어 있었지.

"좋아. 그래, 두 사람 집. 신나니?"

"엄마가 그 아줌마에 대해 알아야 할 게 있어." 바이올렛은 날카롭게 말했어. 나는 내 스파게티 접시를 들고 막 옆에 앉으려던 참이었지. 갑자기 나도 모르게 숨이 막힐 것만 같았어. 어쩌면 그 애가 다음에 할 말이 두려웠기 때문이겠지.

"뭔데?"

바이올렛은 고개를 젓더니 다시 눈을 내리깔았고 나는 그 애가 나에게 말해줄 의도가 없다는 것을 알 수 있었어. 아니면 말해줄 것이 없었을지도 모르지.

"우리는 그 여자 이야기를 할 필요가 없어. 그건 네 아빠의 일이

지, 나랑 상관있는 일은 아니니까." 나는 미소를 띠었어. 나는 면을
감아 입속에 쑤셔 넣었어.

63

엄마는 나를 떠난 후 자기를 재창조했지만, 어쩌면 그러는 편이 너그러운 행동이었을 거야. 나는 이 사실을 열두 살 때 도시 바깥에 있는 식당에서 엄마를 보며 깨달았어. 엄마는 밀크셰이크 가게의 두 좌석 사이에 서서 내가 이전에는 들어보지 못했던 목소리로 깨끗한 포크를 달라고 부탁하고 있었어. 하지만 어디에서든 나는 엄마의 뒷모습을 알아보았을 거야. 어깨의 둥근 선, 엉덩이의 굴곡. 엄마는 포크를 받자, 내 엄마였을 때와는 다르게 들리는 목소리로 고맙다고 말했어. 거만한 느낌이 있는 그 말은 검정 힐을 신은 채로 빙그르르 돌았을 때 엄마의 입에서 나왔지. 엄마는 새 포크를 같이 있던 남자에게 주었고, 남자는 "고마워, 애니, 자기"라고 말했어. 앤은 엄마의 중간 이름이었지.

나중에, 그 덩치 큰 남자가 리처드라는 것을 알게 되었어. 다른 남자가 존재한다는 건 알았지. 엄마가 떠나기 전에 전화했던 남자. 화장실의 피와 관련이 있지 않나 의심했던 남자. 하지만 나는 그 남자가 이런 식으로 생겼을 거라고는 그려보지 않았어. 그 남자는 잘생겼지만, 머리카락이 축축하고 피부가 반짝이는, 미끈한 인상이었고, 커다란 금시계를 차고 있었어. 아직 3월밖에 되지 않았는데도 얼굴은 햇빛에 그을려 있었지. 남자는 아빠와는 전혀 비슷하지 않았어. 엄마가 나를 버리고 찾아 나선 삶으로 내가 상상해본 것과는 전혀 비슷하지 않았어.

칸막이 자리에 있던 나는 엘링턴 아줌마 옆에 푹 주저앉았지. 아줌마는 토머스와 내가 지역 과학 경시대회에서 1등상을 탄 것을 축하하러 거기 데리고 갔어. 아줌마는 우리가 직접 만든 마분지 포스터 앞에 서서 심사위원들에게 발표하는 모습을 강당 건너편에서 지켜봤어. 토머스가 세심한 필기체로 글씨를 쓰고, 내가 매 부분마다 상세한 그림을 그려서 실험 결과를 나타낸 포스터였지. 무슨 자외선에 관한 내용이었는데, 지금은 기억나지 않네. 하지만 엘링턴 아줌마가 백 명의 학생이 웅성거리는 가운데서도 우리가 하는 말을 다 들을 수 있다는 듯 고개를 끄덕이면서 발표를 지켜본 건 기억나. 나는 저 멀리 있는 아줌마를 보고, 아줌마처럼 말할 때 어깨를 폈어. 아줌마를 자랑스럽게 해주고 싶었어.

나는 엄마와 리처드가 몇 시간처럼 느껴지는 한참 동안 식사를 하고, 예의를 갖춘 사람들처럼 자기 냅킨을 접는 모습을 바라보았어. 엄마는 옷깃에 커다란 장미 자수가 놓인 검은 반투명 블라우스를 입고 있었지. 엄마가 그렇게 섹시한 옷을 입은 것을 본 적이 없었어. 리처드는 계산서를 보기도 전에 탁자 위에 현금을 올려놓았어. 엘링턴 아줌마도 엄마를 힐긋 보았지만, 그때 내게는 아무 말 하지 않았고, 나도 아줌마에게 아무 말 하지 않았어. 우리는 그저 우리 밀크셰이크를 마셨고, 토머스는 우리가 상금으로 탄 50달러를 가지고 뭘 할 수 있는지를 얘기했어. 나는 불안 때문에 아무 감각이 없었고, 엄마가 고개를 돌려 나를 보면 어쩌나 하는 생각뿐이었어. 나의 작은 한 부분은 엄마가 봐줬으면 바라기도 했지. 엄마는 절대 그러지 않았고, 그 사람들이 나가자 나는 안도에 가까운 기분을 느꼈어. 엄마가 나를 본들 인사하러 왔을지도 알 수 없는 일이지만. 우리는 식당을 나와 엘링턴 아줌마의 차를 타고 집으로 갔어.

"너 괜찮니, 블라이스?" 엘링턴 아줌마는 토머스가 먼저 집으로 뛰어가게 놔두고 나를 자기 집 차로 끝까지 바래다줬어. 나는 고개를 끄덕인 뒤 웃음 짓고는 태워다 주셔서 고맙다고 인사했어. 나는 엄마를 보는 것이 얼마나 상처가 되는지를 엘링턴 아줌마에게 알리고 싶지 않았어. 행복하고, 아름답고, 나 없이 더 잘 사는 모습의 엄마.

그날 밤 나는 침대에 들기 전에 두 손과 무릎을 모으고 엄마가 죽게 해달라고 기도했어. 새로이 바뀌어버린 여자, 더는 내 엄마가 아닌 여자를 보느니 차라리 죽는 걸 보는 게 나았으니까.

64

이전에는 누군가가 나를 피하는 경험을 해본 적이 없었어. 적어도
내가 기억하거나 아는 한에는. 하지만 당신이 떠난 뒤 그해에는 당신
을 직접적으로 만나는 것보다 차라리 여왕을 알현하는 편이 더 쉬
웠을 거야. 당신은 오직 바이올렛을 학교에 데려다주고 데려오는 일
만 하길 바랐고, 문자 메시지는 무뚝뚝했어. 나는 당신이 나를 두고
떠난 이유가 된 그 여자를 만나보고 싶었어. 내 딸이 자기 시간의 반
을 보내는 바로 그 아파트에 같이 사는 여자를. 우리가 어떻게 다른
지를 알고 싶었어. 당신들 둘이 함께 있는 모습을 그려볼 수 있기를
원했어. 우리는 당신의 요청에 따라 법원도 법률 상담도 피했고, 그
래서 나는 우리의 지나치게 형식적인 합의에서 우위를 차지하고 있
었지. 하지만 당신은 이것에만은 완강했어. 당신은 준비가 되었을 때
우리를 소개하려고 했고, 달리 논의의 여지는 없었어.

"난 아빠의 새 여자 친구를 만나보고 싶어." 바이올렛이 그날 아

침 그 여자가 자기를 학교에 데려다주었다고 했을 때, 내가 바이올렛에게 말했지. 그날은 금요일이었고, 내가 주말 동안 바이올렛을 맡았어.

"어쩌면 그 아줌마는 엄마를 만나고 싶지 않을지도 모르는데."

"어쩌면."

바이올렛은 안전벨트를 매고, 차에 꽂은 열쇠를 바라봤어. 내가 빨리 차의 시동을 걸어서, 내 뒷좌석에 앉아 있지 않아도 되는 그 순간에 한 걸음 더 가까워지기를 필사적으로 바라고 있는 거지. 백미러로 힐끔 쳐다보았더니 그 애의 얼굴이 변했더라. 연민의 표정. 그게 순수한 건지 아닌지는 알지 못했어.

"그 아줌마를 만나는 걸 아빠가 원치 않는 이유가 있어." 바이올렛은 마치 내게 비밀을 말해준다는 듯, 내가 풀고 있는지도 몰랐던 수수께끼의 단서를 준다는 듯 목소리를 낮췄어. 그 애는 창밖으로, 우리가 집에 갈 때 늘 지나쳐 가서 익숙한 갈색 사암 건물들이 늘어선 거리를 쳐다보았어. 그날 저녁에 그 애는 대체로 내게 말을 하지 않았지.

그래서 그때, 당신이 별다른 선택의 여지를 주지 않았기에 내가 그런 행동을 할 수밖에 없었던 게 아닐까.

바이올렛은 그다음 주에 발레 공연에 함께 갈 거라고 말해줬어. 오직 당신과 바이올렛만. 그 여자는 갈 수 없다고. 수요일 밤 같은 시간에 늘 하는 일과가 있다고 했지. 나는 공연을 온라인에서 찾아보고 저녁 8시에 시작한다는 것을 알았어. 당신이 바이올렛을 먼저 피자 가게에 데려갈 거라는 것도 알았지.

288

당신의 저층 아파트 건물은 내가 잘 아는 예스러운 시가지에 있었어. 나는 택시를 타고 가서, 몇 블록 떨어진 곳에 내렸어. 6시 30분이었고 차는 여전히 막혔지. 운전자는 내 초조함을 눈치챘는지 백미러로 나를 넘겨다보았어. 나의 손가락이 코트 밑자락에 풀려 나온 실을 뽑고 또 뽑는 걸 보았을 거야. 거스름돈 때문에 기다리고 싶지 않아서, 기사에게 팁을 후하게 주고는 후드의 털이 얼굴을 가릴 수 있게 뒤집어썼어. 걷고 있노라니 긴장이 조금 풀리더라. 나는 차분해졌고, 아래를 쳐다보고 한 발을 다른 발 앞에 내디디며 당신의 집이 있는 건물까지 다가갔어. 나는 빨간 벽돌 앞에 무심하게 기대어, 장갑을 벗고 주머니에서 휴대전화를 꺼냈지. 딱히 계획이 있지는 않았지만, 거리에 있는 다른 사람들처럼 바쁜 듯, 문자 보내느라 정신이 팔려 있는 척해야 자연스러울 것 같았어.

나는 곁눈질로 로비로 들어가는 문을 바라보았지. 하늘이 어두워지자 안을 들여다보는 게 쉬워졌어. 몇몇 여자가 들어갔다 나왔지만, 그 사람들은 그 여자가 아니었어. 너무 늙거나, 너무 덩치가 크거나, 너무 개가 많거나. 그때 폭신한 오리털 재킷을 입은 여자가 휴대전화를 손에 들고 도어맨을 향해 웃으며 건물 밖으로 걸어 나왔어. 긴 곱슬머리를 옆으로 내리고, 로비의 천장에 걸린 전등불 아래에서 반짝이는 다이아몬드 귀걸이를 걸고 있었지. 여자는 두 팔로 가방 끈을 머리 위로 넘겨 몸에 메고, 표범 무늬 장갑을 꼈어. 밤이 빠르게 추워지며 바람이 거세졌으니까. 나는 저 여자라는 것을 강하게 확신했어. 그래서 기회를 잡아 그 여자를 따라갔지.

미행은 쉽더라. 여자의 스웨이드 부츠엔 낮은 통굽이 달려 있었고, 여자는 이 도시에서 자라지 않은 사람처럼 느릿느릿 걸었어. 대부분의 사람들은 신호등 버튼이 소용없다는 걸 알지만, 여자는 매번 누르며 가더라고. 나는 이런 짓을 하다가 잡힐까 초조했지만, 여자를 따라가면서 무척 쉽게 느껴졌어. 내가 가로등 옆 몇 미터 떨어진 자리에 서 있는 동안 여자는 몇 번 빠르게 전화를 하더니, 정신이 다른데 팔려 하마터면 파란불을 놓칠 뻔하다가 서둘러 건넜어. 반 블록정도를 더 가서, 여자는 내가 이 동네에 있을 때 많이도 다니던 장소로 들어갔어. 작은 서점. 벽에서 벽까지 장식적으로 조각한 책장이 들어차 있고, 문이 열릴 때마다 저 높이 솟은 6미터 높이 천장에 거대한 우윳빛 유리구슬들이 매달려 살며시 흔들리는 곳.

나는 창문에 붙은 안내문을 다시 한 번 확인했어. 내가 어렴풋하게 기억하기로 서점은 수요일에는 6시에 문을 닫았어. 하지만 불이 켜져 있더군. 나는 가로등에서 나오는 불빛을 막아 더 잘 볼 수 있도록 두 손을 유리 위로 올렸어. 서점 안에는 마흔 명, 어쩌면 쉰 명정도의 사람이 있었어. 모두 여자들이었지. 옛날 교회 의자 두 개정도에 외투를 깔아놓았고, 직접 와인을 따라 먹을 수 있게 차려놓은 탁자 옆에는 옆집 제과점에서 제공한 컵케이크가 산처럼 쌓여 있었지. 티켓을 받거나 이름을 받아 적는 사람은 없었어. 나는 저자출연에 관한 안내문이나 서명을 위한 책이 쌓여 있는 탁자가 보이리라고 기대했어. 모두 나보다는 젊어 보였고, 많은 사람이 그 여자가 신고 있는 것과 같은 부츠를 신고 있더라. 당신이 사는 곳은 집세가 비싼 동네로, 모든 부티크가 똑같은 물건을 들여놓지. 창문 옆에 서 있던 두 여자는 줄무늬 천으로 된 포대기에 갓난아기를 싸서 가슴에 끌어안고 있었어. 두 사람은 수다를 떨며 정확히 같은 리듬에 맞춰 몸을 옆으로 흔들었어. 나는 그 느낌을 기억했지. 아이의 무게가 몸에 기댈 때, 절대 엉덩이를 떠나지 않던 메트로놈 바늘의 움직임을.

그 여자가 뒤편에 서서 숱 많은 검은 머리카락을 가다듬고 있을 때 누군가가 그 여자의 어깨에 손을 올리며 인사했어. 두 사람은 포옹을 나누었고, 여자는 홍조 띤 볼을 키 큰 금발 친구의 볼에 갖다 댔지. 여자의 얼굴이 화사했어. 커다란 검은 눈에는 마스카라를 짙게 발랐고, 입에는 미소를 걸고 있었지. 여자는 금발 여자를 위해 가지고 온 게 있다는 사실을 떠올린 것 같았어. 손가방을 재빨리 열더니 뜨개질로 뜬 회색 물건을 꺼냈어. 친구는 그걸 자기 가슴에 대며 고마움을 표현했지. 다른 여자 한 명이 끼어들어, 그들에게 와인 한 잔씩을 건넸어.

방에는 사람들이 곧 들어차서, 더는 바깥에서 그 여자를 볼 수가 없었어. 심장이 쿵 내려앉았지. 나는 좀 더 필요했어. 그 문으로 들어가면서 겁을 먹었대도 당연할 거야. 분명히 그 여자는 어느 시점에 내 사진을 보고 내가 어떻게 생겼는지 알았을 테니까. 하지만 난 안으로 들어가서 내 코트를 다른 사람들 외투 무더기 위에 얹었어. 나는 계산대를 마감하려는 직원을 알아보고, 몸을 숙여 조용히 말을 걸었어.

"이 파티의 주최자가 어디 있는지 아세요?"

"이건 파티는 아니에요. 어머니 모임이죠. 그냥 예약 없이 들어오셔도 돼요. 가끔은 강연자가 있거나 공짜 물건을 주는 업체가 와요. 우리는 그저 공간만 빌려주고 그걸로 판매가 좀 더 이루어지길 바랄 뿐이죠."

"그럼 여기 있는 사람들은 모두 엄마인가요?"

"꼭 그런 것만은 아니지만, 아니라면 왜 오는지는 모르겠네요." 여자는 어깨를 으쓱하며 현금 트레이를 가지고 뒤편으로 물러갔지. 나는 주변을 둘러보다 갑자기 내 주위 엄마들이 털어놓는 각종 문제가 교향곡처럼 울려 퍼지는 소리를 듣게 되었어. 수면 교육, 이유식 개시, 똑딱단추 대신 지퍼 달린 우주복, 유치원 대기 명단. 나는 작은 플라스틱 컵에 와인을 따르고 방 반대편으로 구불구불 나아갔지. 그 여자를 볼 수 있는 자리로. 누구도 내게 말을 걸지 않기를 바라면서 휴대전화를 들여다보았고, 몇 초마다 고개를 들어 흘끔흘끔 그 여자를 보았어. 그 여자는 잔을 들지 않은 손을 나비 날개처럼 작게, 놀란 듯 파닥거리며 이야기를 하는 것 같았지. 다른 두 여자는 고개를 끄덕이며 웃었어. 다른 여자 중 한 명이 말을 하면서 몸을 앞으로 숙이며 눈알을 굴렸고, 세 사람은 다시 웃었지. 여자가 다른 사람들을 많이도 건드린다는 것을 나는 알아챘어. 사람들의 팔, 손, 허리. 애정이 넘치는 여자라는 것을 알 수 있었지. 나는 시트 아래 당신의 발을 생각했어. 밤이면 언제나 내 발을 찾으려 하고, 언제나 내 정강이에 문지르려 하고, 내 온기를 느끼려 했던 발. 그리고 내가 침대 반대편으로 멀찍이 떨어졌던 것도. 멀리, 멀리, 저 멀리.

"처음이에요?"

머리를 높이 포니테일로 묶고 선명한 붉은색 립스틱을 바른 여자가 '엄마들의 밤 외출'이라는 글자 아래 작은 사업체 로고들이 나열된 엽서를 들고 내 앞에 불쑥 나타났어.

"네, 사실은. 고마워요."

"잘됐네요! 제가 사람들에게 소개할게요. 우리 모임 어떻게 알게 되었어요?"

292

여자는 내 대답에는 별로 관심도 없이 한 팔을 내 등 뒤에 대고 방 한가운데로 이끌었지.

"시드니, 이 사람 새로 왔대요." 여자는 큰 소리로 말하며 내 귀에다가 인식표라도 찍어서 추적할 수 있게 하려는 듯, 사람들 위로 긴급하게 나를 가리켰어. 시드니가 눈을 들더니 사람들 틈을 비집고 나와 자기소개를 했어.

"그럼 당신은……?"

"세실리아예요." 내게 떠오르는 이름은 그뿐이었어. 나는 그들 머리 위로 여자가 서 있던 뒤편을 보았지만, 그 여자의 모습을 볼 수가 없었어. 이젠 다른 두 여자와 함께 있지 않았지. 방 안을 훑어보는데 속이 메슥거렸어.

"와, 환영해요, 세실리아! 오늘 밤 집에서 탈출한 것을 축하해요! 그 집 꼬마는 몇 살이에요?"

"고마워요. 그게, 저는 그냥 들러서 정보나 알아볼까 하던 거라. 다음에 올까 하고요." 나는 누가 나한테 문자를 보낸 양, 나를 필요로 하는 사람이 있는 양 전화를 들어 보였어. "지금 가야 할 것 같아요."

"물론이죠. 다음에 다시 오세요." 여자는 와인을 홀짝 마시더니 몸을 돌려 다른 사람을 향해 새된 소리로 인사했어.

내 코트는 아직도 옷 무더기 맨 위에 있었지만, 나는 시간을 벌려고 옷 더미를 헤치면서 어깨 너머로 빽빽한 군중 속에서 그 여자를 찾아보았어. 나는 가야만 했어. 너무 오래 있었지. 후드를 쓰고 눈보라가 내려치는 거리로 나왔어. 서점 반대편 벤치에 앉아 머리를 무릎 사이에 묻었지.

그 여자는 엄마였어. 당신은 우리 딸을 위해 더 나은 엄마를 찾은 거야. 당신이 늘 원했던 유의 여자를.

·
○
●
⊙
⊙⊙

65

두 번째에는 마음이 떨렸어.

나는 연극 용품 가게에서 긴 갈색 머리 가발을 샀어. 당신이라면 생쥐 같다 했겠지만, 생쥐 같아 보이는 것이 내가 찾던 것이었어. 금발 머리를 비단 캡 속에 집어넣을 땐 심장이 줄달음쳤지. 내 모습이 충분히 다르게 보이는지는 알 수 없었지만, 달리 어떻게 해야 할지 생각나지 않았으니까. 나는 거울 속에서 더 행복한 미소를 연습하면서 머리를 쳐들었어. 넌 바보야. 완벽한 바보. 가발을 쓰다니, 그걸로 빠져나갈 수 있으리라고 생각하다니. 그 여자가 아기를 가졌느냐고 물어보면 당신이 솔직히 말해줄 거라고 믿다니. 그중 어떤 이유라도. 그 모든 이유 때문에.

내가 도착했을 때, 모임의 비공식적 회장인 시드니가 문 앞에서 자연 기저귀 크림 샘플을 들어오는 사람에게 나눠 주고 있었어. 나는 새 머리카락 끝을 매만졌어.

"안녕하세요! 모임에 처음으로 오신 거예요? 환영합니다!" 시드니
는 내 뒤에 나보다 더 나은 사람이 오나 찾는 것처럼 약간 내 머리
위로 말을 했어. 나는 고개를 끄덕이며 고맙다고 인사한 후 기저귀
크림을 가방 속에 넣었어. 안에서는 '자연 살림, 자연 사람'이라는 제
목의 발표를 준비하고 있더라. 방 안에는 의자가 가득했지. 나는 와
인을 받으며 사람들을 살폈어. 책장을 훑는 척하면서도 문에서 시선
을 떼지 않고, 여자들이 모여 서로 의상을 칭찬하고 아이들 안부를
묻는 모습들을 지켜봤지. 갈색 머리카락이 주변 시야를 가려서, 귀찮
은 파리를 쫓듯이 머리카락을 뒤로 넘기고 싶었어. 아직 갈색 머리
에 익숙해지지 않았거든. 이전에 내게 말을 걸었던 포니테일 여자가
방 저편에서 나를 찾아냈어. 맙소사, 나를 알아본 거야? 뺨이 타오
르는 것 같았고, 누구라도 붙잡고 말을 걸려고 돌아섰지만, 내 주위
의 사람은 모두 대화 중이었지. 내가 '생가 의자 금지 정책'에 대해서
토론하는 세 여자 무리로 끼어 들어가 미소 지으며 막 내 소개를 하
려고 할 때, 그 여자가 내 어깨를 톡톡 두드렸어.

"전 슬로언이에요. 여기 엽서가 있어요. 컵케이크는 루나스에서 파
는 거예요. 와인은 에딘 에스테이츠고요. 다음 주에는 수면 전문가
를 초대할 건데, 정말 대단한 분이세요. 우리 페이스북 페이지 방문
해보셨어요?" 안도감. 엽서를 그 여자 손에서 받아 들었어. 나는 소
규모 무리와 수다를 떨면서 문을 바라보았지만, 그 여자는 절대로
들어오지 않았지. 슬로언은 모두에게 착석하라고 외쳤고, 발표자가
발표를 시작했어. 나는 적당한 틈을 봐서 슬쩍 빠져나가야겠다는 의
도로 문에서 가까운 뒤쪽에 앉았어. 가발이 간지러웠고, 그 여자가
없다면 거기에 있을 만큼 흥미가 없었지.

296

막 일어서려 할 때, 내 뒤의 문에서 차가운 바람이 불어오는 것이 느껴졌어. 그 여자가 발표자에게 사과의 뜻으로 손을 흔들면서 들어오더니 코트의 지퍼를 내리며 벤치 쪽으로 살금살금 걸어갔어. 나는 천천히 몸을 돌려 다시 앞쪽을 바라보면서 다리를 꼬고 숨을 멈췄어. 내 옆에 빈자리가 있었거든. 그 여자가 그리로 슬며시 들어와 앉았고, 달콤한 향수 냄새가 파도처럼 나를 덮쳤지.

"죄송해요." 여자는 가방으로 내 다리를 치자 작게 말했어. 나는 미소를 지으며 발표자에게 시선을 고정했지만, 심장이 너무 크게 뛰어서 그 여성 발표자가 하는 말이 하나도 들리지 않았지. 나는 옆으로 시선을 떨어뜨리고 그녀의 찢어진 청바지, 여자들 모두가 신고 있는 부츠, 바닥에 내려놓은 비싼 가방을 보았어.

"저 인터넷에서 저분 팔로하는데, 정말 대단하세요." 그 여자가 소곤거리자 나는 깜짝 놀랐어. 내가 열정적으로 고개를 끄덕이는데, 그 여자는 표지에 금박으로 '기쁨(JOY)'이라고 새겨진 작은 분홍 공책을 꺼내더라. 그 여자는 스프레이 병으로 비독성 청소 세제를 만드는 법을 받아 적었고, 나는 이따금 고개를 끄덕이며 관심 있는 척했어. 그녀의 손은 길고 아름다웠지. 나는 햇볕으로 반점이 생기고 주름이 가득한 내 손을 접었어. 나는 마흔이었어. 그 여자는 적어도 나보다 열 살은 아래겠지. 반지 같은 건 끼고 있지 않았어. 나는 아직도 가끔 결혼반지를 끼지만, 그날 밤은 빼놓았지.

발표는 끝이 없는 것 같았어. 마침내 마무리되었을 때, 나는 그 여자에게로 돌아섰어.

"정말 좋았어요. 발표자가 대단하네요."

"그렇죠? 제 친구 중 한 명은 저분이 말한 건 그대로 뭐든 하는데요, 정말 절대 병에 걸리는 법이 없다니까요." 그 여자는 가방에 공책을 집어넣고 탁자를 가리켰어. "와인 한잔하실래요?"

나는 그 여자를 따라갔고, 여자는 가는 길에 여러 사람과 접촉하며 인사를 했어. 어깨, 팔. 뽀뽀와 포옹. 여자는 와인 두 잔을 따라 오더니, 떠드는 사람들 사이의 빈 공간을 턱 끝으로 가리켰어. 나는 그녀를 따라갔지. 그 여자는 크게 숨을 내쉬었어.

"훨씬 낫네요. 여기 사람이 어쩌나 많은지. 모직 옷을 입고 오지 말았어야 하는데." 그녀는 버건디 색 스웨터의 목을 잡아당기면서 와인을 아주 조금 마셨어. "아, 죄송해요. 전 젬마예요. 아직 이름도 말 안 한 줄 몰랐네요."

"전 앤이에요."

"애들이 몇 살이나 됐어요?"

나는 이 부분에 대비를 해놓았어. 나는 혼자서 두 살과 다섯 살 난 딸 둘을 키우는 엄마였지. 빨강 머리와 금발. 축구와 발레. 나는 그들의 이름도 소리 내어 연습했었어.

"하나예요. 아들은 네 살이죠. 이름은 샘이에요."

그 말이 메아리쳤어. 아이가 내 안에서 환하게 빛을 발하는 것처럼 느껴졌고, 마치 몇 년간 끊었던 약을 들이마신 듯 머리가 떵했어. 나는 그 여자가 내 눈을 볼까 봐 시선을 내렸어. 나는 샘이 집에서 당신과 바이올렛과 함께 저녁을 먹는 모습을 그려보았어. 엄마는 어디에 있는 거지, 엄마가 집에 제때에 와서 자기를 재워줄 수 있을까 궁금해하며. 아이는 이제 이야기할 일도 잔뜩 있고 재미있는 말도 많이 하겠지. 나는 엄마를 이따만 한 달에 갔다 올 만큼 사랑해, 만 번, 억 번 갔다 올 만큼 사랑해, 엄마.

"저도 아들이 있어요. 내일이면 5개월 돼요." 샘의 이름이 내 귓가에서 스러지더니 눈이 번쩍 뜨였어. 여자는 다시 한 번 와인을 입에 대는 둥 마는 둥했어. 맛만 보고 싶었던 거겠지. 그때서야 나는 그 여자의 젖가슴이 어뢰 같다는 걸 알아챘어. 우유로 가득 찬 어뢰.

"죄송해요, 5개월이라고 하셨어요?"

여자는 와인이 스웨이드 부츠에 튀자 펄쩍 뛰었어. 내가 팔을 내려버렸거든. 나는 내 손에 들린 빈 플라스틱 컵을 보았어.

"오, 망할." 여자는 닦을 게 없나 주위를 둘러보았어. "물티슈가 있어요." 여자는 웅얼거리더니 가방 속을 뒤졌고, 나는 얼어붙어서 아무 말 못 하고 서 있었어. 나는 여자가 물티슈를 봉투에서 뽑는 모습을 보며, 머릿속으로 달력을 셌어. 11월이었지. 나는 달 수를 돌이켜보았어. 당신은 1월에 나갔지. 거의 1년 전에.

"그럼 6월에 태어났겠네요?"

"네, 6월 15일에……. 냅킨을 찾아와야겠어요. 이걸로는 소용이 없네요."

"이런, 죄송해요." 나는 컵케이크가 쌓인 탁자로 뛰어가 냅킨을 한 움큼 집어 와서 허리를 숙이고 여자의 부츠를 톡톡 닦았어. 여자는 부츠를 벗고 발을 안으로 꺾은 자세로 의자에 앉았지. 나는 색이 짙어진 스웨이드를 문지르며 장황하게 사과했어.

"제가 이런 증세가 있어요. 손이 가끔 이렇게 떨려서." 거짓말이 어쩌면 이렇게 입에서 술술 나오는지 놀랍더라.

"아, 괜찮아요." 여자는 내가 새롭게 지어낸 장애에 말투를 바꾸었지. 여자는 한 손을 내 팔뚝에 얹었어. 그 여자가 방에서 돌아다닐 때 다른 사람들에게 하는 모습 그대로였어. "조금도 걱정 마세요. 마를 거예요.”

우리는 둘 다 일어섰어. 그녀는 젖은 양말을 신고서도 나보다 거의 30센티미터 가까이 컸어. 그 여자에게 말을 하려면 올려다봐야만 했지.

“전…… 그쪽…… 5개월이라니, 참 어리네요!” 나는 말을 할 수 있다는 사실 자체에 놀랐어. 나를 추스를 수 있다는 데에. “그런데도 아주 멋져 보여요.”

“고마워요. 전 피곤해요. 애가 잠을 잘 못 자거든요. 다음 주 수면 코치 강연을 빨리 듣고 싶네요. 아니면 저한테 팁을 주셨으면 좋겠어요. 수면 교육을 하셨나요? 그 ‘잘 때까지 울게 두기’ 방법을 쓰셨나요? 저는 그건 못 할 것 같아요. 아이를 힘들게 하는 건 참을 수가 없어요.”

이 여자가 말하는 아이는 당신 아들이겠지. 이 여자가 당신 아들을 낳은 거야. 당신은 다른 기회를 받았지. 그때 그 생각이 문득 떠올랐어. 아이가 잉태되어 자라기까지는 38주가 걸려. 그렇다면 이 여자는 9월에 임신한 거야. 당신이 직장에서 해고되기 전주에. 당신은 내가 당신에게 나가라고 하기 훨씬 전에 이미 여자가 임신한 줄 알았던 거야. 당신은 내내 알고 있었어. 당신은 알았어.

“아, 그게요, 그냥 잘 잤어요. 전 별로 한 게 없어요.”

“오, 정말요? 몇 개월 때부터요?”

방이 갑갑하게 여겨지기 시작했어. 나는 여자가 아기를 밀어내는 모습을 떠올렸어. 당신이 새 아들이 태어나는 광경을 바라보는 모습도.

“아마 4개월 정도부터? 잘은 기억이 나지 않네요.”

"밤에 아이에게 이런저런 유동식을 먹여볼까 생각 중이에요. 사람들 말로는 배를 채우면 도움이 된다고 하더라고요. 하지만 난 정말로 어떤……."

"그럼 아빠는요?"

"네?" 여자는 가까이 몸을 내밀었어. 내 말을 제대로 듣지 못했다고 생각한 거지. 질문이 너무 생뚱맞았으니까.

"제 말은, 파트너가 있으신가 하고요."

"있어요. 정말 좋은 사람이에요. 좋은 아빠죠. 사실 그 사람이 이걸 보냈어요." 여자는 미소를 지으며 휴대전화를 꺼냈어. 여자는 혼잣말을 하듯 살짝 입술을 오물거리며 내게 보여줄 사진을 찾았어. 여자는 사진을 들고, 마치 거대하게 발기된 성기 사진이라도 보여주는 양, 눈썹을 치켜들고 내 반응을 기다렸어. 아기는 포대기에 싸여 아기 침대 속에서 잠들어 있었지. 아기 담요에는 별과 달 무늬가 있었어. 사진 각도 때문에 아기 얼굴을 볼 수 없었지. 나는 여자에게서 휴대전화를 받아 들고, 우리 죽은 아들의 DNA를 공유한 이 포대기 속 인간을 응시했어. "애 아빠가 아이를 아주 쉽게 재워요. 둘이 정말로 서로 사랑하거든요."

"아주 자상하네요." 나는 휴대전화를 도로 건네다가 가발을 기억해내고 머리를 만졌어. 나는 여기서 나가야만 했어. 갑자기 너무 덥고 너무 시끄러웠지.

"그쪽은요? 파트너가 있으세요?"

"전 없어요. 전…… 있었던 적이 없어요. 그러니까 한부모죠." 나는 그 거짓말을 나 자신에게 확인시키려는 듯 고개를 끄덕이며 여자가 더는 묻지 않길 바랐어.

"앤, 어디서 이전에 본 것처럼 낯이 익어요."

"아?"

"그래요, 이전에 만난 적 있는 것 같은데."

"어쩌면요." 나는 외투 더미로 몸을 돌렸어. 나가야만 했지.

"학교 어디 다니셨어요?"

"아, 서부의 작은 학교인데……."

"요가 하세요?"

"네. 어쩌면 그래서인지도 모르겠네요. 여러 스튜디오를 다녀봤거든요. 그러면 어딘가에서 스쳤을지도?"

"아뇨……. 그것 같지 않은데."

나는 그 자리에서 빠져나가려 했어. 그 여자가 따라왔어.

"저는 이 동네를 많이 다녔어요. 어쩌면 우리가 그냥……."

"아, 젠장, 알았다." 여자가 손가락을 탁 튕겼어. 나는 숨을 죽이고 문을 바라보았지.

"그냥 닮은 거였네요. 제 스피닝 수업 강사님과. 그분과 무척 닮았어요."

나는 집에 가는 길에 택시 안에서 당신에게 전화를 걸었어. 네 번. 당신이 전화를 받지 않을 것을 알았어. 나는 당신과 이야기하고 싶어서, 그 애가 샘과 닮았는지 물어보고 싶어서 죽을 지경이었어. 그 애도 똑같이 입을 내미는지, 같은 냄새가 나는지. 깜박 잊고 그 여자에게 아기 이름을 물어보지 못했어. 나는 아기가 태어난 이래로 우리가 서로 말을 하지 않았다는 것을 깨달았지. 어쩌면 당신은 내 목소리를 들으면 당신의 삶을 내가 얼룩지게 한다고 생각했는지도 몰

라. 당신이 받을 자격이 있는 경험을 빼앗아갈지 모른다고. 그 여자
는 훌륭한 엄마 같았어. 그 여자 가까이에 있는 것만으로도 알 수
있었지. 그 여자는 아주, 아주 좋은 엄마처럼 느껴졌어.

．
○
◉
⊙
◍

66

　당신이 그 여자의 질을 봤을까 궁금하네. 새로운 존재, 당신의 반쪽을 의사의 손안에 내어놓기 위해 열려 있는, 부어오르고 벌겋게 달아오른 질. 의사는 당신에게 아드님이 태어난 걸 축하한다고 말했겠지. 남자아이야, 두 번째로. 그들이 미끌거리는 아기를 땀으로 젖은 그 여자의 가슴 위에 올려놓고 아기가 젖꼭지를 무는 것을 보았을 때 당신의 눈에 눈물이 고였을까. 의사들이 출산으로 인한 상처를 치료하기 위해 그 여자의 회음부 피부에 실을 꿰고 꿰매고 잡아당기는 동안 당신은 그 여자의 손을 잡아주었을까. 그 여자가 고통에 몸부림치며 부들부들 떨리는 허벅지 사이로 피를 쏟아내며 걸을 때, 너무 강렬한 경험을 한 이후라서 그 여자의 창자가 무겁고, 음문이 쿵쿵 뛰고, 몸이 쇠약해졌을 때, 당신이 그 여자의 팔꿈치를 잡고 화장실까지 데려다줬을까. 이전에 간호사가 가르쳐준 대로 그 여자의 피 흘리는 부위를 따뜻한 스프레이로 씻어준 적은 있어? 그 여자

304

와 아기와 함께 넓은 병원 침대 속으로 들어가 누워 한때는 과연 다른 여자를 어떻게 사랑했을까 생각했어? 여자가 아기에게 초유를 먹이려 하는 동안 내 문자 알림음을 들을까 싶어 전화를 묵음으로 해놓았어? 샘에게 그랬듯이 포경수술을 해야 한다고 주장했어? 그 여자를 집의 침대로 데려간 다음 날, 이런 경우를 대비해서 사놓은 부드러운 저지 면 파자마를 입혔나? 그 침대는 그 아기를 만들기 위해 당신이 그 여자를 데려간 바로 그 침대야? 그다음에 일어날 일은 눈곱만큼도 상관하지 않고, 황홀하게 그 여자 몸 안으로 들어갔던 바로 그 침대?

나는 그 여자를 만난 후에 며칠간 잠을 자지 못했어.

잠을 자지 못하다 마침내 지하실로 들어갔어.

나는 보관 상자에 겹겹이 쌓인 먼지를 털어냈어. 그 안에는 샘의 물건이 있었지. 배내옷, 담요, 발 달린 파자마, 그 애가 사랑하던 몇몇 다른 물건들. 토끼 인형 베니. 나는 상자를 위층으로 가져가 내 침대 발치에 놓고 나의 의식을 시작했어. 취침등을 켜고. 손에 유기농 라벤더 로션을 발랐지. 아이를 목욕시킨 후에 발라줬던 것. 소음 발생기는 상자 바닥에 있었어. 파도 소리. 나는 그 기계를 침대 옆 탁자 위에 놓았어.

나는 눈을 감고 그 안에 있는 그 아이의 물건 하나하나를 기억해 내려 애썼어. 당신 어머니가 준 부드러운 민트 색 원피스. 바이올렛의 것과 세트로 맞춘 파자마. 하트가 그려진 모슬린 담요. 작은 빨간색 양말. 병원에서 가져온 플란넬 담요. 나는 그 모든 것을 하나하나 나열할 수 있었어. 지금 당장 다시 할 수도 있어. 일종의 기억 게임처럼. 그 무엇 하나 세탁하지 않았지. 그 아이의 너무 많은 것이 그 섬유 안에 묻어 있었으니까.

샘이 죽은 이후로 내가 고작 몇 번만 누렸던 사치였어. 가장 필요할 때를 대비해서 아껴두었지.

나는 물건들을 하나하나 천천히 얼굴까지 들어 올려 코가 따끔할 때까지 되도록 깊이 들이마셨어. 거기서 찾을 수 있는 것이 무엇이든 내 마음이 흠뻑 그 안에 잠기도록. 오트밀을 만들 때 부엌 바닥에서 냄비를 땅땅 두드리던 모습. 목욕할 때 젖은 수건에서 비눗물을 빨던 모습. 기저귀를 채우지 않아 위험은 있었지만 맨몸으로 기분 좋게 내 침대에 함께 껴안고 누워 이야기를 듣던 모습. 나는 샘에 대한 이런 작은 무성영화들을 갈망했어. 이런 기억들이 정확하지 않다는 것, 대부분이 내 머릿속에서 재생되는 장면들과 똑같이 일어나지는 않았다는 사실은 내게 중요하지 않았어. 나는 그저 그 애를 봐야만 했어. 그리고 내 손에 든 이 물건들로 그 애를 느낄 수 있었지. 내가 제대로 집중만 한다면, 샘은 바로 내 옆에 올 수 있었고, 나는 다시 살아 있는 기분을 느낄 수 있었어.

아이의 물건을 하나하나 다 쓰다듬고 난 뒤에, 나는 아이가 가장 즐겨 입었던 파자마를 골랐어. 바이올렛을 따라 기어 다니느라 무릎 부분이 얇아지고, 목 부분에 블루베리 잼 얼룩이 묻은 옷. 아기 침대에서 가져온 가벼운 편직 담요. 그리고 베니. 이전에는, 분명히, 그 털 속에서 샘을 찾아내 그 애를 들이마시며 마취제처럼 뇌를 채울 수 있었지. 하지만 지금은 샘의 향기는 거의 날아가고, 베니는 약간 축축하고 곰팡이 슨 느낌이 났어. 나는 엄지손가락으로 베니 꼬리의 얼룩진 부분을 쓰다듬었어. 지금은 오래된 녹으로밖에 보이지 않았지.

나는 쓰지 않은 기저귀도 보관해두었어. 모든 것들을 침대에 늘어놓았지. 이전에 그랬던 것처럼 모든 물품을 하나하나. 파자마 속에 기저귀를 넣고, 그 밑에 담요를 깔고. 베니는 그 애의 목 부분 가까이에 끼워 넣었어. 그런 다음 그 애를 들어 내 품 안에 안고 그 애의 냄새를 맡고 입을 맞췄어. 등을 껐지. 그 애가 잘 싸여서 따뜻해지도록 담요의 모서리를 잘 접어 끼워 넣었어. 파도 소리에 맞춰서 몸을 흔들며 언제나 부르던 자장가를 흥얼거렸지. 그 애를 앞뒤로 흔들었어. 그 애가 잠잠해지고 무거워지자, 그 애의 숨소리가 길고 깊어지자, 나는 그 애를 깨우지 않도록 조심스레 침대 속으로 들어왔어. 베개를 치우고 안전한 자리를 만들었어. 그리고 거기서 내 아기를 품 안에 안고 잠이 들었어.

아침이 되었을 때, 나는 모든 것을 조심스레 돌려놓았어. 상자를 지하실까지 들고 갔지. 다시 부엌에 돌아와서 나는 스토브 위에 주전자를 올려놓고, 블라인드를 올리고, 또 다른 하루를 홀로 시작했어.

67

아빠는 일요일에 나에게 엄마 집에서 점심을 먹을 수 있게 데려다주겠다고 했어. 나는 어안이 벙벙했지. 우리는 엄마가 떠난 뒤 2년 동안 그 여자에 대해선 별로 말하지 않았고, 나는 엘링턴 아줌마와 식당에서 본 이래로 엄마를 본 적도 없었으니까. 아빠는 엄마가 그 전주에 전화해서 초대했다고 말했어. 아빠가 말하는 방식을 봐서는 별로 선택이 없어 보였지만, 엄마의 배신에도 불구하고 가고 싶었던 건 기억이 나. 호기심이 들었으니까. 어쩌면 아빠도 그랬겠지.

엄마는 문을 열고 나를 지나쳐 차로를 바라봤어. 차 앞유리 너머의 아빠를 찾았겠지. 엄마는 차가 거리를 돌아갈 때까지 바라보다가 나를 내려다봤어. 나는 머리카락을 다른 식으로 손질해서 길게 양 갈래로 땋아 내렸고, 얼굴에는 여름 햇볕 때문에 새로이 주근깨가 생겼지.

"만나서 반갑다." 엄마는 마치 식품점에서 우연히 마주친 사람처럼 말했어.

나는 엄마를 따라 안으로 들어갔어. 집은 밖에서는 소박해 보였지만 안에는 이전에 보지 못한 화려한 물건들이 가득하더라. 엘링턴네에서도 보지 못한 것들이었지. 어엿한 식탁 러너, 단 위에 놓인 유리조각상, 각각 특별 등을 달아서 위에서 빛을 비춘 그림들. 그 모든 것이 내게는 진짜처럼 느껴지지 않았어. 언제라도 배우들이 획 나타나무대를 차지할 수 있는 세트 같았지. 리처드가 우리를 불렀고, 엄마는 나를 부엌으로 이끌었어. 거기서 리처드는 칵테일 잔에 담긴 진분홍 음료를 내밀었지.

"네게 주기 위해 셜리 템플*을 만들었지." 나는 그의 거대한 손에서 잔을 받아 들었고, 두 사람은 내가 음료를 마시는 모습을 보았어.

"이쪽은 리처드야. 리처드, 이쪽은 블라이스." 엄마는 탁자에 앉아 부엌을 둘러보며 나한테도 똑같이 하라는 눈치를 주었어. 모두가 완전히 새것처럼 깨끗하고 쓴 적 없는 듯 보였지. 실제로 그랬을지도 모르고.

"샌드위치를 좀 주문했단다."

리처드는 나를 빤히 보더니 다시 엄마에게로 시선을 옮겼어. 엄마는 마치, 이제 만족해?라고 묻는 것처럼 그를 보고 눈썹을 치켰어.

그는 내게 학교에서 보낸 첫 주에 대해 몇 가지 질문을 하고, 내이름이 마음에 든다고 했어. 그러더니 전화를 할 일이 있다면서 나가버렸지. 엄마는 점심 식사를 싼 셀로판지를 풀더니 내게 어떻게 지내느냐고 물었어. 지난 2년간, 아니면 이번 주에? 나는 묻고 싶었어. 하

---

* 석류즙과 진저에일로 만든 무알코올 칵테일.

지만 우리가 사이좋은 척해야 한다는 건 분명했지. 엄마가 꾸민 이 집처럼. 어떤 이유론가 엄마가 내게 보여주고 싶었던 이 삶처럼. 엄마는 칼을 집으려고 조리대 위로 손을 뻗다가 블라우스에 마요네즈를 조금 묻혔어.

"망할." 엄마는 식식대더니 행주로 얼룩을 문질렀어. "한 번 입은 건데."

나는 칠면조 햄 샌드위치를 먹으면서 두 사람이 프랑스 해안 어딘가에 대해 하는 얘기를 들었어. 여름에 휴가로 갔다고 했지. 나는 이 돈이 다 어디서 나는 걸까, 어째서 도시 외곽에서 30분 떨어진 평범한 동네의 지루한 집에 사는 걸까 궁금했어. 나는 늘 엄마가 자기처럼 아름다운 사람들이 가득한 도시의 보헤미안적인 삶을 찾아 우리를 떠났다고 상상했거든. 확실히 리처드 같은 사람은 아니었어. 그렇다고 그가 유리 소각상이나 우아한 도자기에 어울리는 사람도 아닌 건 확실했지. 그는 엄마가 그랬던 것처럼 여기에 걸맞지 않은 사람이었어.

엄마의 머리카락과 피부, 입술과 옷이 달라졌지. 목소리까지도. 새로운 조직과 냄새와 높낮이. 내가 한때 알았던 모든 부분은 반들거리고 한 겹 덧씌워졌으며, 백화점 같은 냄새가 났어. 나는 나중에 엄마의 옷장에서 박엽지 더미와 이전에 들어보지도 못한 상점의 화려한 쇼핑백들을 보았지. 엄마는 내게 집을 대충 구경시켜주었고, 그런 뒤에는 침실에서 어정거렸어. 엄마의 침대 옆 탁자 위에는 알약이 놓여 있지 않았어. 나는 구석에 작은 여행 가방이 있다는 것을 눈치챘지. 가방은 열려 있었고, 그 위에는 물건들이 흩어져 있었어. 엄마는 내가 그걸 바라보는 모습을 보았지.

"아직 짐을 풀 시간이 없었어. 우리는 도시에 오래 머무르거든. 리처드가 거기서 사업을 해. 실제로 잠시 동안 거기 살았어."

엄마는 얼룩진 실크 블라우스를 벗어 달리 입을 것이 있나 옷장 속을 찾아봤어. 그러더니 한숨을 쉬었어. "나는 여기가 싫어. 하지만……."

하지만 뭐? 나는 궁금했어. 엄마의 브래지어는 검은색이고 레이스가 달려 있었어. 나는 엄마의 가슴 사이에 내 얼굴을 묻고 싶은 굴욕적인 충동을 느꼈어. 마치 그 가슴골이 내게 어린 시절을 연상시키기라도 한 것처럼, 엄마의 피부 냄새를 맡고 싶었어.

그날 오후, 화장실에서 조용히 내려오다가 나는 복도에서 리처드가 엄마의 허리를 뒤에서 잡아 자기 쪽으로 끌어당기는 모습을 봤어. 엄마는 손을 뻗어 그의 왁스 바른 희끗한 머리에 손가락을 넣었어.

"당신이 보고 싶었어. 다시는 그렇게 사라지지 마." 그가 말했어. 엄마는 그에게서 자기 손을 뺐어.

"그 사람에게 전화하지 말지 그랬어."

"뭐, 그래서 당신을 집에 데려올 수 있게 됐잖아, 그렇지 않아?"

리처드가 나를 초대한 것이었어. 엄마가 아니라. 나는 엄마를 도시에서 도로 데려오기 위한 미끼였어. 하지만 그렇다면 엄마의 아주 작은 한 부분은 나를 보고 싶어 했던 것일까. 아빠와 내가 자기를 어떻게 생각하는지 여전히 신경 썼던 거겠지.

나는 열까지 세고 부엌으로 들어갔어. 아빠가 곧 다시 올 것이었지. 나는 두 사람에게 점심 식사 고맙다고 인사를 하고 창문에서 아빠 차가 보이나 지켜봤어. 나는 엄마가 무언가 말하기를 기다렸지. 조만간 또 오렴. 네가 와줘서 기뻐. 네가 보고 싶었어.

엄마는 문밖까지 나와 나에게 작별 인사를 하며 손을 흔들었어. 분명 아빠에게 자기 모습을 잘 볼 수 있는 기회를 주고 싶었던 거겠지.

아빠는 나에게 그 방문에 대해서 결코 묻지 않았어. 그 집에 대해서도, 리처드에 대해서도, 엄마가 점심 식사로 뭘 내놓았는지에 대해서도. 하지만 저녁 식사 때, 우리가 마지막으로 남은 설거지를 말 없이 함께 마쳤을 때, 나는 아빠에게 말했어. "엄마를 불행하게 만든 사람은 아빠가 아니에요." 나는 아빠에게 알려야만 했어. 아빠는 대답하지 않았어. 아빠는 젖은 행주를 식탁 위에 접어놓고, 부엌을 나갔어.

그때가 내가 엄마를 마지막으로 봤던 때였어.

68

바이올렛과 함께 있을 때면 집에 유령과 함께 사는 것 같았어. 그 애는 내게 거의 말을 걸지 않았지만, 늘 자기 존재감을 느끼게 했지. 바이올렛은 불을 켜놓고, 수도꼭지에서 물이 똑똑 떨어지도록 틀어 놨어. 그 애가 방 안의 공기를 바꾸는 것 같았지. 그때쯤 되자 나는 바이올렛의 분개심을 잘 알 수 있었어. 그 애를 둘러싼 공간의 두께 에서 그것을 알아차릴 정도는 됐지.

별거에 대해 그 애는 누구 탓을 했던 걸까? 그 애가 누군가를 탓 한다면 답은 분명히 나겠지. 나는 그 애가 우리 가족이 둘로 나누어 진 것을 좋아한다고 생각했어. 그 애는 별거 가정의 아이로서 새로 운 역할을 잘해내며, 내게서 받은 사면을 조용히 기뻐하고 있었지. 한동안은 그 애 선생님들로부터 아무런 연락도 받지 못했어. 나는 우리가 마치 폭풍 전야의 고요 속에 있는 게 아닐까 싶었지.

어느 날 아침, 학교에 가는 길에 나는 손을 뒤로 뻗어 그 애에게 머핀을 건넸어. 그 애는 스카프 아래에서 뭔가 더듬거리고 있다가, 머핀을 받기 위해 멈췄어. 내가 돌아보자, 작고 둥근 펜던트가 달린 섬세한 황금 사슬을 꺼냈지. 몇 년 전에 당신이 내게 주었지만 이제는 차지 않는 것과 비슷했지. 나는 백미러로 아이가 그것을 소중히 만지는 모습을 보았어.

"그거 어디서 났니?"

"젬마가."

그 애는 당신 사무실에서 처음으로 점심을 같이 한 뒤로 그 여자의 이름을 소리 내어 말한 적이 한 번도 없었어. 나는 필사적으로 젬마와 나 사이의 비밀 관계가 유지되기를 바랐기에, 바이올렛에게 그 여자에 대해 물어본 적이 없었어. 당신 가정에서 내 이름이 나올 만한 원인을 전혀 제공하고 싶지 않았어.

젬마와 유대 관계를 맺기까지는 오래 걸리지 않았어. 젬마는 쾌활하고 에너지가 넘쳤으며 자기에 대해 물어봐주는 걸 좋아했지. 말을 길게 늘어놓는 습관이 있었고, 한참 생각하다 말고 눈을 꼭 감으며, "내가 너무 내 말만 했죠. 당신은 어때요?"라고 말하면서 아주 섬세하게, 토끼 앞발을 토닥이듯 내 두 손목을 건드리곤 했어. 무척 매력적인 몸짓이었고, 우리가 결혼이라는 벽이 조용히 무너져 내리는 가운데 서 있는 동안, 당신이 그 여자에게서 어떤 고통의 유예를 찾았는지 이해할 수 있었어.

우리는 매주 발표 동안에 같이 앉기 시작했고, 그 뒤에는 여자들과 어울렸어. 나는 새로운 소식을 들을 기회를 절대 놓치지 않으려고, 되도록 젬마 곁에 붙어 있었지. 젬마는 매주, 천천히 맞춰야 하는 퍼즐이었어. 그 여자와 함께 있는 동안은 심장이 계속 뛰었고, 그 여자에 대해서 더 알고 싶어서 열심히, 필사적이 되었어. 종종 나도 모르게 그 여자를 빤히 보면서, 그 여자 옆에서 당신은 어떤 모습일까 그려보곤 했어. 그 여자를 어떻게 만질까. 그 여자와 어떻게 섹스할까. 그 여자가 당신 아기에게 젖을 먹이고, 밤에는 달래서 재우고, 아침에는 간질이는 모습을 어떻게 바라보고 있을까. 그 여자가 당신을 무척 행복하게 해주었을까.

"사실은 마음에 들어요. 새엄마인 것이 좋아요."

나는 환상에서 탁 깨어서 다시 그 여자를 똑똑히 보았어. 젬마는 그 이전에는 바이올렛의 이름을 꺼낸 적이 없었지. 나는 기다렸어.

"그 애는 열한 살인데, 어떤 여자애들은 그때 힘들다고 하잖아요. 그런데 바이올렛은 나를 좋아하는 것 같아요. 내가 운이 좋죠. 의붓자식들에 관한 공포 이야기를 들어보셨을 거 아니에요……."

누구 다른 사람이 끼어들더니 화제를 바꾸었어. 나중에, 우리 둘만 있을 때, 나는 젬마가 한 말에 대해 물어보았어.

"당신에게 의붓딸이 있는지 몰랐어요."

"아, 제가 그 얘기를 하지 않았나요? 그 애 이름은 바이올렛이에요. 참 다정한 아이죠. 내 남편이 그 애와 무척 가까워서 우리와 함께 지내는 일이 많아요."

"두 사람 잘 지내나 보네요? 그렇게 들리는데?"

"문제가 전혀 없어요. 우린 그저 잘해 나가고 있어요. 우리 작은 가족은. 남편이 우리를 무척 아껴주죠. 우리 넷이 함께 있는 것을 좋아해요."

"그럼 그 애 엄마는요?"

"그 사람은 딱히 이 관계 안에 들어 있지 않아요. 긴 이야기예요. 그 여자에게 문제가 좀 있어서, 거리를 두는 편이에요."

나는 고개를 끄덕이고, 그 여자가 더 말해주기를 바라며 조용히 있었어.

"거기에는 과거 일이 좀 있는데, 나는 빠져 있어요. 제가 주워들은 바로는 아주 사랑이 넘치는 사람은 아니었던 모양이에요. 하지만 우리가 뭐라고 판단하겠어요, 그렇지 않나요?" 젬마는 한숨을 쉬고 방 안을 둘러보았어.

나는 좀 더 원했어. 당신이 나에 대해서 그 여자에게 한 거짓말을 마지막 하나까지 다 알고 싶었어. "그럼 바이올렛은 당신 같은 새엄마가 있어서 운이 좋았네요."

"그런 말을 해주다니 다정하네요, 고마워요. 나는 내 친자식처럼 그 애를 사랑해요."

나는 진실을 찾아 그 여자의 얼굴을 살폈어. 바이올렛과 있을 때 나의 기운을 다 빼버렸던 그 똑같은 불편한 느낌을 찾아보고 있었지. 하지만 젬마는 음악에 따라서 몸을 흔들다가 계산대 위로 빈 컵을 내려놓았어. "갈까요?"

나는 헛기침을 하고 그녀를 따라 문으로 갔어. "그럼 바이올렛은, 아기를 좋아하나요?"

"제트를 얼마나 사랑하는지 몰라요. 세상 최고의 누나예요."

나는 작별 인사를 하며 그 여자를 안았지. 그 여자의 부어오른 젖 가슴을 내 가슴에 느끼면서.

316

69

나는 젬마와 주중에도 서로 문자를 주고받기 위해 다른 번호로 새 전화를 구했어. 처음에는 지루한 안부 인사를 짧게 주고받는 정도였지. 거기 올 거예요? 잘됐네요, 나도요! 그 뒤에는, 만나서 반가웠어요! 좋은 한 주 보내요. 그다음에는 젬마가 아이에게 적당한 감기약을 찾으러 약국 복도에 서서 추천해달라고 문자를 보내거나, 제트를 데리고 '엄마와 나' 수영 수업에 참가하는데 다회용 수영 기저귀를 써야 할지, 일회용을 써야 할지 묻거나 했어. 젬마는 자신감이 넘치는 여자였고, 말이 많고 활기가 넘쳤지만, 제트에 관한 한 끝없이 확인받기를 원하는 면이 있었어. 그 여자는 완벽한 엄마가 되려 했고, 행동과 소비와 주는 것을 최고로 하고자 했어. 그래서 자주 내게 조언을 구했지. 나는 이런 연약함이 사랑스럽다고 느꼈어. 이렇게 아들의 안녕을 위해 자신을 아낌없이 내어주고, 아들을 위해 자신이 한 일을 끝없이 평가하는 모습이.

젬마는 엄마가 된 것을 좋아하기도 했지만, 엄마 역할을 하는 것 또한 좋아했어. 아껴주고, 돌보고, 난리를 피우고, 사랑하고, 안아주고, 젖을 먹이고. 젬마는 엄마로서 발전해갔어. 내가 아기 젖을 곧 떼야 하지 않느냐고 물었더니 — 당시에 아이는 거의 한 돌이 되었으니까 — 젬마는 고개를 힘차게 저었어. 내가 미리 알았어야 하는데. 젬마는 언젠가 아이에게 젖을 먹일 때마다 아이가 태어나기 전에는 경험해보지 못한 감정이 치민다고 했어. 설명할 수 없지만 자기 마음속 깊은 곳에서 우러난 무언가. 나는 무슨 오르가슴을 묘사하는 것 같다고 말했지.

"당신도 알잖아요, 앤. 이게 훨씬 좋다는 걸."

우리는 웃었지만, 젬마는 진심이었지.

"저도 샘을 만나보고 싶어요." 젬마는 어느 수요일 밤, 코트를 입으면서 이렇게 말했어. "아이들 둘을 같이 놀게 하면 재미있지 않을까요?"

"그거 괜찮겠네요."

젬마는 그 생각을 더 밀어붙이지는 않았지만, 나는 물어볼 때를 대비해서 핑계들을 미리 잘 생각해놓았지. 일정이 있어요. 아파요 (젬마는 병균을 무서워했으니까). 다른 데로 여행 가려고 급하게 정했어요. 잘 지내는 건 생각보다 훨씬 쉬웠어.

바이올렛이 당신 집에 있었던 어느 날 저녁, 젬마는 거의 밤 12시가 다 되어가는 시간에 전화를 했어. 그녀는 걱정을 하고 있었지. 제트가 심각한 기침감기에 걸려 숨 쉬기가 힘들다는 거야. 젬마는 어찌 해야 할지 몰랐어. 응급실로 데려가야 할까? 다시 김이 모락모락 나는 샤워를 해야 할까?

"남편은 뭐래요?" 나는 당신이 결혼하지 않았다는 사실은 알았어. 우리가 아직 이혼하지 않았으니까. 하지만 그 여자는 어쨌든 당신을 남편이라고 불렀지.

"여기 없어요. 일 때문에 출장 갔는데 전화를 받지 않아요."

"아." 나는 당신이 바이올렛을 젬마에게 밤새 맡겨두고 가면서도 나한테는 아무 말 하지 않았다는 데 놀랐어. 우리의 느슨한 합의를 생각했지. 내가 우리 시간을 나누는 문제에 대해서 얼마나 공정했는지를. 바이올렛을 다른 사람에게 맡기면 미리 알려주기로 되어 있었어. 당신은 그 애가 더 좋아한다는 핑계로 자기에게 유리하게 이용하기 시작했지. 여기저기서 하룻밤 더 보내고, 나한테는 말도 하지 않고 주말에 도시를 떠나 여행을 간다든가. 당신은 이제 자기가 더 우위에 있다는 걸 알았어. "그럼, 혼자 있어요?"

"그 사람 딸이 여기 있어요. 내가 제트를 응급실로 데려가면, 걔도 깨워서 데려가야 해요. 하지만 내일 아침 학교 가기 전에 첫 농구 연습이 있어서, 그 애도 피곤해질 거예요. 어쩌면, 지금 열한 살이니까 혼자 있을 수 있을까요? 병원은 고작 네 블록 떨어진 데 있는데. 걔는 자다가 깨는 일이 없거든요. 하지만 맙소사, 만약 걔가 깨서 나를 찾을 수 없으면 저는 정말 너무나도 기분이 끔찍할 거예요." 젬마는 생각하며 길게 공기를 내뿜었어. "아뇨, 안 돼요. 내가 병원에 가면 걔도 깨워서 같이 가야죠."

내가 뭐에 씌었는지 모르겠어.

"그냥 놔둬요. 거기 혼자 둬도 괜찮을 거예요. 무슨 일이 있겠어요. 걔 방에 모니터를 두고 거기서 지켜보면 되죠. 이제 나이 들 만큼 들었잖아요. 내가 당신이라면, 당장 아기를 병원에 데리고 갈 거예요."

"정말요? 망할. 그렇게 생각해요?"

"그럼요, 확실해요. 그냥 가요. 오래 있지도 않을 거고, 그 애도 깨어나지 않을 거예요. 위험을 무릅쓸 순 없잖아요. 제트는 그냥 아기 잖아요. 괜히 모험하면 안 돼요. 그러다가 자기를 용서하지 못할 거예요."

나라면 절대 그 애를 혼자 두지 않을 거야. 하지만 나는 당신이 그 여자에게 화내길 원했어. 격분하길 바랐어. 나는 그 여자가 당신이 끔찍하다고 생각할 만한 짓을 하길 원했어.

"아, 난 잘 모르겠어요, 앤."

"그냥 아기만 데려가요." 나는 긴급하게 말했어. "지금 애 소리가 들리는데, 꽤 심각한 것 같아요. 걱정되네요."

나는 전화를 끊고 나 자신에게 구역질을 느꼈어.

젬마는 아침에 내게 문자를 해서 병원에서 네 시간 기다리게 한 끝에 자기를 그냥 집으로 보냈다고 했어. 뜨거운 물을 틀고 수증기 속에 애를 꼭 안고 있으라고 충고하면서. 아기는 괜찮다고.

다음 주 엄마 모임에서 젬마를 봤을 때, 바이올렛을 혼자 두었다고 인정하니까 당신이 화냈다고 말했어. 당신이 이를 악물고 비열한 말을 뱉어내는 모습을 그려볼 수 있었지. 당신은 정말로 분노했을 때 그러잖아. 나는 당신에게는 그 애를 맡길 수 있다고 생각했어. 당신이 그보다는 나은 엄마라고 생각했어.

"그 사람 말이 맞아요, 앤. 나는 그런 짓을 해서는 안 됐어요. 내가 똑바로 생각할 수 없었나 봐요."

"내가 너무 미안해요. 어쩌면 당신에게 잘못된 조언을 해줬나 봐요. 하지만 젬마는 최선이라고 생각한 일을 한 거니까."

"네, 어쩌면요." 젬마는 그날 밤 평소보다 말이 없었고, 나는 그 여자가 나한테 언짢아졌다는 것을 알았어. 나는 집에 가려고 택시를 기다리면서 문자를 보냈어.

괜찮아요? 오늘 밤 기운 없어 보이네요.

그냥 그런 주가 있는 것 같아요. 개인적인 건 아니에요, 약속해요! ن

이 여자는 너무 친절해서 맞서 따질 수 없는 사람이었어. 나는 내가 그 여자를 배신했다는 생각에 속이 메스꺼웠어. 그녀는 서서히 내가 필요로 하는 유일한 사람이 되어버렸으니까.

70

　우리 우정에서 중요한 부분을 생략했군. 어쩌면 가장 중요한 부분일지도 모르겠네. 젬마와 있을 때는 나는 샘의 엄마였어. 그럴 수 있다고는 미처 생각도 못 해본 방식으로 샘은 내 안에서 다시 살아났어. 젬마와 함께 있는 건 가장 놀이를 하는 것과 같았고 내 상상의 친구는 내 인생의 사랑이었지. 나의 귀여운 아들. 앞니가 빠지고 수다스러운 나의 꼬마 아들은 맨발에 가장 좋아하는 얼룩진 야구 셔츠를 입고 우리 집 복도로 뛰어 들어왔지. 아이는 줄자와 쓰레기 내놓는 날을 좋아했고, 레스토랑에서 주는 설탕 봉지를 모았어. 그 애는 어머니 대자연에 대해서, 어떻게 이렇게 날씨를 만드는지에 대해서 내게 매일 물었지. 우리는 주말에는 수영을 했고, 아침에는 유아원 가는 길에 머핀을 사러 갔어. 아이의 신발은 언제나 꽉 끼었지. 입은 언제나 오므리고 있고. 자기가 태어난 날의 이야기를 듣고 싶어 했어.

수요일이면, 나는 종일 어머니 모임에 가서 뭐라고 말할지를 궁리했어. 아이가 밤에 잠을 자지 않아서 진이 다 빠졌다고, 나올 때 베이비시터와 함께 울었다고. 어쩌면 그날 오후 유치원에서 아이를 데려왔을 때 선생님이 그 애에 대해 했던 말을 해야 할지도 몰라. 샘을 둘러싼 서사를 지어내는 건 중독적이었어. 나는 줄거리 속을 강박적으로 돌고 돌며 그 애가 살아 있다면 지금 어떤 모습일까, 내가 어떻게 키웠을까 생각했어. 바이올렛이 그 애를 죽이지 않았다면. 하지만 나는 그때만큼은 바이올렛을 내 마음속에 들이지 않으려고 애썼어. 그곳은 성스러운 자리, 샘만을 위한 것이었지. 그리고 젬마가 가끔 바이올렛을 대화에 올리면, 나는 바짝 긴장해서 귀를 기울이며 갈등을 느꼈어. 나는 당신들이 함께하는 삶의 열린 창문을 들여다보고 싶어서 안달이었지만, 바이올렛이 샘의 두 번째 기회 주변에 서 있다는 것이 싫었어.

나는 젬마가 내게 샘에 대한 질문을 해줄 때가 좋았어. 젬마가 한 번은 자기가 샘의 이름을 말하면 내 눈이 반짝 빛난다고 말했어. 그 여자가 나의 내면이 빛나는 걸 볼 수 있다는 건 추호도 의심하지 않았지. 그 누구도 샘의 이름을 언급한 적 없었는데, 여기 그녀가 온 거야. 샘에게 공간과 시간과 가치를 부여하는 사람이. 젬마는 샘에 대해 알고 싶어 했어. 젬마에게 샘은 중요했어. 그래서 젬마도 내게 중요했지, 깊게.

나는 사진은 미처 생각하지 못했어.

어느 날 젬마는 자기가 볼 수 있는 샘의 사진이 있느냐고 물었지. 젬마는 내가 무심코 손에 든 내 휴대전화를 보려고 몸을 숙였어. 자기가 제트의 사진을 수백 장 가지고 있듯이 나도 쉽게 샘의 사진 수

백 장을 넘기며 보여줄 수 있을 거라 기대한 거지.

"그게, 내가 사실은 휴대전화를 막 포맷해서. 공간이 부족했거든요." 나는 이런 기술적 사실에 화가 난 듯 보이려고 했어. 그러곤 전화기를 가방 안에 던져놓고 차분하게 화제를 돌렸어.

그날 밤, 나는 레드 와인 한 잔을 따라놓고, 인터넷에서 샘처럼 보이는 네 살짜리 소년의 사진들을 찾아 나섰어. 공개로 된 낯선 사람들의 소셜 미디어 계정을 뒤졌지. 몇 시간 동안 행복하고, 비눗방울을 불고, 수레를 타고, 아이스크림이 잔뜩 묻은 아이들의 삶을 훑었어. 와인 한 병을 다 비웠을 때쯤 완벽한 아이를 찾았지. 짙은 갈색 고수머리, 틈이 있는 치아를 드러낸 웃음, 똑같이 커다란 푸른 눈. 시오반 맥아담스, 낮에는 제임스의 엄마, 밤에는 케이크 제빵사.

나는 내 화면 위에 그 여자의 얼굴을 따라 그려보았어. 그 여자는 무척 피곤해 보였지. 무척 행복해 보였어.

나는 제임스의 사진을 10여 장 저장하고, 하나를 내 전화의 배경화면으로 깔았어. 그 애가 롤러코스터 꼭대기에 올라간 것처럼 두 손을 머리 위로 올리고 그네를 타는 사진. 샘은 그네를 좋아했지.

나는 중고 용품점에서 아기 물건을 사서, 이제 샘은 작아져서 못쓰는 척을 하면서 그걸 젬마에게 주었어. 샘의 진짜 옷이나 장난감하고는 이별할 수가 없었고, 게다가 당신이나 바이올렛이 알아볼지도 모르니까. 젬마는 내가 무엇을 가져다주든 마치 샘을 껴안듯이 그 물건을 껴안았어. 나는 젬마가 그러는 모습을 보는 게 좋았어. 젬마가 그 애를 떠올리는 모습을 보는 게 좋았어.

어떤 주에 젬마는 내게 예쁜 프뢰벨 블록 세트를 가지고 왔어. 나는 그 블록이 비싸다는 걸 알았지.

"실은, 이거 갖다주라고 한 사람은 남편이에요. 누가 우리에게 선물로 준 건데, 우린 벌써 큰 세트가 있어서."

나는 젬마가 응급실 사건에서 내 역할에 대해 당신에게 말하지 않았으리라는 것을 알아차렸어. 내가 선물을 주었을 때 젬마가 그랬듯이 나는 고마워하며 상자를 가슴에 끌어안았어. 사람들은 그러지. 같이 시간을 보낼 때면 서로의 미묘한 몸짓이 옮아서 서로 비슷하게 행동하게 되잖아. 나는 젬마가 자기도 모르는 채 나를 따라 한 적이 있었나 생각했어. 어쩌면 내가 수요일 밤이면 쓰는 가발의 머리카락 끝을 만지는 방식일까. 아니면, 내가 생각할 때 가끔 혀를 차는 방식일까. 그녀가 이렇게 할 때, 내가 그녀의 마음에 스쳐 간 적이나 있을까 궁금했어. 휙 지나가며 덧없이 올 때처럼 빠르게 사라지는 생각으로라도.

나가는 길에, 나는 당신에게 선물 고맙다고 전해달라고 했어. 그런 다음에는 하지 말아야 할 말을 했지. 언젠가 당신과 제트, 바이올렛을 만나고 싶다고. 물론 가능하지 않은 일이지만, 나는 어쨌든 당신에 대해서 이야기하고 싶었어. 젬마는 고개를 끄덕이더니 자기도 그러고 싶다고 했어. 어쩌면 이전에 자기가 권한 것처럼 샘과 함께 피자를 먹으러 오면 어떻겠느냐고.

"바이올렛하고는 어떻게 지내요?"

"바이올렛요? 좋아요. 모두가 좋아요." 젬마는 전화로 누군가에게 문자를 보내느라 정신이 다른 데 팔린 것 같았어.

하지만 나는 그녀가 내게 거짓말을 한다는 것을 알았지. 나는 그녀가 내 딸을 보고 뭔가 잘못되었다는 느낌을 받은 적이 있는지 궁금했어. 그녀의 아들이 위험에 처했다는 의심을 해본 적이 있는지 궁금했지.

젬마는 작별 인사로 내 뺨에 입을 맞추었어. 나는 그녀가 언제나 내 팔을 살짝 건드리듯이 젬마의 팔을 건드렸어.

우리는 너무 가까워지고 있었어. 나는 다음 주는 건너뛰어야겠다고 스스로에게 약속했어. 나는 블록을 집으로 가지고 가서 샘의 방에 가져다 놓았어.

71

그날은 가지 않으려 했어. 젬마에게 몸이 별로 좋지 않다고 문자를 보냈어. 샘이 밤새 보챘고, 나도 그 전날 밤 별로 잠을 자지 못했다고. 젬마는 슬픈 얼굴을 답장으로 보내더니 다시 나를 보고 싶다고 말했어. 나는 젬마를 실망시키고 싶지 않았어.

우리는 뒤쪽 가까이에 앉아 그 주에 있었던 일을 낮은 목소리로 교환했어. 젬마는 걱정이 되는, 일련의 사소한 일들. 나는 샘이 한 귀여운 말이나 행동.

우리는 거의 1년 동안 수요일 밤 모임에서 보아온 사이이고, 대부분의 단골 회원들이 알 만큼, 어느 시점부터 단짝으로 통했어. 다른 여자들은 자리가 없으면 우리를 위해 두 자리를 잡아놓았고, 둘 중 한 명이 늦으면 다른 사람은 어디 있느냐고 물었지. 나는 어째서 젬마가 거기 있는 모든 여자들 중에서도 내게 흥미를 느꼈을까 궁금했어. 그 대답은 내가 그 여자에게 다른 선택의 여지를 주지 않겠다는 의도로 접근했기 때문이겠지. 그래도, 나는 젬마도 내게 끌린 점이 있었다고 믿고 싶었어. 그녀는 나를 훌륭한 엄마라고 생각했어. 능력 있고 사랑이 넘치고 헌신적인 사람. 그리고 나와 친구가 된 것이 당신의 새 아들과 함께하는 한 해를 헤쳐 나가는 그녀에게 커다란 위안이었지. 그 생각을 하니 당신이 구축한 새 가족의 비밀스러운 한 부분이 된 것 같은 기분이었어. 마침내 당신의 비판이라는 굴레를 벗고 한 발짝 나아간 것 같은 기분.

우리는 다른 사람들에게 작별 인사를 했고, 나는 목에 스카프를 둘렀어.

"내 남편이 여기 왔어요." 젬마가 문을 가리켰어. 거기 당신이 있었지. 밖에 서서 나를 응시하며. 나는 두 손으로 모직 스카프를 붙잡고 숨을 죽였어. 그리고 당신을 등지도록 천천히 몸을 돌렸어. 당신은 우리를 보고 있었던 거야.

"가요. 소개할게요." 젬마는 내 어깨에 두 손을 얹고 나를 문으로 안내했어. 나는 어찌 해야 할지 몰랐어.

"젬마, 나는…… 화장실에 가야 할 것 같아요……."

"아, 그냥 빨리 나가요. 우리는 심야 영화를 보러 가기로 했지만, 저 사람이 여기 있는 동안 만나게 해주고 싶어요."

나는 눈을 내리깔고 생각하려 했어. 뭐라고 할 수 있을까? 나는 스카프를 턱까지 높이 끌어 올리고, 모자를 이마 위로 낮게 눌러썼어. 코트 아래로 늘어진 긴 갈색 머리를 더듬어 어깨 위로 펼쳤어. 그렇게 하면 당신이 나를 알아보지 못할 것처럼. 당신이 20년 동안이나 사랑한 여자를. 당신 아이들의 엄마를. 나는 거기 벌거벗은 것처럼 당신 앞에 섰어. 젬마는 당신에게 키스했지. 내가 했던 것처럼 발을 들어 올릴 필요가 없더라. 당신의 눈이 총알처럼 느껴졌지. 나는 침을 삼켰고, 눈물이 눈꺼풀 아래 고였지만, 젬마가 보기에는 그건 매서운 추위 때문일 수도 있었겠지.

"폭스, 이쪽은 앤이에요. 앤, 이쪽은 폭스."

내 머리가 밤하늘 속에 촛불 밝힌 종이 등처럼 떠다녔어. 나는 더는 거기 서 있지 않았어. 당신의 시선에 갇혀서, 당신이 다음에 할 말에 살육당하기를 기다리고 있지 않았어. 당신이 내가 한 짓을 알게 된다는 수치, 공포, 후회에서 살아남을 수 있는 유일한 방법이었어. 내 자신을 떠난 거야. 나는 위에서 바라보고 있었어.

"만나서 반갑습니다." 나는 장갑 낀 손을 당신에게 내밀었어. 당신은 젬마를 보았지. 그런 뒤에 나를 다시 돌아보았어. 당신은 주머니에서 손을 빼지 않았어. 내가 당신 생일에 그 코트를 사 주었지.

젬마는 당신이 오직 동맥류를 일으켰을 때나 그렇게 무례하게 굴 수 있다는 듯 순수한 걱정을 품고 당신 쪽을 돌아봤어. 당신은 천천히 코트 주머니에서 한 손을 빼서 내 손을 잡았어. 우리는 1년 반 동안이나 대화를 나누지 않았지. 서로에게 손을 대지 않은 지는 그보다도 더 오래됐어. 당신 얼굴 피부는 추위 때문에 붉었고 당신은 더 늙어 보였어. 어쩌면 아기 때문에 잠을 설쳐서일 수도 있고, 지금 하는 일의 스트레스 때문일 수도 있겠지. 어쩌면 내가 그저 시간을 놓쳐버린 것일지도 몰라. 그 모든 일에도 불구하고, 내게 가장 쉽게 밀려오는 기억 속에서 당신은 여전히 내가 몇 년 전에 사랑했던 남자였어.

"저도요." 당신은 말하면서 내 머리 위를 힐끔 보았고, 나는 당신이 우리 둘 다 굴욕을 피할 수 있게 하려는 행동임을 알았어. 나를 위해서 그러는 건지는 의심스러웠지만.

젬마는 불편해 보였어. 평소의 부드럽고 유연한 태도는 사라지고, 긴장했지. 그녀가 두꺼운 오리털 코트를 입고 있었어도 나는 알 수 있었어. 그녀도 뭔가 잘못되었다는 건 깨달았겠지만, 밖에 그렇게 오래 서 있기에는 너무 추웠고 다른 여자들이 작별 인사를 하려고 그녀의 시선을 끌었어. 우리 셋은 서로의 위험으로부터 등을 돌렸어. 나는 보도에서 서성거리는 군중 틈으로 끼어 들어갔고 그다음에는 달리기 시작했어. 달리 어떻게 해야 할지 몰랐어. 되도록 당신에게서 멀리 벗어날 필요가 있었어.

72

다음에 일어난 일을 젬마가 당신에게 말했는지는 모르겠네.

내가 상상하기로는, 당신은 극장에 갔다 올 때까지 기다렸다가 그녀에게 말했겠지. 아니면 며칠 뒤든가. 어쩌면 젬마에게 실망을 주는 일을 되도록 오래 피하고 싶었겠지. 더 이상 입을 다물고 있는 건 정직하지 못하다는 기분이 들 때까지만. 어쩌면 당신은 내가 저지른 짓처럼 생각도 못 할 짓을 하는 여자와 그렇게 오래 결혼 생활을 했다는 사실을 인정하고 싶지 않았는지도 몰라. 나사 빠진 짓, 그런 여자와 엮이는 것만으로도 수치스러워서. 그 주에는 젬마에게 아무런 소식을 듣지 못했고, 나도 차마 연락할 엄두가 나지 않았어. 평소와 다른 침묵은 당신이 그 여자에게 내가 누구인지를 말했다는 증거였지. 수요 야간 모임은 그만두었어.

어쩌면 젬마는 우리가 나눈 1년간의 우정에 대해서 당신에게 별로 말하지 않았을 수도 있어. 하지만 그건 내게 큰 의미가 있었지.

나는 이전에는 그녀와 같은 친구가 없었어. 나의 애정을 그렇게 따뜻하고 편안하게 느끼는 사람. 젬마는 온화한 여름날 같았지. 젬마는 내게 한때의 당신과 비슷하게 느껴졌어. 이전. 그녀가 내 삶에서 사라지고 나서야 나는 내가 얼마나 외로운 사람인지를 깨달았어.

호기심이 나를 점점 갉아먹자 마침내 나는 용기를 내서 어느 날 바이올렛에게 물었어.

"젬마는 어때?"

"왜 물어보는데?"

"그냥 궁금해서."

"잘 있어."

"그리고 아기는?"

아기. 우리는 결코 그 아기에 대해 이야기한 적이 없었어. 바이올렛은 포크를 입에 넣은 채로 멈추었다가 접시 위에 놓인 채소를 바라보았지. 분명, 내가 어떻게 알았는지 궁금했을 거야. 어쩌면 자기가 더는 이 비밀을 숨겨주지 않아도 된다는 사실로 발생한 권력 이동을 처리하고 있었겠지.

"걔는 괜찮아." 바이올렛이 후에 헛기침하는 모습이 왠지 내게는 불편하게 여겨졌어. 바이올렛은 식탁에서 내려가버렸고, 우리 둘 다 그날 저녁 다시는 제트에 대해 언급하지 않았어. 잠자리에 들기 전, 바이올렛은 주말 동안 당신 집에서 머물러도 되느냐고 물었지. 당신 부모님이 방문하실 거라고. 나는 불륜을 알게 된 이래로 아직까지 당신 어머니와는 말을 나누지 않았어. 어머니는 무척 자주 전화하셨지만, 그때는 내게 메시지도 남기지 않게 되었지.

"좋아. 하지만 그걸 부탁하는 사람은 네 아빠여야 해."

바이올렛은 어깨를 으쓱했어. 우리 둘 다 우리가 만든 이런 난장판에 정해진 규칙이 들어설 자리가 없다는 것을 알았으니까. 다른 방에서 내 전화가 울렸어. 젬마였어. 젬마가 내게 문자를 보낸 거야.

얘기할 수 있어요?

나는 안도감이 들어 허리를 숙였어.

우리는 다음 날 서점 근처에서 차를 마시러 만났어. 나는 그 전날 밤 뭐라 말할지 여러 버전을 돌려보느라 잠을 자지 못했어. 어떻게 내가 나 자신을 설명할 수 있을까. 나는 1년 동안 즐겨 썼던 갈색 생쥐 털 가발 없이 내 원래 머리를 그녀에게 보여주기로 하고, 초조해서 미칠 것만 같았어. 내 온 신경을 오로지 이 한 가지를 대처하는 데 집중했어. 머리카락. 나의 비틀린 조작이 아니라, 내 아들에게 도로 생명을 불어넣는 정신 나간 방법이 아니라, 내가 충격적일 만큼 쉽게 거짓말을 했다는 것이 아니라. 내가 아침에 간단한 일을 보러 나갔다가 낯선 사람을 만나 깊은 생각 없이 수다라도 떨었던 양 하는 데만.

문으로 들어서자 젬마가 우리 두 사람을 위해 각각 차 한 잔씩 주문해놓았다는 것을 알았지. 인사를 하면서 우리는 평소처럼 포옹하지 않았어. 나는 의자에 슬쩍 주저앉으며 머리카락 끄트머리를 만지려다가 기억해냈어. 나는 앤이 아니라, 블라이스지. 대신 셔츠의 옷깃을 폈어. 나는 젬마가 좋아한다는 걸 아는 옷을 입었지. 언젠가 한 번 젬마가 그렇게 말하면서 리넨의 무게를 느껴보려 소매를 만지작거리기까지 했으니까.

"뭐라 할 말을 모르겠네요." 내가 먼저 말할 계획이 아니었지만, 그렇게 됐어.

젬마는 고개를 끄덕였다가 다음 순간 불편하게 고개를 저었고, 나는 이해했어. 그녀가 우유를 자기 컵에 약간 따를 때 나는 입술을 깨물었어. 젬마는 잠시 기다리더니 우유와 설탕을 내 쪽으로 밀어주었어. 우리는 내가 숟가락을 저을 때 도자기 찻잔에 부딪쳐 나는 소리에 귀를 기울였어. 젬마가 말하고 싶지 않다는 것은 분명했어. 어쩌면 그녀는 내가 기회를 얻으면 자기에게 무슨 말을 할지 알고 싶었을지도 몰라.

"젬마가 나를 용서해주리라 기대하진 않아요. 내가 한 짓에 변명의 여지는 없어요."

젬마는 나를 건너다보며 카페 옆을 지나는 세상을 바라보았어. 그녀의 눈은 마치 학생들이 쉬는 시간에 나갔다가 들어오면 그 수를 말없이 세는 선생처럼 모든 사람을 따라갔어. 나는 젬마가 만나자고 한 걸 후회하는 걸까 생각했어. 내가 그냥 입을 다물어버려야 하는 것이 아닌가.

"나도 내가 부끄러워요, 젬마. 깊이 수치심을 느꼈어요. 이제 돌아보면 내가 한 짓이 믿기지 않네요. 내가 그런, 짓을 할 수 있다니……. 그런 사이코 같은……."

나는 그녀가 나를 반으로 갈라놓기를 기다렸어. 그녀가 눈을 창문에서 떼고 내 머리를 살피더라. 나는 몇 년 동안 같은 헤어스타일이었어. 그녀가 잿빛 금발 머리 사이에 보이는 뻣뻣한 회색 머리카락을 알아챘을까 생각했어. 이런 모습의 내가 더 나이 들어 보인다고 생각할까.

"내가 대답할 수 있는 게 있다면, 뭐든……."

"아들 일은 안됐어요. 아들을 잃다니 안됐어요."

젬마의 말에 난 충격을 받았어.

"난 제트를 잃는다는 건 상상도 할 수 없어요." 그녀는 자기 입술을 만졌지.

숨을 내쉬고 나도 내 입술을 만지면서 이 여자의 동정은 어디서 오는 걸까 생각했어. 그녀는 나를 혐오해야 마땅한데. 죽은 아이와 모두.

"폭스는 무슨 일이 있었는지 내게 말해준 적이 없어요." 젬마는 차를 내려다보며 컵을 동그랗게 흔들었지. "내가 아는 것이라고는 그에게 아들이, 당신들 사이에 아들이 있었고, 그 아들이 사고로 죽었다는 것뿐이에요. 나는 늘 교통사고였을 거라고 짐작했어요. 그랬나요?"

나는 수없이 많은 거짓말을 했어. 이제 하나 더 할 수는 없었지. 나는 입을 열었고 진실이 쏟아져 나왔어. 내가 기억하는 그대로 정확히 얘기했어. 차근차근. 손잡이에 얹힌 그 애의 분홍 장갑에 대한 기억. 차가 유아차를 들이받을 때의 소리. 아이가 죽을 때 여전히 안전벨트를 매고 있었다는 얘기. 우리는 그 뒤에 아이의 시체조차 볼 수 없었다는 얘기. 그녀가 사랑하고 믿는 의붓딸이, 그녀 아이의 누나가 유아차를 다가오는 차 앞으로 밀어 내 아들을 죽였다는 얘기.

젬마는 이야기를 들으며 아무 반응을 보이지 않았어. 그녀는 내가 말하는 동안 내내 내 눈을 가만히 들여다보았어. 나는 그녀가 침을 삼키는 모습을 본 것 같았어. 사람들이 뭔가 누그러뜨리려 할 때 하는 방식으로. 그들이 얻고 싶지 않았던 깨달음. 얼음에 머리카락 같은 금이 퍼져 나가는 것을 보았어. 나는 그녀에게 몸을 내밀었지.

"젬마, 바이올렛에게서 뭔가 다른 점이 있다고 생각하지 않았어요? 당신 아들이 그 애와 단둘이 있을 때 걱정스러운 기미가 없었나요?"

젬마는 의자를 밀며 일어났고, 바닥에 의자가 찍 긁히는 소리에
나는 움츠러들었어. 그녀는 탁자 위에 20달러짜리 지폐를 올려놓고
코트를 들고 11월의 이른 눈이 떨어지는 바깥으로 나갔지. 코트를
입으려고 머뭇거리지도 않았어.

·

○

◉

◉

◎

73

우리가 함께 살았던 집 문 앞에는 신발 한 켤레가 있어. 주전자에서는 늘 김이 오르지. 나는 설거지하기 전에 똑같은 물컵을 여섯 번이나 써. 식기세척기 세제는 반으로 갈라 쓰지. 벽장마다 있는 옷걸이는 5센티미터씩 공간을 두고 걸었고, 여기는 아무도 그걸 움직일 사람이 없어. 복도 바닥에는 차 얼룩이 묻어 있지만 나는 미처 닦지 못하고 매일 그걸 닦아야 한다는 생각만 해. 서랍 정리에 과도한 중요성을 부여하고, 화분에는 물을 너무 많이 줘. 지하실에는 두루마리 화장지가 42개 있지. 2주에 한 번씩 온라인으로 식품을 주문할 때마다 이 물건을 빼놓는 걸 매번 잊어버려.

나는 쥐가 있었으면 하고 바라. 이상한 건 알지만, 주기적으로 찾아와주는 손님, 찬장 속 봉투의 잔주름, 목재 여기저기에 흩어져 있는 긁힌 자국을 갈망하지. 짧게, 말없이, 그러나 예상 가능하게 찾아와주는 벗.

어떤 주말에는 포뮬라 1 자동차 레이스를 틀어놔. 새된 소리로 식식대는 엔진과 영국식 억양의 해설이 나를 일요일 아침으로 데리고 가. 수영 강습 가기 전에 당신에게 달걀과 커피를, 바이올렛에겐 가장자리를 잘라낸 토스트를 갖다주던 때.

나는 고독에 익숙해졌지만 바이올렛이 당신 집에 가 있을 때면 유일하게 찾아오던 누군가가 있었어. 그레이스가 나에게 소개해준 남자로, 그렇게 성공하진 못한 문학 에이전트였지. 그는 침실 창문을 활짝 열어놓고, 보도를 지나가는 발소리를 들으면서 천천히 나와 섹스하는 것을 좋아했어. 바깥의 낯선 사람과 가까이 있다는 느낌이 들어야 더 빨리 절정에 오를 수 있었던 것 같아.

이렇게 시작하면, 제대로 된 인상은 주지 못할 것 같네. 그는 신중하고 지적인 남자였고, 그가 있어서 밤에 요리도 하고 와인 병도 딸이유가 있었어. 그가 두루마리 화장지를 다 써버렸지. 이따금 온기가 필요할 때, 그가 침대에 온기를 더해줬어. 나는 그가 바이올렛에 대해 전혀 물어보지 않는다는 사실이 좋았어. 두 사람은 서로에게 존재하지 않는 사람이었어. 그런 의미로, 나는 그보다 옆에 있으면 더 편안한 사람은 만나본 적이 없어. 그는 내게 아이가 있다는 사실을 생각하려 하지 않았어. 내 몸이 아이를 낳고 젖을 먹였다는 사실을. 당신은 모성을 여성의 궁극적인 표출로 생각했지만 그는 그렇지 않았어. 그에게 질은 자신의 쾌락을 위한 용기에 지나지 않았어. 다른 식으로 질을 생각하면, 다른 사람들이 헌혈할 때 그러하듯이 그는 신체적으로 메스꺼워했어. 언젠가 내가 자궁경부암 검사를 하러 간다고 하자, 그가 이런 말을 한 적이 있었지.

그는 내 글을 읽었고, 우리는 그걸로 무엇을 할지, 팔 수 있을지 이야기했어. 그는 내가 청소년 소설을 쓰길 바랐어. 적절한 표지만 달면 잘될 수 있는 상업적이고 불안을 담은 작품. 다른 말로 하면 그가 나를 대리하고 현금화할 수 있는 작품이라는 거야. 가끔은 이런 면에서 나는 그의 동기가 궁금했어. 하지만 나는 여자들이, 자기 자신을 제외한 모든 사람에게서 사라지는 것을 걱정하는 연령대에 접어들고 있었어. 분별 있는 머리 모양을 하고, 실용적인 코트를 입고, 모두 한데 뒤섞여버리는 나이. 나는 매일 그런 여자들이 유령인 양 거리를 걸어가는 것을 봐. 나는 아직 보이지 않게 될 준비는 되지 않았던 것 같아. 그때는.

1972－1974

헨리의 부모로서의 책임감은 에타와 함께 죽은 것 같았다. 그는 너무도 상심해서 다른 사람을 돌볼 수 없있디. 그는 에타의 자살을 자신의 탓으로 돌렸지만, 실제로 그렇게 탓하는 사람은 그뿐이었다. 세실리아는 그가 에타를 사랑했고 노력했다는 것을 알았다. 그 누구도 그 사건에 대해 세실리아에게 한마디도 하지 않았다. 그 누구도 뭐라 해야 할지 몰랐다.

그 이후 세실리아는 학교에 거의 가지 않았지만, 퇴학당하지 않도록 출석을 유지할 만큼은 영리했다. 세실리아는 학교에 가서 누구를 대면하기가 힘들었고 그런 감정은 상호적이었다. 세실리아는 누구나 자기를 보면 나무에 목매달아 죽은 엄마를 보는 게 아닌가 의심했다.

세실리아는 대부분의 시간을 시를 읽으며 보냈다. 수업을 빼먹는 동안 동네 도서관을 헤매다 발견한 것이었다. 도서관이 보유한 시집은 그렇게 많지 않았다. 세실리아는 2주 반 동안 책장 두 개를 나 훑을 수 있었고, 그다음에는 다시 한 번 읽었다. 베개 밑에 책을 넣어두고 자다가 에타가 실비아 플라스처럼 머리를 오븐에 넣은 채 발견되는 꿈을 꾸기도 했다.

세실리아는 공책을 한 권씩 채워가며 시를 쓰긴 했지만, 그게 무슨 소용이 있으리라고는 생각하지 않았다. 세실리아는 졸업 전해, 열일곱 살이 될 때까지 이렇게 이어갔다. 그때쯤 되자, 세실리아는 이 마을을 떠나 새로운 사람이 되고 싶다면 자기 손으로 돈을 벌 필요가 있겠다는 결론을 내렸다.

세실리아는 몇 집 건너에 사는 할머니, 스미스 부인을 돌보는 일을 얻었다. 부인은 자기 집 대문에 어린이처럼 보이는 글씨로 또박또박 '도우미 구함'이라는 광고문을 써서 붙여놓았다. 부인은 귀가 안 들리고 눈도 거의 보이지 않았지만, 여전히 자기 일을 스스로 처리할 수 있었다. 부인은 손이 제대로 움직이지 않자 일을 도와줄 사람이 필요했고, 세실리아는 바늘에 실을 꿰어 부인의 옷을 수선해주거나 스튜에 적당한 양의 양념을 집어넣거나 하는 일을 했다. 세실리아는 다른 사람의 일을 돕는 데는 익숙하지 않았기에 가끔은 따분하긴 해도, 이 역할이 의외로 만족스러웠다. 자기의 하루를 위협하는 다른 사람의 망령 없이, 익숙한 집 안을 돌아다닐 수 있다는 것이 좋았다. 이전에는 느껴보지 못한 평화와 질서가 있었다.

스미스 부인이 잠자다가 죽었을 때, 침대에서 반쯤 떨어져 누워 있던 부인을 발견한 사람도 세실리아였다. 쭈그러든 한쪽 가슴이 하얀 잠옷 사이로 드러나 보였다. 다음에 어떻게 할까 생각하면서 세실리아는 부인의 서랍장 맨 위에서 깡통을 꺼냈다. 부인이 매주 은행에서 올 때 돈을 거기에 넣어두는 것을 본 적이 있었기 때문이다. 세실리아는 680달러를 찾아냈다. 도시로 갈 차표를 사고 두어 달 숙식을 해결하기에 충분한 돈이었다. 세실리아는 스미스 부인이 이 돈을 그녀에게 주려던 건 아니었을까 생각했다. 부인은 세실리아에게서 돈을 숨기려는 노력을 하지 않았고 가까운 친척도 없었다. 적어도 이렇게 생각해야 마지막 1달러까지 챙기면서도 죄책감이 덜했다.

헨리가 그다음 날 아침 세실리아를 기차역까지 데려다주었다. 그는 한마디도, 작별 인사조차도 하지 않았다. 하지만 세실리아는 헨리가 그저 할 수 없었기 때문이라는 것을 알았다. 세실리아는 인생 처음으로 그에게 키스했다. 수염이 무성한 뺨 양쪽에 한 번씩. 그는 에타가 죽은 이후로 별로 면도를 하지 않았다. 세실리아는 그저 할 수 있는 유일한 말을 속삭여주었다. 고맙습니다.

차에서 내리면서 세실리아는 가장 좋은 옷의 주름을 폈다. 중고 가게에서 산 자두색 코듀로이 스커트와 블라우스였다. 나머지 짐은 에타의 이니셜을 새긴 청록색 여행 가방에 챙겨 넣었다. 헨리가 사 준 선물이었지만, 에타는 한 번도 쓰지 않았던 물건이었다. 에타는 가고 싶은 곳이 없었다.

세실리아는 열여덟 살이 되었고, 자기가 고전적 의미의 미모를 가지고 있다는 사실을 알았다. 어머니에게는 절대로 없는 종류였다. 세실리아는 고향에서보다 대도시에서 그게 더 유리하게 작용하지 않을까 생각했다. 세실리아는 택시에서 내리자마자 셉 웨스트를 만났다. 그녀가 묵을 여유가 없는 고급 호텔의 도어맨이었다. 그 호텔은 세실리아가 도시에서 유일하게 들어본 곳이었다. 택시 운전사에게 줄 다른 주소를 몰랐다. 셉은 하얀 장갑을 낀 손을 내밀어 그녀의 손을 잡았고, 그 이후에는 거의 놓지 않았다.

셉은 세실리아에게 도시 구경을 시켜주고 그녀를 자기 친구들에게 소개했다. 그 친구들 중 한 명의 도움으로 세실리아는 그의 삼촌의 고급 차량 대여 서비스 업체에서 쥐꼬리만 한 봉급을 받는 일을 구했다. 세실리아는 장부 정리를 돕고 사무실을 정리하며 거기서 일하는 다른 여자들과 점심을 먹으러 나갔다. 그중 한 명이 이제 문을 닫는 화랑 위에 작은 원룸 셋방이 나왔다고 했지만, 세실리아는 아직은 도시에서 혼자 살 여유가 없었다. 셉이 그녀의 집으로 들어와 집세를 반 분담했고, 그 외 세실리아의 삶에 필요한 다른 모든 것들의 값을 치렀다. 그들은 공식적으로 연인이었다.

세실리아는 도시의 자유를 한껏 누렸다. 어딘가 갈 만한 중요한 곳이 있다는 것. 거리 가판대에서 커피를 사는 것. 쉬는 시간에 공원에서 시를 읽는 것. 자기가 어디 출신인지 전혀 모르는 사람들을 만나는 것. 혹은 자기도 어디 출신인지 모르는 사람을 만나는 것.

자신의 미모와 그것이 끌어들이는 관심에 대한 세실리아의 생각은 옳았다. 남자들은 거리와 사무실 주변에서 그녀를 따라왔고, 늘 그녀의 몸에 손을 대는 사람들이 있었다. 여기서 손대고, 저기서 손대고. 세실리아는 힘과 연약함을 동시에 느꼈다. 셉과 세실리아는 종종 술을 마시러 나가거나 지하 술집에서 열리는 시 낭송회에 갔다. 세실리아는 그가 등을 돌리는 즉시 먹이가 된 기분이었다. 그들이 사귄다는 사실을 아는 셉의 친구들조차 딱 붙어서 지나갈 때면 손을 너무 아래로 내리곤 했다.

어느 날 밤, 셉이 무척 신뢰하는 친구인 레니가 셉이 화장실에 간 동안 세실리아를 벽으로 밀어붙이고 그녀의 입속에 혀를 밀어 넣은 일이 있었다. 세실리아는 그를 밀어버리고 자기가 그걸 즐기지 않았으면 얼마나 좋을까 생각했다.

하지만 그런 식으로 자기를 남이 원한다는 데서 세실리아는 전율을 느꼈다. 인생 처음으로 야성적인 기분을 느꼈다. 그리하여 세실리아는 종종 레니가 이런 짓을 하도록 놔두곤 했다.

곧, 두 사람은 세실리아가 직장에서 잠깐 쉬는 시간에도 만나기 시작했다. 세실리아는 레니가 늘어놓는 말을 좋아했다. 그는 자기가 도와주면 세실리아가 모델 업계에 진출할 수 있을 것이고, 미래 없는 사무직으로 일하고 도어맨과 자면서 낭비하기에는 이 미모가 너무 아깝다고 했다. 그는 세실리아에게는 뭔가 특별한 점, 자기가 딱 집어 말할 수 없는 점이 있다는 말을 즐겨 하곤 했다. 세실리아는 그에게 자기는 시를 좋아한다고 말했고, 언젠가 출판사에 취직하고 싶고, 자기 작품을 직접 출판하고 싶은 바람이 있다고 했다. 세실리아는 셉에게는 이런 얘기를 전혀 하지 않았다. 레니는 자기가 소개해줄 만한 좋은 연줄이 있는 친구가 있다고 했다. 그는 셉을 떠나서 자기와 살자고 했다.

일주일 후, 세실리아는 임신했다는 것을 알았다.

그녀는 도시를 찾자마자 잃어버리고 말았다.

셉은 저축이 없었고, 자기가 좀 더 돈을 모을 때까지 교외에 있는 부모님 집으로 들어가자고 주장했다. 그는 가족이 생긴다는 생각에 들떴다. 그는 추수감사절에는 거하게 저녁 식사를 하고 방학에는 야영을 간 경험이 있는 행복한 어린 시절을 보냈다.

세실리아는 망연자실했다.

그녀가 마침내 용기를 내서 셉에게 낙태를 하고 싶다고 말하자, 그는 다시는 그런 말을 꺼내지도 말라고 했다. 자기와 아이를 갖는다는 생각이 그렇게 끔찍하면 고향으로 돌아가 의붓아버지에게 돈 달라고 부탁해보라고 했다.

세실리아는 나무에 목매달아 죽은 어머니 생각을 떨칠 수가 없었다.

그녀는 덫에 걸린 기분이었고, 바보가 된 기분이었다. 그렇게 그녀는 항복해버렸다.

・
○
◉
◉
∞

74

젬마를 잃어버렸다가 그녀가 다시 내 인생으로 끌려 들어오게 되는 사건 사이의 느릿한 기간 동안에는 딱히 특별한 일이 없었어. 그해에는 별로 말할 만한 게 없었지. 바이올렛은 열세 살이 되었지만, 나는 그 애와 시간을 많이 보내진 않았어. 당신이 어떻게든 상황을 교묘히 처리해서 바이올렛은 일주일에 한 번만 왔지. 어느 시점에 나는 지인이 이혼 소송 때 의뢰했다던 변호사에게 이메일을 보냈어. 우리는 전화 약속을 잡았고, 그 날짜와 시간이 왔을 때 나는 탁자 위에 놓인 내 전화가 울리는 모습을 바라봤어. 내 안에는 투지가 없었고, 더욱이 바이올렛은 나 없이 사는 게 더 행복해 보였으니까.

그래서 나는 선생님이 전화해서 농장 체험학습을 가는 데 보호자로 동행해줄 수 있느냐고 물었을 때 놀랐어. 체험학습 바로 전날 밤이었지. 그런 유의 일을 주기적으로 맡아주는 엄마가 아파서 불참하게 됐다고 했어. 바이올렛이 자기 동급생들 앞에서 나를 평소처럼 차갑게 대한다는 생각만 해도 나는 두려움으로 가득 찼어. 하지만 하겠다고 받아들였지. 나는 바이올렛의 방 문을 두드리고 나도 가겠다고 말했어. 바이올렛은 아무런 반응을 보이지 않았어. 손가락으로 참을성 있게 하나하나 구슬을 꿰어 팔찌를 만들면서 고개도 들지 않았어. 그 애의 두 손은 나의 손과는 너무도 다르게 보였지.

나는 버스 중앙 아무 데나 앉았어. 우리가 탄 차가 도시를 덜컹덜컹 빠져나가는 동안 계속 휴대전화로 이메일을 읽는 한 아버지 옆에 앉아 10대들이 신나서 웅성웅성 떠드는 소리에 귀를 기울였지. 바이올렛은 내가 앉은 자리에서 몇 줄 뒤, 반대편 창가 쪽에 앉아 있었어. 바이올렛 옆에는 키가 크고 가슴이 빠르게 부풀어오른 여자애가 앉아 있더라. 그 여자애는 바이올렛을 등지고 통로 반대편에 갈색 머리를 디스코 스타일로 땋아 내린 여자애 둘과 속닥거렸어. 바이올렛의 눈은 지나가는 시골 풍경을 따라가고 있었지.

바이올렛은 아이들의 소곤거림에 그다지 신경 쓰는 것 같지 않았지만, 나는 걔가 모든 말을 듣고 있다는 것을 알았어. 그 애의 목에서 덩어리가 천천히 위로 올랐다가 내려가는 걸 보았으니까. 나는 다른 사람들에게 따돌림당하는 것이 어떤 기분인지를 기억했어. 바이올렛이 학교의 인기 있는 무리에 들어가고 싶어 한다고는 생각해본 적이 없었어. 그 애는 주변에 있을 때, 주로 자기 혼자 있을 때 훨씬 더 편안해 보였으니까. 그 애는 또래의 다른 소녀들과 같지 않았어. 그런 적이 없었지.

농장에 도착했을 때, 나는 무리에서 뒤처져 그 애를 지켜봤어. 바이올렛은 다른 소녀들과 발을 맞추어 버스에서 내렸지만, 소녀들은 그 애에게 별로 말을 걸지 않았지. 일행이 사과 과수원 입구 앞에 섰을 때, 바이올렛은 나를 찾아 두리번거렸어. 나는 무리 뒤에서 작게 손을 흔들었지. 바이올렛은 포니테일을 어깨 뒤로 휙 넘기고, 농부가 다음 해의 수확에 지장이 가지 않게 사과를 제대로 따는 법을 설명하는데도 떠들어대는 몇몇 여자애들 무리 속으로 뻣뻣하게 끼어 들어갔어. 교사가 우리에게 비닐봉지를 나눠 주었어.

우리는 파이 만드는 시범을 보러 가기 전에, 과수원에서 한 시간을 보내게 되었어. 나 역시 마찬가지로 거리를 두고 멀찍이 있는 부모들에게서 떨어져 나와 거닐다가 매킨토시 사과나무들을 발견했어. 몇 줄 앞에서 나는 좁은 나무둥치 사이에 걸린, 바이올렛의 빨간 재킷을 보았어. 바이올렛은 혼자서, 한 손에는 봉지를 들고 다른 팔은 나뭇가지로 뻗고 있더군. 아이의 동작에 깃든 우아함에 나는 놀라고 말았지. 아이는 사과 껍질을 더듬으며 흠집이 있나 찾고 있었어. 사과를 하나 따더니 향을 맡아보고 손가락 사이에서 굴려보았어. 바이올렛은 무척 성숙해 보였어. 탐스러운 볼살이 사라지고 턱선이 더 도드라졌지. 그 애의 특질을 정의할 여성성이 피어나고 있긴 했어도, 움직임은 당신을 빼닮았어. 나는 그 애가 무게중심을 이리저리 바꾸는 모습이나 뒷짐을 지는 모습에서 그걸 볼 수 있었지. 하지만 그 애는 머리를 나처럼 쳐들었어. 무언가에 대한 대답을 생각할 때나 긴 다리보다 더 빨리 자라는 어휘력으로 적합한 단어를 찾으려 할 때, 살짝 위를 쳐다보며 고개를 갸웃하는 습관.

산들바람이 너무도 자주 불어와 그 애의 집중력을 흩트리고 검은 머리가 얼굴을 철썩 쳤지. 아이는 짙은 갈색 봉지를 발치에 내려놓고 머리 고무줄을 꺼내 다시 포니테일을 그러모으고 머리 위를 한 손으로 쓸었어. 아이는 눈을 땅에 고정하고 있었지. 나는 그 애가 뭘 보는 걸까 궁금했어. 새가 아니라면 썩은 사과일까. 그러나 가까이 다가가보니, 그 애는 아무것도 보고 있지 않았어. 그 애는 생각에 빠져 있었고, 슬퍼 보였어.

일단 나의 존재를 감지하자 바이올렛은 봉지를 집어 들고, 사과 따는 걸 포기하는 대신에 먹고 있는 학생들 무리를 향해 걸어갔어. 나는 그 애가 자리에 앉아 책상다리를 하고 사과를 깨무는 것을 보았어.

선생님이 손가락으로 휘파람을 불어 학생들을 불러 모으기 시작했어. 나는 바이올렛이 자기 반을 따라 헛간으로 가는 것을 보았어. 안으로 들어갔을 때, 아이들 틈에서 그 애를 잃어버린 나는 학생들이 자리에 앉은 뒤 벤치를 훑었어. 버스 안에서 본 여자애들이 그중 한 탁자에 모여 앉은 것이 보였어.

"누구 바이올렛 본 사람 있니?"

한 애가 나를 올려다보더니 고개를 저었어. 다른 아이들은 구불구불하게 깎은 사과 껍질로 탁자 위에 자기 이름을 만들고 있었어.

"너희 걔랑 친구 아니니?"

다른 애가 말해도 되는지 친구들 허락을 구하려 탁자를 쓱 둘러보았어. "그럼요. 그럴걸요. 제 말은 뭐 그런 셈이라고."

두 아이가 킥킥 웃었어. 말을 한 아이는 조용하라고 아이들을 팔꿈치로 쿡 찌르더라.

그때 내 심장은 쿵쿵 뛰고 있었어. 헛간을 둘러보았지만, 여전히 그 애를 볼 수는 없었어.

"필립스 선생님, 바이올렛이 어디로 갔는지 아세요?"

"누워 있겠다며 버스로 갔어요. 두통이 있다고. 엄마가 자기를 데리고 갈 거라고 했는데."

주차장으로 뛰어갔지만 버스 운전사는 거기 없었고, 문은 닫혀 있었어. 주차장 관리인은 돌아다니는 학생을 본 적은 없다고 했어. 나는 뒤편의 마구간으로 뛰어가서 누가 진갈색 머리 여자애를 본 적 없느냐고 물었어. 나는 마구간 한편에 쌓인 건초 더미를 확인하다가, 저 멀리에 옥수수자루를 잘라 만든 미로를 보았어.

"누가 저기로 들어갔어요? 난 딸을 찾고 있어요." 나는 그때 고함을 지르고 있었어. 미친 사람 같았지. 나는 숨을 고르려 했어.

'여기로 들어가세요'라는 안내판에 페인트칠을 하고 있던 젊은 남자가 고개를 저었어.

그때야 나는 그 애가 떠났다는 것을 알았지. 그 애는 내가 여기 온 죄를 벌하는 것이었어. 우리는 공존하기 위해 서로 넓은 원을 그리며 걷는 법을 익혔어. 그것이 우리의 말하지 않은 협의 사항이었어. 그러나 체험학습에 따라옴으로써 내가 그 규칙을 깬 거야. 나는 헛간으로 도로 뛰어갔어. 선생님을 찾아서 그 애가 없어졌다고, 내 생각엔 아무래도 떠난 것 같다고 말했어. 남자 선생님은 자기가 그 일대를 확인해보겠다고 말하고 다른 부모에게는 농장 관리인에게 알려달라고 부탁했어.

그는 내게 걱정하지 말라고 말하지 않았어. 그는 말하지 않았지. 애는 여기 어딘가 있을 거예요.

나는 어떤 탁자에 앉은 남자애들이 뭔가 잘못되었다는 것을 깨닫고 두리번거리는 모습을 보았어. 그중 한 애가 내게로 오더니 무슨 일이냐고 물었어.

"바이올렛을 찾을 수가 없어. 걔가 어디 갈 만한 데가 있는지 아니?"

남자애는 말이 없었어. 그 애는 고개를 젓더니 자기 친구들에게로 돌아갔고 모두 나를 쳐다보았어. 아이들이 뭔가 알고 있다고 생각했어. 나는 그 탁자로 가서 끝에서 몸을 내밀고 목소리가 갈라지지 않도록 깊은숨을 들이마셨어. "혹시 누구 바이올렛이 어디 갔는지 아니?"

아이들은 모두 첫 번째 소년처럼 고개를 저었고, 그중 한 명이 예의 바르게 말했어. "죄송해요, 코너 아줌마. 저희는 몰라요."

그때 나는 그 애들도 눈 속에 두려움을 담고 있다는 걸 볼 수 있었어.

버스에서 내 옆에 앉았던 아빠가 나와 함께 다시 그 부지를 돌아봐주겠다고 했어. 그때는 내 머리가 핑핑 돌고 있었지. 다리에는 감각이 없었어. 이전에도 이런 느낌이 들었지. 바이올렛이 두 살 때 놀이공원에서 날쌔게 너무 멀리까지 가버려서 몇 분 후 솜사탕 수레 앞에서 찾았을 때. 그때는 몇 분이었어. 아마도 안전하리라는 것을 알았던 몇 분, 어쩌면 시야에서 사라진 건 아주 짧은 틈이었겠지.

그리고 샘이 있었어. 나는 그 애에 대해서는 생각하지 않으려 노력했지. 난 노력했어.

"숨이 쉬어지지 않아요." 내가 말하자 그 아빠가 나를 자갈이 깔린 길 위에 앉혔어.

"머리를 다리 사이에 넣어요." 남자가 내 등을 문질렀어. "아이가 휴대전화 갖고 있어요?"

나는 고개를 저었지.

"어머니 전화는 확인해봤어요?"

나는 대답하지 않았어. 남자는 내 가방에 손을 넣어 휴대전화를 찾아냈지.

"부재중 전화가 여섯 통 있는데요."

나는 그에게서 휴대전화를 잡아채서 비밀번호를 눌렀어. 내가 받지 못한 건 젬마의 전화였지.

"바이올렛이," 젬마가 전화를 받자 나는 갈라진 목소리로 말했어. "바이올렛이 가버렸어요."

"제가 5분 전에 전화를 받았어요. 트럭 운전사한테서요." 젬마는 더는 말하지 않을 것처럼 말을 잠시 멈췄어. "고속도로 갓길 휴게소에 있대요. 내가 가서 데려오려고 가고 있어요." 젬마는 작별 인사도 없이 전화를 끊었어. 그 아빠가 내가 일어설 수 있게 도와주고, 우리는 수색을 취소해달라고 선생님을 찾으러 갔어. 나는 물병을 들고 작은 기념품 가게에 앉아서 당신에게 전화를 걸고 또 걸었지만 당신은 받지 않았지.

한 시간 후, 우리는 다시 버스로 돌아갔고, 올 때와 같은 자리에 앉았어. 소리는 눈에 띄게 낮아졌고, 신선한 공기가 효과가 있었는지 화산처럼 폭발하던 아까의 에너지가 가라앉았지. 아무도 바이올렛에 대해 말하지 않았어. 마치 그 애가 존재하지 않았던 것만 같았지. 우리가 학교 주차장에 도착했을 때, 나는 자리에 웅크리고 앉아 학생들이 버스에서 내리는 모습을 바라보았어. 나는 두고 가는 것이 없나 뒷좌석들을 확인하다 머리를 땋은 소녀들이 앉았던 자리에서 팔찌를 발견했어. 바이올렛이 그 전날 열심히 꿰던 자주색과 노란색, 황금색 구슬들. 바이올렛은 아마 그들 중 한 명에게 주려고 만들었던 것이겠지. 팔찌의 끝은 매듭지어지지 않은 채 버려져 있었어. 나는 손가락으로 그 구슬들을 굴려보았어.

"저기." 나는 세 소녀를 불렀어. 아이들은 부모들이 데리러 오기를 기다리며 학교 계단에 앉아 있었지. "너희 이거 떨어뜨렸니?"

두 명은 땅을 바라보았어.

"말했잖아, 너희 중 누구 이거 떨어뜨렸어?"

나는 팔찌를 손바닥 위에 올려놓은 채 내밀었고 아이들은 모두 고개를 저었어. 나는 팔찌를 쥐고 어떤 차가 와서 설 때까지 소녀들을 바라보았어. 아이들은 똑바로 앞만 바라봤을 뿐, 아무 말 하지 않았어.

집에 와서 나는 팔찌를 맨 아래 서랍에 깊숙이 넣었어. 거기라면 바이올렛이 찾지 못할 것을 알았으니까. 그날 일어난 모든 일은 내가 그 애를 보는 방식을 바꿔놓았어. 그 애는 친구들 사이에선 아무 힘이 없고 내가 그걸 보길 바라지 않았던 거야. 그 애는 이제 쉽게 남을 겁주고, 노력을 들이지 않고서도 말이나 행동으로 남에게 상처 줄 수 있는 그런 소녀가 아니었어. 아이들은 걔를 없는 사람처럼 여겼고, 순간 나는 그 애가 안타깝기까지 했어.

그날 밤 젬마에게 전화를 걸었지만, 젬마가 받을지는 확실히 알 수 없었어. 젬마가 전화를 받자, 나는 부엌 의자에 앉아 있다가 허리를 폈어.

"그저 애를 확인하고 싶어서요. 어떻게 하고 있어요?"

"말이 없긴 한데. 괜찮아요." 나는 젬마가 수화기를 손으로 막고 뭐라고 속삭이는 소리를 들었어. 젬마는 말이 없었지. 나는 그녀가 당신 쪽으로 돌아서서 눈을 굴리는 모습을 상상했어. 이 여자는 이해를 못 해. 애가 이 여자한테서 도망친 거잖아. 이 여자가 문제라고. 나는 당신이 젬마에게 끊으라고 손짓하는 모습을 상상했어. 이제 아이들이 잠자리에 들면 당신들은 와인을 딸 거라고 상상도 했지. 나는 나의 어두침침하고 조용한 부엌을 둘러보았어. 나는 젬마에게 나도 한때는 당신이 의지했던 그런 엄마이지 않았느냐고 깨우쳐주고 싶었어. 당신이 모든 일을 알아내기 전에는, 자기 자식의 엄마 노릇을 할 수 있는 비법을 내 얼굴에서 찾곤 하지 않았느냐고. 나는 젬마에게 거짓말을 했지. 하지만 아직도 젬마가 자신의 가장 친한 친구라고 불렀던 그 여자이기도 했어. 나는 자제할 수가 없었어.

"어떻게 지내요? 제트는 어때요?"

"잘 있어요, 블라이스."

75

체험학습 이후 오랫동안, 나는 바이올렛을 보지 못했어. 나는 내 시간을 글쓰기로 채웠고, 문학 에이전트가 오고 싶다고 할 때는 그 사람을 만났지만, 어느 시점부터는 그가 거기 있을 때 더 외로움을 느끼기 시작했지.

그는 내가 날씨를 체크하는 동안 샤워기 물을 틀었어. 비 내리고 추운 날이래. 우산을 가지고 가. 나는 말했지. 그러면 그는 내 계획을 물어. 글 쓰고, 배수구 청소할 사람 부르고. 아침 먹고 갈 시간 있어? 그는 없다고 하지. 8시에 회의 있다고 했잖아, 기억해? 오늘 밤에 올래? 그는 올 수 없다고 해. 새 저자와 저녁 약속이 있어. 그는 대신에 내일 온다고 해. 양고기 스튜 만들까? 그는 샤워 칸막이를 지나 샤워실로 들어가버려. 물에 젖은 왜곡된 유리 뒤에서는 그 누구도 될 수 있지. 바로 그때 나는 그를 바라봐. 그는 거울에 김이 서리지 않도록 욕실 문을 열어두었지. 나는 그가 면도하기 전에 수건으

로 거울을 닦아 남아 있는 긴 줄들이 마음에 들지 않았어. 그의 면
도 크림이 내 세면대 위에 점점이 떨어져 있는 게 마음에 들지 않았
어. 그가 준비를 마치기 전, 나는 찻물을 끓이러 나갔지. 아래층에서
그는 내게 작별 인사로 키스했지만 나는 그에게 거의 몸을 내밀지
않았어. 그가 알아차리기나 했는지 모르겠네.

76

6월 어느 날, 바이올렛이 전화를 해서 주말 동안 나랑 같이 있어도 되느냐고 물었어. 학기가 시작한 이래로는 주말에 머물고 간 적이 없었어. 나는 그 분학 에이전트와의 계획을 취소하고 당신에게 나랑 같이 있을 거라고 전하라고 했지. 내가 학교로 아이를 데리러 갔을 때 트렁크에 넣은 짐 가방에는 내가 보지 못한 옷들이 가득했어. 내가 그 애 인생에서 많은 부분을 놓쳐버린 것이지. 황금색이 번쩍이는 레깅스를 보고 나는 슬퍼졌어. 그건 내가 상점에서 보았더라면 그 애를 위해 샀을 만한 물건이었지만, 나는 그 애에게 더는 물건을 사 줄 생각을 하지 않았으니까.

우리는 영화를 보러 갔고 그 이후에는 아이스크림을 먹었어. 우리는 별말 나누지 않았지만, 그 애에게는 이전보다 덜 불편해 보이는 점이 있었지. 털을 덜 곤두세운 느낌이랄까. 나는 주의했어. 그 애에게 공간을 주었지. 어느덧 우리는 차에 타고 있었고, 라디오에서는 짧은 콩트가 나오고 있었어. 더위 속 고양이에 대한 내용이었지. 나는 얘가 이게 무슨 뜻인지 아는지 확신할 수 없었지만, 우리는 서로 마주 보고 웃었고 나는 위장이 쿵 내려앉는 느낌이었어. 우리가 공유한 순간 때문이 아니라, 참으로 낯선 느낌이 들었기 때문에. 우리가 얼마나 놓치고 살았는지.

바이올렛은 이제 내가 내 엄마를 마지막으로 본 나이가 되었어.

나는 보통은 그 애의 방 문간에 서서 잘 자라는 인사를 하곤 했지. 그날 저녁, 나는 그 애의 침대 끝에 앉아, 내 손을 담요 밑으로 넣어 그 애의 발에 얹었어. 발을 꼭 쥐었지. 아이가 좀 더 어릴 때, 내가 손도 대지 못하게 하기 전에나 했던 행동이었지. 아이는 책을 보다 고개를 들어 나와 시선을 맞췄어. 아이는 자기 발을 빼지 않았어.

"할머니가 보고 싶대. 저번 날에 그렇게 말씀하시더라."

"아." 나는 바이올렛이 이 얘기를 했다는 사실에 놀라며 상냥하게 말했어. 당신의 어머니와 나는 아직도 말을 나누지 않았지.

"나도 보고 싶어."

"전화하면 되잖아?"

"모르겠네." 나는 한숨지었어. "할머니랑 얘기하면 너무 슬퍼질 것 같아서. 할머니는 제트를 사랑하시겠지, 그렇지?"

바이올렛은 일축하듯이 어깨를 으쓱했어. 나는 순간 제트가 당신 집에서 받는 관심에 바이올렛이 시기하는 게 아닐까 싶었지만, 다음 순간, 어쩌면 이 아이는 내가 당신 아들에 대해서 듣지 않는 편이 더 낫다고 생각하는지도 모른다는 생각이 들더라. 바이올렛의 눈이 깜박거리며 방 안을 훑었고, 나는 그때 우리 두 사람의 마음에 샘이 스쳐 간 게 아닐까 생각했어. 나는 너무나 절실히 그 애의 이름을 꺼

357

내고 싶었고, 그 침실로 데려오고 싶었지. 나는 다시 내 손 아래 놓인 바이올렛의 발 모양을 쳐다보았어. 이상할 정도로 차분한 기분이 들더라.

"나한테 하고 싶은 말이 있니? 학교에서 있었던 일이라거나…… 다른 일이라거나?" 나는 그 애의 방을 나서고 싶지 않았어. 내 손을 그 애에게서 떼고 싶지 않았지.

바이올렛은 고개를 저었어. "아니, 난 괜찮아. 잘 자, 엄마." 바이올렛은 손가락으로 붙들고 있던 페이지를 펼치더니 베개를 등 뒤에 대고 자리를 잡았어. "영화 고마워."

나는 그날 밤 옷을 입은 채로 소파에서 잠들었어. 그 애 곁에 있을 수 있다는 게 얼마나 근사한지를 생각하며. 상황이 바뀌는 걸까 궁금했어.

위쪽 나무 바닥을 딛는 가벼운 발소리에 나는 잠에서 깼어. 샘이 죽은 이후로 6년이 흘렀지만, 삭은 소리 하나에도 한밤에 깨는 나의 본능은 여전히 그 애가 살아 있을 때만큼이나 강했어.

바이올렛은 발꿈치를 들고 자기 방에서 내 방으로 이동하고 있었어. 문이 열렸지. 나를 찾는 걸까? 그러면 나를 부르지 않을까 싶었어. 그 애의 발걸음은 더 조용해졌지. 아이는 내 서랍장 가까이에 있었어. 나는 놋쇠 고리 손잡이가 나무에 닿는 소리를 들었어. 그러더니 다시 닫혔지. 아이는 재빨랐어. 효율적이고. 그 애가 어떤 서랍에서 무엇을 찾는 걸까 궁금했지. 몇 달 전 버스 안에서 내가 버려진 것을 발견해서 가지고 온 팔찌가 그 안에 있었어. 물론 그걸 버렸어야 했지만, 바이올렛이 그걸 찾아내리라고는 전혀 상상도 하지 못했으니까. 그 애가 마지막으로 내 방에 온 것이 언제였는지 기억도 할 수 없었어. 그 애가 다시 침대로 돌아가는 발소리가 들렸어. 나는 아이가 도로 잠에 빠질 시간을 주면서 기다렸다가 조용히 위층에 올라갔지. 나는 잠옷을 입고 서랍을 확인했어. 팔찌는 여전히 거기 있었지. 그걸 보았더라도 가져가지 않았던 거야.

바이올렛은 아침을 먹으면서도 유쾌했어. 딱히 친절한 것도 아니고 수다를 떨지도 않았고 그저 유쾌했지. 나는 그 애를 당신 집에 내려주고, 차 안에서 아이가 차로를 달려가 집 안으로 날아 들어가는 모습을 보았어. 거실 창문으로 젬마가 뛰어나와 그 애를 맞으며 집에 돌아온 것을 환영해주는 모습도 보았지.

그때 그 생각이 처음으로 내게 떠올랐던 거야. 나중에 다시 돌아오자. 해가 진 후에. 당신들을 밤새 지켜보러.

•

○

◉

⊙

◎

77

당신과 사귀게 된 후에, 나는 가장 필요로 했던 것들을 찾으러 더는 아빠에게 가지 않게 됐어. 위안, 충고. 아빠는 점점 내게 쓸모가 없어졌지. 아빠가 전화할 때면 내가 인생의 세세한 부분을 대충 얼버무리고 화제를 다시 아빠에게로 돌리는 걸 아빠도 분명히 알았을 거야. 나는 아빠를 더는 내 삶에 들이지 않았어. 수치스러운 사실이야. 나는 아빠가 가진 유일한 것이었으니까.

나를 대학 기숙사에 내려주고 가던 날, 아빠는 내 머리에 작별 키스를 하고 조용히 떠났지. 몇 시간 후 창밖을 내다보았을 때 아빠는 여전히 그 자리에 서서, 나무에 기대어 내가 있는 건물을 바라보고 있었어. 내가 내다보는 모습을 아빠가 보기 전에 나는 커튼을 닫아 버렸어. 종종 그 생각을 해. 아빠가 거기 서 있던 모습.

졸업식이 있던 달, 내가 명절 때 집에 갔다 온 이래로 아빠가 내게 전화를 하지 않았다는 사실이 어느 날 아침 문득 떠올랐어. 나는 그 주말에 아빠에게 전화할 계획이었지만, 그렇게 하지 않았어. 하지만 당신에게는 했다고 말했지. 아빠가 나를 무척 보고 싶어 한다고. 대신에 나는 시험이 끝난 후 저녁에 말도 없이 아빠의 집에 나타났어. 나는 기숙사 방에서 짐을 좀 갖다 놓으려고 왔다고 했지. 화기애애한 말을 몇 마디 나눈 뒤에 아빠는 침대에 일찍 들었어. 나는 하룻밤 더 머무르기로 했지. 다음 날 저녁, 나는 아빠가 좋아하는 방식으로 치킨을 요리했어. 아빠가 퇴근해서 올 때까지 기다렸지만, 시간만 흘러갔지. 아빠는 10시 직후에 집에 왔고, 술 냄새를 풀풀 풍기며 부엌 식탁에 앉아서 차가워진 음식 접시를 바라보았어. 그동안 나는 부엌 조리대에 기대고 있었어. 우리 둘 다 그때 엄마를 생각했던 것 같아. 나는 두 사람 몫의 위스키를 각각 따라놓고 자리에 앉았어. 원래는 물어볼 계획이 없었지만, 물어보고 말았어.

"어째서 엄마는 나를 버린 거죠?"

내가 아침에 일어나기 전에 아빠는 나가버렸어. 둘이서 함께 술을 한 병 다 마셔서 머리가 쿵쿵 뛰었어. 나는 다시 운전해서 캠퍼스로 갔고 마지막 남은 짐을 쌌지. 당신과 나는 다음 날 함께 살기로 했어. 그날 밤 이후로 아빠를 생각하기가 힘들어졌어. 나는 필사적으로 나의 과거를 뒤로하고 떠나고 싶었어. 아빠는 엄마와 나 사이의 너무 큰 부분이었어. 아빠가 문제였던 적은 없었지만.

경찰이 전화해서 아빠가 집에서 죽은 채로 발견되었다고, 자다가 심장 마비로 죽은 것으로 추정한다고 했을 때, 나는 당신에게 수화기를 건네고 아침 햇살 속에 우리의 따뜻한 쪽모이 세공 바닥 위에 누웠어. 아파트에 살게 된 지 네 째 되던 때였지.

"당신이 아버님 만나러 갔었던 게 다행이야." 당신은 주저앉아 내 머리를 만져주며 말했어.

나는 그 바닥에 누운 채로 당신에게서 등을 돌렸어. 오직 그날 밤 아빠가 유리잔 바닥을 빤히 들여다보며 했던 마지막 말만 떠오를 뿐이었어. 우리는 몇 시간이나 이야기하고 술을 마셨지.

나는 너를 보고 세실리아에게 말하곤 했어. "우리 참 운도 좋잖아." 하지만 네 엄마는 그렇게 볼 수……

아빠는 말하다가 끊고 더는 말하지 않은 채로 식탁을 떠났어. 아빠는 내가 태어난 이후의 나날에 대해 얘기하던 중이었어. 나는 아빠의 말 한마디 한마디에 매달렸지.

이제 나는 엄마와 내가 아빠의 심장을 부숴버렸다는 것을 깨달았어.

나는 장례식을 치르러 집으로 돌아갔고 그 집에 조심스레 접근했어. 엘링턴 아줌마가 스페어 키를 갖고 있어서 내가 오기 전에 집을 깨끗이 치워놓았더라. 집에서 레몬 냄새가 났는데, 아줌마가 늘 레몬 오일로 청소하니까 금방 알 수 있었어. 아빠의 침구가 달라져 있었지. 나는 엘링턴 집의 여분 침대에 깔았던 깨끗한 시트라는 것을 알아보았어.

엘링턴 아줌마가 그날 오후에 와서 친구가 되어주었어. 다니엘과 토머스도 장례식 전날에 나를 도와 집을 청소해주었고, 나는 모두 버렸어. 집이 텅 비기를 바랐지. 모든 게 다 가버리기를 바랐어.

나는 다음 계절에 시세보다 낮은 가격으로 내가 자란 집을 내놓

왔어. 그 집이 팔리는 걸 보고도 아무 느낌도 들지 않았어. 엘링턴 아줌마가 계약하는 날 들렀지.

"아버지는 너를 무척 자랑스러워 하셨어. 너는 아버지를 무척 행복하게 해드렸지."

나는 아줌마의 손을 잡았어. 아줌마는 내게 거짓말을 할 정도로 친절한 사람이었어.

·
○
●
◉
◍

78

바이올렛이 즐겁게 지내고 간 다음 사흘 뒤, 젬마가 전화를 했어.
젬마의 목소리 높이로 봐서 언짢아하는 기색을 눈치챘지.

젬마는 제트가 그날 아침 세탁실에서 날카로운 날을 가지고 노는
것을 발견했다고 했어. 젬마가 막 들어갔을 때 제트가 자기가 입고
있던 청바지를 자르려던 참이었다고.

"이거 당신 거예요?"

"무슨 말이에요?" 나는 수영장에 갔다가 집으로 걸어가던 길이었
어. 샘의 타일을 보러 갔었지. 나는 젬마가 한 말을 다 받아들이지 못
했어. 내 전화에 뜬 젬마의 이름을 본 놀라움이 가시지 않았으니까.

"그 칼날이 당신 집에서 온 거냐고요?"

나는 4년 전 폭스의 깡통에서 꺼내 스카프에 싸서 서랍장 뒤에 끼
워두었던 칼날을 생각했어. 그 이후로는 거기 손댄 적이 없었는데.
바이올렛. 그게 그 애가 내 방에 왔던 이유가 아닐까 싶었어. 그게

거기 있는지 그 애가 어떻게든 알았더라면.

"그게 아니고서는 그 칼날이 어디서 왔는지 생각할 수가 없어요. 폭스는 여기에는 공구를 두지 않거든요. 바이올렛 말로는 당신이 아직도 그 사람의 옛날 모형 공구를 지하실에 보관하고 있다던데, 여기저기 늘어놓았다고. 바이올렛의 세탁물 가까이에."

"그건 터무니없죠." 나는 점점 열이 오르는 기분을 느꼈어. 나는 젬마가 아래층에 있는 동안 바이올렛이 그 칼날을 제트에게 주고 그 자리에서 나가 제트의 비명 소리를 기다리는 장면을 상상했어. 얼굴이 점점 뜨거워졌지.

"똑똑히 관리 좀 해요, 블라이스. 애들 중 하나가 다칠 수도 있었다고요."

젬마는 씩씩거리면서 전화를 끊어버렸어. 사람이 못되게 변했더라. 이전에는 그저 나를 연민했는데. 지금은 나를 좋아하지 않았어.

나는 숨을 죽이고 욕을 내뱉은 후 서둘러 집으로 돌아갔어. 부츠를 벗고 위층 내 방으로 뛰어가 서랍을 열었어. 스카프는 그대로였지만, 칼날은 없었어.

·
○
●
◉
①

79

그 후로 몇 주 동안 잠을 이루지 못했어. 잠이 들 때면, 샘의 꿈을 꾸었지. 그 애는 손가락이 하나씩 잘려 나가는 동안 내 품 안에서 버둥거리며 비명을 질렀지. 누가 손을 잘랐는지는 몰라. 아마도 바이올렛이겠지. 내가 그 잘린 손가락을 빨아주고 씹어주었을 때 혀에 감기는 그 손가락 끝을 느낄 수 있었어. 젤리빈을 입에 하나 가득 넣은 것처럼. 잠에서 깼을 때 나는 피를 볼 거라 기대하며 세면대에 침을 뱉었어. 내게는 그렇게 생생하게 느껴졌어.

다음 달에 바이올렛이 집으로 왔어. 이번에 우리는 더 조용했고 서로에게 덜 유쾌하게 굴었어. 냉기가 돌아왔지. 바이올렛은 젬마가 내게 전화했다는 것을 알았어. 나는 그 애가 날을 가져갔다는 것을 알았고. 하지만 그에 대해 애한테 대놓고 따져 물을 수 있는지 알 수 없었어. 어떻게 해야 할지 알 수 없었어. 나는 잠을 자지 못해 기진맥진했고, 그에 대해선 생각하지 않는 편이 더 쉬웠어.

나는 그저 흘려보내려 했지만, 어느 날 그 애가 내게 질문 하나를 했어. 나는 아래층 세탁 욕조에서 목욕실 매트를 표백하고 있었지. 바이올렛은 표백제 병의 유독 물질 표시를 가리키며 잠시 입을 벌렸다가 말을 내뱉었어. "이 표시는 이걸 조금 마셔도 죽을 수 있다는 뜻이지?" 바이올렛은 잠시 말을 끊었어. "어째서 이렇게 위험한 것을 여기 아래 두는 거야?"

"왜 물어보는데?"

바이올렛은 어깨를 으쓱했어. 그 애는 대답을 찾는 것이 아니었지. 바이올렛은 세탁실을 나갔고, 그 애가 당신에게 전화해서 일찍 데리러 오라고 하는 소리가 들렸어. 불안이 내 등뼈를 타고 흘렀고, 너무 익숙하고 주체할 수 없는 공포가 내 목을 거의 막았어. 이전에도 겪어본 적 있었지. 거기서 살아남지 못할 뻔했어.

다른 청소 용품을 두는 벽장에 병을 도로 넣어놨어. 그러고 나서 선반을 살폈지. 뭐가 거기 있는지 기억해두었어.

쿵쿵 뛰는 가슴을 안고 그날 오후 젬마에게 전화를 걸고 또 걸었어. 젬마는 저녁에야 전화를 받았지.

나는 젬마에게 바이올렛이 독에 대해 한 말을 해줬어. 내 서랍 속에서 사라진 칼날에 대해서도 얘기했지.

그냥 나는 젬마와 그 가족을 위해 경계하는 거라고 했어. 제트가 걱정된다고. 우리는 바이올렛에 대해 다르게 생각해야 한다고. 무언가 다시 일어나지 않을까 두렵다고 했어. 본능적으로 그런 느낌이 든다고. 젬마가 말하기를 기다리며 머리를 탁자 위에 댔어. 나는 바이올렛에 대해 생각하는 데 너무 지쳐버렸어. 그 애가 다시는 내 문제가 되기를 원하지 않았어. 내 공포가 되는 것도.

젬마는 말이 없었어. 그러곤 차분히 입을 열었지.

"그 애가 샘을 밀지 않았어요, 블라이스. 당신은 그 애가 그랬다고 믿는다는 것 알아요. 하지만 당신이 지어낸 거예요. 당신은 결코 일어나지 않았던 일이 일어났다고 본 거예요. 그 애가 하지 않았어요."

젬마는 전화를 끊었어. 나는 문의 열쇠 소리를 들었어. 그 남자가 밤을 지내러 온 것이었어. 나는 그에게 부엌으로 오라고 한 후 옷을 벗었어. 우리는 식탁 위에서 섹스를 했고 그는 죽을 때까지 빨려서 이제 힘없이 늘어진 내 젖가슴을 들어 올렸어. 마치 그 가슴들이 한때 있었던 자리를 상상하는 것처럼.

80

몇 년 동안 그 모퉁이로 돌아가보는 생각을 했어. 일 없는 일요일에 영화를 보러 가야겠다는 생각처럼 그 생각은 수월하게 내게 찾아오곤 했어. 음, 그건 늘 거기 있잖아. 오늘은 할 수 있지. 그러다 다음 순간엔 대신에 욕실 청소를 해야 한다거나 부엌 찬장을 정리해야 한다고 나 자신을 설득하고는 했어.

하지만 내가 지금 말하는 날은 달랐어. 나는 다시 불면에 시달렸고 아무 목적도 없이 집 안을 돌아다녔지만 사물을 가만히 바라보는 것 말고는 아무것도 할 수 없었어. 다시 채워놔야 하는 소금 병, 여전히 한 시간 앞으로 맞춰져 있는 스토브의 시간, 재활용 쓰레기통에서 고작 몇 센티미터 떨어진 자리에 놓여 있는 광고 우편물 더미. 나는 몇 달 동안 젬마의 목소리를 다시, 또다시 들었어. 마치 누군가가 내 머리를 알루미늄포일에 싼 듯이 억눌린 메아리가 되어. 그 여자는 마치 내가 모르는 무언가를 아는 사람처럼 말했지. 샘이 죽던 날 거기 있었던 것처럼. 무슨 일이 있었는지 당신이 어떻게 알아? 나는 전화기에 대고 고함을 지르고 싶었어. 당신이 대체 어떻게 안단 말이야?

하지만 나는 인정해야 했어. 시간이 지나면서 나도 점점 나 자신을 의심하기 시작했지. 내가 몇 년간 품고 있던 확신은 어쨌든 무게를 잃기 시작했어. 그날을 마음속에서 선명히 보기가 힘들어졌어. 가끔은 아침에 깨어나서 내가 제일 먼저 하는 일이 그것이기도 했어. 내 기억을 찾아 재생. 그 기억은 바래졌을까? 그 전날보다 더 멀리 물러났을까?

걸어서도 가볼 수 있었어. 그렇게 멀리 떨어져 있지 않았으니까. 하지만 운전을 해서 가니 필요한 만큼 멀게 느껴졌어. 나는 몇 번 동네를 돌다가 사건이 일어난 곳에서 한 블록 떨어진 자리에 차를 주차했어. 눈을 감고 머리를 좌석 머리 받침에 기댔지. 거기 잠시 그대로 있었어.

그러고 나서 나는 걸었지. 후드를 쓴 채로 고개를 들어 조의 커피숍 간판을 찾았어. 한때 빛바래고 깨진 자리에 반들반들한 새 검은 글자가 있더라. 나는 외투 바깥으로 심장 박동을 느낄 수 있는지 알아보려고 가슴에 손을 얹었어. 피가 매번 솟을 때마다 울음처럼 느껴졌어.

나는 돌아서 그 교차로를 마주했어.

모든 것이 내 기억과는 다르게 보였어. 그래봤자 하나의 교차로가 다른 교차로랑 얼마나 다를까? 금이 가고 빛바랜 회색의 아스팔트 위에 핏줄처럼 얽힌 부드러운 타르 선, 사람들이 함부로 넘지 않아야 할 횡단보도를 표시하는 노란색 형광 페인트. 신호등은 바람에 흔들리고, 차들이 내 뒤에서 우르르 달려갈 때 보행 신호가 울렸어.

나는 자국을 찾아 포장도로를 살폈어. 핏자국, 잔해. 나는 시간이 진짜라는 것을 기억했어. 길고 텅 빈 나날이 2442번 지났다는 것을. 나는 길 위로 올라서서 그 애가 죽었던 자리에 웅크리고 앉았어. 오른쪽 차선 중심에서 약간 왼쪽, 횡단보도 몇 미터 앞. 한 손으로 아스팔트를 쓰다듬었다가 나의 차가운 뺨을 거기에 대보았어.

연석을 바라보며 유아차가 굴러오는 상상을 했어. 내가 너무도 선명하게 기억하는 가장자리의 파인 홈은 거기 없었어. 시멘트 가장자리는 매끄러웠고 살짝 거리 쪽으로 기울어졌어. 내가 웅크린 자리에서부터 그 경사 높이를 볼 수 있었고, 내 기억만큼 경사가 작지 않았어. 나는 보도로 걸어가 주머니에서 원통형 립밤을 꺼냈어. 부츠 앞코로 그걸 굴렸지. 처음에는 느리게, 다음에는 속도를 더 붙여서. 길 한가운데 멈출 때까지. 파란불로 바뀌었고, 립밤은 지나가는 차들의 배 아래서 통통 튀어갔어. 양복을 입은 중년 남자가 걸어가면서 속도를 줄이며 나를 훑어봤지. 나는 시선을 돌리고 일어섰어.

내 마음은 그 장면을 재생했어. 커피숍에서 나온다. 보도에 선다. 왼손에는 차를 들고 있다. 오른손으론 유아차 손잡이를 잡고 있다. 마지막으로 그 애 머리를 쓰다듬는다. 내 얼굴에 훅 끼치던 뜨거운 김의 느낌. 내 옆의 바이올렛. 내 팔을 휙 잡아당기는 힘. 피부에 와닿는 뜨거움. 검은 손잡이 위 바이올렛의 분홍 엄지 장갑. 저 멀리 멀어져 가던 샘의 뒤통수. 아이는 얼마나 빨리 갔을까? 관성이 붙었을까? 밀지 않아도 그렇게 멀리 굴러갈 수 있을까? 바이올렛은 손잡이를 건드렸을까?

할 수 있는 모든 방식으로 그 장면이 바로 내 눈앞에 펼쳐지는 것을 다시, 또다시 보았어. 그럴 수도 있었겠지. 그렇게 일어날 수도 있었을 거야.

누군가가 지나가며 내 팔꿈치를 쳤고, 또다시 누군가가 쳤어. 갑자기 나는 테이크아웃 용기와 커피를 손에 든 사람들의 흐름 속에 서 있다는 것을 깨달았어. 진짜 삶을 살고, 중요한 곳에 가고, 자기를 필요로 하는 사람들이 기다리는 곳에 도착하는 이 사람들 사이에서 나는 보이지 않는 사람이 된 기분이었어. 다들 망해버려, 생각하며 그들을 향해 비명을 지르고 싶은 기분이었어. 내 아들이 죽었어! 바로 여기에서 죽었다고! 그런데도 당신들은 아무 일도 아니라는 듯 여길 매일 지나다니지! 화가 났고 진이 빠졌어. 나는 몸을 돌려 그 커피숍을 응시했어.

샘이 살아 있는 동안 마지막으로 그 애의 눈을 들여다봤던 곳이었지. 이제 모든 것이 달라졌더라. 창문 사이로, 나무 바닥이 헤링본 세라믹 타일로 바뀌고 격자무늬 벽지가 있었던 곳에는 칠판 색 페인트를 칠한 널판들을 두른 것을 보았어. 나는 높은 스테인리스 탁자가 들어서기 전엔 어떤 탁자가 있었는지 기억하려 해보았어. 점심시간치고는 조용했지. 과거에는 그렇게 손님 많은 곳이었는데.

나는 안으로 들어갔고, 바이올렛과 샘이 좋아했던, 문의 차임벨 소리가 사라졌다는 것을 알았어. 조는 여전히 거기 있었지. 그는 나를 등지고 에스프레소 기계를 조작하는 중이었어.

나는 숨을 깊이 들이마셨지. "조." 내가 말하자 그가 천천히 고개를 들었어. 그의 어깨가 떨어졌어. 그는 카운터를 돌아 나와 두 손을 내게 내밀었어. 내 손을 꼭 잡아주었지.

"난 블라이스가 돌아와주기를 언제나 바랐어요."

"많이 달라졌네요." 나는 주변을 돌아보며 말했어.

조가 눈을 굴렸지. "내 아들이. 걔가 여기를 이어받았거든요. 내가 등이 안 좋은데 여기서는 오래 서 있을 일이 많아서." 그는 나를 보고 미소 지었어. "블라이스는 어때요?"

나는 창문 밖으로 교차로를 내다보았어.

"그 일에 대해서 무엇을 기억하세요?" 나는 침을 삼켰어. 여기 들어올 작정이 아니었어. 그와 얘기를 나눌 작정이 아니었어.

"참, 이 사람." 그는 말하며 다시 두 손을 내 손 위에 올려놓았어. 그는 나와 함께 창밖을 내다보았어. "블라이스가 흥분해서 정신이 나갔던 게 기억나죠. 너무 충격을 받았던 거예요. 당신 딸이 허리에 매달려 안아달라고 했는데, 블라이스는 허리를 숙일 수가 없었어요. 움직일 수가 없었죠."

바이올렛은 이전에 그런 적이 없었어. 한 번도 내게 매달린 적이 없었지. 다른 아이들이 엄마에게 그러듯이 내게 위안을 구한 적이 없었어. 꽉 잡거나, 바라거나.

우리는 탁자에 앉아 창문을 보며, 신호등이 바뀌고 차들이 지나가는 광경을 보았어. 하늘은 하얀색이었지.

"그 일이 일어나는 것 봤어요?"

그는 움찔했지만 거리에서 시선을 떼진 못했어. 그는 내게 뭐라고 해야 할지 생각하는 중이었지. 나는 몸을 돌리며 시야 가장자리에서 그가 손을 떠는 것을 보았어.

"어떻게 유아차가 거기까지 굴러갔는지 봤어요?" 나는 다시 물어보고 눈을 감았어.

"끔찍하고, 기이한 사고 중 하나일 뿐이에요."

나는 눈을 뜨고, 탁자 위에 올려놓은 그의 깍지 낀 손을 내려다보았어. 그는 고통을 견뎌내려는 듯 양손을 꽉 쥐었지.

"나는 블라이스를 오랫동안 많이 생각했어요. 그 후에 어떻게 극복했을까." 그의 눈이 흐릿해졌지. "나는 늘 당신에게 그래도 살아갈 이유가 되는 그 딸이 있다는 데 주님께 감사했어요."

집에 들어가자, 거센 11월 바람에 문이 내 등 뒤로 쾅 닫혀서 하마터면 손가락이 끼일 뻔했어. 나는 바닥에 주저앉아 열쇠를 벽에 던졌어. 샘을 생각했어. 그 애의 얼굴이 일반적인 통통한 아기의 모습에서 언젠가 될 사람의 모습으로 바뀌어가던 것을, 언제나 그 애의 쇄골에 고여 있던 내 달콤한 젖 냄새를, 젖을 다 먹었을 때 내 젖꼭지를 입에 물고 마지막으로 잡아당기던 느낌을, 내게 안겨 있을 때 어둠 속에서도 내 얼굴을 찾아보던 것을.

나는 눈을 감고 무릎 위에 놓인 아이의 무게를 느끼려 했어. 나는 거기 갈 수 있었지. 거기 있을 수 있었어. 배경으로 틀어놓은 TV 아침 방송. 부엌 안 주전자에서 나오는 김. 위층에서 희미하게 울리는 바이올렛의 맨발 소리. 당신이 출근하려고 면도하는 동안 욕실 세면대에서 흐르는 물소리. 감지 않은 내 머리카락의 느낌. 다른 방에서 높아지는 울음소리. 그 진부하고 답답한 삶. 하지만 마음을 편안하게 하는 삶. 그것이 모든 것이었어. 내가 그 모두를 놓친 거야.

어쩌면 내가 샘도 놓쳤을지 몰라.

．

○

●

◉

◎

81

그날 밤 와인 반병을 다 마시긴 했어, 그래. 그래도 나는 며칠 동안 당신에게 계속 전화를 할 생각을 하고 있었지. 내가 소파 위에 웅크리고 있는 동안 그 남자가 위층에서 자고 있었어. 당신이 눕는 쪽에. 나는 그 남자가 그날 밤 자고 가지 않길 바랐어. 거의 자정이 된 시각이었지.

당신에게 뭐라고 해야 할지 여러 버전을 속으로 말해보았지만, 그 무엇 하나 맞게 느껴지지 않았지. 나는 그 애에게 그런 엄마였다는 이유로 사과하고 싶지 않았어. 미안하지 않았으니까. 나는 내가 잘못했다고 말하고 싶지 않았어. 그랬는지 모르겠으니까. 그저 당신에게 내 안의 무언가가 바뀌었다는 이야기를 하고 싶었어. 그리고 우리 딸을 더 보고 싶었어.

내가 세 번째로 걸었을 때 젬마가 전화를 받았어. "괜찮아요?"

어쩌면 그럴지도 모르죠, 나는 대답하고 싶었어. 어쩌면, 마침내.

하지만 대신에 나는 당신과 통화할 수 있느냐고 물었어. 당신은 침대 속에, 젬마 옆에 있었지. 당신이 전화를 받기 위해 몸을 돌렸을 때 시트가 움직이는 소리가 들렸으니까.

"난 그 애를 더 보고 싶어. 나는 더 잘하고 싶어."

나는 당신에게 그림에 대해 물었어. 이사 나갈 때 우리 침실에서 가지고 나갔던 그림. 이걸 물어볼 작정은 아니었고, 그날 밤엔 그 그림에 대해서 생각도 하지 않았지. 하지만 갑자기 나는 그 그림이 절실히 필요했어. 당신은 침묵했고, 당신 말을 기다리는 동안 나는 일어서서 방 안을 왔다 갔다 했지. 그 그림이 당신의 아름다운 새집 복도의 눈부시게 하얀 벽에 걸려 있는 것을 상상했어. 젬마는 그 옆을 지날 때마다 그 황금 액자를 부드럽게 만지면서 자기의 작은 아이와 그 아이가 자기 얼굴을 만지던 방식을 떠올리겠지.

"난 그게 어디 있는지 몰라."

82

다음 주, 나는 학교로 바이올렛을 데리러 갔어. 그 애는 차가운 계단, 자기 주변으로 뛰어 내려오며 쏟아지는 아이들의 폭포 속 한 바위에 홀로 앉아 있었어.

"오늘 오후엔 네가 원하는 거 뭐든 하자." 그 애가 안전벨트를 매는 동안 내가 말했어. "네가 골라. 하지만 이제 새 일정에 따라 지낼 거야. 매주 수요일과 목요일 밤은 나와 지내는 걸로."

나는 곁눈질로 그 애가 격렬히 문자를 보내는 모습을 보았어.

"나는 집에 가고 싶어." 바이올렛은 마침내 창문을 내다보며 말했지.

"그럴 거야. 하지만 재미있는 일을 먼저 하자. 뭘 하고 싶은 기분이야?"

"아니, 집 말이야. 젬마에게. 아빠랑."

"음, 넌 내 딸이잖아. 나는 네 엄마고. 그러니까 우리는 그렇게 행동하도록 노력할 거야."

나는 주유소의 주차장으로 들어가 차를 세웠어. 아이를 어디로 데려가야 할지 몰랐지. 아이는 차 문 쪽으로 돌아앉아 문자를 보내고 있었고, 나는 그 애가 자기 휴대전화가 생겼다는 것도 미처 몰랐다는 것을 깨달았어.

"누구한테 문자 하니?"

"엄마랑 아빠한테."

나는 그 애에게 반응을 보이지 않았어. 그 애가 노리는 게 반응임을 알았으니까.

대신 나는 차에 기름을 넣고 고속도로로 나섰어.

두 시간 후, 우리는 고속도로 출구로 나와 보이는 첫 번째 드라이브스루 식당에서 포장을 해 가기 위해 멈췄어. 나는 아이가 이제 채식주의자가 되었다는 것을 몰랐어. 오직 프렌치프라이만 먹더라. 어디 가는 건지 두 시간 내내 전혀 묻지 않았어. 대신에 팔을 창에 기댄 채 천천히 손가락 사이에 자기 머리카락을 껴 잡아당기면서 쫙 펴고, 손으로 바이올린의 현을 켜듯이 분홍 실크 리본을 훑을 뿐이었어. 이건 나도 소녀 때 했던 행동이었지.

주차장으로 들어가서 주차권을 받았을 때는 마음이 부드러워져 있었어. 무척 오랜만에 거기 간 것이었지. 나는 차에서 내려 추위 속에서 그 애가 내려 나와 함께하기를 기다렸지만, 그 애는 움직이지 않았어. 나는 차 문을 열고 한 손을 그 애의 어깨에 얹었어.

"네가 만났으면 하는 사람이 있어."

안내 데스크에서 접수하는 동안 그 애는 아무 말도 하지 않았어. 나는 신분증을 건네고 방문증을 우리 코트에 각각 집게로 꽂았어. 엘리베이터를 타고 4층 복도로 가는 동안 그 애는 조용히 따라왔어.

냄새는 퀴퀴했고, 살균제를 뿌렸지만 이따금 소변 냄새가 흘러왔지. 그 공기에서는 숨을 쉬는 것조차도 정신적으로 무너지는 기분이었어. 나는 방문을 부드럽게 두드렸어.

"들어와요."

그녀는 주황색 커버를 씌운 의자 위에 다리를 꼬고 앉아 있었고, 무릎 위에는 텅 빈 십자말풀이 책이 놓여 있었지. 방 안의 불빛은 꺼져 있었고, 손에 들린 펜에는 뚜껑을 끼워놓았어. 어깨 위에는 느슨하게 짠 니트 담요가 둘러져 있었지. 그녀는 말을 하려고 입을 열었다가 그냥 한숨지었어. 무슨 말을 하려는지 잊어버린 거야. 그런 다음 이렇게 말했어.

"너 왔구나! 널 기다리고 있었어!"

바이올렛은 내가 그녀를 상냥하게 안는 모습을 지켜봤어. 나는 그녀 뒤에 있는 전등을 켰고, 그녀는 빛에 놀라 전구를 올려다보았어. 나는 바이올렛에게 침대 끝에 앉으라고 손짓했어.

"널 보니 정말 행복하다." 그녀는 한 손을 내게 내밀었고, 나는 라이스페이퍼처럼 얇아진 그녀의 피부를 엄지손가락으로 문질렀어. 그녀의 손에 입 맞출 때 혈관이 내 입술 아래서 움직였지. 그녀에게서는 바셀린 냄새가 났어.

"너 오늘 너무 아름답구나." 그녀가 정말 진심으로 말해서 갑자기 정말로 아름다워진 기분이 들었어. 나는 고맙다고 했지. 그녀의 입술은 건조했고, 나는 침대 옆 탁자에 놓인 물컵을 들어 내밀었어. "아냐, 괜찮단다, 아가. 네가 조금 마셔, 너는 늘 목이 말랐잖니. 꼬마 소녀일 때도 그랬어."

바이올렛은 나를 힐긋 보았고, 나는 그 애의 비틀린 입매를 보고 기분이 좋지 않다는 것을 알 수 있었어. 그 애는 이런 낯선 건물에 이런 낯선 냄새, 그리고 이전에 만난 적 없는 여자에 불편해하고 있었지. 그 애는 침대 위에서 꼼지락거리며 문 쪽을 쳐다봤어.

"소개하고 싶은 사람이 있어요. 이쪽은 바이올렛, 제 딸이에요."

바이올렛은 재빨리 의자에 앉은 낯선 사람을 보며 안녕하세요, 라고 웅얼거렸어.

"오. 사랑스러운 애구나."

"사랑스럽고말고요."

"넌 내가 어떻게 여기 왔는지 아니?" 그녀가 내게 물었어. 얼굴엔 걱정이 어렸지.

나는 다시 그녀의 손을 잡았어. "여기 차를 타고 오셨잖아요. 여기서 멀지 않은 곳에, 다우닝턴 크레센트에 있는 집에 사셨고요. 기억하세요?"

"기억 안 나."

간호사 한 명이 덮개를 씌운 쟁반을 들고 와서 작은 바퀴 달린 탁자 위에 올려놓았지. "저녁 시간이에요!"

"레다, 내 딸을 만나게 해주고 싶어요." 그녀는 내 두 손을 잡아당기며 간호사를 보고 환히 웃었어. "아름답지 않나요?"

바이올렛은 처음으로 나를 똑바로 보았어. 그 애는 일어서서 자기 팔꿈치를 두 손으로 잡고 문 쪽으로 걸어갔어. 턱을 숙여서, 나는 그 애가 우는 게 아닐까 생각했어. 간호사는 나를 보고 미소 지었고, 침대로 몸을 숙여 얄팍한 베개를 부풀렸어. 간호사는 침대 옆 탁자 위에 놓인 스티로폼 컵 안에 캡슐 두 개를 넣고 저녁 쟁반의 덮개를 들었어. 방 안에는 뜨거운 통조림 채소의 고약한 냄새가 가득 풍겼어.

바이올렛은 우리에게서 몸을 돌렸지.

"오, 나는 밥을 먹고 이제 잘 준비를 해야 해." 그녀는 천천히 의자에서 일어나 어깨에 두르고 있던 담요를 접기 시작했어. 그녀는 욕실로 들어가 문을 닫았어. 나는 저녁 식사를 대신 차려놓고 십자말풀이 책을 서랍장 위에 놓았지. 바이올렛은 화장실 물 내리는 소리가 날 때까지 나를 가만히 쳐다보았고, 그런 다음에 우리는 그녀가 도로 의자에 자리 잡는 모습을 보았어.

"그럼 저희는 갈게요." 나는 몸을 숙여 그녀의 뺨에 키스했어. "명절에 또 찾아올게요. 다니엘이나 토머스는 보셨어요? 요새 자주 들르나요?"

"그 사람들이 누구야?"

"아줌마 아들이잖아요." 나는 오래전에 그들과 연락이 끊어졌지.

"나한텐 아들이 없어. 나한텐 너뿐이야."

나는 다시 아줌마에게 키스했고, 아줌마는 이제 칼과 포크를 빤히 보며 어떻게 쓰는 건지 궁리했어. 나는 포크를 아줌마 손에 쥐여주고 녹색 콩을 찍는 걸 도와주었어. 아줌마는 고개를 끄덕이고 콩을 입으로 가져갔지.

우리는 차에 올라탔고, 나는 잠시 차를 그냥 몰았어. 바이올렛이 휴대전화를 꺼내 문자 하길 기다렸지. 그러지 않더라. 대신 어두운 하늘 아래 고속도로로 진입하는 길을 찾는 동안 앞을 똑바로 보았어. 나는 그 애가 잠이 든 게 아닌가 생각했어. 집에 반쯤 갔을 때 아이가 마침내 내게 말을 걸었지.

"그 여자는 누구야? 엄마일 리는 없잖아. 흑인인데." 그 애의 어조는 매섭게 살을 파고드는 것 같았어. 내가 마치 자기를 놀리려고 했다는 듯. 내가 자기에게 멍청한 사람이 된 기분을 느끼게 해주려고 했다는 듯.

"나한테 가장 가까운 사람이야."

"어째서 진짜 엄마를 찾지 않아?"

나는 어떻게 진실을 담아 대답할 수 있을까를 생각하며 잠시 아무 말 하지 않았어.

"내 엄마가 어떤 사람이 되었는지 아는 게 무서워서."

나는 길에서 눈을 떼어 아이의 그림자 진 옆얼굴로 향했어. 슬픔이 내 목을 조였어. 거의 14년 동안 나는 우리 사이에 없는 무언가를 찾길 바랐던 거야. 그 애는 나에게서 나왔지. 내가 그 애를 만들었어. 내 옆에 앉아 있는 이 아름다운 존재, 내가 그 애를 만들었어. 그리고 그 애를 원했던 때가 있었어. 그 애가 나의 세계가 될 거라고 생각했던 때. 그 애는 이제 어른 여자처럼 보였어. 그 애의 눈에서 자라는 여성적 지혜는 나 없이 무럭무럭 커지려 하고 있었어. 나 없이도 잘 살아가겠지. 그 애는 나를 포함하지 않는 삶을 선택하려 하고 있었어. 나는 뒤에 남겨지겠지.

1975

세실리아는 일찍부터 자기가 어머니가 되도록 태어난 사람이 아니라는 것을 알았다. 그녀는 여성성이 자리 잡을 때부터 이를 뼛속 깊이 느꼈다. 엄마 손을 잡고 발을 질질 땅에 끌면서 걸어오는 남자아이를 보았을 때, 그녀는 반대 방향을 보았다. 이것은 그녀에게는 수도꼭지에서 너무 뜨거운 물이 나올 때 움찔하는 것처럼 신체적인 반응이었다. 세실리아에게는, 다른 여자들이 갖고 있는 그런 점이 없었다. 아이를 키우고 싶다거나 통통하고 작은 다리를 보는 기쁨도 없었다. 그리고 확실히 다른 살아 있는 존재에게 자기 자신의 모습을 투영하고 싶지 않았다.

세실리아는 열두 살 때부터 충실한 친구가 깨우쳐주기라도 하듯이 매달 꼬박꼬박 월경을 했다. 너 피 난다. 피가 흘러. 넌 네 안의 아기가 필요 없어. 온 세계가 너한테 아기가 필요하다고 해도 그 말 듣지 마.

세실리아에게는 꿈과 자유가 있었다. 하지만 다음 순간 모든 것을 포기했다.

아이가 몸속에서 움직일 때, 가끔 세실리아는 자기 기분이 바뀔까 궁금했다. 한번은 거울 앞에 알몸으로 서서 자신의 배 위쪽에서 아기의 발로 보이는 덩어리가 초승달 모양 궤적을 그리며 움직여 가는 것을 보았다. 세실리아가 큰 소리로 웃었더니 아기가 좀 더 움직였다. 세실리아는 더 웃었다. 그들은 재미있는 순간을 함께하고 있었다. 둘이서.

병원에서는 출산을 위해 세실리아에게 진정제를 놓았다. 아기가 나오려 하지 않았기에, 의사는 세실리아의 세 부분을 절개했고, 아기의 머리가 삼각형처럼 보이게 하는 겸자를 써야만 했다. 세실리아가 정신이 들었을 때 아기는 벌써 신생아실 어딘가에서 플란넬 강보에 싸여 있었다.

"딸이에요." 간호사는 세실리아가 듣기 원한 바로 그 말인 양 말했다.

셉이 그녀를 창문으로 밀고 가더니 간호사의 관심을 끌기 위해 유리를 두드렸다.

"바로 저 애네." 세실리아는 세 번째 줄, 왼쪽으로 네 번째 아기를 정확히 가리키며 말했다.

"어떻게 알아?"

"그냥 알아."

간호사가 아기를 안아 그들이 볼 수 있도록 높이 들어주었다. 아기는 눈을 크게 떴지만 가만히 있었다. 세실리아는 아기가 마치 자기가 옛날에 갖고 있던 인형 베스-앤과 똑같이 생겼다고 생각했다.

간호사는 유리를 통해 아기에게 젖을 주고 싶으냐고 물었다. 세실리아는 셉을 올려다보며 대신 밖에 나갈 수 있느냐고 물었다. 그는 잠옷 차림에 슬리퍼를 신은 세실리아를 병원 앞문으로 데리고 나갔다. 시멘트 바닥 위로 링거를 건 장대가 돌돌 굴러갔다. 셉은 담배를 건넸고, 세실리아는 담배를 피우며 주차장을 쳐다보았다.

"우리는 지금 차에 올라타서 떠날 수 있어. 우리만." 세실리아는 담배를 무릎 위에 놓아 껐다.

셉은 씩 웃었다. "그 진통제가 정말 효과가 있나 보네." 그는 그녀를 돌려 도로 안으로 데리고 들어갔다. "가자. 우리 아기 이름을 정해야지."

그들은 아기를 그의 부모님 집으로 데려가서 부엌 식탁 위의 바구니 아기 침대에 눕혔다. 세실리아의 젖은 나오지 않았다. 아기는 분유를 먹고 토실토실해졌으며, 세실리아는 이 아기가 에타를 닮았다고 생각했다. 아기는 다른 아기들처럼 밤에도 거의 울지 않았다. 셉은 거의 매일 세실리아에게 말했다. "우리 참 운도 좋잖아."

83

엄마의 솔빗이 내 길고 젖은 머리에 엉켰지. 엄마는 변기에 앉아 빗살에서 머리카락을 한 올 한 올 빼냈어. 나는 엄마에게 잘라버려도 된다고 다시 말했어. 당시 나는 열한 살이었고, 아직 외모에 대해서 그다지 신경 쓰지 않았으니까. 하지만 엄마는 내가 머리를 자르면 좋아하지 않을 거라고 우겼어. 나는 어째서 엄마가 다른 건 별로 관심도 없으면서 이것에는 신경을 쓸까 생각했어. 나는 엄마가 내 머리를 휙 잡아당기는 동안 조용히 있었지. 뒤에선 라디오를 틀어놓았고 쭉 이어지는 잡음으로 몇 초마다 끊겼어. 나는 잠옷에 그려진 빛바랜 무지개를 빤히 바라봤어.

"너희 할머니는 머리카락이 짧았어."

"엄마는 할머니랑 닮았어요?"

"딱히. 우리는 어떤 면에서는 유사했지만 외모는 아니었어."

"내가 자라면 엄마처럼 될까요?"

엄마는 머리를 잡아당기다 말고 잠깐 멈췄어. 나는 엉킨 빗을 만져보려고 손을 올렸지만, 엄마는 내 손을 탁 밀어버렸어.

"모르겠어. 아니길 바라."

"나도 엄마처럼 되고 싶은데. 언젠가." 엄마는 다시 멈추고 말이 없었어. 엄마는 한 손을 내 어깨에 올려놓더니 잡았어. 나는 등을 동그랗게 구부렸지. 엄마의 부드러운 손길이 어색했거든.

"넌 그럴 필요 없어. 넌 엄마가 될 필요 없어."

"엄마는 엄마가 아니었으면 좋겠어요?"

"가끔은 내가 다른 유의 사람이었으면 좋겠어."

"누가 되고 싶은데요?"

"아, 모르겠어." 엄마는 다시 엉킨 매듭을 풀기 시작했지. 잡음이 라디오를 채웠지만, 엄마는 라디오가 그냥 지지직거리게 놔두었어. "어렸을 때는 시인이 되는 꿈을 꿨지."

"왜 안 됐어요?"

"나는 별로 잘하지 못했거든." 그러더니 엄마는 덧붙였어. "너를 가지고 나서는 한 단어도 쓰지 못했어."

이건 내겐 이해가 되지 않는 말이었어. 세상에 나타난 나의 존재가 엄마에게서 시를 빼앗아가다니. "다시 해볼 수 있잖아요."

엄마는 쿡쿡 웃었지. "못 해. 이젠 내게서 모두 사라졌어."

엄마는 내 머리카락을 쥔 채로 잠시 말을 멈췄어. 나는 엄마의 무릎에 기댔지. "알지, 우리 자신에게는 스스로 바꿀 수 없는 점이 많이 있어. 그냥 그렇게 태어난 거야. 하지만 가끔 어떤 부분은 본 것에 따라 형성이 되기도 해. 다른 사람에게 어떤 대접을 받았는지에 따라. 어떤 느낌을 받게 되었는지에 따라." 엄마는 마침내 빗을 빼냈고 내 머리채를 한 움큼 잡고 반질반질해질 때까지 쓱쓱 빗었어. 엄마가 빗질을 하는 동안 나는 움츠리고 있었어. 엄마는 내 어깨 너머로 빗을 건네주었고, 나는 뼈가 앙상한 다리를 풀고 일어섰어.

"블라이스?"

"네?" 나는 문간에서 뒤돌아보았어.

"나는 네가 나처럼 되는 법을 배우지 않았으면 좋겠어. 하지만 어떻게 하면 네가 다른 사람이 되도록 가르칠 수 있는지 모르겠구나."

엄마는 다음 날 우리를 떠났어.

84

엘링턴 아줌마를 방문한 다음 날 아침, 나는 바이올렛이 소리를 죽이려고 샤워실에서 물을 틀어놓고 젬마에게 전화하는 소리를 들었어. 굳이 그 옆을 서성거리며 엿듣지는 않았어. 나는 부엌으로 가서 그 애에게 아침 식사를 만들어 주었지. 그리고 커피 한 잔을 들고 그 애 건너편에 앉아서 그 애가 먹는 모습을 지켜봤어.

"뭐?" 바이올렛은 기분이 언짢아져서 숟가락을 들다가 우유 방울을 탁자 위에 떨어뜨렸어. 그 애는 차를 타고 온 이래로 내게 한마디도 하지 않았지. 나는 그 애의 스웨터 목선 사이로 살짝 삐져나온 어깨에 걸린 가는 브라 끈을 보았어.

"네 인생에 젬마가 있어서 기뻐. 내가 너를 엘링턴 아줌마에게로 데려가 만나게 한 건, 내가 이해한다는 걸 알려주기 위해서야. 나는 네가 누군가 신뢰할 수 있는 사람에게 사랑받는 기분을 알길 원했어. 네가 기댈 수 있는 사람. 그 사람이 나일 필요는 없어. 네가 그러고 싶지 않다면."

바이올렛은 숟가락을 시리얼 그릇 속에 뚝 떨어뜨리더니 의자를 거칠게 밀고 일어섰고, 그 바람에 내 커피가 흘렀지. 앞문이 막 닫히려고 할 때 나는 그 애를 잡았어.

"잠깐. 코트도 잊어버리고 갔잖아. 태워다 줄게." 나는 그 애를 돌리려고 애쓰며 말했어. 그 애가 이런 식으로 반응할 줄은 예상하지 못했지. 나는 내가 화해의 상징인 올리브 가지를 내밀며 상호 이해의 뜻을 비쳤다고 생각했어. 그 애가 원하는 사람은 내가 아니고, 나도 그것을 인정한다는 것을.

"물론, 엄마는 나를 젬마에게 넘겨버리고 행복하겠지. 나를 갖기를 원한 적이 없잖아, 안 그래?"

"그게 사실이 아니라는 걸 너도 알잖아."

"엄만 거짓말쟁이야. 나를 싫어하면서." 바이올렛은 내게서 자기 팔을 빼내려 했지만, 내 손힘은 *상*했어. 나는 샘을 떠올렸지. 유아차에 탄 채로 부서진 그 애의 몸을 생각했어. 그날의 고통을, 그 후로 그 애를 그리워한 매일의 고통을 느낄 수 있었어. 비난과 공포와 의심으로 몸을 주체할 수 없었던 그 세월을 느낄 수 있었어. 그런 뒤에는 엄마를 느낄 수 있었지. 나는 바이올렛을 더 가까이 잡아당기며, 필요 이상으로 팔을 더 세게 비틀었어. 아드레날린이 내 다리를 타고 솟구쳤고, 나는 다시 한 번 그 애를 잡아당기며 내 얼굴로 더 가까이 끌었어. 이전에는 이처럼 그 애에게 상처 주고 싶다는 욕망이 신체적으로 솟구친 경험이 없었지. 약속할 수 있어.

그때 나는 바이올렛이 얼마나 만족스러운 표정인지 알아챘어. 그 애는 움찔하면서도 입꼬리가 천천히 올라갔지. 계속해봐. 나를 계속 아프게 해봐. 나한테 자국을 남겨봐. 나는 그 애를 놓았어. 그 애는 달려 나갔지.

방과 후에 데리러 갔을 때 바이올렛은 거기 없었어. 차의 시동을 켜놓은 채로, 그 애가 어디 갔는지 알아보려고 교무실로 들어갔지. 학교에선 애가 아파서 조퇴했다고 하더라. 당신이 와서 데리고 갔다고.

나는 당신에게 문자 했어. 우리가 일정에 대해선 합의한 줄 알았는데.

당신이 대답했어. 이건 잘 안 될 것 같아.

그날 밤, 현관문을 부드럽게 두드리는 소리가 났어. 너무 부드러워서 나는 하마터면 나가보지도 않을 뻔했지. 나는 가운을 걸치고 조심스레 어둠 속에서 계단을 내려갔어. 문을 열었어. 아무도 없었지. 하지만 커다란 에어캡 비닐로 싼 물건이 놓여 있고, 거기에는 쪽지가 테이프로 붙어 있더군. 나는 차가운 바닥 위에서 그걸 풀어보았어. 그림이었어. 샘의 그림. 쪽지는 젬마가 보낸 것이었어.

당신은 이걸 가질 자격이 있어요. 이 그림은 폭스가 바이올렛에게 준 이래로 쭉 바이올렛의 방에 걸려 있었어요. 하지만 그 애가 오늘 오후에 그림을 내렸어요. 액자는 금이 갔어요. 그리고 캔버스에 구멍을 뚫어놨어요. 그건 안타깝네요.

난 이 그림이 당신에게 얼마만큼 의미가 있는지 몰랐어요.

제발 그 애에게 공간을 주세요.

당신이 이해해줬으면 좋겠어요.

좋은 크리스마스 보내요.

젬마.

당신은 아직 차까지 돌아가지도 못했지. 나는 어디에서도 당신의 모습을 알아볼 수 있었어. 둥글게 굽은 어깨, 걸을 때 살짝 팔꿈치가 들리는 습관. 나는 생각도 하지 않고 당신의 이름을 불렀어. 당신은 생각도 하지 않고 뒤돌아봤지. 그리고 그렇게 우리는 서 있었어. 서로를 바라보면서. 낯선 사람으로. 가족으로. 나는 당신이 돌아서서 차로 갈 거라고 생각했어. 하지만 당신은 돌아왔어. 당신이 새로 지었던 포치로, 당신이 한때 사랑했던 집으로. 우리가 여전히 서류상으로 공동 소유하고 있는 집. 당신은 문을 두른 테가 갈라지고, 나뭇조각이 칼날처럼 튀어나온 자리를 올려다봤어.

"저거 고쳐야 해."

"고마워, 이거 도로 가져다줘서." 나는 뒤쪽에, 아직 반쯤 포장에 싸여 현관에 놓인 그림을 가리켰어.

"젬마에게 고마워해."

나는 고개를 끄덕였지.

"내 아내에게 다시는 전화하지 마. 당신도 당신 삶을 살아야지. 당신도 알잖아? 그게 모든 사람에게 좋다는 걸."

나도 알고 있었어. 하지만 나는 그 말을 당신에게서 듣고 싶진 않았어.

당신은 내게서 돌아섰고, 나는 당신이 그때 떠날지도 모른다고 생각했어. 나는 지금 당신에게 느끼는 감정이 뭔지 결론 내리려 애쓰며 당신의 옆얼굴을 보았어. 우리가 이처럼 가까이 있는 것은 너무 오랜만이었지. 당신은 내게 진짜처럼 느껴지지 않았어. 한 번도 내 것인 적 없었던 삶 속의 등장인물같이 느껴졌지. 나는 당신의 턱에 손을 뻗고 싶었어. 당신을 만지고, 내 손가락 사이에서 당신이 어떻게 느껴지는지 알아보고 싶었어. 당신은 이제 다른 사람을 사랑하니까. 당신은 이제 우리의 것이 아닌 아이의 아빠니까.

"뭐?" 당신에게 꽂힌 내 시선을 느끼고 당신이 물었어.

나는 고개를 저었어. 우리는 서로를 향해 고개를 저었어. 그런 다음 당신은 눈을 감고 쿡쿡 웃음을 터뜨렸어.

"여기 오는 길에 무슨 생각이 났어." 당신은 계단 맨 꼭대기 단에 앉아 길을 보며 입을 열었어. 나는 당신 옆에 앉아 실내복 가운을 단단히 여몄어. "내가 당신에게 말하지 않은 게 있어." 당신은 다시 쿡쿡 웃었고 어깨가 처졌어. 나는 당신이 무슨 말을 하려는지 감도 잡을 수 없었어.

"그때 기억해? 샘이 막 태어난 직후에 당신의 좋은 옷이 모두 옷장에서 사라져버렸던 때? 어디에서도 찾을 수가 없었던 것?"

"그건 당신이 부른 청소업체 때문이잖아. 그 멍청한 할인업체." 나는 비웃었지. 기억이 났지. 내가 미쳐버릴지도 모른다고 생각했었어. 내 좋은 블라우스와 스웨터가 어떤 시점에 싹 다 사라져버린 거야. 샘이 태어나고 몇 달 동안은 헐렁한 운동복만을 입고 살았기 때문에 언제 이렇게 된 건지 확실히 알 수는 없었지만, 옷이 다 사라진 건 정말로 이상한 일이었어. 우리는 동네에 새로 생긴 청소업체를 시험 삼아 불러봤었고, 내가 생각해낼 수 있는 설명은 그것뿐이었어. 나는 너무 피곤하고 딴 데 정신이 팔려 있어서 그때는 별로 신경 쓰지 않았어. 당신은 내게 걱정하지 말라고 했지. 모든 걸 새로 갖춰놓으면 된다고.

당신은 고개를 들고 웃기 시작했어. "그게, 어느 날……." 당신은 손가락으로 콧날을 꼬집었고 어깨가 흔들렸어. "어느 날 당신이 찾아달라고 한 스웨터를 가지러 옷장에 들어가보니 말이야……." 당신은 말을 끝맺지 못했지. 눈물까지 흘렸어. 사람이 그렇게 격하게 웃는 건 몇 년 만에 처음으로 봤어.

"뭔데? 짜증 나잖아, 그냥 말해!"

"당신의 벽장 문을 열었더니 모든 게……. 모든 게 다 갈기갈기 잘라져 있더라고." 당신은 말을 다 내뱉을 수도 없었어. 눈물이 얼굴에서 흘러내렸지. 당신은 고개를 흔들며 쌕쌕거렸어. "소매를 모두 잘라내고 셔츠는 다 조각이 났더라고. 나는 하나하나 만져보며 생각했지, 이게 무슨 난리야?" 당신은 손등으로 얼굴을 닦았어. "그러고 나서 내려다보니까 바이올렛이 당신 원피스 밑자락 아래 숨어 있는 거야. 내 책상에서 가져온 모형 칼 하나를 들고. 걔가 그런 거지. 걔가 가위손처럼 신나게 옷을 자르고 논 거야. 나는 그 옷을 다 버리고 당신에게는 아무 말 하지 않았지."

입이 떡 벌어졌지. 내 옷. 그 애가 내 옷장을 도륙했던 거라니. 아래층 소파에 앉아 아기의 젖을 먹이는 동안, 그 애는 거기서 내가 가진 모든 근사한 것들을 다 잘라버렸어. 그런데도 당신은 그 애를 위해 그 일을 덮어줬지.

"그거 완전히 개판이네." 내가 할 수 있는 말은 그뿐이었어. 당신은 나를 보더니 다시 정신을 못 차릴 정도로 웃었지. 정말 짜증 났어. 나는 고개를 젓고 소리를 죽이며 당신을 멍청이라고 했지. 그런 일을 재미있다고 여겨서는 안 되는 거였어.

하지만 나는 다음 순간 미소를 지었어. 어쩔 수가 없더라. 나도 웃음을 터뜨렸어. 터무니없는 일이지. 당신이 아직도 내게 그런 힘을 발휘할 수 있다니. 내가 당신처럼 되고 싶다는 마음을 품게 할 수 있다니 말이야. 우리는 한밤에 늙은 개 한 쌍처럼 크게 웃어댔어. 그런 이상한 일을 했다는 생각에, 그걸 내게 숨기는 터무니없는 행동에. 그 모든 일 후에도 우리가 그날 밤 거기, 차가운 포치 위에 함께 있을 수 있다는 생각에.

"나한테 말했어야지." 나는 실내복 가운으로 코를 닦고 웃음을 가라앉혔어.

"알아." 당신은 그때쯤 되자 차분해졌고, 얼굴에서 무언가가 변했어. 당신은 몇 년 만에 처음으로 내 눈을 들여다보았어. 우리는 말하지 않을 모든 일들의 무거운 무게 속에서 함께 앉아 있었어. 나는 시선을 피해야만 했지. 무거운 눈꺼풀을 감고 우리 아들을 생각했어. 우리의 아름다운 아들. 놀이터에서 만난 일라이자를 생각했어. 바이올렛이 괴롭혔던 아이들을 생각했어. 바이올렛이 샘이 자는 동안 어둠 속에서 지켜보던 밤을 생각했어. 그 애의 무심함. 그 칼날. 동물원에서 집에 오던 길에 창밖으로 던져버렸던 엄마 사자. 내 엄마의 비밀과 수치심. 나의 기대. 다른 감각들을 죽이는 공포. 정상이라고 부르는 일들. 내가 의미를 부여했던 일들. 내가 본 것. 내가 보지 못한 것. 당신이 알고 있던 것.

당신은 헛기침을 하고 일어섰어.

"그 애가 늘 쉬웠던 건 아니지. 하지만 그 애는 당신에게서 더 나은 걸 받을 자격은 있었어."

당신은 거리 아래 당신의 차를 보고 재킷의 지퍼를 올렸어. 당신은 주머니에 두 손을 넣고 계단을 한 단 내려가며 내게서 멀어졌어. "그리고 당신은 내게서 더 나은 걸 받을 자격이 있었고."

집으로 들어가자 음성 사서함에 메시지가 와 있었어. 나이 든 여자의 목소리였고 자기가 누군지는 밝히지 않았지. 여자의 목소리에는 가래 끓는 느낌이 있었고 뒤로는 공허한 울림이 들렸어. 내 엄마가 그날 죽었다는 것을 알려주기 위해 전화했다고 했어. 어디서, 어떻게 죽었는지는 말하지 않았지. 여자는 잠시 말을 멈추고 수화기를 막았어. 아마 누가 방해했던 거겠지. 그런 후에 자기 전화번호를 남겼어. 마지막 두 숫자가 삐 소리 때문에 잘렸어. 시간을 너무 끌어다 말하지도 못했던 거야.

·
○
◉
⊙
◎

85

그 애가 크리스마스이브에 당신 집 앞 창문에 서서 커튼에 손을 뻗고, 나는 이 글이 적힌 종이 뭉치를 들고 차에서 내려. 나는 노란 가로등 불빛에 비친 눈이 떨어지는 거리 한가운데에 서서 그 애를 봐.

나는 그 애에게 내가 미안해한다는 것을 알려주고 싶어.

바이올렛은 두 팔을 옆으로 내리지. 그런 뒤에 턱을 들고 우리는 서로 눈을 마주 봐. 나는 그 애의 뺨에 부드러움이 어린 것을 볼 수 있어. 그 애가 나를 필요로 하듯이 창문에 한 손을 댈지 모른다고 나는 생각해. 그 애의 엄마를. 덧없는 한순간, 우리는 괜찮지 않을까 생각해.

그 애가 입 모양으로 뭐라 말하지만, 나는 알아들을 수 없어. 나는 창문으로 좀 더 가까이 가서 어깨를 으쓱하며 고개를 저어. 다시 말해줄래? 나는 그 애에게 부탁해. 다시 말해줄래? 그 애는 이번에는 천천히 입 모양으로 단어들을 말해. 그러고는 앞으로 뛰어가 마치 유리를 깨고 나오고 싶은 것처럼 두 손으로 창문을 밀고, 거기서 그대로 멈춰. 바이올렛의 가슴이 올라갔다 떨어지는 것이 보여.

내가 그 애를 밀었어.

내가 그 애를 밀었어.

이게 바로 내가 들었다고 생각한 말이야.

"다시 말해!" 이번에는 내가 소리쳐. 나는 필사적이야. 하지만 그 애는 다시 말하지 않지. 그 애는 내가 품에 안고 있는 이 종이들을 봐. 나도 이 종이를 내려다봐. 우리는 다시 서로 마주 봐. 그 애의 뺨에 어린 부드러움은 이제 찾을 수 없어.

당신의 그림자가 방 뒤에 나타나자 그 애는 창문에서 떠나가버려. 내게서 멀어져버려. 그 애는 당신 거야. 당신 집 안의 불이 꺼져.

1년 6개월이 흐른 뒤

이른 6월의 따뜻한 공기가 허파로 흘러드는 기분이 얼마나 좋은 지를 느껴본 이래로 여러 계절이 흘렀다. 그녀는 집 밖에 멈추어 서서 부드러운 배 속 깊숙이 숨을 들이마신다. 치유사와 상담할 때마다 매번 마지막에 실행하는 방법이다. 그녀는 공기를 내뱉고, 하나, 둘, 셋을 센 뒤 열쇠를 찾는다.

토요일 오후는 다른 평일들과 대체로 비슷하다. 그녀는 딸기 한 상자의 꼭지를 따고 반으로 자른 뒤 부엌 식탁에 앉아 천천히 점심으로 먹는다. 그러고 나서 곧장 작은 물컵을 들고 한때는 아들의 방이었던 곳으로 올라간다. 그녀는 책상다리를 하고 창문 앞에 바로 놓인 명상 쿠션에 앉는다. 등을 펴고 45분간 오후의 빛을 맞으며 그 자리에 앉아서 아무 생각도 하지 않을 것이다. 아들도. 딸도. 엄마로서 저질렀던 실수도. 자기가 끼친 피해에 대해 품은 죄책감도. 참을 수 없는 고독도.

아니, 그 무엇도 생각하지 않을 것이다. 그것들을 흘려보내려고 무던히도 노력해왔다.

나는 내 실수들을 넘어 나아갈 수 있어.

나는 내가 일으킨 상처와 고통에서 치유될 수 있어.

그녀는 이런 긍정적인 말들을 소리 내어 말하고 두 손을 가슴에 얹었다가 휙 튕겨내 그 모든 것을 배출해낸다.

저녁 시간이 되자, 노트북을 닫고 샐러드 재료를 썬다. 약간의 음악, 오직 세 곡 정도 트는 것을 허락한다. 쾌락은 여전히 조절되고 있다. 하지만 오늘 밤엔 어깨를 아주 살짝 움직이고 발을 까닥거릴 것이다. 그녀는 노력하고 있고, 노력하는 것이 좀 더 편해진다.

저녁을 먹고 나서는 매일 밤 그러하듯 집 앞의 등을 켠다. 딸이 마침내 자기를 찾아올 때가 됐다고 결심했을 때를 대비해서 이렇게 한다.

그녀는 위층에 올라가 부엌에서 들었던 노래의 가사를 흥얼거린다. 옷을 벗는다. 욕조를 뜨거운 물로 채우자 거울에 김이 서린다. 그녀는 세면대 위로 몸을 내밀어 기대고 거울을 닦아 자기의 맨얼굴을 관찰한 뒤 눈 아래 늘어진 피부를 두드린다. 그때 전화가 울린다.

그녀는 화들짝 놀라서 옆방에 침입자가 있는 것처럼 수건으로 가슴을 가린다. 전화는 침대 끝에서 빛을 발하고 있다. 내 딸이야, 그녀는 생각한다. 내 딸일 수도 있어. 그녀는 잠시 희망 속에 떠다닌다.

손가락으로 화면을 밀고 귀에 가져다 댄다.

상대 여자는 히스테리에 빠졌다. 필사적으로 말을 찾으려 하지만 절대 찾지 못할 것이다. 그녀는 침실의 반대편 끝으로 갔다가 다시 구석으로 간다. 신호가 더 잘 잡히는 곳을 찾으려는 것처럼, 이렇게 하면 상대 여자가 더 잘 말할 수 있게 도울 수 있는 것처럼. 그녀는 전화기에 대고 쉿 진정을 시키고, 그러면서 자기가 진정시키는 사람이 누구인지를 깨닫는다. 그녀는 눈을 감는다. 젬마다.

"블라이스," 젬마가 마침내 속삭인다. "제트에게…… 일이 생겼어요."

감사의 말

매들린 밀번, 훌륭한 에이전트이자 인간으로 옆에 있어주어서 고 맙습니다. 당신의 열정과 비전, 온기와 배려에 감사해요. 당신이 내 인생을 바꾸었어요.

매들린 밀번 리터러리, TV & 필름 에이전시의 특별한 팀원들에게 도 감사합니다. 특히 애나 호가티, 조지아 맥베이, 자일스 밀번, 소피 펠리시어, 조지나 시먼스, 리앤-루이 스미스, 헤일리 스티드, 그리고 레이첼 여, 당신들이 해준 모든 일에 감사드려요.

이 소설과 나를 믿어준 패멀라 도먼에게도 고마움을 전합니다. 당 신에게서 배운 것은 영광이자 기쁨이었고, 당신의 저자 중 한 사람 이 될 수 있어서 참으로 저는 행운이라고 느끼고 있어요. 브라이언 타트와 바이킹 펭귄사의 팀원들, 벨 반타, 제인 카볼리나, 트리샤 콘 리, 앤디 더들리, 테스 에스피노자, 매트 지아라타노, 레베카 마시, 랜 디 마룰로, 닉 미할, 마리 마이클스, 로렌 모나코, 제러미 오턴, 린지

402

프리베트, 제이슨 라미레즈, 안드레아 슐츠, 로젠 세라, 케이트 스타크, 메리 스톤, 클레어 바카로, 당신들 손에 이 소설을 맡길 수 있어서 저는 정말로 운이 좋았습니다.

상을 받아도 될 만한 모범 엄마 맥신 히치콕에게도 감사합니다. 확신을 주고, 이 소설을 더 나은 방향으로 끌고 갈 수 있도록 배려 깊게 도와주었으며, 이 과정에서 기쁨을 주었어요. 처음부터 지원해 주었던 루이스 무어와 마이클 조셉의 훌륭한 모임, 클레어 보렌, 클레어 부시, 자나 차카, 안나 커비스, 크리스티나 엘리콧, 레베카 힐스턴, 레베카 존스, 닉 론데스, 로라 니콜, 클레어 파커, 비키 포티오, 엘리자베스 스미스, 로렌 웨이크필드에게도 감사의 마음을 전합니다.

편집자이자 엄마로서 중심축을 잡고 나를 안내해주었던 니콜 윈스탠리에게도 감사합니다. 그 길을 가는 동안 너그럽게 믿어준 것 고마워요. 이 책에 대한 당신의 믿음은 내게 한 세계처럼 의미가 있었어요. 크리스틴 코크레인과 펭귄 캐나다, 펭귄 랜덤하우스 캐나다의 환상적인 팀원들, 이 책을 강력히 밀어주고 이 전직 홍보 담당자의 꿈을 이루어주어서 감사합니다. 특히 베스 코커램, 앤서니 드 리더, 댄 프렌치, 채리디 존스턴, 보니 메이틀랜드, 메리디스 팔, 데이비드 로스에게 고마운 마음을 전합니다.

그 어디에도 비할 데 없이 총명하며, 10년 넘게 소중히 간직해온 우정을 준 베스 로클리, 이 책이 그저 착상의 씨앗이었을 때부터 격려해주고, 세상 모든 여자들이 인생에서 원하는 순수한 지원을 해준 당신에게 고마운 마음을 전해요.

열의를 가지고 함께해준 전 세계 출판사 여러분에게도 감사합니다. 더 나은 이야기를 쓰는 법을 배울 수 있게 도와준 린다 프로이센,

자신감을 가지라고 의미 있게 지지해준 에이미 존스에게 감사의 말씀 드립니다.

심리학적 전문 지식을 기꺼이 빌려주신 크리스틴 라더루트 박사님에게도 감사드립니다.

우리 글쓰기 모임에서 나의 소중한 단짝이 되어준 애슐리 베니언, 수없이 원고를 읽어주고 수백 번 이메일로 피드백을 해주고, 페이지 안과 밖에서 몇 년 동안 지지해준 것 감사해요.

진정으로 뛰어난 여성들과 훌륭한 우정을 맺을 수 있어서 저는 얼마나 운이 좋은지 모릅니다. 지지를 보내주고 대답을 우물쭈물하는데도 늘 "작품은 어떻게 되어가요?"라고 물어봐준 여러분 한 분 한 분에게 감사드립니다. 특히, 제니 (글리드) 르루, 제니 에머리, 애슐리 톰슨 감사해요. 그리고 이 이야기를 만들어내는 데 통찰력 있는 도움을 주었고, 이 모든 여정이 더 나아질 수 있도록 놀라운 열정을 보여준 제시카 베리, 감사해요.

사랑과 지지를 보여준 피젤 가족 여러분 감사합니다.

재클린 나필란, 충실하고 사랑 넘치는 보살핌에 감사합니다.

우리의 현재 상황인 내 책을 읽으며 무척 열광해주고 느린 여름날을 보냈다는 사라 오드레인과 새먼사 오드레인에게 감사합니다. 우리가 열렬한 독서가 가족임을 확인시켜준 캐시 오드레인, 비할 수 없는 사랑과 헌신에 감사합니다. 그리고 작가의 유전자를 물려주고 흔들림 없는 믿음을 보여주며, 늘 나를 무척 자랑스러워한 마크 오드레인에게 감사합니다. 우리 부모님 같은 분들 밑에서 자랄 수 있었던 건 하나의 선물이고, 매일 두 분께 감사드려요.

이 책을 처음 시작했을 때 내 아들은 6개월이었습니다. 모성과 집필 생활은 내 인생에 새로운 시작점을 그렸고 둘 다 기쁨이자 특권이었어요. 오스카와 웨이벌리, 내게 끝없는 영감을 준 둘에게 이 책을 바칩니다. 그리고 마지막으로 내 파트너 마이클 피젤, 이 모든 일들을 가능하게 해줘서, 모든 일을 더 나은 방향으로 이끌어줘서 고마워요.

모두가 알지만 모두가 말하지는 않는, 모성의 이면에 대하여

출처를 확실히 알 수 없는 유명한 속담에 "신이 모든 곳에 있을 수 없었기에 그리하여 어머니를 창조했다"라는 말이 있다. 인터넷의 인용 페이지들과 여러 설을 조합해보면, 러디어드 키플링의 책, 《푸크 언덕의 요정(Puck of Pook's Hill)》에 언급된 인용구로 알려졌지만 구텐베르크 프로젝트에서 제공하는 텍스트 내에서는 정확히 그런 문상을 찾을 수는 없다. 키플링이 정말 했든, 하지 않았든 이 말에는 모성에 대한 여러 가지 신화가 깃들어 있다. 모든 이에게는 그를 돌보아주는 어머니가 있다. 어머니는 신과 같은 존재로, 아이에 대해서는 무한한 애정을 발휘한다. 그 모든 신화가 만들어낸 여성의 이미지에 수많은 문학 작품이 도전했고 《푸시: 내 것이 아닌 아이》도 그중 하나다.

모성의 고백이자 심리 스릴러적인 특성이 있는 이 책의 제목인 '푸시(Push)'는 이 책에서 두 가지 의미가 있다. 먼저, 아이를 몸 밖으로 밀어내는 행위, 즉, 출산을 의미하는 말이다. 또 다른 의미는 이 작품 내에서 가장 큰 비극으로 그려지는 아이의 죽음을 야기한 행위, 유아차를 밀어버린 그 동작을 의미하기도 한다. 거기에 세 번째를 더할 수도 있다. 보통 서로를 안고 가까이 끌어당겨야 한다고 믿는 모녀 사이의 감정적 밀어냄을 상징하는 행위. 한 단어가 생명의 탄생과 죽음을 동시에 가리키며, 사람 사이의 관계까지도 묘사할 수 있다는 데서 착안한 이 소설은 모성이라는 공고한 성을 무너뜨리는 여러 사건 속에서 흘러가고 성장하는 한 여성의 의식을 탐구한다. 여성성의 핵심인 양 묘사되는 모성에는 어떤 오해가 있는가? 그로 인해 우리 삶에는 어떤 희극과 비극이 일어나는가? 그리고 여성은 모성과 관련된 자기 의심 속에서 어떤 인간으로 변모하는가? 《푸시: 내 것이 아닌 아이》는 이런 질문들을 던지며, 한 여성의 깊은 내면과 함께 사회가 여성에게 강제하는 모성의 굴레를 밝혀낸다.

이 책을 독해하는 방식은 두 가지가 있을 것이다. 한 가지는 라이오넬 슈라이버의 《케빈에 대하여》나 도리스 레싱의 《다섯째 아이》처럼 내 안에서 나왔으나 내가 이해할 수 없는 어둠을 가진 아이를 만난 어머니의 혼란으로 읽는 것이다. 즉, 이 소설의 화자인 블라이스의 서술을 그대로 믿고 그 사건을 받아들이며 따라가는 방식이다. 블라이스는 어머니의 사랑을 받지 못한 불우한 가정에서 자랐으나 사랑하는 남자를 만나고 그의 아이를 가지면서 자신도 마침내 '정상적' 가족을 만들 수 있지 않을까 꿈꾼다. 하지만 태어난 아이 바이올렛은 블라이스를 밀어내고 오로지 아버지에게만 애정을 보인다.

블라이스는 바이올렛에게서 소시오패스적 성향을 발견하지만 다른 이들은 그의 말을 믿어주지 않는다. 좌절한 블라이스는 둘째 아이인 샘에게서 위안을 찾지만 그 행복 또한 오래가지 않는다. 자신이 사랑할 수 없는 아이, 자기를 사랑해주지 않는 아이를 만난 블라이스는 그래도 노력하고 또 노력한다. 아이를 무조건 사랑하는 모성애가 자연적으로 주어지는 것이 아니라는 사실을 블라이스는 자신의 성장 환경에서, 어머니로서의 경험으로부터 발견한다. 그럼에도 어쩔 수 없이 시도하는 사람이 어머니이기도 하다는 사실도 실감한다. 이 독해 방식에서는 소설의 마지막 대사가 한층 섬뜩하게 느껴지며 또 다른 어둠의 그림자를 드리운다.

또 다른 독해 방식은 심리소설이라는 관점에서 과연 블라이스가 믿을 수 있는 화자인지 의심을 품는 것이다. 작가는 이런 의혹을 블라이스 가계의 전사(前史)에서부터 세심하게 깔아놓는다. 블라이스의 할머니인 에타, 어머니인 세실리아 둘 다 인생에서 일어난 사건 때문에, 혹은 기질적으로 감정적인 문제를 안고 있었고, 자신의 아이를 학대하며 삶을 견뎌냈다. 그들도 혹시 블라이스와 같은 어머니가 아니었을까? 그렇다면 블라이스가 말한 바이올렛의 소시오패스적인 행위나 엄마를 밀어냈다고 생각한 행위들은 실제로 존재했을까? 아이를 사랑할 수 없었던 엄마의 감정적 거부가 세실리아나 에타의 경우처럼 심리적 병증이나 혹은 환상이라면? 혹은 사실이라고 해도 블라이스의 감정이 바이올렛의 감정적 성장에 부정적 영향을 끼쳤다면? 소설 말미, 바이올렛의 고백은 진짜였을까? 아니면 그렇게 믿고 싶었던 블라이스의 허상인 것일까?

드라마로도 만들어진 하기오 모토의 만화《이구아나의 딸》에서처럼 자신의 첫 아이를 괴물로 여기고 밀어내며, 둘째 아이만 편애하는 엄마도 분명히 존재한다. 다케시마 나미의 에세이 만화《그래도, 우리 엄마》처럼 어린 시절 엄마에 대한 상처 때문에 자신의 아이를 충분히 사랑할 수 없었다는 걸 깨닫는 여자도 있다. 이런 의혹을 품고《푸시: 내 것이 아닌 아이》의 서사를 바라보면, 이 소설은 다시금 모성에 대해 우리 사회가 강제하는 환상을 깨는 효과를 낸다. 여성이 아이를 낳는 순간 모성이 기본값으로 주어지는 게 아니며, 아무리 노력해도 아이를 영 사랑하지 못하는 엄마가 있다는 사실에 직면하게 되는 것이다. 그러나 이런 독해 방식 자체가 사회가 추천하는 모성을 실천하지 못하는 여성에 대한 비난으로 쓰일 수 있는 가능성으로 빠져버릴 위험을 내포한다.

《푸시: 내 것이 아닌 아이》는 결국 이 두 가지 모두에 대한 이야기이기도 하다. 즉, 사랑할 수 없는 아이를 만난 엄마의 악몽, 혹은 이 아이를 사랑할 수 없는 것이 자신의 병적인 이상이 아닌지를 생각해야 하는 엄마의 자기 의심. 블라이스는 실제로 이 둘 사이에서 방황하고, 그 내면의 고통이 문장으로 펼쳐진다. 백 퍼센트 확신에 가득 찬 어머니는 없으며, 어머니가 된 이들은 모성의 환상이 주는 안락감과 그것이 여성에게 부과한 의무의 무게 사이에서 방황한다. 그러나 여성이 모두 다른 모습으로 살아가듯 어머니도 다 다른 모습으로 존재한다.

《푸시: 내 것이 아닌 아이》는 어머니로서의 기쁨에도 불구하고 출산과 육아가 고통스러웠던 엄마들, 엄마를 사랑해도 엄마와 함께 살아가는 것이 힘들었던 아이들을 위한 소설이다. 그리고 이런 사람들에는 적잖은 이들이, 어쩌면 한때의 우리가 모두 해당한다. 신의 역할을 대리해주는 어머니, 초인적인 힘을 발휘해 늘 아이를 구하는 어머니가 '보통의 정상적 어머니'로서 존재하는 세계는 없다. 이 세계에는 설사 고통과 소외, 공포를 겪을지라도 노력하는 사람들만이 있을 뿐이다. 우리의 가족으로서의 연대는 그렇게 애써 이루어낸 결과이다. 혹은 이루지 못했다고 해도 그건 당신만의 잘못은 아니라고, 이 소설은 그렇게 말해준다.

박현주

푸시 내 것이 아닌 아이

초판 1쇄 2021년 7월 20일

지은이 | 애슐리 오드레인
옮긴이 | 박현주

발행인 | 문태진
본부장 | 서금선
책임편집 | 허문선   편집 4팀 | 박은영 허문선

기획편집팀 | 한성수 임은선 이보람 송현경 박지영 김다혜   저작권팀 | 정선주
마케팅팀 | 김동준 이재성 문무현 김혜민 김은지 정지연   디자인팀 | 김현철
경영지원팀 | 노강희 윤현성 정헌준 조샘 최지은 김기현
강연팀 | 장진항 조은빛 강유정 신유리

펴낸곳 | ㈜인플루엔셜
출판신고 | 2012년 5월 18일 제300-2012-1043호
주소 | (06619) 서울특별시 서초구 서초대로 398 BNK디지털타워 11층
전화 | 02)720-1034(기획편집) 02)720-1027(마케팅) 02)720-1042(강연섭외)
팩스 | 02)720-1043 전자우편 | books@influential.co.kr
홈페이지 | www.influential.co.kr

한국어판 출판권 ⓒ ㈜인플루엔셜, 2021

ISBN 979-11-91056-86-0 (03840)

• 이 책은 저작권법에 따라 보호받는 저작물이므로 무단 전재와 무단 복제를 금하며, 이 책 내용의
  전부 또는 일부를 이용하려면 반드시 저작권자와 ㈜인플루엔셜의 서면 동의를 받아야 합니다.
• 잘못된 책은 구입처에서 바꿔 드립니다.
• 책값은 뒤표지에 있습니다.
• ㈜인플루엔셜은 세상에 영향력 있는 지혜를 전달하고자 합니다. 참신한아이디어와 원고가 있으신 분은
  연락처와 함께 letter@influential.co.kr로 보내주세요. 지혜를 더하는 일에 함께하겠습니다.